蒋　华＼著

轻风花满檐

中国古典诗文札记

安徽师范大学出版社

·芜湖·

图书在版编目（CIP）数据

轻风花满檐：中国古典诗文札记/蒋华著. — 芜湖：
安徽师范大学出版社，2018.10
ISBN 978-7-5676-3776-4

Ⅰ.①轻… Ⅱ.①蒋… Ⅲ.①古典诗歌－诗歌欣赏－中国
②古典散文－文学欣赏－中国 Ⅳ.①I206.2

中国版本图书馆CIP数据核字（2018）第215308号

轻风花满檐：中国古典诗文札记　　　　　　　蒋　华/著

责任编辑：房国贵
装帧设计：陈　爽
出版发行：安徽师范大学出版社
　　　　　芜湖市九华南路189号安徽师范大学花津校区
网　　址：http://www.ahnupress.com/
发 行 部：0553-3883578　5910327　5910310（传真）
印　　刷：虎彩印艺股份有限公司
版　　次：2018年10月第1版
印　　次：2018年10月第1次印刷
规　　格：700 mm×1000 mm　1/16
印　　张：20.75
字　　数：308千字
书　　号：ISBN 978-7-5676-3776-4
定　　价：68.00元

序

2013年初夏，在安庆举办的首届朱湘学术研讨会期间，有一位老师满腹才情，引人注目。他就是蒋华。首次见面，仿佛已认识多年。他发言时，抑扬顿挫，虽然方言偏重，但十步之外就能感受到他内在的热情。

诗词歌赋，张口就来。我还见证了他对古文名篇的激情背诵，令人难忘。研讨会结束的前夜，我请他跟和我一道参会的5位研究生座谈。他从古典文学的感悟出发，旁征博引、滔滔不绝，气场充足，充分展示了他深厚学养和独到见解，让我们感叹不已！非科班出身，又长期工作在最基层，如果没有多年如一日、持之以恒的精神，和"摸爬滚打"的苦功，他是撑不起这场长达两个多小时古典文学座谈会的。

而打开这本散谈中国古典诗文的大著，我仿佛又回到那个晚上，不过这次，我是在纸上静听蒋兄高谈阔论。蒋华兄纵谈的题材广泛，或对古代人物和书中的人物形象作感性的画像，或对一些古典诗学做理性探讨，或对传统的隐士文化、酒文化、"素描孔方兄"的钱文化，作知性的梳理，以及古典诗歌美学，传统书法中的美学，都做了深入浅出的解读。全书文章长短不一，但哲思妙语琳琅满目、美不胜收。与市场上的某些学院派同类著作不同，它呈现的是才子书、才情书的风貌特质。

本书虽名曰"中国古典诗文札记"，重在古典诗文，但不仅仅局限于古典诗文，也包括名著小说和书法艺术等。但诗词却是行文的一条主线，书中大量引用的唐诗宋词，可以说是俯首皆是，就是最好的证明。蒋华兄以己意来探文心，巧妙运用世俗的眼光，和当代的物相等手法，将学理融入情理之中。如《居高声自远》一文：

虞世南吟《蝉》道：居高声自远，非以籍秋风。意思是，蝉歌唱在高高的树上，因此传得很远，并非是把秋风当话筒，而是树的高度，增强了它的音传效果。这就像古代的起义者，登高一呼，才能应者云集；若你谷底一呼，人家还以为你在喊救命。可见高度很重要。这也像登泰山的杜甫，之所以能"一览众山小"，是因为他"凌绝顶"——站在泰山之巅，"登高壮观天地间"，而不是他戴着什么望远镜的缘故。

在此，"把秋风当话筒"的"话筒"，"增强了它的音传效果"的"音传效果"，杜甫能"一览众山小"，是因为站在泰山之巅，"而不是他戴着什么望远镜的缘故"。用当代视角和语言评谈唐人诗句，佐以插科打诨，却横生出一番妙趣。

全书不管解读诗词、评点人物、剖解史实、阐释艺理，以及自道读书甘苦等，都没有高头讲章气，完全是充满才情的感悟和充满灵气的生活体悟，可读性和耐读性俱佳。而且书中也颇有新意之作：如对贾岛的"推敲"这个耳熟能详的话题，《张籍："看似寻常最奇崛，成如容易却艰辛"背后的创作艰辛》，《赵明诚：浅探他的"三日夜，得五十阕"》，《浅谈王维〈鸟鸣涧〉》，《牧童的手指，点化那片杏花——兼探杜牧〈清明〉诗的生命意识》，以及谈论王国维《人间词话》中的"自道身世之戚"与"担荷人类罪恶"这个话题等，都在扎实的材料上，用诗性的文笔，写出个人的心得，令人耳目一新，完全可以当知性的美文来读。这样新颖的观点，贯穿全书，比比皆是，淋漓尽致地展示了蒋华对古典文学敏锐的感悟力和对文字强大的驾驭力。

他在《拥书听雨》一文中写道：

"枕上诗书闲处好，门前风雨景色佳。"对我而言，命定是物质的落伍者，精神的苦行僧。拥书听雨，"空山新雨后，天气晚来秋"，没有少年听雨、红烛昏罗帐的风情，没有中年听雨、断雁叫西风的凄婉，只有独守僧庐似的寒室，听着檐雨点点滴滴着每一个秋天。好在墙上有锄，手中有书，渴了瓢饮，饥了箪食,感觉心境就像雨洗过的风景一样,青翠欲滴。如此,雨来佳的何止是门前的风景,更有枕上如山的诗书,已将内心滋养成松间明月、石上流泉。

在尘世的风雨中,一个热情执着的人,一个淡泊读书的人,一个有悟性的人,这就是蒋华。这也是无数个沉浸古典诗文世界的读书人的形象写照。

读书即悟道。所有尘世的修炼最终都不仅仅是顿悟宇宙人生,更是以自己的生命投入大道,如此,小我方可融入大我!

张心雨
2018. 9. 10.

目　录

轻

寒细雨情何限：诗人札记

张旭的墨香和酒香

张旭，约生于675年，卒于759年，字伯高。在"书法和诗歌达到无法再现高峰"的唐代，他散发着墨香和酒香的背影，已巍峨成一座后世不倦攀登的艺术险峰。

一、书

张旭被冠以"草圣"之名，从书法言，那他"黄河之水天上来"的草书绝品，是如何修成正果的呢？我们先听听他的成功经验。

张旭自曝是见担夫争道，而知笔意；又观公孙大娘舞剑，而得其神。这里，除了池水尽黑、退笔成冢的苦练之外，对书法，张旭说出一个参悟问题，这里有必要详说一下。

张旭说悟得书法之神的公孙大娘的剑器舞，今已坠为绝响。好在大诗圣杜甫曾亲睹过，他在《观公孙大娘弟子舞剑器行》诗中，再现了公孙氏神奇雄妙的剑舞：

> 㸌如羿射九日落，矫如群帝骖龙翔。
> 来如雷霆收震怒，罢如江海凝清光。

诗中，用"雷霆"般的"来"到"震怒"般的"收"……这一系列动作，不就是用剑在舞中国书法吗？它们虽工具有异但道理则一。所以，反过来借用杜甫形容剑舞的诗句，来形容张旭"变动犹鬼神，不可端倪"的草书绝品，又何尝不可。因为从"悟"方面讲，张旭的书法脱胎于公孙大娘的剑舞，可见它们具有"嫡亲"关系。

当然，书法（也包括其他艺术）之悟，可以说是一种高层面的思维方式，"笔法玄微，难妄传授，非志士高人，讵可与言要妙也"（颜真卿

《述张长史笔法十二意》),需要会心人了悟,但主旨还是"提意取神",而远非死板的描摹、克隆、盗版。苏东坡就曾以张旭为例,批评道:"学长史(张旭)书,便日就担夫求之,岂可得哉?"(《书张长史书法》)意说:学书法之人因张旭观担夫争道而悟笔意,就竟向担夫"取"草书之"经",无意于缘木求鱼般愚蠢。真若那样,担夫、公孙大娘其不早成了"书圣"。但对一个有志的书家而言,怎样才能更得要领地参悟书法之神,创造出自己的书法精品呢? 对此,金开诚先生指出一则叫"艺术通感"的方法,他在《中国传统文化的艺术标本——〈书法〉月刊访谈录》中说:"优秀书法家的'创造想象',除了广泛吸取各体、各派、各家书法的形象细节……还善于从书法以外的各种事物中吸取其美……因素,将其融入书法形象的创制……要做到这一点就必须借助敏锐的'艺术通感',才能感悟其相通之处而做出有效的吸取与融化。"并以张旭为例:"张旭观公孙大娘舞剑器而有悟于书法,必然要借助于'通感'"。的确,一个优秀书家,他的心灵是开放的,并与大自然时刻互动,"借助敏锐的'艺术通感'",从各种事物中"提意取神",吸取有益的营养成分,并随时有机地反哺,融化成自己的笔底风光。

"近取诸身,远取诸物。"具体到张旭而言,看到牵引争道的担夫和公孙氏"来如雷霆收震怒"的剑舞,一下打碎了以往内心淤积的惯性,激活出一种全新昂扬的韵律,"笼天地于形内,挫万物于笔端",又时刻反作用力,通过争道和舞剑似的笔墨形态,在纸上"泄洪"出内心的情感,奔腾成一种全新的标本。"观舞剑而得神,闻江声而悟笔法。此出于积习之久,一触则诣神境,如参禅已至境界,一喝得悟者。"(陆树声《清暑笔谈》)尤其对张旭这位以书法"终其身而名后世"的书家而言,生活的一切都是他书法的"催化剂"。唐代大文学家韩愈就直说他道:"喜怒窘穷,忧悲愉佚,怨恨思慕,酣醉无聊,不平有动于心,必于草书焉发之。"(《送高闲上人序》)。这里,草书成了他点活内心的精灵。通过书法这一媒介,让我们通过他"风满楼"式的线条变化,来感受他内心山雨的律动。对此,宗白华先生在《中国书法里的美学思想》一文中,有很深的见解，他说：

> 张旭的书法不但抒写自己的情感，也表出自然界各种变动的形象。但这些形象是通过他的情感所体会的，是"可喜可愕"的；他在表达自己的情感中同时反映出或暗示着自然界的各种形象。或借着这些形象的概括来暗示着他自己对这些形象的情感。这些形象在他的书法里不是事物的刻画，而是情感交融的"意境"，像中国画，更像音乐，像舞蹈，像优美的建筑。

说出了我们的心声！

二、酒

上文说了张旭艺术最高的成就是书法——是和"书圣"王羲之媲美的"草圣"。时人说他为张颠。我认为，真正诱引他入"颠"状的是酒。当然他是自愿受诱的。和他一样，嗜酒如命的还有他七个哥们，他们是李白、贺知章……都是中国艺术天空里璀璨的星斗。对张旭来说，整日泡在这个圈子里，想不醉都难；除非唐玄宗下举国戒酒令，或像胡适之一样，宴前戴上老婆送的那枚戒酒戒指。当然张旭将酒与书法是融为一体的，不但像"醉能同其乐"的宋人欧阳修一样，"醒能著以文"、醒能草书法，而且醉犹能草书法。——这里先看诗人李欣在《赠张旭》诗中所画的酒酣兴笔图：

> 张公性嗜酒，豁达无所营。
> 皓首穷草隶，时称太湖精。
> 露顶据胡床，长叫三五声。
> 兴来洒素壁，挥笔如流星。

诗圣杜甫也在《饮中八仙歌》中描绘道：

> 张旭三杯草圣传，
>
> 脱帽露顶王公前，
>
> 挥毫落纸如云烟。

其中，对张旭醉后挥笔的状态，《杜诗详注》注释中说得比较细致，它说：

> 张旭善草书，好酒。每醉后，号呼狂走，索笔挥洒，变化无穷，若有神助。

《新唐书》也说：

> (张)旭苏州吴人，嗜酒，每大醉，呼叫狂走乃下笔，或以头濡墨而书。

你看：醉后，只有醉后，"号呼狂走，索笔挥洒"，甚至"以头濡墨"的张旭，才真正呈现"颠"状。这就是"玄之又玄"的中国艺术，只有裸呈这种"颠"状，才是溶入中国艺术的最佳体位。此时，在酒的巨燃下，张旭的创作激情呈"飞流直下三千尺，疑是银河落九天"的直泻状态，是咆哮的……没有名利之企、世俗之争，——从心境言，甚至艺术的技巧也不顾及（当然也早已成竹在胸、了然在心），对他来说，"空肠得酒芒角出"，想的仅是一支笔，"如流星"般挥出也"惊鬼神"的绝品。"醉后，乘兴辄作草书十数行，觉酒气拂拂，从十指间出也"（苏东坡《跋草书后》），甚至有时到了笔不待墨的焦渴程度，急得他以头发为笔，蘸墨狂书。对此动作，时人谓之"颠"，今人看来，他似"行为艺术"的先驱。这种"醉时吐出胸中墨"的书写状态，连他的挚友，大诗人李白也时常如是，酒后写诗的他在《江上吟》中自述道：

> 兴酣落笔摇五岳，诗成笑傲凌沧洲。

反过来说，这何尝不是张旭的酒酣创作图。

"楚人每道张旭奇,心藏风云世莫知。"(李白《猛虎行》)和李白一样,酒刺激了张旭的书法,当处于创作"泄洪"状态的他们,哪怕苦于"相逢无纸笔"的尴尬,恨不得将自己化作一支笔,饱蘸狂狷的墨水,在尘世的宣纸上,"挥笔如流星"般一气呵成胸中的激情。——从时机言,这才是思想的"癫疯"(巅峰)状态。此状态若失,灵感和激情也就退潮了,"清景一失后难摹","醉来信手两三行,醒后却书书不得",所以,酒醒的张旭复观其"醉书","自以为神,不可复得",也可见出酒中得来的神来妙笔,都是匠人们终生也摹不出的。难怪明代书法大家丰道生赞其道:"行笔如从空掷下,俊逸流畅,焕乎天光,若非人力所为。"现代大画家傅抱石先生,有一"往往醉后"的书画闲章,可见都对醉后作品的重视。由此也见,对张旭等人来说,酒神有时就是艺术之神,生生不息地为中国艺术造就血液。

曾在友人家亲眼看见张旭草书遗墨的杜甫,惊叹他书法的神奇:

> 悲风生微绡,万里起古色。
> 锵锵鸣玉动,落落群松直。
> 连山蟠其间,溟涨与笔力。
>
> ——杜甫《殿中杨监见示张旭草书图》

晚唐诗僧皎然,也对张旭"自以为神,不可复得"的草书绝品赞爱有加,他在《张(旭)伯高草书歌》中吟道:

> 先贤草律我草狂,风云阵发愁钟王。
> 须臾变态皆自我,象形类物无不可。

这就是变幻莫测的书法佳境。对不治它技、一心专书的张旭来说,不但酒溶书法,甚至性格也溶在酒里;程千帆先生在《一个醒的和八个醉的——杜甫〈饮中八仙歌〉札记》中就指出酒与性格的关系:

> 他们平时的性格是受抑制的,只有借酒来引爆,才能产生

变化,完成本性的复归。

所以,一旦酒烧胸腔,酿成本性,酵成醉意,大笔一挥,整个中唐都浮动起来——花香、剑气、鸟鸣、珠玉等,都五光十色又千奇百怪地从他胸中泉涌他的笔尖。只有这样,书法才能再现"挥毫落纸如云烟"的灵动美景。清人刘熙载《艺概》中说:"笔性墨性,皆以其人之情性为本。""书法由来见性真"也。所以,张旭"脱帽露顶王公前"的那种力透纸背的草书,加以纵横的酒气和复归的本性,以大开大合、变化万千的整体态势,又加上"疏能走马、密不容针"的精心布局,"意在笔先,笔在心后",一气呵成,这不就是一种全新的艺术形象和勃勃的艺术生命吗?而这些不统统都是醉后张旭用笔"颠"出心灵真性的全景式呈现吗?

三、诗

张旭,以"草书终其身而名后世"的他,事实上还是一位杰出的大诗人。以诗论,他与贺知章、包融、张若虚齐名,并称"吴中四士"。他留传下来的诗有六首,但这六首诗质之高,也与他的书法作品一样,名留后世。请看其诗:

> 山光物态弄春晖,莫为轻阴便拟归。
> 纵使晴明无雨色,入云深处亦沾衣。
>
> ——《山行留客》

> 隐隐飞桥隔野烟,石矶西畔问渔船。
> 桃花尽日随流水,洞在清溪何处边。
>
> ——《桃花溪》

> 春草青青万里余,边城落日见离居。
> 情知海上三年别,不寄云间一纸书。
>
> ——《春草》

欲寻轩槛列清尊，江上烟云向晚昏。

须倩东风吹散雨，明朝却待入华园。

——《春游值雨》

濯濯烟条拂地垂，城边楼畔结春思。

请君细看风流意，未减灵和殿里时。

——《柳》

旅人倚征棹，薄暮起劳歌。

笑揽清溪月，清辉不厌多。

——《青溪泛舟》

关于其诗，今人周啸天先生在《唐绝句史·绝句诗坛点将录》的宏著中，按《水浒传》中石碣天罡之数，将张旭喻为"天猛星霹雳火秦明"，并由衷赞誉张诗"恬雅秀润，亦可称盛唐高手"。

金性尧先生，更是特意将他的书法和他的《山行留客》这首名诗，联在一起分析道：

> 他从担夫争道，歌女舞剑上获得书法的变化意蕴；又在"纵使晴明无雨色，入云深处亦沾衣"（《山行留客》）两句诗中，揭开了自然界的秘密。

随后由衷赞道："他确实能把生活和艺术打成一片。"而针对《山行留客》一诗，闻一多先生认为此诗甚伪。他从风格上考察："《山行留客》一诗近巧，不像盛唐浑朴作风。"原因还是与书法有关："可能是后人学张旭草书题他人句而误编入张集的。"（《箛吹弦诵传薪录——闻一多、罗庸论中国古典文学》）这也从侧面首肯了张旭的书法。

总之，张旭这种借助于酒的发酵，而血脉偾张了他的诗歌与书法，已成后世仰止并苦攀的一座艺术高山。是啊，这么"恬雅秀润"的诗句，用"变化不可端倪"的草书写之；反之，这么好的草书，写出这么

"恬雅秀润"的诗句，诗书合璧，交相辉映！同出一笔同出一手，这么绝配的诗书酒三栖明星、三栖奇才，求之千古、问之海内，"看月不妨人去尽，对花只恨酒来迟。笑他缣素求书辈，又要先生烂醉时"，又有几人呢？这也就是杜甫所遗憾的，"未知张王后，谁并百代则"了。

下扬州和到故人庄的孟浩然

一、烟花三月下扬州

"故人西辞黄鹤楼，烟花三月下扬州。"当孟浩然喝罢李白的饯行酒，就登舟起锚，扬帆扬州，一叶孤帆就从李白江涛汹涌的眼眸中淡到碧空。可以肯定的是，古代帆船毕竟不是当代游艇，帆悬得再高，桨划得再勤，船速也是有限的，注定孤帆远影的是一条寂寞漫长的旅程。果然，孟浩然白昼与涛声为伍，夜晚与江月做伴，"时时引领望天末"，脖子都望酸了，还没望见扬州的倩影；"移舟泊烟渚"时生发一些愁怨，也是难免，一任明月照耀无眠的船舷。

好在李白的目光一直深情他的帆影，"眼看帆去远，心逐江水流"。当孟浩然的小舟，夜泊"众鸟高飞尽"的敬亭山下，"山泊敬亭幽"的他可知，敬亭山正是李白相看两不厌之地；而且八百里皖江，随处可见老友晚年的仙姿，——桃花潭的酒香、南陵的诗句、宣城的歌声、秋浦河的白发、牛渚河的感慨、天门山打着旋涡的涛声。比李白早逝二十二个年头的孟浩然应当不知，但"江清月近人"倒像是一句谶诗。现在潮平两岸阔，孟浩然"风正一帆悬"。

至于到扬州结局如何？仅看他后来写的醒目的一句诗："维扬忆旧游"，一个"忆"字就还惦记着这次难舍的旧游，以致"还将两行泪"，"为我达扬州"，可见满载了一船的友情。但很快他孤帆就驶离长江水道，停泊老家鹿门山的怀抱，"人随沙岸向江村，余亦乘舟归鹿门"，从此过着屏蔽的世俗生活。"岩扉松径长寂寥，惟有幽人自来去。"不知是否"为了一个浪漫的理想，为着对古人的一个神圣的默契而隐居"（闻一多《孟浩然》），反正引来老友李白的赞誉：

　　吾爱孟夫子,风流天下闻。
　　红颜弃轩冕,白首卧松云。
　　醉月频中圣,迷花不事君。
　　高山安可仰,徒此揖清芬。

　　是啊,对"醉月频中圣,迷花不事君"的孟夫子来说,早年"微云淡河汉,疏雨滴梧桐"一联轰动京城;还是"不才明主弃",从此就像李白一样,再也渡不到政治的彼岸……这些都像落花,凋谢昨夜的风雨;唯有友情的春鸟,才配吵醒他的春梦,——当他接到友人的邀请函,就在叽叽喳喳的鸟鸣中,去接友情的地气。

二、邀我至田家

　　故人具鸡黍,邀我至田家。
　　绿树村边合,青山郭外斜。
　　开轩面场圃,把酒话桑麻。
　　待到重阳日,还来就菊花。

　　此诗是孟浩然的代表作《过故人庄》,着重写农家一日游,到朋友家喝酒之情景。

　　"故人具鸡黍,邀我至田家。"首联写"至田家"的原因。乡下好友置办了一桌农家宴,杀鸡做菜,黄黍米做饭,邀请自己喝几杯。这"鸡黍"两字就显出农家宴的风味特色,鸡,自养,土鸡;黍米,自种。可以想见,还有新鲜蔬菜,是朋友自种在轩窗对面的毗邻打谷场的菜圃里,诗人把的酒也是家酿的米酒。如此原生态无污染的一桌农家宴,怎不"邀"出孟浩然的酒兴和诗情,让"红颜弃轩冕,白首卧松云"的他,走出柴扉,走下松云,走向田家。

　　"绿树村边合,青山郭外斜。"颔联写"至田家"所行。对此两句,喻守真先生认为写"未至庄而已望见庄外的风景",余恕诚先生认为"只写绿树青山却能见出一片清新的天地"。解释固通,但都忽略了这两句隐含的深层意思，那就是这两句诗并不只是明写绿树青山这庄外风景的表象，而是通过绿树青山的庄外风景作静态参照物，暗写诗人一路"至田家"的动态行程，让庄外的风景默默地陪伴诗人同行。"绿树村边合"，写诗人就像通向田家路旁的绿树一样，到村边合拢，暗示诗人已"至"村庄；下一句补证，诗人再以"青山"为定位参照物，"青山郭外斜"，原本在诗人眼里是"青山横北郭"，随着诗人向村庄行走的位移，一路移步换形；此际诗人站在绿树合绕的村庄回望，青山仿佛已再向城"郭外"倾斜似的延伸。从写法看，这两句诗极具妙不可言的启发性，诗人始终将"至田家"这动态的"至"，了无痕迹地"冲淡"在"绿树村边合，青山郭外斜"这静态的风景中，不但"淡到你看不见诗"，还"淡到令你疑心"诗人到底有没有走。这种极具启发性的以动态(行)寓静态(绿树青山)的写法，真是"语淡而味终不薄"(沈德潜《唐诗别裁》)，需会心品味。

"开轩面场圃，把酒话桑麻。"颈联写"至田家"所为。"开轩面场圃"，表面是写诗人推开窗户面对谷场菜园，深层还有一个意思，就是从生活常识角度讲，诗人一路走来，不讲是大汗淋漓，一般也是"薄汗轻衣透"。此际推开窗户，诗人既赏看"场圃"这农家景，又临窗纳凉，呼吸一下新鲜空气，歇息一下走乏的身心。同理，孟浩然在《夏日南亭怀辛大》诗中有句云"散发乘夕凉，开轩卧闲敞"，写的也是开窗纳凉歇息之意。好了，客人已到，土鸡和家酿已摆上木桌，正散发热气和清香。"把酒话桑麻"，诗人与故人一边对饮，一边聊聊农事这个话题。"相见无杂言，但道桑麻长。"窗外的打谷场和菜园，成为窗内"欢言酌春酒"的主题；窗外景与窗内言和谐一体，相映成趣，让诗的空间充满生机。需要注意的是，诗人吃的黍米饭，也是从打谷场上"家家打稻趁霜晴""一夜连枷响到明"地打下来的。而这一切似乎都在无声暗示，这是一个丰收年！也就不排除"相邀具鸡黍，笑言在农务"，有"共说此年丰"之意在。有此"丰年留客足鸡豚"的物质前提，诗人"把酒话桑麻"，这个酒喝得开心；"开轩面场圃"，这个景看得舒心。基于此诗人才引出尾联。

"待到重阳日，还来就菊花。"尾联写"至田家"所预约，等到九九重阳节那一天,我还来饮酒赏菊。跟首联的"故人具鸡黍"邀我而来不同,这时是"待到重阳日",我不"邀"自来。不是故人老友,不会这么开门见山;不是丰收年景,不会这么反客为主!从这两句诗的公然要求看,就显示出深厚的友谊!从诗味看,将首联的空间化为尾联的时间,更有回味无穷之趣。可以预想,到了重阳节,诗人开轩面对"九月九日开"的菊花,悠然地见着郭外斜的青山。"东篱把酒黄昏后",对饮友情。想诗人一定菊花满头,暗香两袖,尽兴而归。如此潇洒行径,"句句自然,无刻画之痕"(方回《瀛奎律髓》),"益见雅人深致,涤尽尘襟也。"(俞陛云《诗境浅说》)

三、往来成古今

"江山留胜迹,我辈复登临。"又是烟花三月、明媚春江,天际流之上,汽笛声声、商轮滚滚……碧空中再也寻不到您的帆影,以及黄鹤楼前的那一杯深情,故人西辞黄鹤楼,这一"辞",就辞成长江奔流不息的涛声。但"长江悲已滞,万里念将归。""日耽田园趣"的诗人们,正向往着"绿树村边合,青山郭外斜"的精神家园。

"高天厚地一诗囚"的孟郊

一、谁谓天地宽

中唐诗人孟郊(751—814),字东野,是一位被生活蹂躏而又科场失意的诗人。贫穷与科场是毛与皮的关系,科场失意(皮之不存)使他无望仕途(毛将焉附),只能更加坠入穷困。从生活与诗歌的关系角度讲,贫穷有时是诗的催化剂,诗穷而后工(欧阳修)、文章憎命达(杜甫),但也是诗的杀手。体会犹深的当属鲁迅先生:"我每每无钱时,就到处借钱,有钱了,才想起伏案做文章。"自然,对"一步一步乞"的孟郊来说,面对打满补丁的生活,体味就更入木三分,使他不禁用诗流露——有时还是自慰的理由。

他自介"徒四壁"的家:

> 秋至老更贫,破屋无门扉。
> 一片月落床,四壁风入衣。

——《秋怀》

和"无长物"的身:

> 一步一步乞,半片半片衣。

——《送淡公》

甚至一次搬家:

> 借车载家具,家具少于车。

——《借车》

更要命的是，病痛、饥寒、衰残同时扑入"无门扉"的屋中，狼唉着诗人：

> 霜气入病骨，老人身生冰。
> 衰毛暗相刺，冷痛不可胜。
> 鸳鸳伸至明，强强搅所凭。
> 瘦坐形欲折，腹饥心将崩。
>
> ——《咏怀》

孟郊切肤记得，在一个"峭风梳骨寒"的冬夜，自己卧床快被饥寒冻僵，要不是好心的友人送筐木炭，及时燃炉，使他"暖得曲身成直身"的话，说不定这间白屋，再也听不到他苦吟的脚步声。

如此煎熬贫困，使他有时对生活的万千道路产生怀疑，他不满地说：

> 出门即有碍，谁谓天地宽。
>
> ——《赠崔纯亮》

喜欢骑马的他，甚至认为已没有容身之地：

> 我马亦四蹄，出门似无地。
>
> ——《长安旅情》

这也可见：无钱时，如坐针毡寸步难行的他，吟出的几句诗，应当说，不是无病呻吟，而是肺腑之音，可谓是"诗从肺腑出，出辄愁肺腑"（苏轼《读孟郊诗》）。

二、昔日龌龊不足夸

上文已说，孟郊的盛年可看作考学之期，两次大规模地向科场冲锋；然命运之神翻着白眼，使他以"丢盔卸甲"告吹。

头一次科举是792年。他无眠在长安的客床上，想到白天放的红榜,他又悲又喜。喜的是他在榜上觅到他在举场上结识的一个才华横溢的朋友,他叫韩愈,小他17岁。一见如故的他俩,快谈不已。悲的是自己出师不利。借用韩愈在考场写的《马说》作比,是如千里马,却无伯乐;是才华满腹,却时运不济……同时看到试前某些考生不规则"出牌","始知喧竞场,莫处君子身",使他悟到考场的另一面,不禁跳下床来发起牢骚:

> 恶诗皆得官,好诗空抱山。
>
> ——《懊恼》

这不禁使人想起亲睹进士"及第题名"的女诗人鱼玄机来:"自恨罗衣掩诗句,举头空羡榜中名。"——一个是女诗人,在那个时代无缘考场;一个是命蹇之人,失之考场。联起横看:真有同是天涯沦落人之叹。

三年之后,795年长安的发榜之夜,客栈已冷冷清清了。孟郊一边无奈地慢慢拾好行李,然后用手掸了掸身上的新衣,坐望烛火出神。猛然,他恍觉烛火摇曳出年迈的娘亲,满头银发,在自己临行之前,正手捏银针,眼凑灯火,一针一针赶缝着此时身穿的这件新衣。已不是一次了,等待儿子早日归来,关心诗人命运的总是诗人母亲;对母亲来说,考中考不中无关紧要,重要的是听见儿子平安的足音……

孟郊一阵心酸,涨潮回忆,迫不及待地抓起笔,于是一首千古名诗《游子吟》一气呵成地跃然纸上:

> 慈母手中线,游子身上衣。
>
> 临行密密缝,犹恐迟迟归。
>
> 谁言寸草心,报得三春晖。

现是春天,万物吐茂,生机一片。那茵茵春草碧绿内心,已让孟郊用心跳记住母亲春阳般的光辉!

当然两度落榜带来无言的痛楚,因为"十年沟隍待一身,半年千

里绝音尘。鬓毛如雪心如死,犹作长安下第人"的遭遇,孟郊亲历了两回。他总结道:

> 两度长安陌,空将泪见花。
>
> ——《再下第》

是啊,两度长安的阡陌,开满他败北的血泪之花呀。

终于,苦心人,天不负,796年的那次放榜,第三次考试的孟郊终于在红榜看到自己的名字。这是被贫穷殴打半辈子的孟郊,最最风光的时候。那日长安,他满面红光,打马飞扬,换了人似的高唱《登科后》的心情:

> 昔日龌龊不足夸,今朝放荡思无涯。
>
> 春风得意马蹄疾,一日看尽长安花。

前人讥此诗为"不掩寒俭之态",我认为这是孟郊之真。穷抒穷吟,达发达音;总之,抒发的定是实感真情,而绝非无病呻吟。所以,我认为:此诗和杜甫的《闻官军收河南河北》一样,是其"生平第一快诗"。正如叶茵所述"长安得意春风里,百岁都来一日欢"(《孟东野》)。——顺便说一下,在此次马蹄踏春的新科进士丛中,夹着一个叫崔护的身影,他就是名诗《赠都城南庄》的作者。好像他没似韩愈那样,彼此幸运结缘。

其时,孟郊四十六岁。

三、溧阳寂寞老微官

孟郊的朋友方牧描写孟郊的生平:

> 冷露滴破残梦,峭风梳篦寒骨;暮年登第,一生才说几句痛快话。

前两句总括登第前的"龌龊",后两句写登第后的快乐。遗憾的是登第后的孟郊并没有仕途扶摇、青云直上，反是波折重重、苦难连连。综合看，他的"痛快话"确没说上"几句"。

先是他不肯卑躬屈膝用钱铺路，结果登第的他闲家四年。不用说，这待岗的心情像他诗般寒冷。直到800年，50岁的他才被安置为溧阳（今江苏常州溧阳市）尉，"局促未尘吏"，做个管理一县治安的九品小官。可惜好消息来得太迟，"官给未入门，家人尽以灰"，全家人都几乎饿得奄奄一息……所以，他的至交韩愈送其赴任时，就赠序一篇，以暖他潮湿的心情：

> 东野之役于江南也，有若不释然者，故吾道其命于天者以解之。
>
> ——《送孟东野序》

然而韩愈的祝愿落空，他的宦途异常坎坷。

在溧阳任上，他诗气十足，不屑俗务，整日在水木清幽的地方，"命酒抚琴，裴回（徘徊）赋诗"，像《三国演义》中屈就耒阳县宰的庞士元一样，逍遥应世。"出仕因诗忤长官"，结果得罪上司，遭受工资只领一半的经济处罚的棒喝……几经碰壁之后，孟郊只能身离工作四年的溧阳，像陶渊明一样，辞官归家。可谓是"快意看花春一日，溧阳寂寞老微官"（一县圣瑞《赞孟东野》）。

是啊，诗人"一语天然万古新"的苦吟之口，怎能笑谈官场的奉承。——就笔者，一个家邻乡府的小诗人而言，一天到晚听到"你亲自上厕所啊""什么指示"之类套话，就心呕不已；何况"裘褐悬结，未尝俯眉为可怜之色"的孟郊呢？宿命如是。他"形欲折"的瘦骨，只能安坐茅屋的破椅，而绝非大堂的金交椅。——"徒怀青云价，忽至白发年"，年迈下岗的他又趑回贫穷的身边，他在"秋夕贫居"中"述怀"：

> 卧冷无远梦，听秋酸别情。
> 高枝低枝风，千叶万叶声。
> 浅井不供饮，瘦田长废耕。

> 今交非古交,贫语闻皆轻。
>
> ——《秋夕贫居述怀》

是啊,那风吹千片万片的树叶,不就是诗人哆嗦的身影;甚至连眼泪都没有,早被苦难沥干:

> 老泣无涕洟,秋露为滴沥。
>
> ——《秋怀》

等等……最让他致命的是,贫穷毁了他三个儿子,——那是他的心肝啊,一生的诗啊!生命中有如此多的颤音,自然是一首忧伤的乐曲。他《悼幼子》写道:

> 生气散成风,枯骸化为地。
>
> 负我十年恩,欠尔千行泪。

据诗友王建介绍,因孟郊悲悼爱子,作九首《杏殇》,当时竟激起"但是洛阳城里客,家传一首杏殇诗"的普遍反响。这就充分证明孟诗有感人至深的艺术力量。

四、掩关独立饥看天

暮年的孟郊,义兴(今江苏宜兴市)、长安、洛阳……在漂泊的间隙,用笔和生命,写诗!写诗!写诗!……"夜学晓不休,苦吟鬼神愁。"闻一多先生分析过:"诗是唐人排解感情纠葛的特效剂,用诗一发泄,任何矛盾都注销了。"的确如此。对孟郊这类穷诗人而言,用诗发泄成了排解生活的一种手段。所以他津津于苦吟一字,捻须数根、耐寒半宵;甚至故意挑唆身与心为诗"结怨"——"心与身为仇"。在这种"语不惊人死不休"的写作过程中,寻觅生活的快感,熨帖生命的伤痛。然而,诗人沮丧的是:

　　　　无子抄文字,老吟多飘零。

　　　　　　　　　　　　　　　　　　——《老恨》

无儿无女为他笔录文字,使疾病缠身的诗人,灵感潮涌般的"老吟"随风飘零。作为自慰的方法,"有时吐向床,枕席不解听",将诗吟诵床枕们听;然而床枕们不是"人",自然"不解听"。唉,崇尚金钱的人们,都不愿听诗,何况无生命的枕席呢?——让信诗的我,脚跨千年,义务地在他身旁立成书童,用笔飞快地录下他金贵的"老吟"。我生怕啊,它们像曹雪芹80回后的《红楼梦》一样,遭到"迷失"的厄运。仅从孟郊对诗的执着看,确如金代的元好问所说:"东野穷愁死不休,高天厚地一诗囚。"——他是万古"诗囚"!

　　诗人一天弱似一天,贫穷一步勒紧一步,已到了断顿的地步……呕出的诗章并不能化为柴米——柴可烧、米可煮;而诗,只能颤抖在泥泞的床头,让钻窗的风去翻,漏屋的雨再阅。年迈的孟郊慢慢从床上爬起,强忍肚皮咕咕的饥饿,挂杖一步步地挨到门边,"幽苦日日甚,老力步步微",他心里清楚,挨到门边随时都可能再无生命返回,"常恐暂下床,至门不复归"。现在他身靠门框,撤回不信任红尘的目光——那里没有他的知音,而是抬头望天。是啊! 天上有文曲星,那朵朵白云就是他们的化身吗?

　　　　床头无米厨无烟,腰间并无看囊钱。
　　　　破书万卷煮不得,掩关独立饥看天。

　　　　　　　　　　　　　　——杨砚山《题〈饥看天图〉》

被孟郊长久长久仰看的蓝天啊,请为中国最贫寒的诗人,掉一块馅饼吧……

五、日月风云顿觉闲

　　行文至此,我忧伤的笔不能不触诗人之死。

814年,诗人携续弦郑氏,同坐马车,远投兴元(今陕西汉中市)"打工"做幕僚。可怜车至闵乡(今河南灵宝市)之境,暴病而亡,魂逝他乡。因穷加上人地生疏,被抛尸数日,最后卖掉马车才得以在一个叫北邙山的地方埋葬。"孟郊死葬北邙山,日月风云顿觉闲",享年63岁。据说北宋词人柳永死后,是好心的妓女(他的红尘知己啊!)慷慨集资,为他买棺。而清代文学家曹雪芹"一病无医",草草裸葬于除夕之夜。这几人的作品已融人民族的血液。然而天才死时,竟无一个像样的棺木和葬礼!联起纵看:真所谓"怅望千秋一洒泪,萧条异代不同时"了。

他死后,老友韩愈写了篇《贞曜先生墓志铭》,而比孟郊小28岁的贾岛,更是对其凄凉身世,哭以诗句:

> 身死声名在,多应万古传。
>
> 寡妻无子息,破宅带林泉。
>
> 冢近登山道,诗随过海船。
>
> 故人相吊后,斜日下寒天。

一位用生命写诗的一代歌手走了,留下无数的小诗人,在酒足饭饱之余,一稿多投,相互吹捧,无病呻吟,为稿费,为入某某作协而奔走忙碌……

"世间富贵应无分,身后文章合有名",因为"诗人的死等于诗人的再生"。——量体裁衣般为孟郊引下这几句话的笔者,挥汗如雨草罢此文,距孟郊之死,其间相隔1300多年。

刘禹锡在和州小研

824—826年，中唐著名诗人刘禹锡任职和州（今安徽和县）刺史。他不但是一位执政为民的清官，还留下了《陋室铭》等一批千古名作；如今"苔痕上阶绿，草色入帘青"的陋室更是人们向往的旅游胜地。本篇试着从文史角度出发，对他在和州的心境略做梳理，目的就是永远缅怀这位大诗人与和州结下的不解之缘。

一、孤帆一片日边来

824年8月，刘禹锡乘舟从夔州（今四川奉节）顺长江东下和州。怀揣朝廷的任命书，他已从夔州司马调任和州刺史。按官场上讲，他官位得以擢升。应当说，他此时的心情比夔州时大为好转。所以，站在舟头的刘禹锡，望着"潮平两岸阔"，感受着一叶风帆正引领着中唐的江风。因为心情好转，面带笑容，连江水都滚滚着他的快意，正用浪花推动飞舟。回望夔州，他仿佛体会到"两岸猿声啼不住，轻舟已过万重山"的意境。猿声已去，重山已远；和州正站立江边，牛渚江敞开怀抱，共迎它们的新领导，正孤帆一片日边来。

824年10月，是熠熠生辉的年份，刘禹锡到了和州。

二、惟吾德馨

有人说，刘禹锡到和州，有位姓策的县令给他穿小鞋，经济适用房都没让他住，让他住危房，主要证据就是《陋室铭》。全文如下：

> 山不在高，有仙则名；水不在深，有龙则灵。斯是陋室，惟

吾德馨。苔痕上阶绿,草色入帘青。谈笑有鸿儒,往来无白
丁。可以调素琴,阅金经。无丝竹之乱耳,无案牍之劳形。南
诸葛庐,西蜀子云亭。孔子云:"何陋之有?"

从历史角度说,这是有违事实的。先从官位讲,刺史是当地一把手
(相当于现在的市长),比在夔州任"朝廷雇我作闲人"的司马这个
"二线干部"是有本质的进步。从官服上讲,刘禹锡在任夔州司
马,着青衫,所谓司马青衫;而任和州刺史,他可以着红袍,并独
享五马驾驭的公务用车。此际刘禹锡时年已五十三岁,借用刘禹锡
的好友白居易的诗说:"徒使花袍红似火,其如蓬鬓白如丝。……
银印可怜将底用,只堪归舍吓妻儿。"然而对刘禹锡这位"德馨"
的政治家来说,这"吓妻儿"的银印是非常需要的,但绝不是以权
谋私,而是天下为公、执政为民。和州永远感谢这位"鬓白如丝"
的好干部。据史料载:刘刺史上任时,和州正水旱频繁,他在《历
阳书事七十韵》中说:"比屋惸嫠辈,连年水旱并。遐思常后己,
下令必先庚。"意思说,和州的老百姓连年饱受旱涝之灾,生活无
着。一想到此,就必须积极救灾、勤政为民,把个人享乐"杀死"
脑中。他在《和州刺史谢上表》说:"伏以地在江淮,俗参吴楚,
灾旱之后,绥抚诚难,谨当奉宣皇恩,慰彼黎庶。久于其道,冀使
知方。伏乞圣慈,俯赐昭鉴。"由此可见,刘刺史是将"绥抚""慰
彼黎庶"作为己任,心中装着老百姓,所谓"些小吾曹州县吏,一
枝一叶总关情"。对为官之人来说,不在官袍的红绿、官印的金与
银,而重在造福苍生,为民谋福祉,人们才会记住他,所谓"金杯
银杯,不如老百姓的口碑"。

回头再说说《陋室铭》,文中的"苔痕上阶绿,草色入帘青",不过
是借文抒怀,是纸上建筑,是不能作为推演他实际住房待遇的力证。
尤其值得注意的是,针对铭文中的"谈笑有鸿儒"之句,拙以为,更被
后世一再误读,自有甄别的必要。

三、谈笑有鸿儒

"谈笑有鸿儒",今人多被此句中的"有"字所误导,轻率地认为陋室不时有鸿儒登门,从而肯定地解为:"写室中人,侧重写与朋友的交往。""诗人在陋室内弹琴读经,吟诗作赋,或是与一些志同道合的友人谈古论今。"全文"写了陋室的景色,往来的人物,主人的意趣、情操与人格"。

但我们从文本角度上认真考察,就会发现陋室并不是"文艺沙龙",并没有什么"志同道合的"鸿儒在"谈古论今";而是作者一人,以诸葛亮、杨雄这两位汉代贤人自诩,在陋室中弹琴阅经,自我修炼德馨的生命主题。导致有"往来的人物"这误读的原因,就是作者在写法上,并没有用显而易见"侧重"之笔,而是用草蛇灰线的暗示之法所造成。这就要求我们对文中之句逐一进行透视和分析:

一是从"山不在高,有仙则名。水不在深,有龙则灵"句分析。意为山不在乎多高,哪怕只有一个神仙居住都出名;水不在乎有多深,哪怕只有一条龙居住都灵。比的不是数量,而是质量。喻示室不在大,有儒则成,哪怕就剩自己一个"光杆司令"都行。所谓"室雅何须大,花香不在多"。联系铭文后提到的高卧南阳的诸葛亮,虽"时人莫之许",但毫不影响他以管仲、乐毅自诩。所以,纵然门前冷落车马稀,无鸿儒往来,也可自谈自笑,自做"已是世间能赋客,更攻窗下绝编书"的鸿儒。

二是从"苔痕上阶绿"句分析。苔痕已欺负上台阶,可见少人登堂入室。刘禹锡《再游玄都观》有句:"百亩庭中半是苔",为什么"百亩庭中半是苔"呢?他在诗序中给出答案:"重游玄都,……唯有兔葵燕麦动摇于春风耳",可见无人光临。崔国辅《长信草》道:"时侵珠履迹,不使玉阶生",只有鞋履经常侵犯,宫草才不会生上台阶。李后主在《浪淘沙》词里说得更加明白:"秋风庭院藓侵阶,一行珠帘闲不卷,终日谁来。"从此角度说,如众鸿儒常登阶入室,"好客交珠履",高朋满座,履齿过处,苔痕也就无从绿上台阶。

三是从"草色入帘青"句分析。室前草色都青透窗帘,自然是绿草如茵,也补证人迹罕至的事实。唐人杜甫《蜀相》有句"映阶碧草自春色",清人仇兆鳌在《杜诗详注》道"写祠庙荒凉",意思是写草碧无人经过。"庭草无人随意绿。"也就是说,欺阶的苔痕、入帘的青草,都是没有"屐齿印苍苔"的鲜活见证。"闲房何寂寞,绿草被阶庭。"所以刘禹锡在《元日感怀》诗所写:"异乡无旧识,车马到门稀",可看作此时陋室的真实状况。"及谪官十年,居僻陋,不闻世论。"(《答道州薛郎中论书仪书》)

四是从"谈笑有鸿儒,往来无白丁"句分析。"谈笑有鸿儒"意为刘禹锡在陋室内自谈自笑,并不因为没有聆听的耳朵,就否认不是满腹经纶的鸿儒。"往来无白丁"意为,虽然自己在陋室是"独行独坐,独唱独酬还独卧",没有朋友欢聚的脚步,但也绝不与目不识丁者"碰瓷",而自我放逐、沦为俗流。注意,"往来"在此句中是独来独往、自来自去之意。刘禹锡在《途中早发》有"往来无闲步"之句,写的是"马踏尘上霜"的诗人,独自在关塞内悠悠往来。北宋人苏东坡《卜算子》有句"谁见幽人独往来?"写的也是"缺月挂疏桐"下的一人独自往来。从"谈笑有鸿儒,往来无白丁"两句的修辞看:既为对仗,更是互文,也可理解为"谈笑无白丁,往来有鸿儒",意思是陋室的刘禹锡,自谈自笑也不是白丁,独来独往仍是鸿儒。这就暗示出作者自设的价值标准:是否鸿儒,并不取决于有无"与朋友的交往"的客观因素,而取决于自身德才的主观因素。"试上高楼清入骨,岂如春色嗾人狂。"只要自己"更攻窗下绝编书",就算孤独无助,也仍为鸿儒。这就像"斯是陋室,惟吾德馨"句意一样,是否德馨,不取决于室陋与否,而取决于室主德行多寡。

五是从"可以调素琴,阅金经"句分析。"调素琴,阅金经",注意,刘禹锡在此句前加了"可以"两字作为修饰语,言外之意就是弹琴读经,完全可以独自完成。这就从侧面默认了,并无什么"一些志同道合"者登门,合奏抚琴,共阅金经,"谈古论今"。

六是从"南阳诸葛庐,西蜀子云亭"句分析。南阳诸葛庐,写诸葛亮高卧南阳时住的茅庐。注意,当时的诸葛亮正躬耕陇亩,高卧草堂，"谁识躬耕者，年年梁甫吟"，根本没有车如流水马如龙的宾客盈门。西蜀子云亭，写的是西汉后期的哲学家、文学家、语言学家扬雄。仅据唐代大诗人李白《古风》诗所言，"独有扬执戟，闭关草太玄。"从扬雄生平看，他四十岁之前在成都"年年岁岁一床书"式的闭门苦读；在"寂寂寥寥扬子居"中，仿《论语》作《法言》，仿《周易》作《太玄》；后曾当过执戟站岗的哨兵，再后来调动到天禄阁校对书籍。所以李白称其为"扬执戟"。但扬雄不但才高，还很有气节，曾嘲笑那些向上爬的权贵们，"当涂者入青云，失路者委沟渠。且握权则为卿相，夕失势则为匹夫"。所以他宁愿闭关写他的巨著《太玄》，也不媚权贵。再联系刘禹锡被贬的经历，来对照他引用的这两位古人。弦外之音就是，我被贬谪和州，无所事事，没有劳神的案牍，不能"兴尧舜孔子之道，利安元元"，为民效力。心境上真像诸葛亮一样，高卧陋室，期待刘备召回的马蹄，好早日回朝继续为国家鞠躬尽瘁。但现实是"老屋凄凉苔半遮，门前谁肯暂留车"，无人临门；那就再像西蜀扬雄一样，工退之余，"却为精舍读书人"，闭门弹琴读经，"案头开缥帙，肘后检青囊"。不但做到"扬雄秋室无俗声"，还要"沉舟侧畔千帆过，病树前头万木春"，做到"穷则独善其身，达则兼济天下"，养浩然之气，不更幸福。另外诗人也素爱音律，曾写有"清琴入夜弹""清琴入性灵""室静琴思深""静室宵闻磬"等句。调素琴，阅金经，独弹今人多不爱的古调，表现了作者追慕"抛官为折腰"的陶渊明"乐琴书而忘忧"的高洁情怀。"知君摆落俗人心。""坐有琴书，便成石室丹丘。"一句话，何陋之有？

　　七是从"孔子曰：'何陋之有？'"句分析。典出《论语·子罕第九》："（孔）子欲居九夷。或曰：'陋，如之何？'（孔）子曰：'君子居之，何陋之有？'"刘禹锡引用此典，有一个不容忽视的看点，就是"欲居九夷"的是孔子一人，而蚁居陋室的作者也是一人。人数相同。这也为没有什么鸿儒登门，提供了一个旁证。而对此际的"莫道谗言如浪深，莫言迁客似沙沉。千淘万漉虽辛苦，吹尽狂沙始到金"的室主刘禹锡来说，可以继续像孔子的高足，箪食瓢饮于陋巷的颜回一样，"人不堪其忧，不改其乐"地在陋室弹琴阅经，千淘万漉德艺的黄金。这里，孔子赞颜回"贤哉!"与刘禹锡自诩"德馨",道德意义一致,都是君子。

"薄落唯心在,平生有己知。"(刘禹锡《罢郡归洛阳寄友人》)综上所述,陋室鸿儒就一个——刘禹锡,你们看到的全是幻影。

但从被誉为"在中国文学史上选一篇极短而且绝佳的散文,这篇是毫无疑义的上上之作"的铭文的意义看,我比较相信和县学者薛从军先生所论:"刘禹锡在这篇文章里,意在说官员清贫廉政,居陋而不以为陋,一心为民,为民分忧,不做伤民害民之事,清静无为,上下协调,就能永播香名。即使'人或加讪',但'心无疵兮'(《子刘子自传》),这就是德馨。"(《解读刘禹锡的〈陋室铭〉》)薛老师是和县本土高贤,在此文中丝毫没有为刘禹锡戴高帽,而是从浩瀚文史中内查外调,科学深入地分析,得出公允平实的解读。

四、天涯若比邻

在和州任上,刘禹锡的好友白居易就亲身相会、当面叙情。那是长庆四年(824)夏,由杭州刺史调任东都洛阳太子少傅的白居易,顺路和州看望刘禹锡。他先经屯溪,再过芜湖,再至天门山,后到距和州城22千米的渡口时,刘禹锡已在南渡口迎候。两人乘船到北渡口,下船后,白居易借景生情吟道:

> 和州涨水少桥横,难得使君过渡迎。

刘禹锡已会意,接吟:

> 今有圣人波上踏,来朝或可地虹生。

后来,刘禹锡将渡口命名为"白渡",意为白居易曾在此渡河。此处现为和县白桥镇。你看,白桥镇有这样的光辉历史,有此合吟为证,将刘、白的友谊紧紧地凝集。

"海内存知己,天涯若比邻。"如说刘禹锡在和州任上,白居易是当面叙情,那么出生和州乌江,其时远在洛阳任职的大诗人张籍,"别

离已久"就只能纸上慰情;他给这位来自家乡的父母官赠来一首诗《寄和州刘使君》:

> 别离已久犹为郡,闲向春风倒酒瓶。
> 送客特过沙口堰,看花多上水心亭。
> 晓来江气连城白,雨后山光满郭青。
> 到此诗情应更远,醉中高咏有谁听。

在这首诗中:"沙口堰""水心亭"都是当时和州的地方景点。而尤为出彩的是此诗颈联,把沿江水乡早晨和雨后的景色,描绘如一幅水墨画一般。只有早晨,才能看到"连城白"的"江气"像雾一样;也只有雨后,山和城才碧绿如洗、青翠欲滴。也只有和州生长的张籍才能胸有成竹地将家乡描写得出神入化、清新动人。

对于张籍诗的最后一句"醉中高咏有谁听",我认为它不但涉及事发和州的一个文史典故,也暗喻这位刘刺史,使我不得不枝蔓一下,做个解读。——就算为和县充实一点人文景点类旅游资源。

五、醉中高咏有谁听

张籍"醉中高咏有谁听"的诗句,使我想起李白的《夜泊牛渚怀古》,全诗为:

> 牛渚西江夜,青天无片云。
> 登舟望秋月,空忆谢将军。
> 余亦能高咏,斯人不可闻。
> 明朝挂帆席,枫叶落纷纷。

比较张句"醉中高咏有谁听",简直就是"余亦能高咏,斯人不可闻"的另一版本,句异意同:"能高咏"的余(我)与"醉中"能"高咏"的你,"有谁听"与"不可闻"。只不过李白是用第一人称,直抒己见;而张籍是用第二人称,代你立言。更主要的是:张籍诗寄主政和州的刘禹锡,而李白月夜怀古的牛渚江就从和州奔淌而过,地点相同。所以,我们完全有理由从牛渚江边的李白怀的什么"古"谈起,——何况张籍化用的是李白的诗句,而且也是长他六十六岁的前辈。

那李白心怀的是谁呢?

怀的就是东晋牛渚江上对月高吟《咏史诗》的袁宏——从小运租船上走出的"一时文宗"。

那是东晋穆帝永和初年的一个月夜,当时镇守历阳(就是和州)的镇西将军谢尚(书圣王羲之与他友好。另,324年夏,王羲之亲临历阳,拜会谢尚。两人同游至西梁山南麓临江处,面对江山美景,王羲之泼墨挥毫,在石崖写下"振衣濯足"四个大字,落款"永和三年王羲之"。据说谢尚急命能工巧匠,依字凿刻而让墨宝流转至今)带领一帮随从,在月下泛舟牛渚江,忽然听到远处江面传来若隐若现、忽高忽低的《咏史二首》;而永做"文艺青年"的谢尚将军不禁为之心动,他速命左右停舟细听:

> 周昌梗概臣,辞达不为讷。汉黯社稷器,栋梁天表骨。陆贾厌解纷,时与酒樽杌。婉转将相门,一言和平勃。趋舍各有之,俱令道不没。
>
> 无名困蝼蚁,有名世所疑。中庸难为体,狂狷不及时。杨恽非忌贵,智及有余辞。躬耕南山下,芜秽不遑治。赵瑟奏哀音,秦声歌新诗。吐音非凡唱,负此欲何之?

谢尚不禁听得入神——被诗打动。忙命人在远处一艘小运租船上找到高咏此诗的小青年,此人正是袁宏。那晚,谢尚对袁宏一见如故,赞赏有加。从牛渚江起锚,袁宏从此搭上谢尚的顺风大船,"千里江陵一日还"般地航行新的人生。在仕途上,袁宏先任豫州别驾,再转入安西将军桓温幕府任参军。后做安南司马记室,兴宁元年(363)他出任南海太守。宁康元年(373),袁宏入朝任骁骑将军、吏部郎;后出任东阳太守。太元初年,他在东阳抛锚了他四十九岁的人生航程。当然在文学上，袁宏也是一座高峰。《文心雕龙·才略篇》就誉他"发轸以高骧，故卓出而多偏"，即说他被誉为"一时文宗"不是没有原因的。

知道了这个典故，我们就知道独立牛渚江边，像袁宏那样高咏的李白，没有袁宏那样好命，也没有谢尚样的高官贤士月夜倾听，并成为仕途的领航员。——这就是"余亦能高咏，斯人不可闻"两句诗的意旨。所以，牛渚江对袁宏来讲，流淌的是喜悦；对李白来讲，流淌的是无边的失意。同样张籍在寄刘禹锡的诗中，也含蓄地表达出同样的情怀：你被贬出京已二十多年，辗转人生的南北——广东的连州、湖南的郎州、四川的夔州都是你漂泊的驿站，"望秦岭上回头立，无限秋风吹白须"；今又到了和州……你就是醉中也像袁宏那样高咏诗篇，有谁听见？环顾朝中，对你支持的谢尚一样开明的高官与贤士，已"枫叶落纷纷"，"当时朝士已无多"，凋谢殆尽。所以张籍七律诗的尾联，表达了对好友无边的同情与惋惜。这才是张籍诗的言外之意和味外之旨。从张籍全诗涉及的地名看，颔联明写："送客特过沙口堰，看花多上水心亭"，那么尾联似暗写"高咏应到牛渚江"。从用典手法看，这是暗用。——因为这牛渚江之景是看不见的，化典无痕，是未写之写，须细味。但刘禹锡既是"骊龙得珠"的咏史高手，又是胸装和州的地方官，自然一目了然此味外之旨，领会牛渚江上寂寞流淌的江水，以及心空的那弯冷月，直照千年。——但还是心感无边温暖，起码老友张籍是听懂了自己的"醉中高咏"，也就平生足慰了……

六、夜深还过女墙来

事实刘禹锡在和州创作了不少脍炙人口的佳作，甚至可以说，和州为他迎来了诗歌创作的一个高峰。"晴空一鹤排云上，便引诗情到碧霄。"他在和州任上创作了《洗心亭》《望夫石》《望夫山》《金陵怀古》《和州送饯侍御自宣州幕府官使于华州觐省》《张郎中籍远寄长句开缄之日已及新秋因举目前仰酬高韵》《敬宗挽歌》，离任途中写了《罢和州游建康》《经檀道济故垒》《酬乐天扬州初逢席上见赠》《韩信庙》等，其中最享盛名的是《金陵五题并序》，全诗为：

山围故国周遭在,潮打空城寂寞回。
淮水东边旧时月,夜深还过女墙来。

——《石头城》

朱雀桥边野草花,乌衣巷口夕阳斜。
旧时王谢堂前燕,飞入寻常百姓家。

——《乌衣巷》

台城六代竞豪华,结绮临春事最奢。
万户千门成野草,只缘一曲后庭花。

——《台城》

生公说法鬼神听,身后空堂夜不扃。
高坐寂寥尘漠漠,一方明月可中庭。

——《生公讲堂》

南朝词臣北朝客,归来唯见秦淮碧。
池台竹树三亩馀,至今人道江家宅。

——《江令宅》

在此组诗的序中,刘禹锡明言:"余少为江南客,而未游秣陵,尝有遗恨,后为历阳守,跂而望之。" 就是这位未游南京、跂而望之的人,却写出此组令无数江南客羞愧的千古力作。《旧唐书》就记载说刘禹锡此组诗一出,"江南文士称为佳作"。余秋雨先生也承认:"心中珍藏的千古名诗中,有不少与南京有关,其中尤以刘禹锡的《石头城》为最",并就刘禹锡的《石头城》进一步引申:"一千年前的诗人已把怀古的幽思开拓到如此气派,再加上一千年,南京城实在是气可吞天。"(《五城记·南京》)但请不要忘了,连大诗魔白居易都由衷发出"后人无复措词"的这组"气可吞天"的怀古大诗,它的出生地,——就是我们的和州!

李商隐的情感絮语

一、只是近黄昏

晚唐的某个黄昏，李商隐"打的"到长安城南的乐游原景区。当他站在乐游原上，看着如画的一轮夕阳，郁郁寡欢地道：只是近黄昏。意思是这美好的夕阳，就像一个句号，画在一天的结尾，让他生命又失去宝贵的一天。为什么无限好的夕阳，却夕照出一片悲观的情绪，李商隐给出解释：向晚意不适。原来他此时心情不好、情绪不佳，才到如画的乐游原上，散散心。可惜美好的夕阳，只是短暂地照耀自己，强大的夜色已悄悄地来临。对于此诗，清人纪晓岚认为是李商隐在"悲身世"。在我看来，"意不适"确能折射他的某些身世之"悲"。

一是童年不适。李商隐十岁丧父，作为长子，他在当时举目无亲、孤苦无依的状况下，就到处当童工，给人家抄书、舂米，得到一点微薄的收入，滋补全家骨瘦如柴的生活。二是仕途不适。当十六岁的李商隐，以飞扬的文采获得权臣令狐楚的青睐和提携，算蹒跚起步于仕途。可惜后来李商隐深陷于牛（僧孺）李（德裕）党争，进退维谷，成为终生的死穴；加上其时朝堂昏暗，他纵是西汉的贾谊，自有仙才、才高盖世，在"不问苍生问鬼神"的皇帝眼里，也不过是一个算命先生，要你半夜回答的不是治国的良策，而是响亮地确认他命像太阳，永远统照大地。命定他怀才不遇，一生襟抱未曾开。就像奔走黄昏之人，迎来的不是红胜火的日出，而是漫漫黑夜。三是身体不适。他曾对原少东家，令狐楚之子，时任考功郎中的令狐绹坦诚：休问梁园旧宾客，茂陵秋雨病相如。意思是，您别问我这个早年投奔在您家的幕府青衫、才华少年，现在就像西汉时的司马相如，正卧床饱受着秋雨和病痛的折磨。四是情感不适。这是我想要重点讲的，因为婉约地隐匿在他生命的历程里。

纵观李商隐的爱情诗，我认为他是爱情的懦弱者，却是强势的追忆者。他自己都承认，此情可待成追忆？只是当时缺少追求的勇气，只有惘然。这就像他在"接天莲叶无穷碧，映日荷花别样红"的夏天，却不敢主动地"莲动下渔舟"，哪怕沉醉中，是"误入藕花深处"的"误入"都不敢"误"，连酒都壮不起胆，只能默默看着夏去秋来、荷花飘零，仅能用憔悴的荷叶去倾听情感的雨声，"留得枯荷听雨声"，错过了那个情感的夏天。这又像《花下醉》一诗所说：与客寻芳、心醉流霞，仅有他老实地"倚树沉眠"，等到客散酒醒已是深夜，他才想起手持红烛、深夜赏花；可惜红颜散尽、群芳凋谢，——是梦的神女、无郎的小姑、窥帘的贾氏、留枕的宓妃、玉体的小怜、半面妆的徐娘……纵然你红烛高举，也撑不起漫漫长夜，只留下残花败叶，一次次芬芳伤痕累累的记忆，以致烛光背转身去，不忍偷窥惘然的自己。同时还不忘警示下自己：春心莫共花争发，一寸相思一寸灰，生怕激情的火星，灼伤了彼此。原因或许与他灰色童年和坎坷命运，造就的"偏于软弱内向的性格"和"自恋情结"（王蒙《雨在义山》）密切相关。命定他身无彩翼，无法与你同行；只能心有灵犀，夜夜倾听你的歌声……如今蓬山已远、青鸟已老，空看星坠长河、雨落秋池，夕阳无限好中，留下一个迟暮的自己，在古原上驱车，怎不让人担心，他的车是怎样开回去。

858年，46岁的李商隐进入生命的冬天。他在《忆住一师》道："烟炉销尽寒灯晦"，生命之火奄奄一息；好在"童子开门雪满松"——身边的爱情已长大成人。但再大的风雪也阻挡不了他梦的脚步，仍然回到爱人的身旁！"散关三尺雪，回梦旧鸳机。"一丝异乡的烛光，仍孤独地照亮归程……

据说晚年的诗坛大佬白居易，读罢李商隐的诗文后，竟要求来世投胎成为李商隐的儿子。这真有点意思。从诗风上比较，白居易诗歌，乡间老太婆都能理解。而李商隐的某些诗歌，连专家都绞尽脑汁。从情史上比较，白居易可谓一生妻妾成群，口尝美酒，尤其喜欢两位妙龄的家姬，一个用性感的樱桃小口唱曲，一个用惹火的杨柳细腰曼舞。然而酒色和诗文，却没有掏空白居易的身体，神仙般地活到七十五岁，连明代文学家袁宗道都羡慕他是"世间第一有福人"。真该让只活到四十六岁的李商隐，转世做他儿子，以继承他的好命。

"西山不改青苍色，却为人间送夕阳"，如此说来，夕阳西下的李商隐，"意不适"又岂止是一个向晚，而是人生和流年。

二、春蚕到死丝方尽

东风疲软，残花满地，又是一个人生的暮春。晚唐最忧伤的歌手李商隐，又站在情感的路口，送别他的情人。隔着千年时光，我们已无力知道这位女子的个人背景。历史的烟云早已蚀尽这位红颜的生平，虽然今人苏雪林女士翻破三千古籍，考证李商隐曾与某女道士交心、某宫嫔倾情，然而千载时空浩渺，使得她的考证存满虚幻般的索隐。但清晰永恒的是，李商隐同天下所有纯情男女一样，留下真金般的誓言。你听：

> 李：从别后，你我虽难相逢，但今生我都像你昼养的春蚕，心丝只为你一人尽吐……
>
> 女：义山，不在你身边的我就像你案头的那支红烛，陪你歌唱陪你流泪，直至生命灰烬在你面前！

如此山盟海誓，听得心如铁石的历史也会泪流满面。然而一切都已注定，宛若落花不可能立返枝头、泼水不可能重收马前。命定要分手，环拥的他俩仿佛看见：落花正与春天吻别……而内心早透彻如镜：东风还会重来、花落还会花开，此刻一别，明日天涯，那就用记忆的魔镜烙下你的容颜，在想你的冷月下，为你写诗为你流泪……直到夜寒锥骨般的提醒，我俩的大地再也没有春归。

上天啊，为什么让中国古代最优秀的情歌手之一的李商隐，一次次内心受虐着别离的眼泪——经牛李党争,遭官谪身贬,他像一支光闪诗史的蜡炬,背转身去,饮遍所有命运的泪水。上天啊!你就不要让他苦难的心灵再流血……然而一个声音仿佛穿透历史,强作欢笑的李商隐对踏花欲去的女子挥手轻嘱:别忘了给我来信。

三、碧海青天夜夜心

李商隐《嫦娥》诗道:

> 云母屏风烛影深,长河渐落晓星沉。
> 嫦娥应悔偷灵药,碧海青天夜夜心。

诗中的嫦娥,传说是人间的一个村妇,因偷吃了长生之药,命运天翻地覆,就从地球移民到月球,从有夫之妇变成活寡妇,更从生死由命的村妇变成万寿无疆的贵妇。

李商隐认为,"偷灵药"后的嫦娥应该感到后悔,因为烛影屏风烙下她孤单的身影,长河星沉她落寞的眼神,从此怀抱宠物兔,再也怀抱不到男人,孤孤单单过,永远——因为她已不受生死的管束。但我认为这只是李商隐的个人态度,未必就是嫦娥的真实意图。从"偷灵药"的动机看,谁能保证她是客观误食,而不是主观"偷"吃。试想,面对人间生老病死的铁律,有几人能抗得住那长生不老、万寿无疆的这诱惑的"苹果",就不说普通凡妇们向往的锦衣玉食、容颜永驻的美好生活。从追求长生不老来讲,人间多少帝王海外求丹、深宫炼药,名士们常年积极地服用五石散;就连神话小说《西游记》,不也描写上界的神仙,在吃延年益寿的蟠桃;而下界众多的妖魔鬼怪,更是破坏佛祖主导的取经大业,仍对不老的唐僧肉趋之若鹜。这些都在说明,仙、人、妖异曲同工地想过长生不死的生活。请问谁又"应悔"过?从这个角度看"嫦娥应悔偷灵药",还真是李商隐的一厢情愿。想是一生执着于情,"深知身在情常在"的他,由己度人,想当然地把嫦娥看成"愿作鸳鸯不羡仙"的爱情主义者,而忽视她也有"服此药可得神仙"的追求本能。

纵观李商隐诗歌,就发现他对这位女神,爱的纠结。既有对她嘘寒问暖:嫦娥衣薄不禁寒,生怕寒冷侵犯她的身体,但又无奈地承认:"青女素娥俱耐冷,月中霜里斗婵娟。"她们都是神仙,正在人世的霜寒中,快乐地比较永不老去的容颜,何冷之有?但诗人真是情痴,还在傻想,嫦娥应悔偷灵药,此夜姮娥应断肠。好像嫦娥吃了长生药,却得了相思病,夜夜思凡,思凡下界的老情人。看来这灵药是白吃了,因为生命是"无疆"了,精神又出了毛病。甚至诗人看到守活寡的嫦娥,竟想与她相处月宫、同游天宇——"月娥孀独好同游"。对痴情的诗人来说,想再谈一场精神恋爱,"神女生涯原是梦,小姑居处本无郎",应该不会有醉后天蓬元帅那种猥琐的企图。

对于此诗,有论者解读诗中嫦娥,是诗人影射当道士的情人,如宋华阳姐妹。孤冷的月宫变成情人的道观,宠物兔变成声声木鱼;虽然仙凡有别,但孤独感倒也有几分相似。而在午夜的凡间,谁执着地怅望银河,忠贞地吹着他的笙声……只是长河星落、月华如水,老了多少痴者和红颜。

四、何当共剪西窗烛

凭窗等你,是孤寂的。我想不但人,就是神也感觉一致;除非,他冷血。李商隐曾用《瑶池》诗表达了这个未竟的约会:

> 瑶池阿母绮窗开,黄竹歌声动地哀。
> 八骏日行三万里,穆王何事不重来?

诗中:为等待周穆王驾着八匹骏马赶来,西王母倚着瑶池精致的窗户,秋水望穿也不见他身影。读罢诗,仿佛能听到倚窗的西王母不已的喃喃自语:他为什么不能来呢?

神尤如此,人岂能免?加上雨声,"滞雨长安夜,残灯独客愁",更增多少窗前客的思念和无眠。你看,李清照在丈夫赵明诚远行之后,就整日不出:守着窗儿,独自怎生得黑! 枯坐窗前、眼望窗外,百无聊赖地数着念珠般的雨点打发时间;梧桐更兼细雨,到黄昏,点点滴滴。无声表露,思念就如雨从树落,坚韧地从晨滴到昏、从春滴到秋……

事实,在这连天雨水笼罩的江河与高山,出外的男人又何尝停止过思念——想到妻子殷殷的函讯,何时归家? 那窗外梧桐滴落的雨水就化作声声呼唤,心情已一片潮湿,记忆更加泥泞……漂泊巴蜀的李商隐就在这种心境下,迫不及待地写下《夜雨寄北》,来慰藉远方的企盼:

> 君问归期未有期,巴山夜雨涨秋池。
>
> 何当共剪西窗烛,却话巴山夜雨时。

是啊,何时窗烛共剪,你我再把各自的相思倾诉一遍。那是烛光在默默地谛听,谛听我们柔肠百断的传奇与思念……

"揽枕北窗卧,郎来就侬嬉",——那时久别重逢的你我,定会倍感:那古今中外的爱情诗,也不过是绯红拉起的窗帘。

五、荷叶生时春恨生

"荷叶生时春恨生,荷叶枯时秋恨成。"据说李商隐曾有一位小名"荷花"的恋人,所以荷叶的枯荣,都始终牵挂他的心。对我来说,荷叶又何尝不摇曳心田。

那是二十多年前的一个夏天,我与一位叫莲的女孩,相约在安徽省城的著名景点包河公园。我们并排坐在河边的石椅上,看着满河碧绿的莲叶、嫣红的荷花;有点羞怯的她,低着头,纤手不停地轻搓着莲叶般的裙裾。

为了打破沉闷的空气,同时吊一下那对省会比较熟悉的书袋,我先就包河莲花下的藕说了一则包公的掌故。为了纪念包公这位刚正不阿、廉洁奉公的千古清官,后人说他种的荷花结的秋藕,刀切两面光,像他一样"无丝"(无私),一根藕丝(私)也没有。

莲一边用发光的明眸注视着我,一边凝神静听——我永远记得那是双比包河水还清澈的眼睛。我趁热打铁,进一步引导:跟包公那"无丝"的"丝"相比,我就是李商隐所讴歌的"春蚕到死丝方尽"的那种"丝"……她垂下眼睑,脸更红了,像盛开的一朵夏荷。包河水倒映出一对紧紧依偎的身影……

后来,因一些剪不乱、理还乱的原因,加上我回到"无"所作"为"的家乡,自然就疏远了联系。如今那个叫莲的女孩,不知盛开何方?至于分手原因,我总认为还有年龄的因素,"小荷才露尖尖角,早有蜻蜓立上头"……对于年轻人之间糊涂的爱,我想,明察秋毫的包大人转世,也难断出个子丑寅卯来。

今夜,遥想包河之上,众荷亭亭玉立、尽吐芬芳。这正是它们最美丽的时刻。我仿佛看见,那位从荷花丛中凌波而去的青嫩背影……唉,我们的过错是否归结成席慕蓉《莲的心事》的诗句:

> 无缘的你啊
> 不是来得太早　就是
> 太迟

六、嗟余听鼓应官去

"惟有绿荷红菡萏,卷舒开合任天真。"当我在"月斜楼上五更钟"之际,写下这篇文字,想到的既不是李商隐传世约六百首诗中,王蒙所认为"真正堪称精彩的,不超过百首,只占六分之一"(《雨在义山》);也不是《红楼梦》中林妹妹独赏的一句"留得残荷听雨声",其余都进入不了她的一双"含露目",而是李商隐回忆昨夜的自己,在画楼西边的一家会所,与友人纵情地喝酒、游戏,快乐美好的夜生活,忘了绯红的烛光越烧越短。当城楼五更鼓响,对他来说,那五更鼓响,就是声声警报;让他赶紧丢下酒杯,提前离席,骑马兰台,去捧一个叫秘书省正字的饭碗。嗟余听鼓应官去，走马兰台类转蓬。

　　李商隐曾写道："他生未卜此生休。"作为普通的上班族，此时的李商隐可以不知道他生，但无法不知道此生，再美好的珠有泪的沧海、玉生烟的蓝田，也只是诗中想象的地点，而"本以高难饱，徒劳恨费声"才是你真实的处境。尤其"我亦举家清"，一大家人，吃不到嫦娥的灵药，只能吃你那点可怜巴巴的工资。所以无论骑马于兰台的早班路上，还是"日暮归来雨满衣"于下班途中，甚至升职加薪无望，还被那些官道上的尘土，弄得灰头土脸……你都无法停下风雨中的脚步。说出来的都是泪，写出来的都是苦；一任身心磨碎于生活的磨盘，甚至为了生活，透支你的歌声，清仓你的笑容……"微生尽恋人间乐，只有襄王忆梦中"，好在你偶会以诗句温暖一下风雨中的自己。

　　"红楼隔雨相望冷，珠箔飘灯独自归。"晚唐的冷雨早已偃旗息鼓，无限好的夕阳也早已打道回家。而你手提飘灯，却向后世走来，带着锦瑟弹奏的华年，带着梦中远别的一次次呼唤，带着墨还未研浓就一气呵成的思念……越战越勇地走来，并把千年后的风雨，当作远方。

"远上寒山石径斜"的杜牧

杜牧《山行》诗道：

远上寒山石径斜，白云生处有人家。
停车坐爱枫林晚，霜叶红于二月花。

从杜牧坐的车子上讲，肯定不是如今的"风驰又已到钱塘"之类的机械车，而多是以马拉牛拽之类的畜力车，如刘伶"死便埋我"的鹿车，阮籍穷途之哭的牛车，辛弃疾眼里香满路的宝马雕车等。从车子的动力看，它们都像驱车"乐游原"的李商隐一样，登古原容易，登山则难矣。而杜牧《山行》首句明言："远上寒山石径斜。""径"为小道也。一条羊肠山道，蜿蜒山巅。要知道，就是当今宽敞的盘山公路，两旁还不时碑立着"小心慢行"，时刻提醒着车行山路之难，就更不讲"山石荦确行径微"的古代了。退一万步说，纵然杜牧有"莫嫌荦确坡头路"的勇气，并且这弯弯山路，还能包容他的车轮。他似乎也悬着一颗心，因为一轮不慎，就能酿成死亡的旅程。

这里要辨别的是，诗题《山行》，意思是在山中行走。那坐车的杜牧本意真的是在山中转悠？有不少研究者认为，杜牧坐车路过此山。拙认为，驱车远来的杜牧本意是想上山访友。车沿着蜿蜒山路，直上白云生处，那人家就有要访的朋友。那位朋友不是"云深不知处"，而是就在此山的白云生处。"吾亲所居，在此云下。"但出于山路狭小的交通安全考虑，造成杜牧的专车，无法停靠那户人家门前，自然也就不能与好友见面，只能在山脚或山腰处，赏玩一处枫林，那枫叶比二月花还醉人，醉得他都忘了暮色悄悄来临——当然，这是否也在等那户人家，从白云生处，下山迎接友情。从杜牧交友看，他就任池州时，在"颓垣倚乱峰"中，就曾有"石路寻僧去"的历史，所以寻白云生处的好友,不是没有可能。

　　那他这位好友是什么样的人呢? 在我看来,像一位"嫌在城中住,全家人翠微"的隐士,举家入住白云生处。从地点说,仅仅打开中国古典诗歌,不管是唐人丘为眼中的那位"绝顶一茅茨,直上三十里"的西山隐士,还是宋人郭祥正要拜访的那位"一径沿崖踏苍壁,半坞寒云抱泉石"的隐者……似乎"绝顶人来少",才是隐士们向往之地。而白云生处的"白云",暗用陶渊明《归去来兮辞》之典:"云无心以出岫",喻示着隐士好友高洁的品质;而"霜叶红于二月花",不又在象征他经历命运的风霜,仍燃烧如火的情怀? 难怪让诗人忘记暮色和归程,流连忘返。从交友看,杜牧曾与宣州元处士,这位"陵阳北郭隐",樽酒对酌默与话玄。所以驱车拜访这位白云生处的隐士好友,也在情理。

　　"停车坐爱枫林晚",生活中有这样一片风景;"霜叶红于二月花",生命中有这样一位知己。纵然青山隐隐、江南秋尽,采撷友情的红叶,温暖草木人间的心灵。

走进李煜

今日爱才非昔日，莫抛心力作词人。

——温庭筠《蔡中郎坟》

泡露事，水云身，枉抛心力作词人。

——朱祖谋《鹧鸪天》

一、面相

这是一对双瞳孔的眼睛，我若是个骗人钱财的相面先生，一看李煜面相，大吃一惊地脱口而出："此乃帝王之相也！"你想：大舜不就是双瞳孔吗？成了后世有口皆碑的明主；项羽不就是双瞳吗？成了生为人杰、死为鬼雄的霸主。在李煜之前，双瞳孔者，谁不是文治武安、青史揖拜的英杰。

就李煜本人论，不也坐上"江南国主"的宝座，成了一代帝王。然而做了至尊却是他的不幸，但这不幸玉碎又玉成了他，让他在寝食难安中，得到美的升华，发出离读者血液最近的生命召唤。公允地说，他的声音还倾于纤细和文弱，像婉约派的先声。然千年后的读者听得清清楚楚，并被此哀声感染深深，和他一样"觉来双泪垂"——这，就是本篇重点谈的"作为才人真绝代"的李煜。

二、生涯

纵观李煜生平，可分两个天地之别的阶段。前半生涯（937—975），他过的是锦衣玉食的富贵生活，特别是他做了"手握乾坤杀伐权"的帝王时,却"好声色,不恤国政",甚至在老婆卧病期间,还偷偷地与"盈盈十五不知春"的姨子小周后眉来眼去,依偎画堂,而画出的词作更是洋溢脂粉香。如《菩萨蛮》词:"花明月暗笼轻雾,今宵好向郎边去!刬袜步香阶,手提金缕鞋。   画堂南畔见,一晌偎人颤。奴为出来难,教君恣意怜。"如此绝对隐私,仿佛是用小周后的眉笔、唇膏在写词。然而975年,"君王城上竖降旗",肉袒的他做了降王,此后的生涯,雕栏、上苑、连霄汉的凤阁龙楼等,都成了"流水落花春去也",当成宋国的家私。想到北宋那无数罗衾抵不住的寒冷,他真正起始用血泪唱歌!从传下作品的内容看,如刘鹗所说的"李后主以词哭"(《老残游记·自叙》),王国维所说的"后主之词,真所谓以血书者"(《人间词话》)。

"南朝自古多亡国,如汝何须说?伤心刬袜下香阶,此恨绵绵流不断秦淮。"(柳亚子《虞美人·题李后主词》)不管李煜是用眉笔写诗,还是用血泪作词,虽质量有差异,但总的说来,写作的形象思维仍是完整一体的。一个诗人的形象思维就如一台精密无比的仪器,来不得任何一点的碰撞与挤压。如一个诗人长期从事社会工作,说一些社会的话……久而久之,形象思维就像被不净的手长期抚弄的眼镜片一样,日渐模糊、老化,最终导致良莠难清的恶果。就思维论:一个真诗人与红尘生活似呈对顶角关系的,这似诗词本身的属性决定的。著名作家、学者李国文先生进一步阐释道:"一个真正的诗人,从头到脚、从皮到骨,甚至到骨头缝、到骨髓,都是诗人气质。"(《李后主之死》)由此王国维才确诊"主观之诗人,不可多阅世,阅世愈浅,则性情愈真,李后主是也"。叶嘉莹先生也详解道:"像李后主这样深情锐感的人,他内心的深处,只要有一个深重的打击,就由他自己的这种沉重的真切的敏锐的感受而扩散出去,所以,他扩散的范围就是他感发的范围,而他感发的范围,表现了这样一个博大的意境。"——至于是小说散文家们,就又另当别论了。从此点说开去,"长在深宫之中,把玩妇人之手",拥有一颗"赤子之心"的李煜,是幸运的;他没受红尘污染的形象思维就像婴儿的眼睛一样,明亮、清澈,没容一粒龌龊的沙子。冰心在《繁星》中就部分说出了婴儿的一颗诗心:

婴儿，

是伟大的诗人，

在不完全的言语中，

吐出最完全的诗句。

李煜喜欢用飞檐走壁的语言绝技，将凄凉的情绪从词中飞到读者心头。李煜曾将颜真卿厚重庄严的书法讥为"得右军之筋而失之粗鲁"，认为他"有楷法而无佳处，正如叉手并脚田舍汉"。李煜对书法艺术要求是：颜真卿的字无佳处缘由在于他系"叉手并脚田舍汉"的粗鲁和死板，仅得王羲之字的皮毛骨架，却永没有王羲之"矫若惊龙、翩若流鸿"字的神韵和灵气。从书法观这角度管窥他的文学观，即对诗词盈溢灵性和神韵，该是他为自己严格制定的写作法则。所以清人周之琦誉他词是"天籁"，王国维誉他词是"神秀"，应该都是看中此点而立言的。

以上从李煜的形象思维和艺术观念进行阐释——形象思维的纯洁和艺术观念的神韵，构建了他词作如哀音的生命基调。但这仅是他词作分析的外围战。我们现深入他词作的内脏，和词人一起"无言独上西楼"，回首月明中的故国，倾听"断续寒砧断续风"，听他"江山留与后人愁"式的王者之悲。"遗恨已深声更苦"，和他一起"终日以泪洗面"。"落花流水春归去，一种销魂是李郎。"

这里需要说明一下，李煜的词像条活龙，是无法肢解的，更何况自己远无庖丁解牛的技艺，然为诠释方便，也只好打成死蛇看。

三、词艺

李煜的词最大的艺术佳法，仅以拙见，主要有二：

一是对称。对称之法古已有之，它的佳处，正如丹麦建筑设计大师雅各布森所说："它满足了人们对规律和节奏的天然愿望，通过对照给人们松弛和惊讶之感，将人们的专注强有力地引向信息。"但李煜好像对"对称"烂熟于心，运用更加纯熟。在那"终日以泪洗面"的处境中,他似将对称的法则四平八稳地端放心中,以平衡他随时都有性命危险的忧郁和不安,仿佛对称是让他平衡内心的一架天平,暂时放松他"起坐不能平"的身心。所以,他一运笔,"对称"的美学就五光十色地斑斓他的词间。仅举这首"犹奋饥肠尽力啼",结果招来杀身之祸的《虞美人》词为例:

> 春花秋月何时了?往事知多少。小楼昨夜又东风,故国不堪回首月明中。 雕栏玉砌应犹在,只是朱颜改。问君能有几多愁?恰似一江春水向东流。

在此词中,对称手法可谓多矣。

一是句中对称。春对秋、花对月、小楼对东风、故国对月明、雕栏对玉砌。

二是句与句对称。何时了的春花秋月,对知多少的往事;昨夜东风再现,对明月下故国的不堪回首;应犹在的雕栏和玉石砌的台阶,对不再是霞润的面颜;多少愁的问,对春水日夜向东流无声的答。

在李煜词中,的确如雅各布森所言:"满足了人们对规律和节奏的天然愿望",通过鲜明对比——明月下的故国依然雕栏玉砌、历历在目,却再也无力拥有——复国;空让春花秋月从身边溜走,而使自己原本霞红的脸庞变得"尘满面、鬓如霜"……让人惊讶和同情之际,将人们的注意力引向"信息",这信息就是那比长江还满的一个"愁"字。

反过来从艺术上讲,在此词中,如果对称得不完善,春花不对秋月、故国不对月明等,视角的画面上,就是"奇零的,观者就不免觉得有些欠缺"(朱光潜《诗论》)。所以著名物理学家杨振宁先生说"对称支配自然",似是这个道理。

若我们再对照李煜的另首词《破阵子·四十年来家国》,那么"对称"的手法,就看得同样清楚。也就是说,对称手法已遍布他的词作,这里我就不再哆嗦了。

李煜词第二个艺术特色就是"错位"。我们举他去世前不久写的被《谭评词辩》誉为"雄奇幽怨"的《浪淘沙》词为例。若不拘格律，未经错位，我们认为是（下划线为作者加）：

> 帘外雨潺潺，春意阑珊。罗衾不耐五更寒。<u>流水落花春去也，天上人间。</u>　　独自莫凭栏，无限江山。别时容易见时难。<u>梦里不知身是客，一晌贪欢。</u>

上片纯写春夜之景，下片"写尽心中块垒时"，纯发思绪。然实则实矣，诗味寡之。而一经后主错位这一点铁成金（指上片后两句与下片后两句对调）的手术之后，词中神韵交错、音韵交叉、神味万千也，更有助词中那股深重的哀音，迸射出凄婉的花来。关于错位这一技法，金克木先生曾"倒读"《虞美人》一词后阐释道："若不拘词律，'春花秋月何时了？往事知多少！小楼昨夜又东风，故国不堪回首月明中。'可倒为'故国不堪回首月明中。小楼昨夜又东风，往事知多少！春花秋月何时了？'诗意同而韵味异。"（《文化卮言·诗的倒读》）——仅从这一整形技术看，李煜可谓在世华佗，将一首寡味跛足的词作，经他回春妙手的"错位"，就永远健步如飞般在读者心头。从艺理角度看，颇像《红楼梦》中学诗的香菱所悟："似乎无理的，想去竟是有理有情的。"

四、秋晴望

转眼又到了煮酒赏菊的重阳，行走在秋阳普照的芜湖大地，我又突然想起李后主描写重阳的小词《谢新恩》：

> 冉冉秋光留不住，满阶红叶暮。又是过重阳，台榭登临处，茱萸香坠。

从词的内容看，是囚徒的李后主，在大宋国都开封过重阳时所写。他在红叶飘阶、雁咽寒声中，独登楼榭，——我不知他是不是登高回望故国，思念遍插茱萸的弟兄。但对此际"高楼谁与上？长记秋晴望"的李后主来说，是没有"晴空一鹤排云上，直引诗情到碧霄"的豪情，有的仅是"故国梦重归"的泪水。他长记的似不是大宋的秋景，而晴川历历的是故国的清秋。当年，秋阳和煦着家国的重阳，他率领群臣们，车如流水马如龙地奔赴上苑，饮酒、赏菊、赋诗，听肌肤如雪的嫔娥们，凤箫吹断水云间，重按霓裳歌遍彻……然而大宋的一场狂风暴雨，彻底坍塌了南唐的凤阁龙楼、玉树琼枝，让他的重阳冰天雪地。——"独在异乡为异客"，现在，谁还陪异乡的他登楼唱饮，月明中的故国已让他不堪回首，每逢佳节倍思亲的重阳，又岂能不让他心痛。难怪过重阳的他都无奈叹道："愁恨年年长相似"，"往事只堪哀，对景难排"，这样的高楼，不上也罢。

相对当时地理位置而言，千年前的芜湖，是南唐小国重要的组成部分。在他的故国，在重阳，读他的重阳词，自有一种剪不断，理还乱的滋味。少年时，我也曾呼朋引伴，与一群小鲜肉，呼啸地登上芜湖的赭山之巅，那时的天好像特别蓝，空气也渗透着露水，特别鲜。浩瀚的长江正从我们眼前，焦急地流向李后主"花月正春风"的石头城，我们没有几多愁之问？有的是菊花须插满头归的豪情，我们喝酒、赏菊、念诗，偶有大雁飞过，感觉那鸣叫也非常好听。当大家敞开衣襟，踏着晚霞，尽兴而归，相约岁岁重阳日，都与赭山零距离。如今想来，重阳登山，只不过给秋游的我们提供一次任性的机会。因为叶青叶黄、秋风几度中，大家渐渐地像分飞的大雁，各自奔波于命运的秋空。其中有一些人，虽没有像李后主一样，成为亡国奴，却成为房奴、车奴，熬着"春花秋月何时了"的日子……现在我重登赭山，犹在耳畔的仍是"待到重阳日，还来就菊花"之约，但瞭望的就我一人，西风劲吹、秋叶飘落，当年同登山的朋友中，有一人的身体，已比黄花还瘦。

在芜湖、在赭山，在李后主至死都未能重归的南国清秋，我理解了"长记秋晴望"的他，高楼谁与上，其实是怎样举步维艰；因为天还是那个天，重阳还是那个重阳，但风景已不是当初的风景。

五、小结

李煜词质之高，千古公认。但后世学者秉承亚里士多德的"吾爱吾师，吾犹爱真理"的治学精神，仅从李氏爱写的"愁"中，也以各自的审美角度探出玉之瑕。

一是《虞美人》词中的"问君能有几多愁？恰似一江春水向东流。"顾羡季先生就细腻地指出："其美中不足在'恰似'，盖明喻不如暗喻，一语道破，'如''似'，意味便浅。"他的学生周汝昌先生，也肯定了先师的灼见。

二是《相见欢》词中的"剪不断，理还乱，是离愁"。吴熊和先生认为："'剪不断，理还乱'是以丝喻愁。但丝长可断，丝乱可理，因此这个比喻尚嫌不足。"（《唐宋诗词探胜》）对此，王立群先生说出与之相反的观点：李煜"将离愁比作'丝'，再乱的丝、再难理的丝，都可以剪，可以理。但是，自己的愁思却不能理，也不能剪"（《赏词如风：王立群品读经典诗词》）。应当说，吴熊和先生对"剪不断，理还乱，是离愁"的阐释太过拘泥，还是王立群先生的观点更为通达。

虽然上举两评还可以有探讨的空间，但都瑕不掩瑜般毫不影响李煜"词中之帝"（《半塘老人遗稿》）的尊位。但从亡国根由上考察，"人生愁恨何能免"，但李煜的回答是"剪不断、理还乱"的"愁"，"梦魂中"的"恨"，思想行动仅止步于"世事漫随流水，算来梦里浮生。醉乡路稳宜频到，此外不堪行"，根本没从本质上深入反省，是有其历史局限性的。我们以为，对于亡国的责任，"好声色，不恤国政"，连宋太祖赵匡胤都批评他："若以作词功夫治国家，岂为吾所俘也？"如此的李后主，断送了三千里山河，是要直接负重大的领导责任。"谁遣斯人作天子，江山满目泪沾衣。"我们公允评论古人的同时，也想在"深愁多付有才人"的基础上，提高历史的认识觉悟和领导的主体责任和担当精神。这点，我们该义务地给李煜配一副"眼镜"。虽然天性禀赋上，李煜就是一个纯生的赤子词人，向往在"芦花深处泊孤舟"中吟风诵月，过着"花满渚，酒满瓯，万顷波中得自由"垂钓隐士般的生活，哪是直面惨淡人生和淋漓鲜血的真猛士,更不是"杀尽江南百万兵,腰间宝剑血犹腥"的雄主。"不作词臣作帝王"的他,注定写好错位的命运。

"世界上所有的文学作品,我只爱用血写成的。"这是尼采以个人眼光,道出他对某些文学作品的挚爱,也道出我们的心声!

"人世几回伤往事",我合上李煜的词集,历史好个含蓄的结局。

宋代无为人文诗话

杜丽娘《牡丹亭·惊梦》中唱道："原来姹紫嫣红开遍,似这般都付断井颓垣。"因为战火和沧桑等复杂的历史原因,安徽无为县——这个北宋时与临安、扬州、寿春并列的四大名城,如今西门锥子等一些文化古迹,已没有了"断井颓垣"的好命;加上出于县城扩容升级的现实需要,原是无为活化石的一截古城墙,如今也苟延残喘。以后精神寻根,也只能从零星的史料里,去寻找那曾经"姹紫嫣红"的辉煌背影!如此说来,我这篇老生常谈的小文,就当是"良辰美景奈何天,赏心乐事谁家院"里的一场文化的惊梦吧——惊梦也寻根!"狎鸥更有江湖兴,珍重江头白一行。"(林逋《无为军》)

滁州欧阳修与无为艺术家

北宋大文豪欧阳修,与无为军(就是今天的芜湖市无为县,北宋艺术大师米芾曾在此任二年知军)的人有什么因缘呢?这还得从他被贬任滁州太守说起。在宋仁宗庆历五年(1045),他被贬滁州,次年写下千古名文《醉翁亭记》,他的同僚诗友,我们无为乡贤杨杰,就赠他一首《幽谷吟上欧阳内翰》的古风。

> 滁山插空望不足,行信马啼入幽谷。
> 生平未惯尘外游,先酌寒溪洗尘目。
> 自疑身是武陵客,误逐桃花迷水曲。
> 欲穷本始问岁月,亭上雄文凿青玉。
> 意高语险测难到,拂白散云再三读。
> 乃知造作自混沌,山神固护宝藏椟。

路岐未许车马通,白日苍烟走麋鹿。
一从紫府仙人来,指出洞天三十六。
膏泽疏开不死泉,栋梁养成岁寒木。
灵苗异草无根株,摇荡清香过林麓。
峰峦围匝别是天,天在山中成大畜。
先生之心此其象,往行前言深蕴蓄。
议论吐为仁义辞,文章散作生灵福。
默笑真工功未醇,饾饤春风弄红绿。
聃云谷得一以盈,以一能应无穷声。
千古万古声不尽,先生得之为声名。
公之声名公之心,日益远大日益深。
愚儒耳目所不及,奋笔空成幽谷吟。

诗中不但赞美了滁州的美景,那插空望不足的滁山、独辟蹊径的幽谷和清澈见底的溪水,以及那凿玉一般的雄文《醉翁亭记》,更写道欧阳修文如其人,"文章散作生灵福,议论吐为仁义辞。""公之声名公之心,日益远大日益深。"让杨杰无比敬佩地"奋笔空成幽谷吟",写下这首古风,成为欧阳修人品和文品的见证,也成为他俩友谊的见证。

欧阳修也写有两首古诗,《赠无为军李道士》。关于无为人李道士的详细生平,今已无考,只能揣测;或许是杨杰热情地向欧阳修引荐了这位同乡音乐家,而且,杨杰还曾嘱托苏东坡书写欧阳修的《赠无为军李道士》诗,赠给另一位琴师。是啊,都是艺术圈里的人,杨杰的引荐不是没有可能。虽然历史未留下李道士的生平,但感谢欧阳修用两首古诗,优美凝练地保存了他的才华与风采。《赠无为军李道士》两首诗为:

无为道士三尺琴,中有万古无穷音。
音如石上泻流水,泻之不竭由源深。
弹虽在指声在意,听不以耳而以心。

心意既得形骸忘，不觉天地白日愁云阴。

李师琴纹如卧蛇，一弹使我三咨嗟。
五音商羽主肃杀，飒飒坐上风吹沙。
忽然黄钟回暖律，当冬草木皆萌芽。
郡斋日午公事退，荒凉树石相交加。
李师一弹凤凰声，空山百鸟停呕哑。
我怪李师年七十，面目明秀光如霞。
问胡以然笑语我，慎勿辛苦求丹砂。
惟当养其根，自然烨其华。
又云理身如理琴，正声不可干以邪。
我听其言未云足，野鹤何事还思家。
抱琴揖我出门去，猎猎归袖风中斜。

从全诗看，无为乡贤李道士，是一位出神入化的琴艺大师。琴声如淙淙石清，源远流长，琴音回律，感觉如冬草萌芽；声弹凤凰，顿让百鸟噤声，让人听之形骸皆忘，进入"不觉天地白日愁云阴"的崭新境界。他还是一位修道养生的专家。时已古稀的他，身体硬朗，面目明秀光如霞，并且向"郡斋日午公事退"的欧阳修，微笑地传授理身之法，不要苦苦追求什么丹砂作为健康的补品，而是"惟当养其根，自然烨其华"，这个根就像理琴一样，"正声不可干以邪"。只有做到身正心正，才能让邪恶的东西侵犯不到你健康的生活。当李道士抱琴作揖出门，一位仙风道骨的琴艺大师，像闲云野鹤一样悠悠在古典的天空。

欧阳修《浪淘沙》词叹道："可惜明年花更好，知与谁同？"写下这篇欧阳修与无为人因缘的小文，就算聊补他"总是当时携手处，游遍芳丛"的美好回忆。

《水浒传》误会的无为

也是以北宋为背景的古典小说名著《水浒传》,是元末明初人施耐庵创作,被文学家金圣叹誉为"第五才子书"。从创作上讲,小说当然允许虚构,但对明显有违史实的错误,我们绝不能当好好学生。例如《水浒传》中描写无为的地理位置,就是明显的瑕疵。

请看《水浒传》第三十九回《浔阳楼宋江吟反诗　梁山泊戴宗传假信》所说的"且说这江州对岸,另有个城子,唤作无为军,却是个野去处。"从地理位置上讲,是不确的。而且当陷害宋江的无为人黄文炳"带了从人,慌速下船,摇开江面,望无为军来。看见火势猛烈,映得江面上都红,艄公说道:'这火只是北门里火。'"(第四十一回)更是不确,就算黄文炳戴着高倍望远镜,站在九江(今属江西省)江心的船头,也看不见无为城内北门的冲天烈焰。从九江与无为之间的地理位置看,就反映了元末明初人的施耐庵,对北宋地理的生疏与误会。

作者虽对北宋地理生疏,但艺术上还不影响他的小说创作,所以就有《宋江智取无为军　张顺活捉黄文炳》这第四十一回,写的是宋江指挥绿林好汉,连夜坐船赶到无为,来杀黄文炳全家。无为人黄文炳,据《水浒传》云:他在无为城是个罢闲通判,也是一个读书出身的人,可惜更是一个"心地褊窄,只要嫉贤妒能,胜如己者害之,不如己者弄之,专在乡里害人"的阿谀谄佞之徒。但"一样米吃出千样人",他的嫡亲哥哥却是一个无为城有口皆碑的大善人。第四十一回就有一段将此兄弟强烈对比的文字:"这黄文炳有个嫡亲哥哥,唤作黄文烨,与这文炳是一母所生二子。这黄文烨平生只是行善事,修桥补路,塑佛斋僧,扶危济困,救拔贫苦,那无为军城中,都叫他'黄佛子'。这黄文炳虽是罢闲通判,心里只要害人,惯行歹事,无为军都叫他'黄蜂刺'。"所以宋江下令道:我"只恨黄文炳那贼一个,却与无为军百姓无干。他兄既然仁德,亦不可害他,休叫天下人骂我等不仁。众弟兄去时,不可分毫侵害百姓"。冤有头、债有主,从罪不可赦的黄文炳看,是死有余辜,所以宋江专程来杀他,也算是为民除害。但宋江不许滥杀无辜,也体现出一位江湖领袖的公正与气度。

"洪涛滚滚烟波杳,月淡风清九江晓。欲从舟子门如何,但觉庐山眼中小。"既然《水浒传》写到宋江率领众英雄是坐船从水路到无为,笔者就将错就错地依据无为水路位置推测,宋江等人应当顺长江进濡溪河,到无为城。据无为县志载,濡溪河是三国曹操开凿而成,后逐渐改名成今天的裕溪河。晚唐诗人杜荀鹤在《送人归淝上》一诗道:"巢湖春涨喻溪深,才过东关见故林。莫道南来总无利,水亭山寺两年吟。"诗中的"喻溪"许是"裕溪"之误,但也明确指出此河。

值得玩味的是书中第四十回,当梁山冒充蔡京的字写的假信,被无为军通判黄文炳识破道:"这封书被人瞒过了相公。方今天下盛行苏、黄、米、蔡四家字体,谁不学习得……"这里提到苏、黄、米、蔡是北宋四位著名书法家。其中苏是苏轼、米是米芾,而值得注意的是米芾曾任无为知军。"方今"就是当今。如此联系,诗书画大师米芾还曾是罢闲通判黄文炳的顶头上司;说不定因黄人品恶劣,被疾恶如仇的米大师炒了鱿鱼。

总之,《水浒传》虽有上述的瑕疵,但毫不影响它是中国文学的千古美玉,就像被贬黄州的苏轼,凭吊的并非历史上的"三国周郎赤壁",但毫不影响他"自将磨洗认前朝"地写出千古名词。真像余秋雨先生所说"大艺术家即便错,也会错出魅力来"。

米芾在无为

1102—1106年,米芾任无为知军,知军相当于现在的市长级别的干部。米芾是千古的诗书画大师,而让他当一个地方领导,是有点专业不对口;好在其时无为"太平风俗美,不用闭柴门",老百姓过着"竹西歌舞,行乐濡须"的红火生活。(杨元亨《沁园春·无为灯夕上陆史君》)"物阜时和,迨暇相逢笑复歌。"所以米市长可以少抓菜篮子米袋子,多抓笔杆子,安心在办公桌上,画画、写诗。

米芾是一个行为荒诞的人。据说身在北宋的他,却时常身穿唐代的衣服,游街逛市。这真是时空错位,在艺术大师身上又错得如此有味。记得刚出狱的诗人殷夫,大热天还穿着厚厚的棉袍,汗流满面。如说季节错位的殷夫是环境所迫,那么时空错位的米芾就是自觉行为。家喻户晓的还有:他一见石头就纳头便拜,嘴里喊"兄";叫石头为哥哥,不知是哪门子亲戚——难道他与孙悟空有血缘?后人也将他与盛唐大书法家、诗人张颠(旭)并称为米颠。深层次中,已承认他"颠"到"草圣"的境界。但明代大诗人何景明却在《米知军拜石图》中题诗道:"节比岩岩志比坚,冠裳下拜也堪怜。此意世人谁解得,至今空羡米家颠。"何景明是从米芾外表的"颠"中,诗赞他更有一个像岩石一样铮铮志节。这个志节让他羡慕不已。

应不讳言,米芾还是盗版高手。一幅真迹在他手中,一夜便繁衍出无数山寨版,比复印机还高性能。侵犯知识产权不说,也熬坏后世无数书画鉴定家的眼睛。

书山有路勤为径,大师"寸纸数字,人争售之,以为珍玩"的书画绝品也是从无涯的墨海苦练而来。在今米公祠内有一景点叫投砚亭。据说夏夜,米芾正在书斋挥汗如雨地挥毫泼墨,可斋外群蛙们像开舞会一样,此起彼伏、池中喧哗,吵得"一日不书,便觉思涩"的米芾随手抄起案头的砚台投向池中,群蛙便一下住口,恢复以往的宁静。艺术的力量真能撼天动地,从此米公祠内再也听不到蛙鸣;蛙们都自觉地迁了户口,迁到南宋辛稼轩的词中:"稻花香里说丰年,听取蛙声一片"。它们日夜歌唱丰年,也许用的是米家山水的韵律。

前贤已逝,千年弹指,但留下了米公祠和"三峡江声流笔底"的无穷翰墨,滋养这物华天宝之地,包括米芾的好友杨杰。

无为诗人杨杰与他的山水诗

杨杰,字次公,号无为子。从他自号看,就溢盈着不忘桑梓的亲情。

杨杰,生卒年不详。宋嘉祐四年(1059)进士。先历任太常、礼部员外郎等京官,后又外任润州(今江苏镇江)、两浙提点刑狱等地方官。从当时政坛看,正值王安石领导的变法派与司马光领导的守旧派激烈交锋，使"一生好入名山游"的杨杰，身倦宦海，在公务之余，心亲山水，"从方外之乐"。这点，他的挚友大文豪苏东坡就道出："无为子（杨杰）尝奉使登泰山绝顶，鸡初鸣日出。又尝以事过华山，重九日饮酒莲花峰上，今乃奉诏与高丽僧统游钱塘，皆以王事而从方外之乐。"（《送杨杰》）于是，华夏许多山水胜迹都留下他的足音。仅在皖地，他曾东临牛渚（今马鞍山采石矶）的水府洞，西登潜山的天柱山，南临泾县桃花潭，面对"夹岸桃花蘸水开，小舟撑出柳阴来"的美景，他对潭把酒忆念乘舟欲行的李白和踏歌送行的汪伦，缅怀唐贤高风，使他不禁深情吟起李白《赠汪伦》的这首名诗："李白乘舟将欲行，忽闻岸上踏歌声。桃花潭水深千尺，不及汪伦送我情！"此外，他还远游惠州（广东）、嘉兴（浙江）等地，乘舟经运河，入太湖，"两岸青山相对出，孤帆一片日边来"，而两岸湖光美景与风土人情又孕育他的笔墨，催生他的诗情。所以，仅从他的山水诗看，境界宏大，语言奇崛又平易，色调明快。这里，我斗胆引诗窥其艺之豹。

他为家乡无为城内的著名景点锦绣溪（今绣溪公园）题七绝道：

十里喧阗锦绣川，秋千人健趁飞鸢。

花明柳暗丹青国，日薄云浓水墨天。

诗写的应是锦绣溪的春景。你看，秋千笑蹴于地、纸筝灵翔于天，花明柳暗、日薄云浓，正是乡亲踏春游园的佳时。所以，首句"十里喧阗锦绣川"，就总喻了乡亲们与自然打成一片的火热情怀与闲适生活。"绣溪春涨柳丝丝，堤满游人花满枝。人咏花间鸟语树，乾坤无处不成诗。"（吕般班《绣溪春涨》）同咏故乡，而另一首游巢湖时所吟的七绝《遥碧亭》，就更受研家重视了：

幽鸟无心去又还，迢迢湖水出东关。

暮云留恋飞不动，添得一重山外山。

当代著名的古典文学研究专家金性尧先生，读罢此诗后，竟联想到清人龚自珍《己亥杂诗》中的"吟到夕阳山外山，古今谁免余情绕"两句诗来，言外之意，无疑是指杨杰此诗给了龚自珍的诗句以无形的"催化剂"。或许是在杨杰的眼里，家乡的风景别具一格且美不胜收，"此楼此景他州无，山川形势吞三吴"，"绿杨深处杏花发，日暖数声山鹧鸪"……竟让他发出"纵有画笔"也难写全之憾。

此外，在杨杰远游广东惠州时写的《丰湖歌》，又把当地山景描绘得壮伟奇崛：

> 昔年霹雳轰蓬莱，六鳌跟跄海面开。
> 一峰崒屼九霄落，万里怒涛推拥来。

从第三句看："一峰崒屼九霄落"，真让我想用毛泽东的一首十六字令来帮衬："山，刺破青天锷未残。天欲堕，赖以拄其间。"而第四句，"万里怒涛推拥来"又承接杜甫的"不尽长江滚滚来"的意境，笔力雄浑，令人称奇。而同观丰湖之美，杨杰又用侧笔对惠州之水，由衷赞叹：

> 近闻更有丰湖好，环匝亭台映洲岛。
> 野叟忘饥鸥鹭闲，寒潭无浪蛟龙老。

诗中，通过老者（野叟）忘饿和水鹭赋闲，烘云衬月般写出"环匝亭台映洲岛"的丰湖水好。其手法像《陌上桑》中"行者见罗敷，下担捋髭须。少年见罗敷，脱帽著帩头"般，同从侧面烘染出罗敷的绝美。其诗艺之妙，令人叫绝。

杨杰七十岁那年，走完其生命的旅程。人生七十古来稀，在其时，也算高寿；更主要的是他一生都在山水之间，进行文化苦旅，像苏东坡所赠："在家头陀无为子，久与青山为弟昆。"同时，笔耕不辍，著述宏丰。南宋绍兴年间，赵世粲出任无为知军，他仰慕诗人高风，"积两岁之力"搜集其遗作，整理编成《无为集》，分赋二卷（古律赋、律赋共13篇）、诗五卷（古诗、律诗、绝句共162首）、文八卷（序、记、杂文、表启、碑志、墓志、行状、表述、奏议共92篇），计煌煌十五卷。清乾隆四十四年（1779），《四库全书》将其收入集部，才在无数的兵燹中，将此文化遗产保存至今。

关于他的诗风，清人纪晓岚做了很好的简评："其诗虽兴象未深，而亦颇有规格。其率易者近白居易，其学为奇崛……或偶近卢仝，大致则仍元祐体也。"今人金性尧先生也论道："平易近白居易，奇崛近卢仝，大体上还保持'元祐体'。"这就共拈出杨杰诗艺的两个亮点组合：平易与奇崛。关于平易，拙认为是个很高的诗艺境界，含有平淡之味。宋人梅尧臣说："作诗无古今，欲造平淡难。"一句话，杨杰诗风，给读者以"看似寻常最奇崛"的美感！这里插播一伴小轶事，据《宋稗类钞》卷四记载：诗书画大家、素有石痴之称的米芾在任无为知军时，一次督察使杨杰专程来检查工作，米芾将珍爱的一块琳珑剔透的灵璧石送于杨杰。米芾能奉送心爱之物，反映两人之间比石还坚的友谊。所以杨杰山水诗中折射出一股米家山水的气韵，就在情理之中了。

"篁竹穷锁秋浦郡，烟波渺隔无为城。"（穆修江《江上送陈翘还无为》）如今乡贤已逝千年，连他赞叹的绣溪水，也在秋深中，以寒冷的方式坚持怀念。今怀高贤，我想起"昔时人已没，今日水犹寒"的诗句。

濡须河水流古今

濡须河（今名裕溪河），是今天无为人的界河和母亲河，它像一条清澈千年的扁担，将浩渺的巢湖和浩瀚的长江挑在肩头。它不但是三国时孙权和曹操龙争虎斗之地，"孙郎昔鹰扬，曹瞒方虎视。"（贺铸《濡须坞》）军事上极具有战略地位；同时在这"濡须坞，咽喉地"的河水上，也穿梭过多少诗人的帆影。

早在晚唐，濡须河就迎来诗人杜荀鹤的帆影，他《送人归沨上》诗道：

巢湖春涨喻溪深，才过东关见故林。

莫道南来总无利,水亭山寺两年吟。

诗中的"喻溪"就是"裕溪"之误,但已明确指出裕溪河曾欸乃过他晚唐的橹声,更倒映出大宋诗人的身影。北宋大艺术家,爱石成痴的米芾,在知无为军时,常沿着濡须河散步,他《丑奴儿》词写道:

> 踟蹰山下濡须水,我更委佗。物阜时和。迨暇相逢笑复歌。

这几句词就写出了北宋的无为人,在濡须河边的安居乐业的生活。据说米芾踟蹰在濡须河边,就找到了他心仪的石头,安置在自己的寓所就是今天的米公祠内。然而"青山遮不住,毕竟东流去",很快濡须河就流走了北宋的王朝,迎来南宋颠簸江南的小船。

1129年3月,经过靖康耻而逃难于此的女词人李清照与夫君赵明诚,曾"具舟上芜湖"(据考,他们具舟芜湖的位置就在今天的弋矶山下),虽然夫妇俩没有留下诗文,但他们看到与芜湖隔江相望的濡须(今无为)大地,是自然而然的事。也就是说,濡须河看见了他们漂泊的帆影,听见了李清照"生当作人杰,死亦为鬼雄。至今思项羽,不肯过江东"的豪迈歌吟!

约在1134年的冬天,大雪迷漫的濡须河上,困住了南宋诗人周紫芝的一叶孤舟,他望着漫天雪飘,写下《潇湘夜雨·濡须对雪》一词:

> 楼上寒深,江边雪满,楚台烟霭空濛。一天飞絮,零乱点孤篷。似我华颠雪领,浑无定、漂泊孤踪。空凄黯,江天又晚,风袖倚蒙茸。
>
> 吾庐,犹记得,波横素练,玉做寒峰。更短坡烟竹,声碎玲珑。拟问山阴旧路,家何在、水远山重。渔蓑冷,扁舟梦断,灯暗小窗中。

词中迷漫出一片天寒地冻的情绪。但"楼上寒深，江边雪满，楚台烟霭空濛"几句词，倒写出南宋时濡须河壮观的雪景。从史料看，周紫芝寄寓无为期间，一是瞻仰了米芾从濡须河边取回的大石，并写诗追念"唤石作兄"的米芾，二是结识杨杰的孙子，杨杰的孙子还亲口说出一则祖父杨杰任职江苏丹阳时，请米芾吃鱼的趣事，三是品尝了濡须的鲜鱼，以至十多年后给无为籍好友的诗中，仍难忘地写道："不食濡须坞口鱼，至今已是十年余。"的确，濡须河自古就是鱼鲜的丰产区，不但让周紫芝十年难忘，也是"酒家楼阁摇风旆"（林逋《无为军》）中的招牌菜，"红鲙鲤，青浮醋"（王之道《千秋岁》），吸引食客们一品为快。直到明代，无为城东门已形成很大的水产市场，无为籍哲学家人吴廷翰就惊叹"东门日日鱼成市"，正天天把无为的鱼源源不断销往各地。

1191年1月，南宋词人姜夔泛舟巢湖，写下《满江红》一词：

> 仙姥来时，正一望、千顷翠澜。旌旗共、乱云俱下，依约前山。命驾群龙金作轭，相从诸娣玉为冠。向夜深、风定悄无人，闻佩环。　　神奇处，君试看。奠淮右，阻江南。遣六丁雷电，别守东关。却笑英雄无好手，一篙春水走曹瞒。又怎知、人在小红楼，帘影间。

在我看来，此词最为传神的当属"一篙春水走曹瞒"一句，将曹瞒（曹操，小名阿瞒）败北而退、"四越巢湖不成"（诸葛亮《后出师表》）的重大历史事件，融化于濡须河的一篙春水之中，举重若轻，可谓是此词的点睛。而且"一篙春水走曹瞒"，还无痕地承载了孙权致信曹操的"春水方生，公宜速去"的史实和艺术神韵。姜夔在此词的小序中明言：

> 濡须口与东关相近，江湖水之所出入。

注意，序中提到与濡须口比邻的"东关"（今属马鞍山含山县），是一处重要的地点，它是孙权在此建关筑坞的抗曹之地，以此成为濡须河上的战略咽喉要塞。姜夔词中就写"遣六丁雷电,别守东关",派天兵天将,手持雷霆和闪电,来扼守东关,足见它在军事上极具有"南北安危险此关"的战略意义。它也是孙权击败曹操的重要地点,唐人孙元晏《吴·濡须坞》诗说:

> 风揭洪涛响若雷,枕波为垒险相隈。
> 莫言有个濡须坞,几度曹公失志回。

它更是《三国演义》中"草船借箭"原型的发生地。据《魏略》记载:

> (孙)权乘大船来观军,公使弓弩乱发,箭着其船,船偏重将覆,权因回船,复以一面受箭,箭均船平,乃还。

可见借箭的主角不是神机妙算的诸葛亮,而是"生子当如孙仲谋"的孙权;借箭的不是草船,而是大船;借箭的地点不是在大雾迷漫的某个江域,而就在东关的濡须河水域。这里着重强调一下,孙权麾下的水军都督周瑜,就是今天合肥庐江人,他任职过居巢长,级别相当于现在的巢湖市市长。可以说,周瑜就是濡须河水滋养的英雄豪杰;《三国演义》把他描写成一个心胸狭隘之人,纯粹是小说家的虚构;真实的周瑜,就是一位"雄姿英发,羽扇纶巾,谈笑间,樯橹灰飞烟灭"的一代儒将和"纵死犹闻侠骨香"的千古英雄!

北宋无为籍诗人杨杰,在《遥碧亭》一诗中也写到东关:

> 幽鸟无心去又还,迢迢湖水出东关。
> 暮云留恋飞不动,添得一重山外山。

诗中的"迢迢湖水出东关"一句,就与姜夔的"濡须口与东关相近,江湖水之所出入"的流向是一致的;茫茫烟水年复一年地西流巢湖、东入长江。宋人龚相在《过东关》诗中怀古道:

南北安危险此关,奔流一去几时还?

凄凉千古干戈地,春水方生鸥自闲。

如今,不管曾经的濡须河如何改道,也不管古老的濡须河,滔滔不息迎送多少历史的战船——三国东吴孙权借满箭的战船,"春水方生濡须口,大军从此过江东"的无为泥汊的渡江第一船,以及诗人的小船——"巢湖春涨喻溪深,才过东关见故林"的晚唐诗人杜荀鹤,扁舟对雪的南宋词人周紫芝……濡须河都是一条含辛茹苦的母亲河,生生不息地滋养着两岸三市(芜湖、合肥、马鞍山)的人们,傍水而居,水生鸥闲,渔舟唱晚,龙舟竞渡,世世代代过着幸福祥和的生活!

"更无一个是男儿"的花蕊

　　黑格尔说：第一个把美女比作鲜花的是天才。这是黑格尔对把美女比作鲜花的首创者的点赞。还有人将自己的命运都隐匿地寄予在花中，让人易见花容，难见命运。我看这种手法，纵然不是首创，也是天才者之一。

　　这里说的是五代十国期间后蜀的花蕊夫人，对她"花不足以拟其色，蕊差堪以状其容"之美。她的四川老乡苏东坡，在七岁时，曾听一位年轻时见过花蕊夫人，现年过九十的朱姓老尼的追忆，令苏东坡终生难忘，四十年后以一首《洞仙歌》之词，来复原花蕊夫人在后蜀成都的摩河池畔纳凉时的情景：冰肌玉骨，自清凉无汗。水殿风来暗香满。绣帘开，一点明月窥人，人未寝，欹枕钗横鬓乱……

　　花蕊夫人自是后蜀宠妃，但在苏东坡看来，她冰肌玉骨，酷暑难耐的夏夜还"清凉无汗"，主要是此时恰好"水殿风来暗香满"，是有形的"风来"造成她浑身清凉、冰肌无汗的重要原因，同时也在无形地突出她具有"奇"女子的潜质，"奇"到酷暑天想出香汗都没有机会，所以她才闻香纳凉、倚枕赏月。

　　"芙蓉不及美人妆，水殿风来珠翠香。"可惜后蜀水殿的凉风，很快变成北宋的狂风，吹来的不是满满的暗香，而是腥风血雨。对花蕊夫人和闲坐月下的后蜀皇帝孟昶来说，"此时闲坐寂无语，药树影中唯两人"，已经不是出香汗还是出臭汗这"永久不变的人性"的问题，而是比酷暑更难耐的国破家亡的问题。我想不用说此时的孟昶，就是"冰肌玉骨，自清凉无汗"的花蕊夫人，也该像热锅上的蚂蚁。纵是水殿风满、宫女挥扇，也丝毫降温不了当时的"热度"。偌大的宫殿，仅剩下两个愣愣的身影，在对月发呆。

　　965年，后蜀亡国，孟昶带花蕊夫人到北宋国都汴梁（今河南开封)当降虏。北宋开国皇帝赵匡胤命花蕊夫人用诗说明后蜀亡国的原因，她《述国亡诗》道："君王城上竖降旗，妾在深宫那得知？十四万人齐解甲，更无一个是男儿！"意思是老公在城头举白旗，我在深宫怎么知道，更不知十四万后蜀大军都放下武器，缴枪不杀，竟没有一个拼刺刀的血性男儿。此诗真掷地有声，面对没有血性的男儿，诗外迸射出"将我巾帼裳，换你征衣去"的豪情！

但从"妾在深宫那得知"这句诗看，让我想起唐人杨凝《残花》诗来。"五马踟蹰在路岐，南来只为看花枝。莺衔蝶弄红芳尽，此日深闺那得知。"从诗句看，杨凝的"此日深闺那得知"与花蕊夫人的"妾在深宫那得知"，真有前后的血缘关系，只不过一是"深闺"、一是"深宫"而已；而杨凝所写的"残花"，与"花蕊"的名字，自有同为"花卉"的属性关系。依此将杨凝的《残花》，看成"花蕊"的自况，似也有几分道理。"君王城上竖降旗"后，不管深宫贵妃，还是深闺民女，命运都如残花，一任北宋的莺衔蝶弄、风吹雨打，花枝已成枯枝，哪还有"暗香满"的春天？在去向汴梁的蜀道上，夜夜踏落多少残红……

据史料透露，北宋开国皇帝赵匡胤，绝不容许卧榻之侧有他人酣睡。当他一个人独睡整个江山，就要求卧榻之侧，有绝世美女侍寝，陪他一起酣睡。据说赵匡胤曾被才貌双全的花蕊夫人，迷得神魂颠倒，夜夜失眠。不久，孟昶暴亡，赵匡胤的龙床上就有了花蕊夫人"欹枕钗横鬓乱"的身影，慢慢地化为优美的鼾声。这就像赵匡胤的弟弟太宗赵光义，霸占南唐后主李煜的夫人小周后一样。至于花蕊夫人最终是否被赵光义用箭射死，对"妾在深宫那得知"的每一个女性来说，这都是"君王城上竖降旗，妾在深宫哪得知？十四万人齐解甲，更无一个是男儿"所种的苦果、造的罪孽。

前生错种朱门下，却被人称富贵花。

问君能有几多愁，恰似一江春水向东流……

风雪李清照

"春归秣陵树，人老建康城。"经过靖康之难，拖着十五车文物，从汴京(今开封)逃亡到建康(今南京)的李清照，据说每逢漫天飞雪，就头戴斗笠，身披蓑衣，顶风冒雪，绕城觅诗。她原以为流亡至此，能将建康城住成终老之地;何况老公赵明诚正担任建康的知府(相当于市长)，能像一棵大树，为她撑起一小片安宁的春天，让她将余生踏成雪，吟成诗。她哪知建康城的一次叛乱，竟让身为"市长"的老公，抛弃妻子以及满城的百姓，半夜弃城逃跑。身为朝廷要员的老公尚且如此贪生怕死，可想而知抵御金人的宋军，又有多少斗志和士气，很快建康城就陷入金人的铁蹄。李清照带着"至今思项羽，不肯过江东"的遗恨，和十五车文物一起，插进难民的队伍。这伴随她的十五车文物，车车都装满与老公半世的心血——灯下共研的金石、堂上斗茶的诗书、闹市典衣的书画，以及欣喜若狂收藏的白居易楷写的《楞严经》……共同颠沛着破碎的山河，在最终逃亡到临安(今杭州)的路途中，已如风中黄叶，飘飞殆尽。当君王都保护不了如画江山，你又怎能要求一个弱女子保护好文物?! 可惜就这所剩无几的一点文物，却引来垂涎欲滴的一双眼睛。一个叫张汝舟的小人，竟想通过骗婚，来骗取文物。当结婚百日的李清照，发现张汝舟真实的嘴脸，不惜名誉扫地、入狱九日的代价，毅然决然地状告赵汝舟篡改档案和贪赃枉法等罪行。这在封建礼教的古代，妻告夫，无疑是石破天惊之举。仅从这点看，李清照就不是贪生怕死的前夫，而是"生当作人杰，死亦为鬼雄"的女汉子。

——李清照瞬间老了，踏雪没心情，倚阑无情绪，已经从嗅青梅的少女变成双鬓如雪的孀妪。在"寻寻觅觅，冷冷清清，凄凄惨惨戚戚"的孀居生活中，已经是"日晚倦梳头"，一任萧萧两鬓生出雪花。

物是人非事事休，这已不是"慵自梳头"于汴京的绣楼，整天无精打采地思念远游的老公，以致楼前流水都照见她思念的泪水，在"别恨难穷"中，放纵"宝奁尘满，日上帘钩"。如今老公赵明诚，早病亡在建康城中；像一块"尘满"的梳妆镜，是再也照不见"日晚倦梳头"的身影。一个"倦"字，已写尽她的憔悴、漂泊和无助，过着"霎儿晴，霎儿雨，霎儿风"这阴晴不定的生活，以致元宵佳节、举城狂欢却"闺门多暇"的她，也"怕见夜间出去"，婉拒多少邀游的诗朋酒侣。染柳烟浓，吹梅笛怨，春意知几许。其实"闻说双溪春尚好"的她多想出去赏春武陵，泛舟双溪，只是怕争渡、争渡的游艇，载不动愁如山的自己，划向藕花深处，惊起故国的鸥鹭……如玉的双溪水怎么能洗涤她的疲惫，只会汪积成内心的苦水。一句话，物是人非事事休，她的泪水比话语还多。

"算平生肝胆，因人常热。俗子胸襟谁识我？"晚年的李清照，守着临安的窗儿，偶尔帘儿卷起路人的欢声笑语，更多的则是将晚来风急、梧桐细雨，浅斟成三杯两盏淡酒，与浓愁的灯花一起，共饮这午夜的山河。但她始终都以"九万里风鹏正举"之志，以"压江城十四州"之气，将南国三千里水路糅入胸中；在"满地黄花堆积"中，将盈盈暗香注入《金石录》和《漱玉词》，眉头和心头不断转换的思绪，化为整理破碎山河的那股清气……让卷帘的风告诉你，一个比花还瘦的异乡人，正让"最难将息"泪珠，源源不断地滴成漫天飞舞的白鹭！莫道不消魂，一个比黄花更瘦的异乡人，正拉开婉约派"绿肥红瘦"的大幕，瘦成新的词宗！

向往山花插满头的严蕊

生活在南宋中期的严蕊(字幼芳),她不仅是貌美如花的词人,还是以琴棋书画、丝竹歌舞的才艺红透浙江台州的营妓。俗话说,寡妇门前是非多,可对一个走红于官方会所的"小姐",是非又岂能少?！1182年,台州知府唐仲友与严蕊诗酒唱和,交情甚好。"此花清绝似幽人,苦耐冰霜不爱春。"唐仲友惊叹严蕊为遗世独立的幽谷佳人。然此事很快被唐仲友的上司和死对头的儒学大师朱熹得知,朱熹借机连续向朝廷实名举报唐仲友贪污腐化等罪,并下令逮捕严蕊。但严蕊以"宁可枝头抱香死"的坚贞,在严刑逼供中死去活来,任屈打也不成招,拒不认罪。此事震动朝堂,民间议论纷纷。最后还是皇帝宋孝宗,以"此秀才斗闲气"的结论,将朱熹调动岗位,异地任职;由岳飞的三子岳霖,秉公执法、重审此案,结论是"证据不足"。岳霖还怜其情、悯其志,关心严蕊未来的打算,"仿佛梦魂归帝所,闻天语,殷勤问我归何处"。严蕊口占这首《卜算子》,以明心志。

> 不是爱风尘,似被前缘误。花落花开自有时,总赖东君主。 去也终须去,住也如何住! 若得山花插满头,莫问奴归处。

关于此词,邓红梅在《女性词史》中,认为"是营妓第一次以自己的笔墨来对饱受屈辱与迫害的不公正命运表示不满,其意义不止于表明严蕊自己的无辜",可见此词在词史上有不容小觑的意义。

我想着重谈的是:从严蕊名与字的角度,再看此词,就能进一步发现作者不仅是"对饱受屈辱与迫害的不公正命运表示不满",还有对做一个清白自由人的渴望和要求。这里说几句古人命名和取字的关系。

　　从命名取字角度讲：古人的名字不像今人，今人的身份证就一姓名，但古人不但有名，还有字，还有号，名目繁多。如以朱熹为例，他姓朱名熹，字元晦，号晦庵，谥文，世称朱文公。按照今天儿童手掌般大小的身份证，怕都写不下这些个人名头和信息。当然古人对命名和取字是有严格的要求，要"名以正体，字以表德"，做到"闻名即知其字，闻字即知其名"，这就说明了名和字两者之间的逻辑关系和内在联系。从严蕊的名与字的逻辑关系讲，严蕊，字幼芳，蕊、芳意义相同。就像诸葛亮，字孔明，亮、明意义相同。就连岳霖的先父岳飞，字鹏举，飞、鹏举也是意义一致。从取名与字的方式看，这是并列式。

　　理解了名和字的关系，我们再看此词，就别有深意。从"花落花开自有时，总赖东君主"之句看，表面意思是花落花开是自然现象，但毕竟开落的时间掌握在司春之神东君的手里。唐人黄巢《题菊花》诗中，曾为"蕊寒香冷蝶难来"的飒飒西风中的满院菊花抱打不平，承诺"他年我若为青帝，报与桃花一处开"，等我成为春神，秋菊就可以与桃花一起争奇斗艳在春天。由此可见东君、青帝这些春神们，对百花拥有绝对的生杀大权。但此句内骨的意思就是，作者将"花落花开自有时"与自己命运紧密地链接在一起。花落，关押；花开，释放。再联系作者名字看：严蕊，名蕊，字幼芳，无一不都是"花"之意。这就等于在进一步诉求：我严蕊这朵小花，是开是落、是放是留，全赖您岳东君做主！在我此刻的心中，您既是司法的青天，也是我命运的春天。这是其一，问东君"花落花开"的去留。

　　但"神女生涯原是梦"，严蕊还委婉地说出已决的去意，"去也终须去，住也如何住！"所以"若得山花插满头，莫问奴归处"，意谓"误落尘网中"的我，若脱离这"任君攀折嫩枝条"的卖笑生活，从此西下的夕阳，不管羞红东篱还是南山，我都山花插满头，让名字如嫩蕊一般绽放。东君啊，您若问"性本爱丘山"的我归向何处？我只想说，哪里有盛开的山花，哪里就有我留照花间的自由生活。这是其二，回答东君"若得山花插满头"的以后。

　　从艺术手法看：严蕊巧妙无痕地将自己的名字和命运融化词中，尤其是"花落花开自有时"与"若得山花插满头"两句当中，如盐入水，却让"东君"的岳霖品尝到词中的盐味与心声。最终岳霖不但判她无罪释放，还落笔生风，为她解开了营妓的枷锁，判与从良。一是从岳霖的良心来说，他怎能再让一个才艺双全的弱女子，重蹈先父岳飞"莫须有"冤屈的覆辙。二也是有例可寻，如北宋苏东坡就曾帮助"莹骨冰肤"的两个叫郑容和高莹的镇江营妓，脱籍从良，让"久在樊笼里"的她俩，重新过上"菊花须插满头归"的自由生活。

那严蕊呢？据说从良后，终嫁一位丧偶的皇室子弟为妾，想到她先前"这人折了那人攀"的苦难，如此算有了"山花插满头"的美好归处。"从此南徐，良夜清风月满湖"，且行且珍惜！

亘古男儿陆放翁

致命的邂逅

如果没有这两首和词,他俩仅作为一对悖论医学的夫妻——近亲婚配的唐婉与陆游,抑或作为一双劳燕,潜伏着彼此情感的一次分飞。如果没有这两首和唱的《钗头凤》,婉约地倾诉各自的衷曲,我们将很难想象他俩曾是情投意合的一对伉俪,自然对陆母棒打鸳鸯失去置疑?

然而有了两首《钗头凤》,什么都改变了,千载之后连沈园的落花都执着地倾听他两倾诉:

> 红酥手,黄縢酒,满城春色宫墙柳。东风恶,欢情薄,一怀愁绪,几年离索。错,错,错! 春如旧,人空瘦,泪痕红浥鲛绡透。桃花落,闲池阁。山盟虽在,锦书难托。莫,莫,莫!
>
> ——陆游《钗头凤》

> 世情薄,人情恶,雨送黄昏花易落。晓风干,泪痕残,欲笺心事,独语斜阑。难,难,难! 人成各,今非昨,病魂常似秋千索。角声寒,夜阑珊。怕人寻问,咽泪装欢。瞒,瞒,瞒!
>
> ——唐婉《钗头凤》

婉妹,你我劳燕分飞,想不到今天竟意外邂逅沈园的春天,你又何必黄縢酒斟来十年;唐婉妹妹,你像雨后的黄花,艰难地为我留着雨前的最后一丝美丽。我知道,你的纱巾湿透多少泪痕……多珍重啊!不要再让病魔在你身上踏着秋千……让我一口饮尽你的深情,空空的酒杯像一场错误的回忆,婉妹……

　　黄滕酒苦吗?表哥,被不见九州同折磨瘦的表哥,不要再让镜子藏起你的皱纹……想今生我虽再也不能为你磨墨添香,妩媚地看你在稿纸上驰骋山河。你写下的每一首诗,我都偷偷用心酿熟。唉,"人成各"的你我再不能重续断弦,今生那就让我最后一次掸去你衣襟上的漂泊,宛若桃花陨落之前,柳树最后一次掸净宫墙上的春天。

　　据载,唐婉写下这首词数十日后病逝而去。我们不知闻此噩耗的年仅三十一岁的陆游心情是怎样起伏?但对唐婉来说,十年汪积心头的苦水,一朝倾倒沈园的杯中,生命也就到了干涸的时候,宛若《红楼梦》中"还泪"的林黛玉,一旦"泪还尽",生命就到了"烛灭"的时候,只剩下沈园的花开花落、柳枯柳荣……

　　但我们知道:当年已七十五岁的陆游蹒跚地重游沈园,如旧的春天、非旧的池阁,而唐婉——早在另个世间。衰鬓斑人更瘦的他,回想四十年前那次致命的邂逅……恍若那只红酥手仍执着地端着盈盈的黄滕酒……泪水不禁像柳絮一样,满园飘飞、飘飞,飞成两首《沈园》:

　　　　城上斜阳画角哀,沈园非复旧池台。
　　　　伤心桥下春波绿,疑是惊鸿照影来。

　　　　梦断香消四十年,沈园柳老不吹绵。
　　　　此身行作稽山土,犹吊遗踪一泫然。

可我们仿佛洞见:东风无力中,一个"病魂常似秋千索"的年轻妇人,正端酒玉立沈园的花丛,临风在中国的文学史里。画角斜阳中,我们仿佛还听见她对陆游说的最后一句留言:表哥,来生就让我变成一只惊鸿吧,夜夜邂逅你梦中的沈园……

　　君埋泉下泥销骨,我寄人间雪满头啊。

昨夜风雨

"谁知老子清狂甚，独占城南十里秋。"虽然诗人清狂依旧，但秋风秋雨慢慢漂白他的白头，当他六十八岁时，面对晚秋的风雨，写下《十一月四日风雨大作》七绝二首，表达他此时的心境。第一首诗为：

> 风卷江湖雨暗村，四山声作海涛翻。
>
> 溪柴火软蛮毡暖，我与狸奴不出门。

此首写的是屋外天昏地暗、风如拔山、雨如河决发出的海啸，"风如拔山努，雨如决河倾"（陆游《大风雨中作》）。诗人感觉所住的孤村，正像孤舟，风雨飘摇。好在诗人虽不能挂杖，到好客的村邻家喝杯浑浊的村酿，去温那尚存的古风；但安坐家中，怀抱狸奴（猫），身依柴火、体裹毛毡，让风雨使劲闹去。我与狸奴不出门，共享这春天般的温暖。当然不是怕冷，像金代的刘仲尹那样，"天气稍寒吾不出，氍毹分坐与狸奴"，而似出于安全的考虑。不是吗？诗人夜访村邻，还要有明月指路，"从今若许闲乘月，拄杖无时夜叩门"，毕竟不是早年"小楼听春雨，深巷卖杏花。骑马过京华，骑驴过剑门"的春天了。

从这只猫讲，可是陆游用较贵重的盐和小鱼"明媒正娶"的，符合当时的习俗，以示对小生灵的敬重。虽然此猫初来时的生活待遇并不高，"寒无毡坐食无鱼"，但干劲却热火朝天，不但陪伴愁绝的诗人，"狸奴伴寂寥"，还白天站岗，夜晚放哨，为保卫陆游家的万卷藏书，把一切鼠辈们打得抱头鼠窜，以至陆游都开心地称赞它是小老虎（小於菟）。如今裹毯烤火，与主人享受同等待遇，小老虎成为宠物猫，不就是对它"尽护山房万卷书"的温暖嘉奖?！问题是拥猫烤火，乘月游村，这就是"泪溅龙床请北征"的诗人要的小生活吗？第二首诗就做了脍炙人口的回答：

> 僵卧孤村不自哀，尚思为国戍轮台。

夜阑卧听风吹雨,铁马冰河入梦来。

此首诗中的思绪已离开猫,而专写自己。虽然"风卷江湖雨暗村",但大作风雨更让他听得热血沸腾。那夜阑的风雨啊,多像沦陷区黎民的哭喊,州桥父老吞声的询问,几时真有六军来?仍然执着南望着王师的马蹄……年复一年地置身凄风冷雨。那夜阑的风雨,又多像久违的战鼓,"夜听籁籁窗纸鸣,恰似铁马相磨声",让诗人恨不得跳床掀被而起,披上尘封的貂裘,高挥出匣的金刀,登上夜雪楼船,跨上秋风铁马,"黑稍黄旗端未免,会冲风雪出榆关",北定中原,光复九州……诗人又缓缓地盖起了被子,那夜阑的风雨,已化作声声叹息。因为奸佞当道,主和派的长袖舞(捂)在朝堂,甚至就连皇帝宋孝宗,还叮嘱即将赴任严州的六十二岁的陆游"职事之暇,可以赋咏自适",意思是你工作之余,可以摸摸笔杆子,就不要摸枪杆子了。"楼船夜雪瓜洲度,铁马秋风大散关"逐渐成为泡影,"泪溅龙床请北征"的"泪"是白"溅"了,大不了让龙床换一块床单而已。只能僵卧孤村,白昼看书,夜听风雨,在雄猫捉鼠声中,重温那"上马击狂胡"的雄风;豪情处,"何方可化身千亿,一树梅花一放翁",哪里有梅花,哪里就有我!

诗人已老病缠身,耳听孤村风雨,心却壮志凌云。僵卧孤村不自哀,此身合是诗人末?只要有鼠辈猖獗的一日,就有雄猫虎啸的一天;只要有中原没有收复的一日,就有王师北定的那一天。瓜州渡的楼船,大散关的铁马,都在等待他跃过冰河,去写出"九州同"的那一个季节!为此,挑灯《出师表》,学武侯北伐之志;夜读孙子兵书,学战神破敌之策。一任风雨,吹灭不了一盏的灯火,纵然昏昏入睡,又在梦中重温一遍杀敌为国的军演,铁马冰河入梦来。而钱锺书先生赞誉他爱国之情已"泛滥到他的梦境里"。是啊,清人郑板桥将萧萧竹声听成民间疾苦,陆游将漫天风雨听成铁马声声,都有可能。因为英雄的耳朵,自有倾听为国为民之音的天性。"别有天成难学得,青莲风格少陵心。"

雨还在下,炉火越来越暗淡了,诗人的呼吸声越来越弱了。他的儿子们,慢慢地围到床前,看八十五岁的老父亲,垂下头去,喃喃地念下最后一首诗篇,名字叫——

无法兑现的遗嘱

死去元知万事空,但悲不见九州同。

王师北定中原日,家祭无忘告乃翁。

——《示儿》

此诗像是立给儿子们的遗嘱,出的却是"王师北定中原日"的考题,真值得后人玩味。从"王师北定中原日"这句诗看,虽然音节读为"王师/北定/中原日",但用典上却要对"北定中原"作意义上的联系。这就像杜甫《丹青引赠曹霸将军》中的诗句"意匠惨淡经营中",音节读为"意匠/惨淡/经营中",却流传出一个不受音节限制的"惨淡经营"的成语。——那"北定中原"典出哪里呢?它典出诸葛亮的《出师表》:

今南方已定,甲兵已足,当奖帅三军,北定中原,庶竭驽钝,攘除奸凶,兴复汉室,还于旧都:此臣所以报先帝而忠陛下之职分也。

一是从陆游对于诸葛亮《出师表》的关系说,陆游可是烂熟于心,他多次用诗由衷推崇:

出师一表真名世,千载谁堪伯仲间。

——《书愤》

出师一表通今古,夜半挑灯更细看。

——《病起书怀》

渭滨星霣逾千载,一表何人继出师。

——《七十二岁吟》

出师一表千载无，远比管乐盖有余。

——《游诸葛武侯书台》

凛然《出师表》，一字不可删。

——《感状》

陆游不但夜看《出师表》，更认为诸《出师表》一字不可删，字字都是警言。加上他是"读书不放一字过"之人，又岂能让"北定中原"四个大字溜之大吉。所以"王师北定中原日"是下笔化用，妙手偶得。二是从"北定中原"的志向看，陆游更是把《出师表》当成千载不灭的明灯，照耀着"位卑未敢忘忧国"的自己，去实现《出师表》中"未捷"的心愿，北定中原、光复九州，以报陛下，"忠心报答赵官家"。三是从讨伐的线路看，身处西蜀的诸葛亮是向北伐魏，身半壁江南的陆游也是"泪溅龙床请北征"，北伐灭金，与北定中原的方向一致。四是从两人的命运结局看，诸葛亮"渭滨星殒"，病死在北伐的征途；而陆游心跳的战鼓擂响长空，也将"死去元知万事空"于江南的孤村。都是"出师未捷身先死"，留下的都是"王师北定中原日"的遥遥无期，"不见九州同"之"悲"一脉相承，怎么不是"出师一表通今古"，怎么不"长使英雄泪满襟"。

"王师北定中原日，家祭无忘告乃翁。"对陆游的儿孙们来说，年年"家祭"成了年年大考，望而却步的考场，是陆游的坟前一叠叠纸钱艰难地烧成一堆堆白灰……

在陆游死后的第24年，即1234年，南宋联合蒙古灭金。南宋诗人刘克庄兴高采烈地"转播"了坟前考场的一幕：

不及生前见虏亡，放翁易箦愤堂堂。
遥知小陆羞时荐，定告王师入洛阳。

意思是我听说您儿子小陆们，又在您坟前火烧纸钱，可这次纸钱上已写满"九州同"的正确答案、具体日期。您老在酒泉之下，收到这一大堆纸钱做的捷报，是不是该像《闻官军收河南河北》的老杜一样，是"初闻涕泪满衣裳"，继而"漫卷诗书喜欲狂"，甚至放歌纵酒，准备还乡——回人间一趟？

可惜这堆纸钱，很快不值钱。1279 年，经过崖山海战，南宋的国土插满元朝的国旗。一个叫林景熙的乡村民办教师，默默地拈起笔，在陆游的诗集后面，替陆游的子孙们写下答案。

> 青山一发愁蒙蒙，干戈况满天南东。
>
> 来孙却见九州同，家祭如何告乃翁。

就是说，陆游"来孙"的眼睛里，九州还是那个九州，国土还是那个国土，只不过国旗已不是您当初的国旗，家祭的纸钱上写什么呢？我看，那火都难点着。

还是引梁启超先生《读陆放翁集》中的一首诗结尾吧：

> 辜负胸中十万兵，百无聊赖以诗鸣。
>
> 谁怜爱国千行泪，说到胡尘意不平。

说出了我们心中的"亘古男儿"陆游、陆放翁！

梅花年年开，香如故！

"连理枝头花正开"的朱淑真与冯小青

英国著名作家毛姆说:"一些女作家因为懒着拿起饭勺,才拿起笔"。或许有吧,但我想南宋的朱淑真和明末的冯小青肯定不是,她俩都是因为所嫁非人,婚姻不幸才拿笔"泄洪"心声。如果拥有卓文娟才貌的她俩,嫁的都是心中司马相如那样的大才子,我看,别说拿饭勺,就是闹市开排档——老公跑堂、自己当炉,经营的也是爱的大公司。

先说朱淑真吧,她是钱塘(今杭州)人,据说她自幼美丽聪慧,工诗善画、精通音律;十九岁那年奉父母之命嫁与乡村渣男,"其夫村恶,蓬篨戚施,种种可厌"。对这种鲜花插在牛粪上的婚姻,连千年后的柏杨先生,还在顿足叹息:"巧妇嫁了拙夫,真是人间最大的不公平,人人见了都要跺脚,盖深惜之也。"后人尚如此气愤,而"竟嫁了一个不识之乎的庄稼汉"的一代才女,又岂能不更加无奈和伤心。"闷怀脉脉与谁说? 泪滴罗衣不忍看","欹枕背灯眠,月和残梦圆。"以致每到春天,朱淑真都拉下窗帘,不忍看见莺歌燕舞的明媚,自我屏蔽在内心的冬天,只能让思想的红杏开出墙外,偷吻情感的春天,于是纸上充满了一对缠绵的身影——

恼烟撩露,留我须臾住。携手藕花湖上路,一霎黄梅细雨。甚至"娇痴不怕人猜",大胆地"和衣睡倒人怀"。情人的怀抱才是温暖的春天,甚至宽衣解带,露出金钗一样华贵的玉体,与虚拟的爱人,享受着"衾寒枕冷夜香消"的春夜。多谢月相怜,今宵不忍圆。让她在想象中,度过了一个又一个寒夜。由朱淑真我又想起明末才女冯小青来。一是地点一致,都是钱塘杭州。二是婚姻不幸一致,都是所嫁非人。三是死亡一致,都是死得悲苦无比。虽然她俩时隔四百多年,但"萧条异代不同时",命运却有很大的一致性。

冯小青，生于扬州，十六岁时嫁入杭州，与人为妾。可惜大妇不容，发配孤山旧屋，三面环水，几乎在与世隔绝中。请看幽禁的她，笔下流出泪水：

> 百结千肠写泪痕，重来惟有旧朱门。
> 夕阳一片桃花影，知是亭亭俏女魂。
>
> ——《赠杨夫人绝句》

> 脉脉溶溶漾滟波，芙蓉睡醒欲何如。
> 妾映镜中花映水，不知秋恩落谁多。
>
> ——《比芙蓉花》

在这花影夕阳、秋落思多之中，一位豆蔻佳人，都没有了朱淑真那样的在纸上追求爱情的精神和气力，默默让身心枯萎、畸形，在"瘦影自临春水足，卿须怜我我怜卿"中，患有严重的自恋癖。好在唯有一本《牡丹亭》，像一盏无眠的灯火，在凄风冷雨中，慰藉她的顾影自怜：

> 冷雨幽窗不可听，挑灯闲看牡丹亭。
> 人间亦有痴于我，岂独伤心是小青。
>
> ——《读〈牡丹亭〉绝句》

从年代讲，《牡丹亭》是朱淑真死后四百年的明代人汤显祖的剧本，所以冯小青可以找到"痴于我"的知音——为爱而死，又为爱而生的杜丽娘，分担自己的伤心，伴她度过漫漫雨夜。可惜朱淑真就无法"挑灯"穿越来"看牡丹亭"，一任冷雨敲打她的长夜，幽窗更加凄苦。一个"痴"字，真可谓是她俩的宿命。

"问世间情为何物，只教人生死相许。"对她俩来说，所嫁非人，就不值得为他相许生死，可是无情的现实和"女子无才便是德"的世俗，已经将"生"的她俩，活活地逼向了"死"。连朱淑真自己也承认，"女子弄文诚可罪，那堪吟月又吟风"，整天不拿饭勺只拿笔，在纸上吟月咏月、卖弄风情……这种"罪"，不但为夫家所恨，更为娘家所耻，以致她郁郁而死后，不但无葬身之所，就连她心血写成的诗词，也被她父母扔进灶火。"今所传者，百不一存。"

而冯小青又何尝不是，十八岁含恨而终。等她友人闻讯赶来，看到小青无数遗作，正被大火烧成纸灰，仅剩一些当糊窗纸的残稿，因有"障风"之功，算躲过劫火。就像三国神医华佗，临刑前在狱中将毕生心血凝成的医书托付给吴押狱，可惜吴妻因怕惹祸，将这部千古医典焚之殆尽。惆怅人亡书亦绝……如说专制皇权是秦始皇的烈火，那么无知愚昧则是烧向朱淑真、冯小青、华佗……心血结晶的烈火。哎，中华文化，几个能有《富春山居图》的好命，在烈火中，逃生出几页断章残稿，却揉在手头、糊上纸窗，在呼啸北风中，让一个民族长久吟哦……可惜幽窗寒雨夜，更无人读牡丹亭。

在朱死后的第二年，在杭州的某家"闭春寒"的旅馆，一个叫魏仲恭的文人，听到有人在唱朱词、诵朱诗，顿被这些情真意切的作品深深感染，于是留心搜罗，"集得新编号《断肠》"。我们为朱幸运，有此铁杆粉丝，为她搜集出版。同时也被魏仲恭的识力所折服，他一眼就见出这是非物质文化遗产，传之千古的和氏璧！对魏仲恭来说，"不服丈夫胜妇人"，不服不行。

朱淑真有诗句：连理枝头花正开；冯小青有句：愿为一滴杨枝水，洒作人间并蒂莲。不难看出，在朱淑真和冯小青的心里，都在祈求着法力无边的青帝和观音，不要让"颜色如花命如叶"的她俩，重坠苍苔的命运。可见连理花、并蒂莲，是她俩终生的期待。连伟大的《红楼梦》都多次引用朱淑真和冯小青诗句，还将冯小青列为林黛玉的原型。如此说来，连理花正开、人间并蒂莲，不也是《红楼梦》的女儿们，无法兑现的追求与期待！——为什么没有实现？就是当时女儿们水做的命运，被泥做的男人和砖石砌成的社会，一次次堰塞、污染和破坏。

桃花仙人唐伯虎

当春天光临你所住的桃花坞,春风就努起小嘴,吹旺所有桃树上的火焰,燃烧成姑苏最美的云霞。你走出茅屋,坐在灿烂的桃花下,仰脖沥干最后一滴酒水,又将破酒壶当枕头,一任桃花飘满你仙人的睡眠。年复一年,过着"桃花仙"的生活。

当你步回仙人居所,看见"瓶瓯破缺,衣履之外,靡有长物",生活已到了"厨中有碗黄齑粥"的地步,就算你"又摘花枝当酒钱",也只能用四肢不全的瓶瓯当篮了,连一个筐子都没有。"漫劳海内传名字,谁信腰间没酒钱",真让姑苏的小偷们面临失业的危险。难怪在别人眼里,"不为商贾不耕田"的他,简直就是疯子一枚,整天不是躺在桃花下喝酒睡觉,就是伏在桃干上写诗作画,不把家庭写得四处通风,就把生活画得八面下雨。看来从他当桃花仙那天起,就没过个春光明媚的日子。

别人笑我忒疯癫,唐伯虎放下左手的酒壶、右手的画笔,也在笑,笑容像风中的桃花招展;一笑别人看不穿,自己绝不在高头大马前,牵马坠镫、横冲直撞,纵使顿顿山珍海味,咽下的也是助纣为虐的滋味;甚至他还"愿与将军借宝刀",抒发对"眼前多少不平事"时代的无奈和愤慨。二笑别人看不穿,自己在"床头无米厨无烟"中,甘愿"腰间亦无看囊钱",穷病而死;也绝"不使人间造孽钱",闲来写幅丹青卖;纵然齑粥一碗、苦酒一杯,但吃得香、喝得甜,能打着桃花似的酒嗝,赢得桃汁似的睡眠,"死见阎王面不惭"地将"姑苏城外一茅屋",住成泼墨丹青的福地洞天。这位"满坞桃花一醉人",狼虎中间读道经,秉承发扬着李太白"斗酒诗百篇"的才情和"安能摧眉折腰事权贵"的傲骨。君"不见五陵豪杰墓,无花无酒锄作田",又有什么意思。

桃花坞里桃花庵,桃花庵下桃花仙。当春天离开桃花坞,丢下满地桃花，你放下手中的笔，用锦囊包好，埋葬药栏东畔，义务为落花举行葬礼。你不管此举是否被林黛玉所"盗版"，默默写下一百多首《落花诗》，践行着你的深情。当除夕夜，你踩着家家户户震耳欲聋的鞭炮声，溜达到"竹堂寺里看梅花"，让满寺的梅花陪你守岁、过年。闲来写画营生活，当冬雪将满坞桃树堆成一群雪人，你在衣衫褴褛的茅屋内，以残瓶破罐当砚，以桃枝当笔，寒冷冻皱手指，却冻不了你如火的才情，万里江山就激情出你的笔尖，澎湃出一幅幅绝美的画卷，然后呵呵两声。"别人笑我忒疯癫"就笑去吧，反正桃树都老了，还在乎这些……

桃花仙人种桃树，又摘桃花换酒钱。可我恍惚听见，满坞的桃树都发出苍老的笑声——是你吗？一笑别人看不穿；二笑就做桃花仙；三笑，三笑——一个名叫秋香的美女，就跑来了。

"善亦懒为何况恶，富非所望不忧贫"，画自己的画，成自己的仙！

"始信英雄亦有雌"的秋瑾

秋瑾,女,浙江绍兴人,号鉴湖女侠。生于1875年,陨落于1907年。大半生涯是力拔腐朽的黄龙旗——反清;后因叛徒告密,被捕而慷慨就义——"英雄含笑上刑场!"我们学习《对酒》这首诗,目的是铭记这位"不爱红妆爱武装"的"巾帼英雄"(孙中山誉),为革命奋斗的壮烈人生!

> 不惜千金买宝刀,貂裘换酒也堪豪。
> 一腔热血勤珍重,洒去犹能化碧涛。

此诗是秋瑾留学日本时购得一宝刀后所写。诗题《对酒》,对着酒而作,出自曹操的"对酒当歌"(《短歌行》)句。现在我们就看女侠是怎样举酒,在历史的舟头,横槊赋诗。

不惜千金买宝刀。大家知道"干将莫邪"式的宝刀,如两曜碰面,可遇不可求。一旦巧遇卖刀杨志式的卖主,就得抓住这千载难逢的良机,舍得花千金;甚至,像赵明诚那样,为购书画,闹市解衫兑取,目的都是狂热地搜求盖世稀物。从用字看,这"不惜千金"四字既透露出无比的焦渴之情,也透露出"天生我材必有用,千金散尽还复来"(李白《将进酒》)的坚定和自信。甚至,作者幻想以"天地为炉,铁聚六洲,铸造出千柄万柄宝刀"来!

貂裘换酒也堪豪。此句典出晋人阮孚的故事。清人敦诚有诗句:"又闻阮遥集,有卸金貂作鲸吸"(《佩刀质酒歌》)。阮孚,字遥集。唐人李白有"千金裘,呼儿将出换美酒"(《将进酒》)之句。当代诗人余光中又有诗句:"千金裘在拍卖行的橱窗里挂着/……来一瓶高粱哪,店小二!"(《五陵少年》)而秋句中,将名贵的貂裘当成美酒,而感到快乐;这种行为,彰显一位革命者的乐观主义精神和积极豪迈的气概。联系贺知章"金龟换酒"的采烈、敦诚的"佩刀质酒"的寒酸,仅在气度上打量,都在秋句面前,犹输气概。

一腔热血勤珍重,洒去犹能化碧涛。化碧涛是个典故。相传周朝有个忠臣叫苌弘,他死了三年,血化作碧色。这两句诗显然从这个典故发端的,意为要好好珍惜个人生命,纵然死了,也应像苌弘那样,用自己的热血,将"一沟绝望的死水"染红。

四行诗像四根铁柱,撑起这样一个摩天的意境:在清末的某个酒肆,一个志士,左手紧攥刚买的宝刃——准备武器;右手将身披的貂裘当成美酒——保养精神,在简单的酒桌上独饮着冲锋号即响的静谧,不慌不忙,神态自若。但一旦到了"补金瓯"的那一日,扔杯、拔剑、荆轲刺秦王那样,"为国牺牲敢惜身"——这是自勉言,同时这又是"长使英雄泪满襟"的共勉词。秋瑾是在用诗力谏他的"盟友",对待敌人,不要草率行动,作无谓喋血;而要保存革命实力、珍重生命,等到时机成熟,再为"驱除鞑虏、光复中华"而"沙场为国死"。但不管自勉和共勉,"勤珍重"三字,都能见出作者的殷殷之情。

《艺概·诗概》说:"诗品出于人品。"的确,这里仅举秋瑾生平中两个爱国片段。一是当她在日本某次盟会上的演讲,讲到悲壮处,拔出靴中的匕首,猛插桌上,怒吼道:"谁敢回国卖友求荣,先吃我一刀!"二是1907年7月13日上午,为掩护同志们安全撤离险地,秋瑾断后阻敌,不幸遭捕就义。从这两个片段中,我们可以见叶知秋地分析:秋瑾对卖友者之憎,不共戴天;而对反清义士之爱,报以生命,不就是用人格在此诗后画上个气壮山河的感叹号吗?"眼中直欲无男子,意气居然我丈夫",不在历史面前铁证如山,谁信英雄是美人?

再纵观华夏名媛佳作,谁与秋瑾抗衡?她虽系女儿身,诗词却没有"女郎诗"的卿卿、"坠泪词"的薄怨、"花蕊词"的妖艳;她的诗词是"多奇志"的报国热情,是洞射封建的一支响箭,是砍向列强的龙泉剑;她"一帆海空阔"的"诗思","祖国沉沦感不禁"的情怀,"心却比,男儿烈"的刚毅,引无数泥做的男人,竞折腰。

"何时尽伐南山竹,细写当年杀贼功",而我仅能借用"自古英雄尽解诗"作为赞语,以求不辱一代女侠的万丈光焰!

风

吹仙袂飘飘举：诗词札记

贾岛：是"推"还是"敲"，这是一个问题

天恐文章浑断绝，更生贾岛著人间。

——韩愈《赠贾岛》

阮阅《诗话总龟》卷十一"苦吟门"引《唐宋遗史》载，唐朝贾岛赴长安参加进士考试，一天，他在毛驴上想到两句诗：

鸟宿池边树，僧敲月下门。

开始想用"推"字，考虑半天又想改成"敲"字。一时定夺不下，就在驴背上反复吟哦，不时伸出右手，比画着推敲的姿势，迷迷糊糊中不觉闯进了京兆尹韩愈的仪仗队中，被警卫当场抓获，推到韩愈面前。韩愈问清情况，也很感兴趣，骑在马上想了很久，对贾岛说：作"敲"字佳。（胡仔《苕溪渔隐丛话》前集引《刘公嘉话》略同）

为什么作"敲"字比"推"字佳？一千一百多年后，现代诗人朱湘算替韩愈交出说法。他在《说推敲》一文中，归纳有："敲"这个字不仅在发音上来得响亮些，"它所引起的联想也是一片敲破寂静的响亮"，并彩绘出由"敲"字生发出的意境："置读者于此僧人的当时的地位上，同了他，在已深的月夜，等候着庙门的开放，在一片搅动了他的自尊心的，余音仍然波动于月景之内的敲门声里。"朱湘并强调："文字正是要富于联想。"一句话："敲门之从容，自胜于推门之径直，故千古以韩说为然。"（舒芜《勘诗续记·七》）

朱湘不愧为著名现代诗人。对"敲"字生发的意境解释看，颇充满无比浪漫高雅的兴味，使人感觉这"敲月下门"的不像是个普通和

尚,而倒是像敲心上人闺门的情僧——如夜访潘巧云的裴如海之流,从容敲门。可见,用"敲"字并没有像朱湘许诺的那样:"置读者于此僧人的当时的地位上,同了他。"文字用活固然靠读者的联想来补充、再创造,但在此两句或此诗中,背离夜、僧、寺,而天马行空地联想,有时是无助诗意的完整、理解的深化,严重时走向反面,南辕北辙诗意和主题。借用王夫之的话反驳朱说:"'僧敲月下门',只是妄想揣摩。"(《薑斋诗话》卷二)

然而不同人持不同看法。清末王湘绮认为:"实是'推门','敲'则内有人,又寺门高大,不可敲。"(《湘绮楼说诗》卷四)现代美学家朱光潜先生似发展了王说,解释得更深入。他认为,"敲"字,"已经把原诗中那种悲凉凄冷的情绪改变了,起码'敲'字,会使读者意会到庙内尚住有第二人,而增加了一点温暖之感。"所以他主张若用"推"字,"则可现出他独往独来的清寂景色。"(《谈作文》)

以上两派,真是公说公理、婆说婆理,莫衷一是。按我个人拙见,倒认为王、朱之说值得重视。

孟子云:"诵其诗,读其书,不知人,可乎?"章学诚也指出:"不知古人之世,不可妄论古人之辞。"两位古贤语异意同地指教我们:查下贾岛的个人档案,首先从作者的身世入手,对"推"和"敲"两字的鉴定,想该不会是"无补费精神"的"妄论"和"费平章"吧。

我们洞悉诗人贾岛曾有段受过禅院教育、做过和尚的履历(法名无本)。应当说,对"扫地不伤蝼蚁命"的守则,佛祖如来舍身饲虎、高僧萨波达剐肉救鸽的范例,他一坐上蒲团就已烂熟于心。对比李敖先生特别提醒道:"大家想想看,和尚你要早睡早起,早有早课,晚有晚祷,你夜里不回来,半夜三更你回来,不爬墙进来,还敢'咚咚咚'敲门,这是什么和尚? 你轻轻地把门推开,偷偷摸摸地溜进来,这才符合实际情况嘛,所以我说'推'字的意境更好,更准确。"笔者虽不认同李敖先生对夜归的和尚,就是"在外面鬼混"的有罪推定;但他认为半夜三更回来的和尚,"还敢'咚咚咚'敲门,这什么和尚?"除非是醉打庙门的鲁智深,不然的话,只会"轻轻地把门推开,偷偷摸摸溜进来,这才符合实际情况"。的确,在一个月光如银的静夜,众鸟们都熟睡在池边的树巢上——也在象征着有僧人已入眠在寺内,一僧或因事晚归,在这静夜,面对庙门,从和尚本质讲,他不会敲门,因为"'敲'就不免剥啄有声"(朱光潜语),将寺内僧人惊醒不讲,万一将鸟从树巢里惊飞,而呱呱鸣啼在这静夜宛如弃婴恸哭般凄惨与惊心……光就惊起宿鸟这一条,不仅仅是"打破了岑寂,也似乎平添了搅扰"(朱光潜《咬文嚼字》),更与慈悲为怀的教义相抵触,其不无意中闯下罪过。而只会用手推门,就这么推,还轻之又轻,小心翼翼,像周杰伦《兰亭序》所唱:"月下门推,心细如你脚步碎",生怕门轴又压死几只蝼蚁命……这一切都发生在深夜,像月光般静谧,意境上颇有几分禅意,也象征僧人纯洁的心性。"柴门静夜无关钥,留与山僧带月推。"(李渔《怜香伴》)至于门的结局是张正阳提议的"关",还是王湘绮提议的"留",好事的读者就自行吃回扣,这已不关贾岛的事了。

其次从贾岛诗歌风格角度剖析,作者也应弃"敲"取"推"。这正如朱光潜先生所分析的那样,用"推"字,"则可现出他独往独来的清寂景色"。的确,使诗中滋生一种"悲凉凄冷的情绪",是合贾岛的嗜好。他嗜好道:"是点荒凉感,就逃不脱他的注意"。例如:"他瞥见的'月影'偏偏不在花上而在'蒲根'、'栖鸟'不在绿杨中而在'棕花上'"。(闻一多《贾岛》)——归根结底贾岛"骨子里恐怕还有个释子在"。应当说:他取充满清寂的"推"字,而不取音调响亮,有了温暖感的"敲"字,才合他诗的脾胃。只有这样才当得起薛雪尊他的"诗骨清峭"(《一瓢诗话》)的赞语,和苏轼敬他的一个"瘦"字!

再次从贾岛此诗的构图上分析。当代著名画家吴冠中先生就得出:"'鸟宿池边树'在高处,且突出了静;'僧敲月下门'在低处,敲则有声,与静对照。但这情境中突出了静与闹之对照是否破坏了整体调子,夹进了音响反而在画面落下了败笔。"从而进一步比较出"推"字的佳处:"推门,无声,不写声,只着笔于推之动作,划出了运动中的线,与'宿'相对照,显得比'敲'更和谐,不失画面的统一。"(《贾岛诗中画》)吴先生是从绘画角度出发,认为"推"字佳,夹进了"敲"的音响,反而成为画面上的败笔。

综上所述:我们认为舒芜先生的"敲门之从容,自胜于推门之径直"，还是皮相之谈，故千古未必以韩说为然。

写到这里，似不能逃避一个问题：就是你把"推"字说得这么好，那为什么此诗传世的是"敲"字，而非"推"字呢？

我的回答是：从诗中流传的"敲"这个字看，的确发音响亮，使诗更富乐感，即说有它自身的功劳。再从阮阅《诗话总龟》卷十一"苦吟门"的记载看："敲"字是"文起八代之衰"的韩愈立马思索良久后钦定的。正如北宋苏轼违心赞同他的前辈欧阳修，认为韩愈"听颖师"弹的是琵琶，而不是"琴"样，作为人微言轻的贾岛，当时也不好驳韩愈"居高声自远"的面子吧，更何况还是好意呢。

总之，我们重论"推敲"——研讨"为求一字稳，耐得半宵寒"的炼字之术，对力求做到"语不惊人死不休"的学诗者来说，还是不无教益吧！南唐人孙晟，将贾岛画像，贡于墙壁，晨夕事之。当代香港著名作家董桥先生曾将一幅《贾岛诗意图》悬挂壁间，成为夜读良伴。(《仲春琐记》)他们都把贾岛当成一座文学的神庙，激励自己不倦地敲开庙门，"两句三年得，一吟双泪流"，做文学的苦行僧，做推敲者的衣钵人！

张籍:"看似寻常最奇崛,成如容易却艰辛"背后的创作艰辛

一、"成如容易却艰辛",问题的提出

北宋大诗人王安石的《题张司业诗》:

> 苏州司业诗名老,乐府皆言妙入神。
> 看似寻常最奇崛,成如容易却艰辛。

王安石此诗是对中唐著名诗人张籍的乐府诗由衷点赞。从"苏州司业"这句看,司业指张籍曾任国子监司业一职。苏州指他原籍苏州,后移居和州乌江。乌江就是霸王项羽自刎之地,王安石不但有《乌江亭》一诗:"百战疲劳壮士哀,中原一败势难回。江东子弟今虽在,肯与君王卷土来?"而且地理位置上,乌江与王安石的第二故乡南京江宁,斜江相望。这些都证明,王安石对乌江非常熟悉。从接下的几句诗看,是王安石赞誉张籍写的乐府诗,精妙如神,看起来很平常其实很奇险挺拔,写成好像容易实则很艰辛。此诗也多被后人当成解析张籍诗歌的一把钥匙,"王安石评张籍诗说:'看似寻常最奇崛,成如容易却艰辛',是很中肯的考语。"(葛晓音《唐诗宋词十五讲》)甚至"王安石的这一评语,几乎成了历代张籍乐府的不刊之论"(罗宗强《唐诗小史》)。不过此诗第三、四两句,刘永济先生在《唐诗绝句精华》中指出:"看似寻常最奇崛,成如容易却艰辛"之语,最能道出诗人创作的甘苦。

在刘先生看来,"最能道出诗人创作的甘苦",就隐藏在"看似寻常最奇崛,成如容易却艰辛"的这两句诗中。可惜刘先生提出了

很好的问题，却没有进一步给出答案，这就更有阐释的必要性。那对"诗名老"的张籍来说，在"成如容易"背后，到底隐藏着哪些创作的艰辛？

从王安石诗句看，"看似寻常最奇崛"，是他看张籍乐府诗的感受，一个"看"字已点明要旨；而"成如容易却艰辛"，就揭示了张籍创作这些"看似寻常最奇崛"乐府诗，其间经历了一个无比艰辛复杂的过程。"成"是写成之意。从创作过程来看，我们知道，几乎对张籍在内的每一个个体创作者来讲，在进行创作劳动过程中，不外乎经历两种艰辛。一种是脑力劳动的艰辛，包括主题的立意、谋篇布局的构思、"捻短数根须"的遣词造句等一系列工序的创作艰辛。另一种是体力劳动的艰辛，包括用手一字一句的书写，及修改誊抄等一系列工序的体力劳动的艰辛，而且此两种劳动同步进行、缺一不可。清人顾文炜《苦吟》诗："为求一字稳，耐得半宵寒。"《随园诗话》指出："'为求一字稳，耐得半宵寒。'深得作诗甘苦。"这也说明正在创作的诗人，需要脑力和体力的同步艰辛付出。

"艰辛历尽谁得知"，对写出那些"无敌手"的"古风"，"是人知"的"新语"（姚合《赠张籍太祝》）的诗人张籍来说，经历艰辛复杂的脑力劳动，是显而易见的，因此也就不作为这里探讨的重点。本篇重点讨论与艰辛的脑力劳动同步进行的体力劳动的艰辛。《孟子》云："颂其诗，读其书，不知其人，可乎？"这就提示我们，对张籍个人进行"体检"，查看一下他创作时的劳动难度，才"最能道出"这"成如容易"背后艰辛的多种成分。

二、"龙文百斛鼎，笔力可独扛"的张籍经历的艰辛

一是眼疾造成生活的艰辛。张籍不是双瞳孔的霸王项羽，而近乎是一位盲诗人。孟郊在《寄张籍》中就写出张籍严重的眼疾，已经到了咫尺不见人的程度。"寺后穷瞎张太祝，纵尔有眼谁尔珍？天子咫尺不得见，不如闭眼且养真！"白居易《读张籍古乐府》诗中说他："病眼街西住，无人行到门。"韩愈在《代张籍与李浙东书》中，也为他

的眼疾担忧:"使籍诚不以蓄妻子、忧饥寒乱心,有钱财以济医药,其盲未甚。"张籍的眼疾已自然严重影响他的生活,出门如行迷雾,"黯如雾中行"(《祭退之》),以致《闲游》时"却嫌行处菊花多"。再多再美的菊花,对"病眼校来犹断酒"的张籍来说,也是盲人点的灯,而眼疾造成的艰辛,更直接导致他创作的艰辛。

二是眼疾造成创作的艰辛。因张籍没留下关于他在近盲状况下怎样创作的文字,我们只能寻求旁证。已故的国学大家周汝昌先生,也像张籍一样,是一个"天子咫尺不得见"的准盲人。吴小如先生曾站在周先生眉睫前,周先生也没有认出来。(《"红学家"周汝昌先生》)因为高度目盲,周先生写字也非常艰辛。刘心武先生在《画梁春尽落香尘——解读〈红楼梦〉》中说道:"因周先生目力已极坏,每个字皆比三号印刷体更大,且笔画多有重叠脱漏,故我辨认打印也颇吃力。"

梁归智先生在《〈周汝昌致梁归智书信笺释——留痕鱼雁证红楼〉序》中,也有同样的回忆:"周老耳聋目盲,越到晚年越严重,后期的信札,常常一个字的笔画之间错综移位,或者字与字彼此叠加……笔者当年读信,辨认就颇费力……联想到当日周老握笔作书,又该是何等艰难而顽强坚韧,真不禁感慨系之!"

作为旁证,我们可在双目近盲中艰辛研究"红学"的周汝昌先生身上,推想当日双目近盲的张籍,能创作成那些"看似寻常最奇崛"的乐府,起码要经历同样的艰辛的历程。

需要指出的是,"业文三十载"的张籍,著述颇丰。虽不像陆游,六十年来诗万首,但也写下无数作品;可惜"自皇朝多故,屡经离乱,公之遗集,十不存一"(《张司业集序》),仅就这流传后世的"十不存一"的作品数量看,据日本唐诗研究专家丸山茂先生统计:"有诗歌四百八十首,加上逸句、联句、书信等共四百八十九篇。"(《唐代文化与诗人之心·韩愈与张籍》)其中自然包括被白居易赞誉为"举代少其伦"的乐府诗约七十五首。再就张籍这传世的约七十五首乐府诗的质量看,罗宗强先生赞誉道:"看似平实,有时完全像口语,但却韵味无穷。这是经过反复锤炼之后达到的炉火纯青的境界。"(《唐诗小史》)我想说的是,这反复锤炼出炉火纯青的艺术境界,要花去张籍多少时间和精力。其一，他不是健康者，而是一个"咫尺不得见"的准盲人。其二，他的作品可不像陆游诗中的那位说评书的"负鼓盲翁"，在斜阳古柳赵家庄，用嘴一句一句地说成，而是他在"夜昏乍似灯将灭"的似盲状况下，一笔一画、一字一字、一首一首写出，然后经过推敲、修改、"新诗写罢自长吟"等工序，反复打磨而成，期间肯定有数不胜数的，"常常一个字的笔画之间错综移位，或者字与字彼此叠加"的书写现象发生。其三，他在准盲状态下写作，玩的不是一朝一夕的速战，而是一生的持久战。韩愈《醉赠张秘书》中的两句诗就能证明："吾徒幸无事，庶以穷朝薰。"意思是，对"病眼街西住"的张籍来说，所幸他工作的"量"不太大，可以长期地盲眼挥笔，"心与身为仇"地在纸上迎送晨昏、变换寒暑，"生应无辍日，死是不吟时"，直到生命的最后一刻。可谓是在"字字写来皆是血"中艰辛完成，"又该是何等艰难而顽强坚韧，真不禁感慨系之！"

基于此，再看王安石的"看似寻常最奇崛，成如容易却艰辛"两句诗，也就更全面理解了它隐藏的深意。对于近盲诗人的张籍来说，写出精妙如神的乐府诗，看起来很平常其实很奇险挺拔，写成好像容易实则很艰辛。因为这里不但有艰辛的脑力劳动，更有一双病眼超负荷的长期劳动，共同为"妙入神"的诗歌，进行千淘万漉的艰辛奋斗！如此，对张籍的创作来说，看似寻常、成如容易，其实真不寻常、更不容易。所以，周正环先生认为此两句诗"常被用来形容和赞美一个人的作品或成就的得来不易。成功的背后总是饱含着无尽的辛酸"（《历代绝句六百首》）。还是用王安石《游褒禅山记》中的话归结："非有志者不能至也！"

赵明诚:浅探他的"三日夜,得五十阙"

北宋末期的某一个重阳佳节,女词人李清照(号易安居士)写好《醉花阴》一词:

> 薄雾浓云愁永昼,瑞脑消金兽。佳节又重阳,玉枕纱厨,半夜凉初透。　东篱把酒黄昏后,有暗香盈袖。莫道不消魂,帘卷西风,人比黄花瘦。

寄给在外求学的丈夫赵明诚。元人伊世珍《琅嬛记》是这样记载道:

> 易安以重阳《醉花阴》词,函致赵明诚。明诚叹赏,自愧弗逮,务欲胜之。一切谢客,忘食废寝者三日夜,得五十阙,杂易安作,以示友人陆德夫,德夫玩之再三,曰:"只三句绝佳。"明诚诘之。曰:"莫道不消魂,帘卷西风,人比黄花瘦。"正易安作也。

对此,夏承焘先生认为"这个故事不一定是真实的。"(《李清照的〈醉花阴〉和〈声声慢〉》)刘乃昌先生也认为:"这则故事可能是好事者所编,不必当真看待。"(《李清照词鉴赏》)拙认为,就算这个故事不是真实的,是好事者所编,但我们本着借鉴和学习的态度,从中认真总结一些有益的写作方法和经验,也不至于无教益吧。那借鉴和学习什么呢?

首先,对赵明诚在"一编尽有诗情味,夫婿才华恐不如"的前提下,完全是出于在妻子李清照面前挣面子的写作动机,表示理解;同时也对他三日夜、白加黑,废寝忘食得"五十阙"的写作精神,表示钦佩。但是,对他这种写作方法,我认为有浅探的必要。

一、从渊源上浅探

赵明诚"忘食废寝者三日夜",闭门不出的写作方法,拙以为,或许受到北宋苦吟诗人陈师道潜移默化的影响。原因有:

一是受亲情的直接影响。陈师道与赵明诚的父亲赵挺之是连襟,也就是说陈师道是赵明诚的亲姨父。陈师道对姨侄赵明诚也很赏识。当陈师道出外为官,还曾先后两次致函赵明诚,为他提供发现碑刻的线索。而且陈师道在给黄山谷的信中还赞许:"(赵)明诚,颇好文义。"对赵明诚来说,是能直接感受到姨夫陈师道"润物细无声"的关爱,从而也"随风潜入夜"地影响到其创作内容。

二是受写诗方法的间接影响。史载陈师道写诗时,不但将老婆孩子——赵明诚的姨母和表弟撵回娘家,就连猫狗都撵出门,怕他(它)们发出的声响,影响到诗词的创作。而自己躺在床上,以被蒙头,"呻吟如病者,或累日方起"。从方法上比较,赵明诚"忘食废寝者三日夜",闭门不出,苦思冥想地写,与陈师道以被蒙头、苦吟地写,又何其相似。说不定闭门谢客的赵明诚,就以被蒙头,也未可知。基于赵明诚与陈师道的亲戚关系,赵明诚写诗方法,受到陈师道潜移默化的影响,也在情理之中。

二、从数量和质量上浅探

赵明诚"忘食废寝者三日夜"写出"五十阙"。一是数量上比较。三天三夜,写出五十首词,平均每天每夜写出约十七首,这种"产量",就连诗史上以高产著称的陆游都自愧不如。陆游"六十年来诗万首",满打满算两天两夜才一首,与赵明诚"忘食废寝者三日夜,得五十阙",也是相形见绌的低产。至于唐人贾岛的"两句三年得",一年半才得一句;卢延让是"吟安一个字,捻断数茎须";清人顾文炜《苦吟》时,"为求一字稳,耐得半宵寒",忍受大半夜的寒冷,才吟稳妥一个字。这些与赵明诚"三日夜,得五十阕"相比,简直就是难产和歉收。看来真像卢延让所说的"莫话诗中事",跟赵明诚没法比,"一吟双泪流",流再多的眼泪也没用。

二是从质量上比较。赵明诚曾请友人陆德夫当评委,来评论他夹杂着李清照三句词的"五十阕"。陆德夫玩味再三,最后裁决道,"莫道不销魂,帘卷西风,人比黄花瘦"三句绝佳。而这正是"盗版"了妻子的名句。就是说,是李清照的三句词,整体打败了赵明诚的"五十阕"。仅从写诗方法上说,就侧面证明了赵明诚"忘食废寝者三日夜,得五十阕"写诗方法的非科学性。要想解开这种写作方法非科学性之铃,我看,还得从他姨夫陈师道这个系铃人身上查找原因。

三、从陈师道的影响浅谈,是良性还是恶性

一是对于"此生精力尽于诗"的陈师道来说,他闭门不出,以被蒙头的写诗之法,就不断引来批评的声浪。黄山谷就批评他:闭门觅句陈无己。南宋杨万里更是一票否决:"闭门觅句非诗法。"金代元好问批评他:"传语闭门陈正字,可怜无补费精神。"这些都在说明,不管是以被蒙头写诗的陈师道,还是"忘食废寝者三日夜,得五十阕"的赵明诚,一味脱离生活的闭门觅句、拥被而卧、终日苦吟,天长日久,也会像无源之水,难免有"拆东补西裳作带"的东拼西凑和"拆补新诗拟献酬"的一稿多投……这些"非诗法"的创作,在批评者看来,都是"费精神"的无补和徒劳。唐人郑綮曾总结说,"诗思在灞桥风雪中";爱猫的陆游就不是攥猫的陈师道,他说:"君诗妙处吾能识,尽在山程水驿中。""汝果欲学诗,功夫在诗外。"他们都承认生活才是诗歌创作的重要源泉,就是说走出大门,你才真正意义地将生活捕捉成诗中的风景。而蒙被苦吟、闭门觅句,都无异于闭门造车和无病呻吟,所以"闭门觅句非诗法,只是征行自有诗"。

二是从赵明诚盗版的李清照词句的《醉花阴》词句上说,此词是李清照对赵明诚的思念之词。思念不但让她"宝奁尘满,日上帘钩,起来慵自梳头",更让她身体开始消瘦。卷帘的西风告诉你,她已经

比黄花还瘦。这种"新来瘦,非干病酒,不是悲秋",而正是"消得人憔悴"的相思所致。当多少"欲说还休"的"离怀别苦",已让她到了如鲠在喉不吐不快的地步,一挥而就,吐出的都是情真意切的珠玉,才具有令人"消魂"的力量。而赵明诚却是本着争强好胜,词压妻子的动机,才闭门造句,搜肠刮肚,纵然写了五十阙,还私吞老婆的三句词凑数,量虽高,才情不够——都是"为赋新词强说愁",苦思冥想的产物,自然难以打动人。因为"为赋新词强说愁"的"愁",不但不是愁,有时还是文字游戏。从情感上说,"梧桐更兼细雨,到黄昏,点点滴滴,这次第,怎一愁字了得","只恐双溪舴艋舟,载不动,许多愁";这种"才下眉头,却上心头"的"此情无计可消除"的"一种相思,两处闲愁"的"愁",才是识尽愁滋味,感人至深,以至李清照南渡后,在"物是人非事事休,欲语泪先流"的生活中,写下《永遇乐》一词:

> 落日熔金,暮云合璧,人在何处。染柳烟浓,吹梅笛怨,春意知几许。元宵佳节,融和天气,次第岂无风雨。来相召、香车宝马,谢他酒朋诗侣。
>
> 中州盛日,闺门多暇,记得偏重三五。铺翠冠儿,捻金雪柳,簇带争济楚。如今憔悴,风鬟霜鬓,怕见夜间出去。不如向、帘儿底下,听人笑语。

让南宋末年的大诗人刘辰翁,每读之"为之涕下",以致三年后,还"辄不自堪"。可见,只有发之肺腑的词作,才有穿越时空的力量。反之,无病呻吟、强说愁之作,多是见光死。综上所述,"忘食废寝者三日夜,得五十阙"的赵明诚,又何尝不是强说愁呢,没有以姨夫陈师道作为前车之鉴,却重蹈了他闭门觅句的覆辙,岂不悲乎?

结语:我报路长嗟日暮,学诗谩有惊人句

对于陈师道之诗,钱锺书《宋诗选注》中曾提出一份整改意见:

"只要陈师道不是一味把成语古句东拆西补或者过分把字句简缩的时候,他可以写出极朴挚的诗来。"如是的,如果赵明诚不是闭门觅句,在家搜索枯肠,苦思冥想,而是情动于衷,感从中来,他也会写出极朴挚的词来。总之,赵明诚经过这场比词失败,自此鸣金收兵,再也不敢与妻子在诗词上一争高下了。据北宋周辉《清波杂志》卷八记载:

> (赵)明诚在建康日,易安每值天大雪,即顶笠披蓑,循城远览以寻诗。得句必邀其夫赓和,明诚每苦之也。

当李清照绕城踏雪,写出诗句,必邀赵明诚唱和之时,明诚"每苦之也"。看来这个"苦"字,是赵明诚自苦不敌,难以应战,再也没有了"忘食废寝者三日夜,得五十阙"的才情和斗志了。不久,赵明诚病死于建康城。对李清照来说,纵然陆德夫还在,从此"一枝折得,人间天上,没个人堪寄","吹箫人去玉楼空","险韵诗成"的她,再也找不到赌茶猜书,诗词唱和之夫了。

《敕勒歌》:天然气与英雄气交响的牧歌

> 敕勒川,阴山下,
> 天似穹庐,笼盖四野。
> 天苍苍,野茫茫,
> 风吹草低见牛羊。
>
> ——北朝民歌《敕勒歌》

有鲜卑人血统的金代文学家元好问,在《论诗十三首》中就对《敕勒歌》点赞道:"慷慨歌谣绝不传,穹庐一曲本天然。中州万古英雄气,也到阴山敕勒川。"元好问是从诗艺的角度,论出《敕勒歌》艺术的天然气和传承中盈溢的英雄气。

一、天然之气

"穹庐一曲本天然"。从《敕勒歌》的写法看,一片天然,唱出"天籁"之音;唯一动用的修辞手法就是"天似穹庐,笼盖四野"这一句,将天空比喻成穹庐(敕勒人所居的蒙古包),浑圆地笼罩大地。但这一句中,却隐约着天人和谐的生命哲理。同是将天空比喻为家,酒醉后就在屋内裸奔的晋人刘伶,给出的理由是:"我以天地为栋宇,屋室为衣裤,你为何钻入我的裤中来了?"在刘伶看来,他的"穹庐"是极其隐秘的私人空间,闲人免进。相比《敕勒歌》中,天似一间笼盖四野的房子,就是一个极具开放性的公众空间。不仅敞门入场,人群自由进入,牛羊也可任意行走,喻示着同在天空的屋檐下,敕勒人与自然和谐相处、与牛羊共同起居。从《敕勒歌》展现的画面看,蔚蓝青天、壮阔草原、自由的风,如此原生态的自然环境,岂止是古代敕勒人的牧场，也是今人向往的家园。这里呈现的不仅是人与人的关系，更是人与自然的关系。只有当人与自然和谐相处，亲如一家，也就无需人际的围墙，心灵的风可以自由地吹动草原和诗篇。

"敕勒川，阴山下，天似穹庐，笼盖四野。天苍苍，野茫茫"，这几句是静态描写，而最后一句更是神来之笔，"风吹草低见牛羊"，是动态描写。值得玩味的是这个吹得草低的"风"字，从生长属性上说，风也是草的母亲，所谓"离离原上草，一岁一枯荣。野火烧不尽，春风吹又生"。从修辞上说，这个"风"字前面没有任何方位名词定语，而限制成为东风、西风之类，就使得这风具有了突破时间链的意义。即使在一年当中，不管风吹的是"没马蹄"的春天浅草，是"卷地而折"的秋天白草，还是"承露冷"的水草……对逐草而居的游牧民族敕勒人来说，都极具生存性意义。因为风吹到哪里，人就到哪里。草在哪里，家（蒙古包）就在哪里。风吹草低，牛羊就现在那里。风停草直，牛羊就隐在那里。这是人与牛羊都赖以生存的家园。哪怕在千年当中，只要仍是天苍苍、野茫茫，草原上仍是风吹草低，就能世代繁衍苗壮着洁白的牛羊和游牧的民族。由此可见"风吹草低见牛羊"，滋养着敕勒人生存，就因为这里又潜含一种生物链的意义："风"哺育了草，草哺育了牛羊，牛羊哺育了牧人；而人及牛羊的排泄物又反哺了茂盛的草原。只有人与草原和谐相处，彼此滋养，合理开发利用，这种"生物链"才可持续发展；天苍苍，野茫茫，才得以成为赖以生存的共同家园。若滥开滥发，草原掀起了沙尘暴，绿洲变沙漠，苍穹变雾霾，不但敕勒人丧失了天然的牧场，就是牛羊也丧失了生存的源泉。由此再看"天似穹庐，笼盖四野"这句，就了悟了这似敕勒人由衷感恩的心声。在敕勒人看来，自建的"穹庐"，也仅仅像刘伶的衣服，笼盖了身体，给了一个遮风挡雨的私密空间；而上天赐予的"穹庐"，就像一件无缝的天衣，笼盖了辽阔的公众空间，给了一个草丰羊肥美好的共同家园，从而在敕勒川，阴山下，自由地过着"东边牧马，西边放羊，野辣辣的情歌就唱到了天亮"的游牧生活。

当然塞外草原绝不是世外桃源，就像牛羊也随时面临虎狼的侵袭，草原也随时面临战争的危险。所以原生态的草原，也蕴含着一种英雄气。

二、英雄之气

据《北史·齐本纪》载，此歌是北齐武将斛律金，在行军大帐中所唱。以家园的水草和牛羊，激励将士们勇往直前，保卫草原。这与抗战时《黄河大合唱》所唱的"保卫家乡！保卫黄河！保卫华北！保卫全中国！"思想意义一致。同为北朝民歌的《木兰辞》，就清晰地写出保卫家园的这一点。因为游牧民族男丁有限，所以昨夜见军帖，看见异族入侵，可汗大点兵，不管是十岁能骑马的胡儿，还是花木兰年迈的父亲，都作为主力军，进入十二卷的花名册，被催上前线。念及父亲日渐年老体弱，作为孝女的花木兰，毅然女扮男装，替父从军。她"东市买骏马，西市买鞍鞯，南市买辔头，北市买长鞭"，自备军需用品，投入到保家卫国的战争。无数的夜晚，她暮宿黄河边，暮至黑山头，不闻爷娘唤女声，但闻咆哮的黄河水，以及燕山的铁骑。在刀光剑影中，她内心是忘不了爷娘的呼唤，以及风吹草低中，牛羊们快乐的撒欢声……

"青海长云暗雪山，孤城遥望玉门关。黄沙百战穿金甲，不破楼兰终不还。"让多少将士埋骨野草，一任风来风去，将草吹得死去活来，都吹不醒那战死的英灵。"君不见青海头，古来白骨无人收。""可怜无定河边骨，犹是春闺梦里人"……又是一场大战在即，唐人王翰《凉州词》道：

> 葡萄美酒夜光杯，欲饮琵琶马上催。
>
> 醉卧沙场君莫笑，古来征战几人回？

当琵琶在马上声声催响，不知你一只手高举盛满葡萄酒的夜光杯，另一只手可豪放地攥着佐酒的牛肉或羊腿？将军百战死，壮士十年归。这十年中，风吹了十遍的草原，多少原上草死去活来，多少牛羊脱胎换骨；天苍苍，野茫茫，只等壮士回到穹庐。满头银霜的爹娘，守望谁的马蹄；她长大成人的弟弟，激动地磨刀霍霍，向着风吹草低中的肥羊；让戎马归来的姐姐，尝尝舌尖上的草原。而更多蹒跚的银发，等来的却是，一堆白骨。

"慷慨歌谣绝不传，穹庐一曲本天然。中州万古英雄气，也到阴山敕勒川。"记得《将进酒》的李白是"烹羊宰牛且为乐"，世人多被他"会须一饮三百杯"的酒量所折服，而忽略了他的出生具有"胡人"血统。这烹羊宰牛，就无意中继承了祖籍塞外的饮食传统。而李白豪放的诗风，与这种也到阴山敕勒川的万古英雄气，又怎么没有地域上的联系。而"天苍苍，野茫茫，风吹草低见牛羊"，牧鞭又将挥舞多少英雄的传奇，千百年来成为多少塞外游子们心中不变的梦想与渴望。

三、塞外，芳草正离离

也是敕勒人后裔，祖籍内蒙古察哈尔盟明安旗，原名是穆伦·席连勃的台湾著名女诗人席慕蓉，曾在自己的诗中，无数次遥望塞外深情吟唱，她在《命运》中自道身世：

> 我原该在山坡上牧羊
> 我爱的男儿骑着马来时
> 会看见我的红裙飘扬
> 飘扬　今夜扬起的是
> 欧洲的雾
> ⋯⋯⋯⋯⋯

虽然此际她迷失在灰暗的巷弄里，窒息于欧洲的雾霾天，却始终对"风吹草低见牛羊"的故乡，绽放"崭蓝的乡愁"，以至一粒粒《狂风沙》都充满乡音：

> 风沙的来处有一个名字
> 父亲说儿啊那就是你的故乡
> 长城外草原千里万里

母亲说儿啊名字只有一个记忆

以至在一个《高速公路的下午》，也想到草原风光：

我的车是一支孤独的箭
射向猎猎的风沙
（他们说这高气压是从蒙古来的）

衬着骄阳　顺着青草的呼吸
吹过了几许韶华
吹过了关山万里
…………

呼唤着风沙的来处我的故乡
遂在疾驰的车中泪满衣裳

在泪满衣裳中，她仍执着地将《出塞曲》一唱再唱：

想着草原千里闪着金光
想着风沙呼啸过大漠
想着黄河岸啊　阴山旁
英雄骑马啊　骑马归故乡

可惜英雄已骑马归来，而你却只能夜夜梦中归去。想到金庸《天龙八部》中，原是契丹人的一代豪侠萧峰，想与心上人永住塞外草原，以天为家，牧牛放羊，纵马唱歌，可惜命运无常，江湖凶险，最终英雄魂断雁门关。广阔草原和奔腾的黄河水，只能永远流在梦中。席慕蓉《长城谣》道：

敕勒川　阴山下
今宵月色应如水

而黄河今夜仍然要从你身旁流过

流进我不眠的梦中

但"天苍苍，野茫茫，风吹草低见牛羊"……永远是心灵的故乡，吸引前赴后继的英雄和游子，愿驰千里足，送儿还故乡……

浅谈王维《鸟鸣涧》

王维的《鸟鸣涧》：

> 人闲桂花落，夜静春山空。
> 月出惊山鸟，时鸣春涧中。

此诗描述的是：在这周遭漆黑的静夜，桂花"落地听无声"，群山都快睡熟一般，这时"天上一轮才捧出"，顿将如昼银光撒遍天地，引得做梦的鸟儿，误以为白日来临，又扑棱棱地展翅在空中飞鸣，那断续的鸣叫，在静谧的春夜山涧中，空旷地回响，又悠远地回荡……若桂花下的诗人，伸手一抓，就是一把鸟声。

但从诗理言，此诗溢满了禅悟般的生命意识，要想领悟此诗中"入禅"（明人胡应麟语）的根源，就得说清作者本人为何"入禅"的来龙去脉。这，还得从他的生母说起。

王维爱佛的种因

一是从家传看，王维之母崔氏，就十分信佛，王维也坦承："臣亡母故博陵县君崔氏，师事六照禅师三十余岁，褐衣蔬食，持戒安禅，乐住山林，志求寂静。"（《请施庄为寺表》）文中所提的六照禅师，是禅宗北宗首领神秀的弟子。可见，王维之母"师事"的是这样的一代名僧，"持戒安禅"三十余载。二是从家学看，在母亲润物细无声般的熏陶下，王维以及弟弟王缙也潜移默化地"俱奉佛，居常蔬食，不茹荤血"（《旧唐书·王维传》）——默默地吃斋念佛。他三十九岁时就自承："（王）维十年座下俯伏受教。"（《大荐福寺大德道光禅师塔铭》）以至晚年他在《叹白发》诗中还总结道："一生几许伤心事，不向空门何处消。"可见他一生手接母亲的衣钵，甘做千古佛门的俗家传人。三是从名字看，王维字摩诘，其名与字皆取义于佛经。"维摩诘"本菩萨名，亦佛经名，梵语义为"净名"。此点颇有象征意味，喻示着佛缘已像名字一样，圈定他的一生。基于此，后人读他那些充满禅味的诗作之后，敬他一顶"诗佛"的桂冠，估计该是吸收了此点。

了解这些，不知是否回答了孟子的"读其书，颂其诗，不知其人，可乎"的诘问。所以，知人论世的我们再来妄论这首"入禅"的《鸟鸣涧》——用心聆听大自然的神秘之音，"涧户寂无人，纷纷开且落"，桂花也就弥漫天地……

《鸟鸣涧》的生命意识

我们洞悉"夙世谬词客，前身应画师"的王维，不但是铁杆佛门的编外弟子，而且更是佛学造诣深厚的诗人，写过《赞佛文》《绣如意轮像赞》等佛学诗文，自然对"无我"这一个佛门基本精义，烂熟于心。

诗中：从月言，惊山鸟的月一出，"皎皎空中孤月轮"，明月几时有？月从何处来？从鸟言，"月皎惊乌栖不定"，被惊飞的山鸟，从何处来？又往何处飞？从涧言，涧水永远从高往低，"水之形，避高而趋下"（《孙子兵法》），那下又下到哪里？无人知晓，却冥冥之中充满定数，所谓"万物兴歇皆自然"。

——但"野火烧不尽，春风吹又生"，大地苍生都在吐故纳新。唐人冯道《天道》诗云："冬去冰须泮，春来草自生。请君观此理，天道甚分明。"据此再看《鸟鸣涧》诗中：月缺就有月圆，云遮就有云开……在这种静中有变的状态下，大自然才"坐地日行八万里"般动态着……由此看此诗中，"春山的寂静中包孕着无限生机"（周啸天《唐绝句史》），甚至"发现了无限"，"感到了那不朽者的存在。"

苏东坡说："人有悲欢离合，月有阴晴圆缺，此事古难全。"的确，这"阴晴圆缺"的动态中盈溢着"悲欢离合"的感慨。

你再看：月圆月缺——"江畔何人初见月，江月何年初照人？"（张若虚《春江花月夜》）桂开桂落——"年年岁岁花相似，岁岁年年人不同。"（刘希夷《代悲白头翁》）桂树自壮——"树犹如此，人何以堪？"（《世说新语》）涧溪长流——"涧水流年月，山云变古今。"（崔曙《猴山庙》）"逝者如斯夫！不舍昼夜。"（《论语·子罕》）……面对这些以原生态呈现的"林无静树，川无停流"之景，诗中的那个"闲人"就显现于我们眼前——想在"山花落尽山长在，山水空流山自闲"之中……不过是岁月的过客而已。宛若诗中那夜鸣的鸟儿？千年逝后，春夜则一，鸣声无二，但鸟还是那只鸟吗？——恐怕早"连羽毛也腐烂在土地里面"吧。"死去元知万事空"，像慧能与王维的师祖神秀PK时唱的偈语那样：

> 菩提本非树，明镜亦非台。
> 本来无一物，何处染尘埃？

但另一些闲人，又倚在桂树下，面对明月，静享春夜的宁静……"流水今日，明月前身"（司空图《二十四诗品》），"生固欣然，死亦无憾；花开花落，水流不断"（赵朴初临终偈语）。这里，《鸟鸣涧》的作者，就轻灵地禅悟出"无我"的真境界：只剩下断续的鸟鸣，清脆在山涧之中，让静夜（时间）聆听，让春山（空间）透彻。从理解言，如此"过清"之境，难怪明人胡应麟读后"身世两忘，万念皆寂"，确是至评。

结　语

对于此诗可谓赏者如潮，如胡应麟、刘永济、李泽厚、袁行霈、叶维廉、杨义、张明非、王明居、余恕诚、周啸天、李浩等专家学者，个个都有精微之见。但我更喜欢余恕诚、杨义两位先生，以心灵的触角，体悟生命的禅意：

> 诗人在那些自然景物中，确实领略到了诗趣，自然与人在精神上高度契合，淡淡写出，自有泉流石上、风来松下之音。
>
> ——余恕诚《唐诗风貌》

它以一片虚静的心情,听取自然生命的动静信息,在给人以微妙的禅趣之时引导你进入一个明净无瑕的哲学境界。

——杨义《李杜诗学》

那就让爱诗的我,脚跨千年,暂成你身旁的那个僮仆,将飘落的桂花盛碗,将涧内的溪水汲壶,煮成你口中诗情飘香的桂花茶,"深林人不知,明月来相照",就在这样的春夜,听鸟鸣涧、看花坠地,再用心灵品味这大自然的神秘之音和"万物静观皆自得"的生命况味。

牧童的手指,点化那片杏花
——兼探杜牧《清明》诗的生命意识

一、清明时节雨纷纷

又是清明,展读唐诗,就读出纷纷细雨和敛眉低目的乡村……在泥泞的村路,就看见诗人,寻一个酒店,在沁人心脾的杏香和酒香中,倾诉别绪离情,用酒遥祭那逝去的背影。

> 清明时节雨纷纷,路上行人欲断魂。
> 借问酒家何处有? 牧童遥指杏花村。

此诗就是晚唐杜牧的千秋名作《清明》,约写于他任职两年的安徽池州刺史期间,以采二十四节气之一的清明为诗题。从民俗讲,清明是古人扫描祭祖之日。"南北山头多墓田,清明祭扫各纷然。纸灰飞作白蝴蝶,泪血染成红杜鹃。"(高菊卿《清明》)像冥冥之中的某种暗合,此时老天又飘起毛毛细雨,"清明时节雨纷纷"——从"一片风景就是一种心理状态"来讲,好像上天也陪着人间流泪……此时此境,对每个祭祖的人来说,这无声细雨都潮湿心绪、黯然心魂,"无边丝雨细如愁""荒烟凉雨助人悲"啊。

在这凄婉的日子,路上行人欲断魂,走在沉默的细雨中,人们都切肤感受到"沾衣欲湿杏花雨",身有点寒。又加之"风吹旷野纸钱飞"这特定的伤怀日,心有点冷。从诗人生平检索,被外放江南、独在异乡、身在池州的他不断感叹"有家归不得",不能到远隔千里的故园,为先祖磕三个头,以表孝心……心就像纸钱,燃烧痛苦的火焰。先人啊,泥土下的先人,你们可听见我的思念……心,就平添了一种"遍插茱萸少一人"的落寞和凄清。如何从"故乡陌上多车马,是处坟头有子孙"这现实中自救？曹操曾语，"何以解忧？惟有杜康。"杜牧《郡斋独酌》也道："乞酒缓愁肠。"自然想投入酒的怀抱，来御寒解忧。寒则暖身，忧则慰心。一杯水酒要溶解多少忧愁！于是诗人迫不及待地要"借问酒家何处有？"

此句诗中，约略可证诗人的落寞与飘零。酒家何处？可见"乡"之"异"，不知"水村山郭酒旗风"；需"借问"？再显人之生。真像诗人的自谓："落魄江南载酒行"（《遣怀》），"镜中丝发悲来惯，衣上尘痕拂渐难"（《途中一绝》）。

回到诗境中，在这雨凉身冷的异乡，踯躅的诗人，问路于谁？急寻的酒家又在哪里？末句揭晓——原来是骑牛戴笠的小牧童，用热心"遥指"这一动作，点化诗人的眼睛：远处那杏花如火的村庄，随风的酒旗，正飘拂诗人要找的秘密。"牧童遥指杏花村"，此句极具启发性。从接受美学看，《红楼梦》里的大观园中，有一景点题作"杏帘在望"，那"在望"的"杏帘"似是此牧童遥指的距离。但到底多远，需读者用想象丈量、用心咀嚼。从模糊美学讲，这"望"和"指"之间，有盎然兴味，无限生机，可谓是牧童的手指，救活那片杏花。

又到了"红杏枝头花几许？啼痕止恨清明雨"的节气。虽然如今，

> 扫墓的路上不见牧童
> 杏花村的小店改卖了啤酒
>
> ——余光中《布谷》

但羁旅的心灵，永将杏花酒喝成回家的水路——而晚唐身披细雨，你终须来；而杏花村开满诗句，我终须去……

二、杏花枝上著春风

从古代清明的习俗看，仅以于丹在《人间有味是情欢》一文所说："除了因为介子推而起的禁火、寒食、扫墓之外，还有踏青、植树、荡秋

千、打马球、插柳条等。"就因为"很少有一个节日,像清明这样意蕴深厚而含混:风清景明,慎终追远,这是一个悲怆的日子;放歌踏青,这是一个轻盈的日子。"这就说出清明习俗的两面性,因此也造成后世对此诗理解的多面性。虽然多数学者认为反映了一个异乡游子,在清明这天,不能回家祭祀先人,而倍感凄冷,遂想喝几杯水酒来解愁慰心。但仍有少数学者坚认此诗是:"春游中一路行吟,肆口而成的歌谣……尽管春雨绵绵,但阻挡不了行人的游兴",并"洒脱地写出了清明时节踏青游春这一特定环境中行人的情绪和愿望"(吴熊和、蔡义江、陆坚《唐宋诗词探胜》)。2010年3月29日中国社科院文学研究所施爱东副研究员做客人民网时指出:此诗写的"就是一个人在清明时节找酒喝,并不是一个人去上坟,心里很悲悲泣泣。"周啸天《唐绝句史》中,认为此诗"写出清明雨中的无限风光和生活情趣"。那孰是孰非?下面试从此诗生命意识的角度,好事地寻个答案,但求不落个"费精神"般"可怜"。

"牧童遥指杏花村",一是从尾句的杏花看,就鲜艳出春天驾临的讯息。从节气看,清明即是一年一度的祭祀之期,"风吹旷野纸钱飞";但也是大地春回万物复苏之日,"古墓累累春草绿"。从此角度讲,杏花盛开火红的笑颜,"一切景语皆情语",不就在象征一种活泼的新生命像春天一样,回转人间。

二是从诗中第二句"行人"这个用词法看,行人一般解为路上行走之人,如杜甫《兵车行》里,看见"行人弓箭各在腰"的"行人",就是正在行走的壮丁。周汝昌先生更将"行人"细析为"出门在外的行旅之人",并强调"行人不等于游人,不是那些游春逛景的人"(《千秋一寸心——周汝昌讲唐诗宋词》)。以上诸解都通,但关键的是此"行人"在诗中散发的生命意识,却被淡化。《列子·天瑞篇》道:"夫言死人为归人,则生人为行人矣。"注意,行人是生人,活着的人。"生者为过客,死者为归人。"(李白《拟古十二首》)从生命的角度讲,"天地赋命,生必有死。"(陶渊明《与子俨等疏》)即说跟已成"死者"的"归人"相比,这"欲断魂"的生者就是行人;在清明这天,不管是上坟的路人,还是借问酒家何处有的诗人,抑或遥指杏花村的牧童……他们都是有福的。杜甫说:"死者常已矣,存者且偷生。"相对"常已矣"的死者,即便偷生也是可贵的,毕竟是直立行走的鲜活生命啊,斯是"生命诚可贵"之理。

三是从诗中人物的年龄段看,"春草绿"的坟茔中,长眠着"为尘泥"的死者——可谓"老";手指杏花村的牧童——可谓"幼";还有臂挽祭品的行人,抑或踏春的游人——可谓"中"。将这老中青三代人同纳于《清明》这天,组合在一起,形象上不就昭示出有人像寒冬般远去,但也有牧童样的新一代,又像杏花样绽满枝头!正如刘心武先生《十首足矣》所言:"在'行人'与'牧童'的亲和之中,体现出一种对人生乐趣的健康追求。"

四是从"牧童"这一典故看,是暗用三生石之典。据《甘泽谣》载:唐代李源与园观和尚很友好,两人同游三峡,园观对李源说,再过十二年的中秋月夜,在杭州天竺寺外与你相见。园观说过这话后,就死了。后来,李源如期赴约杭州,见一牧童口唱山歌道:

> 三生石上旧精魂,赏月吟风不要论。
>
> 惭愧情人远相访,此身虽异性长存。

这牧童就是园观的后身。在《清明》诗中,诗人虽不是"远相访"的"情人",但对这"三生石上旧精魂"的神话,倒记忆犹新。在清明这天,那眼前手指杏花的牧童是哪位正被祭祀的逝者"园观"的"后身"呢?从佛学的轮回讲,人类不就是从园观(死者)到牧童(生者),是从生到死,又从死到生,一轮轮回回,生生不息,繁繁衍衍,身异性存,江河不废的全过程吗?"落红不是无情物,化作春泥更护花。"连当代诗人还对此轮回一往情深地相信:

> 即使见面。见面在江南
>
> 在杏花春雨的江南
>
> 在江南的杏花村
>
> (借问酒家何处)

何处有我的母亲

复活节,不复活的是我的母亲

一个江南小女孩变成的母亲

清明节,母亲在喊我,在圆通寺

——余光中《春天,遂想起》

五是从"断魂"这个词看,钱穆先生在《谈诗》中指出:"这首诗的好处,则好在不讲出欲断魂三字含义,且教你自加体会。"胡晓明先生也认为:"'断魂'这个词儿,究竟是什么意思,恐怕真的说不清楚"(《万川之月》)。前文已说,少数论者认为此诗反映诗人清明踏青,想饮酒助兴;"体会"之一就是"断魂"这个词,与宋人林逋《梅花》诗中的"粉蝶如知合断魂"之"断魂"一样,作"快活"讲。"梨花风起正清明,游子寻春半出城。日暮笙歌收拾去,万株杨柳属留莺。"从"况是清明好天气,不妨游衍莫忘归"当时郊行踏青的风俗看,此说也不是"说不清楚"、空穴来风。

纵观全诗,从行人祭祀的目的——亡人之痛,到路逢牧童成长之喜——他像一株幼苗,在贵如油的春雨的细润下,正苗壮成长;再到遥见杏花之灿烂燃烧,炽烈着一片春色,可见,在这《清明》之日,既有被这"荒烟凉雨助人悲",撩湿心绪的祭祀之人,又有被吐火杏花温暖心绪的踏青之人,赏景断魂,宛若杏花村酿,有人举杯赏春,有人杯倾坟前。但从生命意识角度讲,诗人可能被"佳节清明桃李笑"的春意所吸引,禁不住觅酒作歌;也许像胡晓明先生所说,这时诗人"最需要有酒,或许不是消愁,是品味雨中愁情的美"(《万川之月》)。

但陶渊明《挽歌辞》里的"亲戚或余悲,他人亦已歌。死去何所道,托体同山阿"的达观精神,在此诗中隐约可见,像春雨无声地哺育着大地,像杏花燃烧着火红的春天!宋人姜白石在问:"东风历历红楼下,谁识三生杜牧之?"而杜牧正漫步在沾衣欲湿的春雨中,被牧童的小手指——送到火红的杏花里……如此,前贤将"断魂"解作"快活"又错到哪里?周汝昌先生的"行人不等于游人"的认定,也有了商榷的余地。

三、深巷明朝卖杏花

"薄烟杨柳路，微雨杏花村。"从《清明》的诗艺角度言，明人谢榛《四溟诗话》认为："此作宛然入画，但气格不高。"我想说的是，若论杜牧《遣怀》诗："落魄江南载酒行，楚腰肠断掌中轻。十年一觉扬州梦，赢得青楼薄姓名。"倒确有气格不高之病。但宛然入画的《清明》这诗，格调就不是不高，相反却像雨后乡村一样充满性灵。所谓"境界有大小，不以是而分优劣"（王国维《人间词话》），而毫无艺术性的空洞口号，不但算不上诗，甚至如鲁迅反感的那样，"能把诗美杀掉"。

不管怎说，在这首细雨、牧童、杏花、村酒组合的宛然入画的小诗中，让人既感受到"杏花枝上着春风，十里烟村一色红"的春之美，也在"石马当道立"中，铭记了"血缘中的眷念"……

在清明，在《清明》。

居高声自远

虞世南吟《蝉》道:居高声自远,非以籍秋风。意思是,蝉歌唱在高高的树上,因此传得很远,并非是把秋风当话筒,而是树的高度增强了它的音传效果。这就像古代的起义者,登高一呼,才能应者云集;若你谷底一呼,人家还以为你在喊救命。可见高度很重要。这也像登泰山的杜甫,之所以能"一览众山小",是因为他"凌绝顶"——站在泰山之巅,"登高壮观天地间",而不是他戴着什么望远镜的缘故。

从风与蝉的关系看,骆宾王认为秋风起着反作用。他《狱中咏蝉》有句:"风多响易沉。"意思是秋风前来助演,就喧宾夺主地让人只听见风声,而听不见蝉鸣。捧场变成砸场,嘉宾也能抢镜。

那么秋风到底是起促进作用——成为蝉声的翅膀,还是"响易沉"地起着阻碍作用?诗人各抒己见,读者见仁见智,可意会不必理会,"客有叩门都不应,自支高枕听新蝉",但较一下真也有效果。拙认为,秋风是起到破坏作用。因为它不是在春天,"吹面不寒杨柳风"似的轻描淡写,而是"昨夜西风凋碧树"一样威力无穷。基于此,南朝人王籍的名句"蝉噪林逾静",就明显排斥了风声。认为蝉声高唱,凸显得树林更加宁静;如有风声来助威,树叶被吹得哗哗作响,凸显的不是树林的宁静,而是树林的诡异之情。

"八月秋高风怒号,卷我屋上三重茅。"如此就更不劳烦秋风了,让蝉"绝响流疏桐",独自唱去。这样,既显出虞世南所吟的"居高声自远",也凸显王籍树林的更加幽静,更彰显狱中的骆宾王心中的高洁。

鸟鸣与山幽

"鸟鸣山更幽"是南朝诗人王籍《入若耶溪》中的名句,以致他面对若耶溪的林泉美景,竟然想"青箬笠,绿蓑衣,斜风细雨不须归",从此拒游宦海。"此地动归念,长年悲倦游。"

对倦游于水乡的笔者来说,遗憾无山,但杜甫的"舍南舍北皆春水,但见群鸥日日来",却是常见。可惜无法像李白一样,在鸟尽云闲之际,对着高山发一回呆。所以鸟鸣山幽之景还不能体会,只能意会。既然"晴空一鹤排云上",就能引诗情到碧霄,自然也能将思绪引到崇山峻岭——这就是诗的无穷魅力之一。所以白天读"山光悦鸟性",我就想象是"山光物态弄春晖"激活众鸟的嗓门,让它们放声歌唱。月夜读"月出惊山鸟",我又想象是熟睡的山鸟误以为白昼已至,展翅飞翔,不时地将歌声飞撒在春夜的山谷。问题是就有人对鸟的歌声持以否定的态度,晚年"茅檐相对坐终日"在南京钟山的王安石,就明言:"一鸟不鸣山更幽",似乎他要捂住鸟的嘴巴,生怕鸟的吐槽,吵乱他清幽的静坐。他另有"举世无人解鸟言"之句,算是说出他的看法,既然鸟语如无人懂的天书,捂住鸟的嘴巴,又有什么可惜。所以他"长日看山不厌山",终日享受着"山鸟无言山自闲"的奇趣,在静默中与大山打成一片,也就有了理论依据。从现实角度比较,长久一鸟不鸣,山也幽静到像停止呼吸,宛若荒山野岭,还有多少生机可言。从现实中比较,鸟鸣还是点化山美的精灵,不但"鸟鸣山更幽",还能将万山唤到眼前。"猿来树袅袅,鸟入林啾啾",起码欧阳修就认为"林间自在啼"的鸟声最美,百啭千声随意移,山花红紫树高低,让人如坐千岩万壑,是能领略到"鸟鸣山更幽"之美。从诗艺角度批评,把山鸟当朋友的黄庭坚,就认为"一鸟不鸣山更幽"是"点金成铁"。问题是王安石就愿意"一鸟不鸣山更幽",享受山的枯寂,连鸟谈天的机会都不给，也是没有办法的事。

　　"千里莺啼绿映红，水村山郭酒旗风。""门外山川供绘画，堂前花鸟入吟讴。"面对青山鸟语谱写的诗篇，"朝看飞鸟暮飞还"的我们，需要警惕的是，鸟在人面前哑口无言，倒也无关要旨；若人在鸟面前噤若寒蝉，就会毛骨悚然。例如唐人朱庆馀《宫词》里的诗句：鹦鹉前头不敢言，让多少"含情欲说宫中事"的宫女们，只能"说与青天明月知"。笔者虽像没有"鸿鹄之志"的燕雀，但也知道这只挂在宫女头顶的鹦鹉，就是藏在深宫的内鬼和摄像头，在整部古典诗史中，都不是啥好鸟。齐白石是极其讨厌某些搬弄是非、告密的鹦鹉，"鹦鹉能言有是否"；但我不认同他采取的消极做法，躲得远远地去"斜阳古树看鸦归"。还是请东京相国寺中的花和尚，用倒拔垂杨柳之法，连着这腐朽的封建专制一起连根拔起，让这些内鬼抬起鸟腿走人，还我们一片鸟语花香的天地。

春风又绿江南岸

北宋王安石的诗句：春风又绿江南岸。关于句中的"绿"字，钱锺书曾举王安石"除却春风沙际绿"之句，指出他已有用"绿"的前科；后调侃道："许是得意的话再说一遍。"似乎对王安石来说，得意的话，生怕别人听不见或少听见，再说一遍，等于自加了一分当名句的机会。还有人将得意之句，用毛笔写成大字，生怕别人看不见。北宋哲学家邵雍就介绍道：句到惊人大笔麾。意思是得意的句子，要用大笔写成斗大的牌匾字，才更能引人围观、博人眼球。引来明人金圣叹积极响应："看人作擘窠大书，不亦快哉！"是啊，你若写成蝇头小楷，那些没戴放大镜的视力不好者，想一饱眼福，还真难快哉起来。引人深思的是邵雍临终之时，还"大书诗一章"。注意，他大笔书写得意的诗章，是在生命垂危之际，似乎是怕后人看不见。事实这种心理也契合俗世的心态，功成名就的霸王项羽就说，富贵不还乡，如锦衣夜行，谁人见得。只有白昼鲜衣怒马，招摇过市，才能赢得乡人的赞美。若黑夜回乡，不把你看成贼，也把你看成鬼。

"不识庐山真面目，不畏浮云遮望眼。"不管你将"得意话"再说多少遍，还是将"惊人句"写成牌匾，这些都是次要的，主要是你的"得意话"和惊人句，能否抵住岁月的侵蚀、后世的审核。想到已是北宋文坛领袖的欧阳修，晚年对平生诗文高标准严要求，焚膏继晷，反复修改。他夫人劝道：何必这样折磨自己？难道还怕老师责骂？欧阳修严肃答道：不怕先生骂，却怕后人笑。我想，只有以对后世负责的精神，殚精竭虑，精益求精，他的得意话哪怕轻声细语，他的惊人句哪怕轻描淡写，也能赢得永恒瞻仰的眼睛。——这也是苏东坡所期待的，即使他"空纸两幅"，作品也经得起后人的吐槽与"跋尾"。

云破月来花弄影

北宋词人张先的名句:云破月来花弄影。月下,风拂花动,营造出光影的摇曳生姿。一个"弄"字,仿佛是花在银月下顾影或风情,别有影绰的意境。难怪王国维赞誉道:"着一'弄'字而境界全出。"张先还有"帘压卷花影""坠轻絮无影"等得意句,时人称为张三影。其实从这三句词看,意境似有同质化的倾向,写的都是风拂花动的意境。从张先喜用"影"这个字看,颇有点像钱锺书讲王安石"春风又绿江南岸"的"绿"字,是"得意的话再说一遍",因为他已有用"绿"字的历史。

而王安石的《夜直》诗,也有"云破月来花弄影"的意境。"金炉香烬漏声残,翦翦轻风阵阵寒。春色恼人眠不得,月移花影上栏干。"从"月移花影上栏干"这句诗看,花影"移"上"栏干",是因为"月"无声地作为推手,加上轻风翦翦地拂动,共同营造出光影的不同。对王安石来说,这风拂花动应当很美,让他睡意全消,成为恼人春色的重要组成。但有人却发起牢骚。起码谢枋得《花影》诗道:"重重叠叠上瑶台,几度呼童扫不开。"刚被太阳收拾去,又教明月送将来。后世评论此诗含有强烈的政治寓意。"重重叠叠上瑶台"比喻小人霸占高位,"几度呼童扫不开"比喻正直之臣屡次举报也无济于事,刚被太阳收拾,又被明月重用"上栏干"。诗中的花影像不死的幽灵,成为政治的顽疾、卫生的死角,让人徒唤奈何。

当然月下守望,"月影下重帘,轻风花满檐",轻风似也吹开爱的花蕊。唐人崔莺莺写道:"待月西厢下,迎风户半开。拂墙花影动,疑是玉人来。"那墙上拂动的花影,可是心中人跳墙而来。明人王实甫将此诗歌移植到《西厢记》中摇曳生姿。苏东坡《记承天寺夜游》曾记述,在月色入户中,与友人步于中庭,看见"庭下如积水空明,水中藻荇交横,盖竹柏影也"。而明人归有光的《项脊轩志》,也写出此意境:

"三五之夜，明月半墙，桂影斑驳，风移影动，珊珊可爱。"不管是苏东坡《记承天寺夜游》，还是归有光的《项脊轩志》，似乎都继承了"云破月来花弄影"的意境基因，而且"珊珊可爱"。只不过原本的月下花弄影，已逐渐增加了竹柏和斑驳的桂影。更重要的是，体裁上已越出诗的边境，进入到戏剧和散文的月下，摇曳生姿。

一叶飞来浪细生

南宋诗人徐玑的《秋行》诗:"戛戛秋蝉响似筝,听蝉闲傍柳边行。小溪清水平如镜,一叶飞来浪细生。"

我非常欣赏此诗三四两句,小溪水像镜子一样清澈宁静,忽然像天外来客一样,一片叶子飞落静静的溪面,产生的冲击波,振起细细的涟漪和浪纹。一是这飞来的是什么叶子?诗中第二句"听蝉闲傍柳边行"中的一个"柳"字,就默默地"投案自身",是"柳叶"落水惹的事。二是有论者想象地认为"叶子"是被风吹入水面,但从《秋行》全诗看,丝毫不见风的痕迹,首句"戛戛秋蝉响似筝",已明言蝉响,而未闻风声。从艺术美看,风吹叶落,就著色相,露出人工斧痕的大忌。而只有秋叶自落,才不着痕迹,也才符合"风行水上,自然成纹"的传统美学标准。清人查慎行《舟夜书所见》诗云:"月黑见渔灯,孤光一点萤。微微风簇浪,散作满河星。"诗中"孤光一点萤"的渔灯,能"散作满河星",是"微微风簇浪"的缘故;就是说那月黑渔灯,若没有风的给力,就无法散成满河的星星。而"一叶飞来浪细生",则纯属天然地叶落入水,没有也无需风的加油鼓劲。诗境更高一层。三是从空间看,"一叶飞来"是纵向地由上而下,而"浪细生"是横向地由飞叶着水的"点"作为圆心,向四周的"面"泛起比"微微风簇浪"还细腻微小的浪纹。从"一叶飞来浪细生"的意境看,我认为李清照的"花自飘零水自流"(《一剪梅》)词句略可媲美。虽然"一叶飞来"和"花自飘零"都是纵向地由上飘下飞出曲线之美,但却有柳叶飞来的轻盈和花自飘零的凝重之别。再从横向看,"一叶飞来浪细生",因为是"一叶"着水,激起一个"点",若是万叶飞来,就在"平如镜"的小溪面上激起点不胜点、圈不胜圈的波纹,这似乎接近"东风忽起垂杨舞,更作荷心万点声"(刘攽《雨后池上》)的生动诗境。相比李清照的"花自飘零水自流"词句,就显得一般化了些,比李白"桃花流水窅然去"(《山中问答》)这句诗还逊色一点。

山水有清音

晋人左思道：何必丝与竹，山水有清音。事实享受此种天籁的何止左思一人，起码还有梁代的昭明太子。说昭明太子在池中泛舟，他的下属殷勤道：此中宜奏女乐。昭明太子就咏起"何必丝与竹，山水有清音"的诗句，手下人惭愧而止。是啊，何必让女乐，人为地掩盖原生态的清音，"清水出芙蓉"就是一道天然的美景。而"行尽崎岖路万盘"的明代大画家沈周，对此也爱道：松风涧水天然调，抱得琴来不用弹。可见他们都是同道中人，共爱原生态的山水清音。真让人感叹，他们是艺术的环保主义者。

还有人独享"静音"之美，与左思同属晋人的陶渊明，置一张无弦琴，他在这无弦的琴上，无须"转轴拨弦三两声"地调音，和"轻挑慢抹细抚弦"地慢奏，而是用"无声"的想象，弹奏出"有声"的乐曲。对陶渊明来说，但识琴中趣，就无须弦上之声打扰。"此中有真意，欲辩已忘言。"陶渊明此种另类的弹琴，起码得到唐人李太白的肯定：大音自成曲，但奏无弦琴。明人唐伯虎说得更加入木三分：满地风霜菊绽金，醉来还弄不弦琴。南山多少悠然意，千载无人会此心。对于在南山下，醒来赏菊、醉来弄琴的陶渊明来说，任何粗暴的指令，都是对"天然趣"的践踏，破坏了完好的性灵，就像嘈杂的丝竹，破坏清音的山水。从艺术上讲，这种"悠然趣"是超凡脱俗、非人为和物质的，要想"会此心"是要经过俗世的挑战，锻炼出一颗纯粹的心。

生活中不止有眼前的苟且，还有诗意和远方。好好地向"天然调"取经，让原生态的乐曲，谱写心灵的山水，弹出性灵的旋律。诚然物欲横流的尘世，羁绊我们的行程。"朱弦一拂遗音在，却是当年寂寞心。"好在后世还乐此不疲，起码"浮名浮利，虚苦劳神"的宋代大文豪苏东坡就向往道：做个闲人，对一张琴、一壶酒、一溪云。

青山不墨千幅画，流水无弦万古琴，让我们完成一次次卸载，然后轻装上阵。

孤帆一片日边来

"两岸青山相对出,孤帆一片日边来。"打开古典诗词,似乎青山多在迎接诗人的帆影。客路青山外,行舟绿水前。让多少离岸的橹声,去唱响水中山影的行程。"一声离岸橹,数点别州山。"可当"大江阔千里,孤舟无四邻"之际,也让无数枯坐船头的诗人,"时时引领望天末",百无聊赖中竟将"何处青山",当成客船是否航行的参照物。敦煌词《浣溪沙》就云:"满眼风光多闪烁,看山恰似走来迎。仔细看山山不动——是船行。"词作者先以自己和所乘之船作为参照物,误认船不动,是山"走来迎";后以山为参照物,仔细比照,就发现是船在行,迎向山去;与经典红色电影《闪闪的红星》所唱"小小竹排江中游,巍巍青山两岸走"之歌声,有异曲同工之理。若诗人在"风鸣两岸叶,月照一孤舟"中,无山比照,就有"春水船如天上坐"的诗人别具匠心地将天上白云"卧看"成定位仪。宋代诗人陈与义就正用此法,他写诗道:"卧看满天云不动,不知云与我俱东。"卧船看天的诗人,正诧异着满天云朵怎么冰结在天空,一动不动?瞬间诗人恍然大悟,原来白云正默默随舟同行,一道向东飞去。从现代科学角度看,船以"山"和"云"作为参照物,证明船行,完全契合物理学的原理。

"布帆安稳西风里,一路看山过岳阳。"其实两岸青山不但是船行是否的参照物,还是船速快慢的见证人。苏东坡《江上看山》诗中就说:"船上看山如走马,倏忽过去数百群。""惆怅孤帆连夜发"的苏东坡,不仅以山为参照物,发现船行,更感觉船快如马奔,瞬间已经将数百群山抛到船尾,真所谓"扁舟如挟众山飞"。比苏东坡船速更快的是李白的行船,他《早发白帝城》诗道:"朝辞白帝彩云间,千里江陵一日还。两岸猿声啼不尽,轻舟已过万重山。"轻舟已过,万重山不过见证了千里的行程;两岸啼不尽的猿声,仿佛都在为李白的船速喝彩,都快赶上今天的高铁。细味全诗，能感受到一股"长风破浪会有时，直挂云帆济沧海"的豪情。"仍怜故乡水，万里送行舟"，将不可能成为可能。难怪余秋雨在《三峡》一文中赞叹道："只能请那些在黄卷青灯间搔首苦吟的人们不要写诗了，那模样本不属于诗人。诗人在三峡的小木船上，刚刚告别白帝城。""此日中流自在行！"

　　船还能成为愁恨的测重仪。"人生在世不称意，明朝散发弄扁舟。"不说三国时称象的曹冲，将船当磅秤；就说国破家亡时的南宋女词人李清照，也明言道："只恐双溪舴艋舟，载不动、许多愁。"在她看来，双溪的游艇载重量再好，也载不走自己如山的愁恨。对此，"张帆欲去仍搔首"的陈与义也说："满载一船离恨向衡州。"北宋诗人郑文宝也用诗承认："亭亭画舸系春潭，……载将离恨过江南。"我想不管是向衡州，还是过江南，那满载"离恨"的舸船，一定在风雨烟波中，步履维艰吧。虽然"人生愁恨何能免"，但对"消魂独我情何限"者来说，一只小船难以吃重。

　　"劳歌一曲解行舟，红叶青山水急流。""孤帆远影碧空尽，唯见长江天际流。"其实船行是动态的，只有两岸青山才永远静默如僧，岿然千年地看着多少帆影，掠过水面。只不过有人在惊涛拍岸的大江中，卷起千堆雪；有人船毁人亡，污染了大片水域。而更多的，"小舟从此逝"，大江没有什么反应，没有留下一丝皱纹。那就让我们高悬生命的风帆，划动进取的桨橹，在人生的潮头中，劈波斩浪出新的航程。"君看一叶舟，出没风波里。""春雨断桥人不渡，小舟撑出柳阴来。"

"有"和"无"

　　韩愈的"草色遥看近却无",意谓经过润如酥的小雨之后,近无遥却见的草色,是写视角近与远的关系。辛弃疾的"似有人声听却无",是写听觉"有"和"无"的关系。王安石的"遥知不是雪,唯有暗香来",写的是嗅觉"有"和"无"的关系。是暗香坐实了不是雪的铁证;可以说,香有多远,遥就多远。但我认为将此关系写得空灵至极的,当推张旭的《山行留客》:

　　　　山光物态弄春晖,莫为轻阴便拟归。
　　　　纵使晴明无雨色,入云深处亦沾衣。

晴虽无雨,但入云处同样雾霾沾衣。不仅写触觉的"有"和"无"的关系,而且还从经验出发,"揭开了自然界的秘密"(金性尧《唐诗三百首新注》)。所以此诗极能启人心智,需切身体会。——记得"纸上得来终觉浅,绝知此事要躬行"的南宋诗人陆游,在《游山西村》时遇到:

　　　　山重水复疑无路,柳暗花明又一村。

　　从心态上说:陆游宛如乘月挂杖似的闲游,心虽有无路之疑?而见柳暗花明,喜显舒缓平和之美。而同代词人辛弃疾是:

　　　　旧时茅店社林边,路转溪桥忽见。

　　　　　　　　　　　　　　　　　　　　——《西江月》

夜行黄沙道中的辛弃疾,经过"七八个星天外,两三点雨山前",正愁躲雨无处,忽见社林边有从前歇过的那所茅店。所以"忽见"

则有出乎意料之美。相比之下，我认为王维则写得更平淡之极。

> 行到水穷处，坐看云起时。

——《终南别业》

走到水源尽头，静坐下来，仰看天空云卷云舒。心不疑，目不忽见，一切都自然随意，兴来每独往、中岁颇好道的他，深悟佛法所云：不执着。心态上颇有陶渊明的"采菊东篱下，悠然见南山"之韵。所以，他看见的山，不是水复山重之山，而是"山色有无中"（《汉江临眺》）。"澹墨遥传缥缈意，孤峰只在有无间。"这"有无中"的山色，需心细悟它的秘密。

"有"和"无"还透出人生的哲理。王维的师祖神秀说：

> 身是菩提树，心如明镜台，
>
> 时时勤拂拭，勿使惹尘埃。

这是从"有"方面立论的。时时勤拭如明月，让身心没一点蒙尘的机会。此诗颇像励志的警言。与他同门的火头僧慧能，就棋高一着地从"无"方面立论道：

> 菩提本无树，明镜亦非台。
>
> 本来无一物，何处惹尘埃。

是啊，本来虚无一物，无从染上尘埃？联系严羽《沧浪诗话》评唐诗之论：

> 盛唐诗人，惟在兴趣，羚羊挂角，无迹可求，故其妙处莹彻，玲珑不可凑泊，如空中之音，相中之色，水中之月，镜中之象，言有尽而意无穷。

在严羽看来，盛唐诗歌无人企及之处，在于像羚羊挂角、无迹可求一样，不落言栓。需你自己去探寻那空中之"音"、相中之"色"、水中之"月"、镜中之"象"和言有尽而无穷之"意"。"言归文字外，意出有无间。"白居易《琵琶行》说"此时无声胜有声"，笪重光《画荃》说"无画处均成妙境"，都道出"无"中含"有"的丰富声音和艺术的勃勃生命，以及人生的感悟。所以西谚有云：我们可见嘲笑一个国王的富有，却无法嘲笑一个诗人的贫穷。"身后有余忘缩手，眼前无路想回头。"（《红楼梦》）"以梦为马"的诗人海子就曾用生命《答复》道：

> 当我痛苦地站在你的面前
> 你不能说我一无所有
> 你不能说我两手空空

因为这"一无所有、两手空空"的诗人，时刻心装人类"春暖花开"的爱！

"计程"和"抵达"

白居易《同李十一醉忆元九》道：

> 花时同醉破春愁，醉折花枝作酒筹。
> 忽忆故人天际去，计程今日到梁州。

是在算故人元九到梁州（今陕西汉中）之日。姜夔《送范仲讷往合肥》诗道：

> 我家曾住赤阑桥，邻里相过不寂寥。
> 君若到时秋已半，西风门巷柳萧萧。

也是替友算到目的地（今合肥）的时间。两诗比照，白居易从空间着笔，天际去，重在计程。而姜夔从时间着笔。柳萧萧，重在君若到。白居易是忽忆，姜夔重面送。前者忆人今日到，后者忆君深秋至。从对故人抵达的目的地看，白居易未到梁州，所以只写对君"程"之"计"，其他一概不写；而姜夔曾住合肥赤阑桥，"小帘灯火屡题诗"，所以还像导游一样，详细对合肥地理风貌介绍一番。不但写邻里（人），还重写门巷风柳（景）。姜夔曾在《淡黄柳》词序中道："客居合肥南城赤阑桥之西，巷陌凄凉，与江左异，惟柳色夹道，依依可怜。"《凄凉犯》词序中又道："合肥巷陌皆种柳，秋风夕起骚骚然。予客居阖户，时闻马嘶，出城四顾，则荒烟野草，不胜凄黯。"所以当时"巷陌凄凉，则荒烟野草，不胜凄黯"的合肥，依依可怜的夹道柳色可谓一景。所以君到虽秋半，"巷陌凄凉，则荒烟野草"的合肥，还为你储备着西风吹萧柳的秋景，也足洗你风尘、慰你旅怀。需要补充的是：当白居易写《同李十一醉忆元九》诗时，元稹正达梁州，并写下一首《梁州梦》：

> 梦君同绕曲江头，也向慈恩院院游。
> 亭吏呼人排去马，忽惊身在古梁州。

元稹对这首诗作了简短的说明："是夜宿汉川驿，梦与杓直、乐天同游曲江，兼入慈恩寺诸院，倏然而寤，则递乘及阶，邮吏已传呼报晓矣。"真像白居易《江楼月》诗所说："谁料江边怀我夜，正当池畔望君时。"

从送人到的目的地看，杜荀鹤《送人游吴》就爽多了：

> 君到姑苏见，人家尽枕河。
> 古宫闲地少，水港小桥多。
> 夜市卖菱藕，春船载绮罗。
> 遥知未眠月，乡思在渔歌。

如此"暗水流花径，疏篱香泛菊;园林精奇秀，瑶池姑苏廓"之地，自然让人乐此不疲。至于晚唐诗人郑谷的《淮上与友人别》：

> 扬子江头杨柳春，杨花愁杀渡江人。
> 数声风笛离亭晚，君向潇湘我向秦。

从"杨花愁杀渡江人"看，已是愁容满面，至于"君向潇湘我向秦"后果如何？是"湘江日暮声凄切，愁杀行人归去船"，还是"未老刘郎定重到，烦君说与故人知"……那就"流到前溪也不知"了。

《江村》的杜甫和《闲意》的陆游

唐人杜甫《江村》诗道：

清江一曲抱村流，长夏江村事事幽。
自去自来梁上燕，相亲相近水中鸥。
老妻画纸为棋局，稚子敲针作钓钩。
但有故人供禄米，微躯此外更何求。

宋人陆游《闲意》诗道：

柴门虽设不曾开，为怕人行损绿苔。
妍日渐催春意动，好风时卷市声来。
学经妻问生疏字，尝酒儿斟潋滟杯。
安得小园宽半亩，黄梅绿李一时栽。

上引两诗都是七律，体同；按诗意，也可把杜甫的《江村》易为《闲意》，题同；写的都是春天，时同；反映的都是家庭闲趣，意同。但就诗论诗，却对读出诸多不同。

杜甫《江村》首联：清江一曲抱村流，长夏江村事事幽。从技巧上看，我认为比陆游的"柴门虽设不曾开，为怕人行损绿苔"，写得气韵更加生动。值得比较的是，陆游的柴门不曾开，是主动作为，目的是怕人行走踩损绿苔，破坏如茵的绿色植被。所以宋人叶绍翁"小叩柴扉久不开"，原因也是主人"应怜屐齿印苍苔"。其实杜甫此时也"柴门虽设不曾开"，这倒不是他怕人脚损绿苔，破坏绿色植被；而是平时无人小叩柴扉，"亲朋无一字"的他，只能被动地"镇日无人独掩门"，任由"老屋凄凉苔半遮"，"落英无数点苍苔"。所以一旦客至，"蓬门今始为君开",杜甫连院子的落花都没打扫,就迫不及待地开门迎接友人,激动之情溢于言表。难怪闻一多要说"'李邕求识面'是他生平最得意的一句诗"(《杜甫》)。由首联约见杜甫与陆游情怀之不同。

杜诗颔联:"自去自来梁上燕,相亲相近水中鸥。"写得亲切细腻。燕追闲适,鸥拍自由,衬托《江村》生态的美好。杜甫在《客至》中描写道:"舍南舍北皆春水,但见群鸥日日来。"在《绝句漫兴》中写道:"执知茅斋绝低小,江上燕子故来频。衔泥点污琴书内,更接飞虫打著人。"共同反映了和谐生态、亲如一家。而陆游的颔联"妍日渐催春意动,好风时卷市声来",相比就显得笼统。且"妍日"和"好风",从动作上说,远没有杜诗燕子和水鸥那么具体灵动;从声音上说,燕鸥欢鸣,自比"市声"更具天籁;从空间上说,梁上燕(高)和水中鸥(低),画面高低立体感很强;而陆游画面空间感就很弱,显得就像在一条水平线上。这是颔联比较中,写意之不同。

颈联比拼的是两家妻儿之不同。杜甫写的是"老妻画纸为棋局,稚子敲针作钓钩",陆游是"学经妻问生疏字,尝酒儿争溅滟杯"。杜妻画纸、准备下棋;陆妻看经书问不认得的字,这也略作证明她俩正沉溺"乐琴书之忘忧"的喜境。但从生活角度讲,杜甫几乎终生过着"到处潜悲辛"的生活,囊空恐羞涩,留得一钱看,日子打满补丁。相比陆游终生,虽然事业上"塞上长城空自许";但年薪百万,"日绝丝毫事,年请百万钱",生活自是小康。所以杜甫家连副棋具都买不起,老妻只好自己动手,画纸为棋;相比陆家富裕,家建书巢、书藏万卷,不但妻可问读,就连他的小儿也"读遍旧藏书"。然而杜甫之子敲针作钩,喜自食其力、奉献全家;而陆游之子尝酒争杯,惜坐享其成。如说陆游之子初露富二代的端倪,那杜甫之子就是穷人的孩子早当家。仅从两子比较看,历史也如是证明,老杜之子,平平淡淡过一生,而陆游幼子陆子遹却是一个献媚上司、欺压百姓的赃官(俞文豹《吹剑录》),不知是否与娇生惯养有关。因为经济基础决定上层建筑,肚皮决定脑袋,所以两位大诗人都在尾联写出企盼的不同——

杜甫求的是低保。"但有故人供禄米,微躯此外更何求。"只要有好友按时赞助点钱粮,让全家有最低生活保障金,我啥都不想了,像长夏的江村——"事事幽"。此际杜甫心明如镜,一旦"厚禄故人书断绝",失去友人的救济金,后果不仅是"恒饥稚子色凄凉",更是全家挨饿。而陆游求的是精神。安得小园宽半亩,黄梅绿李一时栽。只想再拥半亩园,栽满梅树和李树,然后关紧自家小园门,坐在茂盛的黄梅绿李树下,与妻共读经书;"苔痕上阶绿,草色入帘青"畔,父子共酌美酒。这种小资生活像妍日渐催——"春意动"。

综上所述,从艺术角度分析,胡怀琛先生认为陆诗《闲意》:"描写眼前常见的事,也写得极忠实。"(《中国八大诗人·陆放翁》)但我认为杜诗《江村》在"写得极忠实"的同时,也更生动形象、亲切感人。当然两位是唐宋诗坛巨匠。相比两诗,从胸襟看,我更喜欢杜甫的"安得广厦千万间,大批寒士尽开颜,风雨不动安如山。呜呼!何时眼前突兀见此屋,吾庐独破受冻死亦足"的奉献精神,和陆游"死去元知万事空,但悲不见九州同。王师北定中原日,家祭无忘告乃翁"的爱国情怀。虽然实际境况是,杜甫看见床头屋漏无干处,可孩子还蜷缩在多年冷似铁的布被里,而陆游看见的却是那与他争酒杯和当赃官的儿子。

古诗中的军嫂

　　唐诗《春怨》道："打起黄莺儿，莫教枝上啼。啼时惊妾梦，不得到辽西。"诗写一位思夫的军嫂，想梦到辽西边塞，与戍边的丈夫相会。在音讯极端落后的古代，从别后的夫妻，也只能把梦当成地点，将爱无缝对接。所谓"连夜不妨频梦见""几回魂梦与君同"。至于梦频多少次，魂同多少回，恐怕当事人自己也说不清楚。此际闺房外的黄莺，不知趣地叽叽喳喳，吵得她心烦意乱，辗转反侧，难以入眠。想到戎马倥偬的爱人，还在梦中焦渴地等待；急得她抄起竹竿，去打树上的黄莺。从睡眠的质量看，这位军嫂肯定不像孟浩然，在鹿门山呼呼大睡，不但昨夜的风雨吹得叶落花飞，就是今晨的百鸟，啼得山清水媚，都没能吵醒他的睡眠。——可惜闺中高卧的不是"久与世情疏"的隐士，而是魂系边塞的铿锵玫瑰，又迈开梦的脚印，展开爱的征程。"枕上片时春梦中，行尽江南数千里。""细雨梦回鸡塞远，小楼吹彻玉笙寒。"不管千道江水、还是万重高山，天长路远魂飞苦，梦魂不到关山难，我也要寻到你的身边，"朦胧残梦里，犹自在辽西"。

　　大漠风尘日色昏，红旗半卷出辕门……多少将士，埋骨胡尘；可仍在军嫂们的梦中英姿飒爽、两情相悦。春月绽开梦中的笑靥，落花疲倦你的窗前。

　　誓扫匈奴不顾身，纵然刀尖中漏下你的生命，荣归故里。你不要百千强的赏赐、尚书郎的官爵，只要千里足，回到家乡——见到梦中的朝思暮想，谁举起银灯，将无数的黑夜轻轻举起，仔细辨认沧桑的彼此，是你吗？真的是你吗？犹恐又是梦的重演。

　　"梦魂惯得无拘检"，不要给梦魂穿上锁链，就让古诗中的军嫂，展开梦的翅膀，剪开雪花、飞越关山；与爱人一起，千营共一呼，共御外辱，纵然醉卧沙场、百战黄沙，也誓要红旗直上天山雪，不破楼兰终不还……

"自道身世之戚"与"担荷人类罪恶"
——读王国维《人间词话》札记

"自道身世之戚"与"担荷人类罪恶"的是王国维,比较两位"薄命帝王"所填之词后下的评语,因涉及艺术境界这个命题,有必要在这里浅谈一下。王氏说:

> 后主之词,真所谓以血书者也。宋道君皇帝《燕山亭》词亦略似之,然道君不过自道身世之戚,后主则俨有释迦、基督担荷人类罪恶之意,其大小固不同也。(《人间词话·十八》)

后主就是975年"肉袒出降"的南唐后主李煜,道君皇帝即是1127年成为亡国之君的宋徽宗赵佶,他俩命运共同点就是"作为才人真绝代,可怜薄命作帝王"。但从词作上讲,宋徽宗却没有后主写得那么感人至深。王国维认为重要的差别就是:徽宗仅仅狭隘地写出一己"归为臣虏"后,"寻寻觅觅、冷冷清清、凄凄惨惨戚戚"的小悲剧;而李后主却上升到释迦、耶稣的境界,担当起"如果海洋决定要决堤,让所有的苦水注入我心中"(北岛《回答》)的大苦难,写出"我不下地狱,谁下地狱"的大悲剧。仅从境界上比较,"大小固不同也",词的艺术质量也就有别天壤了。可见《半塘遗稿》尊李煜为"词中之帝",与王国维誉他词中表现出"担荷人类罪恶"的大境界,我想不是毫无关系的吧。

那怎样更好地理解王国维这"大小固不同"的境界论呢?拙文想从两方面来谈:

一、大小固不同境界的相对性

首先我们拿"儒"和"侠"的大小来分析比较:

一是"儒"之大小。《三国演义》第四十三回,舌战群儒的诸葛亮就对"儒"之大小做出定义。他说:"儒有君子小人之别。君子之儒,忠君爱国,守正恶邪,务使泽及当时,名留后世。若夫小人之儒,惟务雕虫,专工翰墨,青春作赋,皓首穷经;笔下虽有千言,胸中实无一策。"在诸葛亮看来,"忠君爱国,守正恶邪"的君子之儒完胜"惟务雕虫,专工翰墨,青春作赋,皓首穷经;笔下虽有千言,胸中实无一策"的小人之儒。随后诸葛亮严厉斥道:"且如杨雄以文章名世,而屈身事莽,不免投阁而死,此所谓小人之儒也;虽日赋万言,亦何取哉!"

二是"侠"之大小。《神雕侠侣》第二十回,书中借抗金英雄郭靖之口亲道"侠"之奥义:"行侠仗义、济人困厄,只是侠之小者;而为国为民,才是侠之大者。"自然"为国为民"的侠之大者更胜"济人困厄"的侠之小者。

由上可见,这些与王国维认为"担荷人类罪恶"之大,不同"自道身世之戚"之小,真有异曲同工之妙。

其次拿诗来分析比较。1937年淞沪会战,抗日英雄谢晋元副团长,率八百壮士孤守四行仓库,历时四天,华夏为之振奋。谢晋元后写诗自勉:

> 勇敢杀敌八百兵,抗敌豪情以诗鸣。
> 谁怜爱国千行泪,说道倭寇气不平。

从诗的渊源上看,此诗脱胎于梁启超《读陆放翁集·其二》,梁诗为:

> 辜负胸中十万兵,百无聊赖以诗鸣。
> 谁怜爱国千行泪,说到胡尘意不平。

对读两诗不难看出:梁诗仅写出一位"塞上长城空自许,镜中衰鬓已先斑"的英雄壮志未酬之悲——是侠之小者;而谢晋元借梁诗的酒杯,慷慨装上保家卫国的佳酿,豪迈地喷薄出"为国牺牲敢惜身"的光辉情怀——是侠之大者。青出于蓝而胜于蓝,境界悬如天壤，真如王国维所论："词以境界为最上，有境界则自成高格"。对"留得声名万古香"的谢晋元来说，确是"自古英雄尽解诗！"

再次拿诗人分析比较。朱自清先生《论书生的酸气》一文中，通过分析比较杜甫和陈师道两人的诗作后得出：

> 杜甫"窃比稷与契"，嗟叹的其实是天下之大，决不止于自己的鸡虫得失？可是像陈师道的诗，叹老嗟卑，吟来吟去，只关一己，的确叫人腻味。

陈师道的"叹老嗟卑，吟来吟去，只关一己"，也就像王国维论徽宗一样，是"自道身世之戚"；而杜甫"嗟叹的其实是天下之大"，就像李后主一样，是"担荷人类罪恶"。杜甫的"穷年忧黎元"与陈师道的"鸡虫得失"相比，境界高下，一目了然。所以杜甫被尊为诗圣，诗被奉为诗史；而读多了陈师道那些闭门造句的"吟来吟去，只关一己"的诗，难免有些"腻味"和"酸"之感觉了。

1945年"双十"协定，毛泽东亲赴重庆，一阙《沁园春·雪》在山城"万里雪飘"，引得当时一些所谓的国民党"御用"文人，以唱和相围剿，结果无人能达到毛泽东"推翻历史三千载，自铸雄浑瑰丽词"的高境界。一个重要的原因就是，毛泽东"是一个政党的领袖，人民的领袖，……不同于勾章撷句的小儒……"（柳亚子《答客难》）一句话，小人之儒怎敌君子之儒，"问苍茫大地，谁主沉浮"的毛泽东，拿出释迦、耶稣救赎人类的精神，向历史承诺，"俱往矣，数风流人物，还看今朝！"呈现出一片"春来我不先开口，哪个虫儿敢作声"的王者气象，怎不引"不过自道身世之戚"的小词人竞折腰？像同年七月，傅斯年先生在延安窑洞对旨在实现"六亿神州尽舜尧"的毛泽东，谈到五四运动时自己的那点小成就，自愧不如地说："我们不过是陈胜吴广，你们才是项羽刘邦。"是啊，侠之小者哪敌侠之大者。傅斯年仅成一位史家，而毛泽东终成一代天骄。

所以从写作角度出发，国学大家顾随先生曾要求诗人们，要时刻拉高思想标杆，提高站位，"应有圣佛不渡众生誓不成佛、我不入地狱谁入地狱之精神。出发点是小我、小己,而发展到最高便是替各民族全人类说话了。正如王国维《人间词话》所说:'有释迦基督担荷人类罪恶之意'。"同时一针见血地诊断出"中国后世少伟大作品"的症结,就在于"小我色彩过重,只知有己,不知有人。"(《顾随全集·讲录卷·驼庵诗话》)一味自道身世之戚,自然容易流失思想的钙质,使作品陷入骨质酥松的窘局。

行文之此,从理论上看,仿佛"自道身世之戚"与"担荷人类罪恶"是排他性的水火关系,其实它们也是互补性的鱼水关系。

二、大小固不同境界的相容性

对此王国维《人间词话·八》就明言:

> 境界有大小,不以是而分优劣。

的确在艺术创造上,"担荷人类罪恶"固然重要,但"自道身世之戚"也必不可少。因为"艺术只有美丑,无所谓对错",就像春兰秋菊一样,各臻其妙。以人论:许多优秀作家就有机地将"担荷人类罪恶"与"自道身世之戚"兼容并蓄。所谓"无情未必真豪杰,怜子如何不丈夫","所以霸王有时悲歌,弱女有时杀贼;梅村,子山晚作悲凉,萨松在第一次大战后出版了低调的'心旅'"(余光中《猛虎和蔷薇》);就连李煜这位"担荷人类罪恶"的"词中之帝",同样写出"奴为出来难,教君恣意怜"这"自道身世"的郎情妾意之作;一代伟人毛泽东,更是吟出"堆来枕上愁何状,江海翻波浪"这缠绵悱恻之词;就连王国维本人也对"荡子行不归,空床难独守"这样一首娼妇"自道身世之戚"的古诗,也评价甚高,认为"亲切动人","然无视为淫词者,以其真也。"(《人间词话·六十二》)可见不论境界大小,只要作品拥有生命,小角色同样是大演员。像王国维举诗论言:"'细雨鱼儿出,微风燕子斜'何遽不若'落日照大旗,马鸣风萧萧'。'宝帘闲挂小银钩'何遽不若

'雾失楼台，月迷津渡'也。"（《人间词话·八》）

以文论。拿诸葛亮《出师表》为例。从文章看："臣本布衣，躬耕于南阳，苟全性命于乱世，不求闻达于诸侯"等句何尝不是"自道身世之戚"——以情感人；而"受命以来，夙夜忧叹，恐托付不效，以伤先帝之明"等句，难道不是"担荷（蜀国）人类之悲"——以理服人。从"临表涕零，不知所言"又彰显"两朝开济老臣心"的一片鞠躬尽瘁的奉献情怀。对此宋人赵与时就由衷感言："读《出师表》而不堕泪者，其人必不忠"，"出师一表真名世"。南宋诗人陆游就赞叹："千古谁堪伯仲间"。

以词论。拿南宋岳飞《满江红》为例：

> 怒发冲冠，凭阑处，潇潇雨歇。抬望眼，仰天长啸，壮怀激烈。三十功名尘与土，八千里路云和月。莫等闲，白了少年头，空悲切！
>
> 靖康耻，犹未雪；臣子恨，何时灭？驾长车，踏破贺兰山缺。壮志饥餐胡虏肉，笑谈渴饮匈奴血。待从头，收拾旧山河，朝天阙！

词的上阕自道身世之戚，下阕担荷复国之悲。全词产生出"千载下读之，凛凛有生气焉"的"气概和志向！"（陈廷焯《白雨斋词话》）以至1919年5月5日晨，清华学子闻一多将此词楷抄贴于饭厅，为"五四"助威，不就是此词迸发出"气概和志向"的千年再现。

可见"担荷人类罪恶"与"自道身世之戚"的境界关系不是绝对的而是辩证的。在具体文本中，只有调和恰当，表里一体，荣辱与共，妙手偶得，就完全能爆炸出"一语天然万古新""赋到沧桑语便工""自铸雄浑瑰丽词"的巨大艺术效果。

当然笔者矮人看戏，自然难道《人间词话》于万一，诚盼方家扶贫，让我"杏花疏影里，吹笛到天明"。

铁板红牙鸣宋词

钱锺书先生曾说：学者"或视文章为罪犯直认之招状，取其定案；或视文章为间谍密递之暗号，射覆索隐。"在钱先生看来，学者治学多用两法，一是考证法，将作者的文章坐实成犯罪证据，取其定案；二是索隐法，将作者的文章当成间谍转递的密电，需要破译。举《红楼梦》中主人公贾宝玉例说，前者将贾宝玉考证成作者曹雪芹，《红楼梦》等同曹家家史；后者将贾宝玉索隐成"伪朝之帝，宝玉者传国玺之义"，《红楼梦》又成为后宫秘史。所以钱先生才调侃学者如醉人，不东倒，则西歪。但他还是尊重他们的努力，读者"姑妄听可矣"。

对笔者来说，根本不是学贯中西的学者，倒是东倒西歪的醉者。这篇谈宋词的小文，方法不是考证和索隐，而是东拉与西扯。若有愧于您，君当恕醉人，我当自咎并改正；但愿以后能真正写出"梦魂惯得无拘检，又踏杨花过谢桥"这样的"醉语"来！是为前记。

据说苏轼曾请一位下属，点评他与柳永词的差异？这名下属如实道：柳词只合妙龄女子，手执红牙板唱"杨柳岸晓风残月"，才能唱出词的款款风情；而苏词则需关西大汉，弹铜琵铁板，唱"大江东去"，才能轰鸣出词的滚滚涛声。但"有一千个读者，就有一千个哈姆雷特"，这名下属仅仅形象地说出了苏词（豪放）与柳词（婉约）风格的不同。还有人说出他俩词中感情的不同。宋人蔡伯也就指出：苏轼"辞胜乎情"，柳永"情胜乎辞"。就是说苏的词句美过感情，而柳的感情美过词句。而我还可回答他俩粉丝的不同。苏词的粉丝多集中于文人雅士，多传唱歌姬之口。而柳永粉丝遍天下，连西夏的使者都承认，凡有井水处，皆能歌柳词；甚至连井水稀少的冰封北国也能听到。金主完颜亮听到柳词中的"三秋桂子，十里荷花"，竟杀心顿起，想挥师南侵、胡马窥江,妄图将"烟柳画桥,风帘翠幕,参差十万人家"繁华庞大的钱塘杭州,霸占成私家的园林。可见柳词威力之大。纵然他的词被李清照批评为"词语尘下",纵然宰相晏殊以写他的"彩线慵拈伴伊坐"为耻,甚至被宋仁宗终生封杀,从此浮名换酒,过着打补丁的一生。但毫不影响他"脔蒨近情,使人易入"的接地气的作品,所爆发超人气的影响力。莫愁前路无知己,凡有井水处,都飘着他的歌声。

苏轼与柳永都是北宋人,柳比苏大53岁,还算是同代相比。还有人却以唐代的韩(愈)退之,与苏轼的学生秦少游(韩比秦大281岁),来一场异代PK。金人元好问《论诗》道:"有情芍药含春泪,无力蔷薇卧晚枝。拈出退之山石句,始知渠是女郎诗。"问题是元好问没有具体拈出韩愈《山石》中的哪一句诗?但他的老师却帮他做了回答,元好问的老师说:有情芍药含春泪,无力蔷薇卧晚枝,"此诗非不工",不是不好;但若举韩愈"芭蕉叶大栀子肥"之句比较,只是像"妇人语"。从韩愈《山石》全诗看,正如霍松林先生所赞的"气势遒劲、风格壮美",呈现一股"当流赤足踏涧石"的丈夫气,颇显苏词豪放之风。而从秦少游作品整体看,不管是芍药含泪、蔷薇卧枝之诗,还是小扇银钩之词,刻意织的秋丝,襟袖上空惹的啼痕……这种缠绵的风格、柔肠的作品,的确是女郎、妇人的嗓音,似都没有继承恩师奔放的嗓门,反而接近柳永婉约的阵营。对此,连老师苏轼也承认,曾指出秦少游"销魂,当此际"之句,就是在"学习柳永作词";还写了"山抹微云秦学士,露花倒影柳屯田"这一副对联,将秦少游和柳永的词风有机地并联在一起。

可惜,秦少游这位"飞红万点愁如海"的人间惆怅客、古之伤心人,52岁就"春去也"。绝妙词沦为绝响。苏轼将他的"郴江幸自绕郴山,为谁流下潇湘去"书于扇面后,伤感道:"少游已矣,虽万人何赎。"以至晚生秦少游76年的南宋诗人陆游,以"不从公"为恨,以"我名公字正相同"为荣。总之,风流不见秦淮海,寂寞人间五百年,怎不让人顿生"高城望断,灯火已黄昏"的伤情。

　　元人罗志仁也是秦少游的粉丝,他《题赵荣禄水村图》云:"长爱秦郎绝妙词,荒寒暗合辋川诗。斜阳万点寒鸦处,流水孤村又一奇。"

　　从被罗志仁称奇的"斜阳万点寒鸦处,流水孤村"句看,指的就是秦少游《满庭芳》中的"斜阳外,寒鸦万点,流水绕孤村"三句。但奇在何处呢?在我看来:一是语言奇。连秦少游的好友晁补之都点赞道:"虽不识字人,亦知是天生好言语。"二是整体奇。秦少游此三句词,出自隋炀帝的断句:"寒鸦千万点,流水绕孤村。"可惜在隋炀帝诗中,碎玉难显;但镶嵌少游之词,顿时珠光烁人。清人贺贻孙就从全篇的角度说出原因:隋炀帝的五言诗,分割划为两景,少游用长短句错落,将"斜阳外"三景合为一景,有机地镶嵌成一幅佳图。沈祖棻先生也从整体的角度承认,秦少游沿袭隋炀帝的成句,"放在全篇中非常合适,极其自然,已成为整首词不可分割的有机组成部分"。也就是说,秦少游虽是袭用隋炀帝之语,但成功逆袭;将光芒难显的碎玉,天衣无缝地点化出沧海月明、蓝田玉暖。难怪能赢得贺贻孙在《诗筏》中的称赞:"此乃点化之神。"三是画境奇。从画的角度看此三句:"斜阳外,寒鸦万点,流水绕孤村。"周汝昌先生都有"妙处难与君说"之感,只能有"全似画境,又觉画境亦所难到"的悠然心会。那到底是什么画呢?首先是几何图形画,斜阳,是圆形,所谓"长河落日圆";寒鸦万点,是密布的点状形;绕孤村的流水,是曲线形。其次是水彩画,斜阳,红色;寒鸦万点,是黑色;而绕孤村的流水,是"绿水人家绕",是清澈的绿色。再次,这还是一幅神奇的动漫画。画面之物都在动。斜阳在动,落日正缓缓地坠入地平线;万点寒鸦在动,飞鸟相与还,正在暮色中飞向回巢的归途。流水在动,舍南舍北皆春水,正环绕孤村永不止息地流淌。

　　纵观《满庭芳》全词:"山抹微云,天粘衰草,画角声断谯门。"正是寒鸦归柳,劳人归居,夕阳西下时分。流水中,竹喧归浣女,孤村又升起炊烟缕缕;日暮掩柴扉,家家都将过起"草草杯盘共笑语"的安康团聚的生活……而词人却"暂停征棹",与情人饯别在这黄昏的城门,"少年一段风流事,只许佳人独自知";空带着襟袖上你的啼痕,又将扬帆新的征程。绿水人家绕,流水绕孤村,都不是自己的家园;从此高城望断,再也看不到你的倩影。那逐一升起的满城灯火,照亮团聚的万家,照亮自己的却是暮霭沉沉下的孤帆远影……当此际,我想那浩渺的千里烟波,也流不尽他的"伤情"。难怪他在《江城子》中要说:便做春江都是泪,流不尽,许多愁。在他看来,那浩渺的春江,都是由泪水组成。

如此摄人心魄的伤心,怎不让人对"斜阳万点寒鸦处,流水孤村",暗自称"奇",并且"长爱"不已。

我们说,柳词只合妙龄女子,手执红牙板唱"杨柳岸晓风残月";而苏词需关西大汉,弹铜琵琶,唱"大江东去"。这只是从概貌而言,说出他俩以及各自领导的词派——婉约和豪放派风格之别。但说到底也只是风格的不同,但抒情感事的本质却无二致。这就像红牙板和铜琵铁板,只是音色的不同,但弹奏动听乐曲的追求却是一致。"欲把西湖比西子,淡妆浓抹总相宜。"如此,你会发现两派虽有派系之争,但绝不总视对方为你死我活的阵营,反而有时也搞你中有我、我中有你的统一战线。

以苏轼对柳词的态度看,正如叶嘉莹先生所分析的,分为两种:一是"不喜欢柳永的淫靡的给市井歌酒女写的词",如他在给友人的信中就强调说:最近也常写歌词,但有别于柳词通俗俚语的风味,"亦自是一家",呈现的是自己的风貌。二是却"欣赏柳永的这种兴象高远的成就",当苏轼读到柳永《八声甘州》中的名句:"渐霜风凄紧,关河冷落,残照当楼。"不但点赞道"不减唐人高处",还义务地为他洗白:"世人都说柳词粗俗,非也。"叶先生还特别地分析指出:苏轼的《八声甘州·有情风万里卷潮来》和"大江东去"的《念奴娇》之词,"这种开阔博大,写的那种高山远水的风光景色,正是从柳永词得到的启发。"

但"自是一家"的苏词,也能让婉约派叹为观止。如苏轼《蝶恋花》词中的名句:"枝上柳绵吹又少。"清人王士禛就裁判道:只怕像柳永这样善于作情诗的人,也未必能写过苏轼的这一句词。王国维也推崇柳永和苏轼都是写长调词的高手，并将柳的长调词《八声甘州·对潇潇暮雨洒江天》和苏的长调词《水调歌头·明月几时有》，并誉为"格高千古"的绝唱，似能说明柳词和苏词，虽是词风不同。但从"长调"和"格高"的角度比较，倒也能并列而行、相向一致。当然我们知道婉约派词多以阴柔美擅长，豪放派词多以阳刚美取胜，但这只是词风的阴阳，而绝不是作者性别的阴阳。所以须眉男儿秦少游也能吟女郎诗、妇人语；而"寻寻觅觅，冷冷清清"的弱女子李清照，也能写出"九万里风鹏正举，风休住，篷舟吹取三山去"和"生当作人杰，死亦为鬼雄"这种充满丈夫气的壮语。李清照因此也被沈曾植赞为"闺阁中的苏轼、辛弃疾，非秦少游、柳永也"。

对于婉约和豪放两派的取长补短、相互促进的关系，徐培均先生曾以柳永《望海潮》（东南形胜）一词，比较性地阐述道："如果说他（柳永）的'杨柳岸、晓风残月'，合于十七八女郎手执红牙檀板浅斟低唱的话，那么这首词中的'怒涛卷霜雪，天堑无涯'，则非关西大汉弹起铜琵琶、敲起铁绰板引吭高歌不可。世人论宋词，说起豪放派作品，多推东坡的《念奴娇》（大江东去）……殊不知柳永此词……其写景之壮伟、声调之激越，与东坡亦相去不远。""性情原自无古今，格调何须辨宋唐。"在我看来，柳永的"怒涛卷霜雪"的意境，足可与苏轼的"惊涛拍岸，卷起千堆雪"的意境分庭抗礼，让我笃定地感觉到两大词派的盟主，正并驾齐驱、扬鞭跃马，不仅驰骋在宋词的古原，更开拓出全新的疆域！

问题是没有对比就没有伤害。同是豪放派，王国维说苏词特点是"旷"，辛词特点是"豪"。但一代有一代的文学，并与他俩所处的时代紧密关联。仅从苏轼，包括柳永和秦少游所生活的北宋看，自从1004年北宋与辽缔结了澶渊之盟，让北宋与辽处于"长烟落日孤城闭"的对垒状态，也算赢得了近百年的维稳关系。直到1127年，金兵灭了北宋，"国破山河在"，那也是苏轼去世26年后的"靖康耻"。所以对在此的苏轼来说，纵然朝堂上"新法"和"旧党"争得头破血流，夹击出自己一肚子的不合时宜，以及"会挽雕弓如满月，西北望，射天狼"，但因身处的是相对和平的时代,他就像不系之舟,仅仅漂泊在"心似已灰之木"的窘途,迸发的多是抗争命运的悲歌;而无法怒发冲冠,仰天长啸出"壮志饥餐胡虏肉,笑谈渴饮匈奴血"这样抗金卫国的壮烈篇章。而辛弃疾生活在偏安一隅的南宋,半壁江南,飘摇风雨,与金国矛盾尖锐无比。"待从头,收复旧山河",自发地形成南宋词人的主旋律;连国破家亡,被迫南渡后就"至今思项羽,不肯过江东"的婉约派女词人李清照,也在"凄凄惨惨戚戚"中,吟出"生当作人杰,死亦为鬼雄"这样的豪迈壮怀。以辛弃疾论,多少次"醉里挑灯看剑,梦回吹角连营",他多么想"壮岁旌旗拥万夫,锦襜突骑渡江初",以"气吞万里如虎"之势收复山河!可惜啊,他吴钩看老、栏杆拍碎,也没有人明白他报国之志。空看英雄的泪水,滴穿长夜!空让倔强的白头,漂白风雨。但纵是饥鼠绕床之声、蝙蝠翻灯之舞,也休想打扰你梦中抱紧的山河。"男儿到死心如铁,看试手,补天裂",以至在临终的前二年,时年66岁的他站在抗金最前线的镇江北固亭上,仍看见43年前扬州的烽火,不灭地燃烧着胸中的激情;甚至临终都在撕心裂肺地呐喊:"杀贼!杀贼!杀贼!"何日请缨提锐旅,一鞭直渡清河洛。——如说苏词是手执铜琶铁板的关西大汉,高唱大江东去;那么辛词就如击筑的高渐离,悲歌万里江山,因为"了却君王天下事,赢得生前身后名"的辛弃疾,就如"一去兮不复还"的壮士,满腔都是易水寒的卫国情怀。

说到底,还是北宋与南宋的时代,给婉约词和豪放词铸造出迥然有别的风貌,"从内容方面来讲,北宋词多风花雪月之吟唱,南宋词多黍离麦秀之悲苦,时代给予文学创作的影响处处可见,一目了然。"(诸葛忆兵《南北宋词异同平议》)——这真是宿命,大宋分为南宋北宋,词风又焉能不随之分出东西。如此说来,柳永、秦少游们,正伫立在杨柳岸,手执酒杯,晓风残月也吹不干他们"执手相看"的泪水,正为远去的帆影,低唱着北宋缠绵的烟波。而辛弃疾、张孝祥们,正屹立滔滔的礁石,发扬苏轼的嗓门,面对滚滚的大江,举杯和泪,高唱南宋的万里险流。"郁孤台下清江水,中间多少行人泪!西北望长安,可怜无数山。""使行人到此,忠愤气填膺,有泪如倾。"总之,他们的泪水,成为南宋词的重要源泉。

从词史上梳理,就在苏东坡与辛弃疾之间,有一个搭桥式的人物,他就是南宋爱国词人张孝祥。据说他每写好词后,就问人,我的词与苏东坡比如何?他没拿柳永作参照,而是将苏东坡当作前进的标杆。这就说明他已潜意识地投入豪放的阵营,着重弹奏铜琵琶,而非红牙板。

张孝祥,是今安徽和县乌江人,宋文宗时进士,一登政治舞台的他就自觉站在主战派的行列,积极上言为已逝十二年的抗金英雄岳飞鸣冤叫屈,可惜无法撼动莫须有的罪名,"空教三字狱成冤"。但他毕生抗金,致力报国,"外侮需人御,将军赋采薇",如1162年春,他在一次关于抗金的午餐会上,先幽苦忆道:

> 长淮望断,关塞莽然平。征尘暗,霜风劲,悄边声。黯销凝。追想当年事,殆天数,非人力;洙泗上,弦歌地,亦膻腥。隔水毡乡,落日牛羊下,区脱纵横。看名王宵猎,骑火一川明,笳鼓悲鸣,遣人惊。

然后倾泪道:

> 心徒壮,岁将零。渺神京。干羽方怀远,静烽燧,且休兵。冠盖使,纷驰骛,若为情!闻道中原遗老,常南望,翠葆霓旌。使行人到此,忠愤气填膺,有泪如倾。

——《六州歌头》

报国赤诚,迸裂丹心;驱虏杀贼,光溢华章。连宴主"一篇读罢头飞雪",涛涌内心,竟罢席而去。饭都不吃了,直接回房抹眼泪。这也说明了此词的威力。约在同时,在听到采石大捷后,"初闻涕泪满衣衫"的他,激越地呵下一曲《水调歌头》:

> 雪洗虏尘静,风约楚云留。何人为写悲壮,吹角古城楼?湖海平生豪气,关塞如今风景,剪烛看吴钩。剩喜燃犀处,骇

浪与天浮。

忆当年，周与谢，富春秋。小乔初嫁，香囊未解，勋业故优游。赤壁矶头落照，淝水桥边衰草，渺渺唤人愁。我欲乘风去，击楫誓中流。

可惜，37岁的他，像岳飞那样，"出师未捷身先死"，未能击楫中流、云帆济海，"死去原知万事空，但悲不见九州同"，他是死不瞑目的。而"遗民泪尽胡尘里，南望王师又一年"，江南继续蹂躏于金人的铁蹄……

南宋淳熙三年(1176)冬至，时年22岁的词人姜夔踏雪扬州，将所见所闻浓缩成一首《扬州慢》：

淮左名都，竹西佳处，解鞍少驻初程。过春风十里。尽荠麦青青。自胡马窥江去后，废池乔木，犹厌言兵。渐黄昏，清角吹寒，都在空城。

杜郎俊赏，算而今、重到须惊。纵豆蔻词工，青楼梦好，难赋深情。二十四桥仍在，波心荡、冷月无声。念桥边红药，年年知为谁生。

从用典看，全词五处化用晚唐杜牧诗句，一是"竹西佳处"出自"谁知竹西路，歌吹是扬州"；二是"过春风十里"出自"春风十里扬州路，卷上珠帘总不如"；三是"纵豆蔻词工"出自"豆蔻梢头二月初"；四是"青楼梦好"出自"赢得青楼薄幸名"；五是"二十四桥仍在"出自"二十四桥明月夜，玉人何处教吹箫？"但拙以为，词中"自胡马窥江去后"一句，也是用典，是暗用唐朝西鄙人的《哥舒歌》：

北斗七星高，哥舒夜带刀。

至今窥牧马，不敢过临洮。

从用的字词看,西鄙人是"至今窥牧马",姜夔是"胡马窥江",都同用"马"和"窥"这两个字,都化用唐代诗歌,而且都是胡马——外族入侵汉族的马。从所用典的时代看,此词五处化用杜牧诗句,而"自胡马窥江去后"一句,化用西鄙人的诗句,是符合化用唐人诗句的整体逻辑。只不过用典方式的区别,化用杜牧诗句是明用,化用西鄙人的诗句是暗用而已。

从"自胡马窥江去后,废池乔木,犹厌言兵"这几句词看,清人陈廷焯《白雨斋词话》认为:"数语写尽兵后情景逼真。'犹厌言兵'四字,包括无限伤乱语。"的确,在此时"入其城"的姜夔眼里,未看到春风十里扬州路,佳人卷起珠帘;而是四顾萧条、寒水自碧,一片萧瑟的景象。原因就是"自胡马窥江去后",宋高宗绍兴三十一年(1161),金主完颜亮率兵南侵,扬州被蹂躏得体无完肤。十五年过去了,这座"淮左名都",日渐沦为空城;甚至废池乔木,虽劫后余生,也成惊弓之鸟,怕听见金人的马蹄声……这还是杜牧的"楚腰纤细掌中轻"的扬州吗?引无数"腰缠十万贯"土豪们争相而来的名城吗?尤其在杜牧时代,过春风十里,不仅是"夜市千灯照碧云"的繁华地段,还是名媛走秀的T台,随处可见宝马雕车、暗香名媛……今在哪里?豆蔻红颜魂化青青荠麦;春风十里扬州路,现在变成庄稼地。这种巨变的感受让人难以承受,以致姜夔认为风流的杜牧"重到须惊","惊"到"纵豆蔻词工,难赋深情",纵是世间无限丹青手,也难以画出这凄惨的画面。可见胡马窥江、金兵蹂躏扬州,对南宋国土造成无以言语的灾难性后果。

从时局来看"自胡马窥江去后"这句的用典,西鄙人在《哥舒歌》明言:哥舒翰时代是汉人窥胡马,不敢过临洮,侵犯汉人国土的一草一木。那大宋的哥舒翰在哪里呢?想必是以岳飞为代表的抗金英雄们。姜夔《登乌石寺》一诗中,就表现了对岳飞、张浚等抗金前辈逝去的感慨:

> 诸老凋残极可哀,尚留名字压崔嵬。
> 刘郎可是疏文墨,几点胭脂污绿苔。

而招庆寺，岳飞曾在此写下《招庆寺送张（浚）紫岩北伐》这豪迈之诗：

> 号令风雷迅，天声动北陬。
> 长驱渡河洛，直捣向燕幽。
> 马蹀月氏血，旗枭可汗头。
> 归来报明主，恢复旧神州。

在姜夔看来，只要大宋拥有岳飞这些哥舒翰们，昼夜带刀，"马蹀月氏血，旗枭可汗头"，胡马还敢跃过临洮，侵略中原？"但使龙城飞将在，不教胡马度阴山。"可叹宋高宗为首的投降派，以"莫须有"的刀斧，自毁了"步行夺得胡马骑"岳飞这座"抗金长城"，让原本自叹"撼山易，撼岳家军难"的金人，扬起铁蹄，杀气腾腾地跳过临洮、跃过阴山，狂言"提兵百万西湖上，立马吴山第一峰"，妄想将半壁南宋吞并成金人的牧区。——而蹂躏成空城的"淮左名都"啊，那废池，可饮过胡马；那乔木，可拴过胡骑。那二十四桥边的红药，寂寞开无主，不知可再有胡马嘴嚼的厄运。只是仍在的二十四桥啊，桥下是"波心荡、冷月无声"。"冷"和"无声"三个字，暗暗对接了"四顾萧条"的空城，所以再"波心荡"，也是浪费表情。因为自碧的寒水，是再也倒映不出吹箫玉人的容颜。原本缠绵的箫声，已经被悲吟的戍角声所代替。虽然念着桥边美人一样的红药，年复一年，谁能知道她们下一步的命运。冷月下，商女、玉人、楚腰的妇人，月明桥上看神仙，我到何处看你们的仙颜……

千岩老人认为此词有黍离之悲，故国之思。王国维评姜夔词"尚有骨"，我认为此词当是。但对"解鞍少驻初程"的姜夔来说，"十里扬州，三生杜牧，前事休说"，这种沧桑巨变的前事，不但晚唐豆蔻词工的杜牧，就是中唐夜带刀的哥舒翰，都要"重到须吓"。的确难以言表，不说也罢，还是骑上马，"试倩悲风吹泪、过扬州"吧。留下城头的清角，将暮色，吹得寒气逼人，散入冬风满名城。

　　1279年，当一代天骄的子孙们，用元朝彪悍的弯弓，射下宋朝赢弱的大雕，掉入广东崖山的海面，一个文采风流的王朝，从此沉入海底，在无数殉国者中，不少陆游的后裔，留下滚滚的波涛和无尽的叹息。

　　何处望神州？

——辛弃疾《南乡子·登京口北固亭有怀》

　　危楼还望，叹此意、今古几人曾会？

——陈亮《念奴娇·登多景楼》

　　问自古英雄安在哉？

——刘过《沁园春·卢蒲江席上时有新第宗室》

　　相对此时的词人而言，一些词人入仕元朝，就连赵宋后裔的大艺术家赵孟頫，也没兑现鸥鹭做伴、归隐江湖的诺言，而是以笔为管笛，为新王朝吹出轻快的旋律。只有少数词人仍痴痴守望这破碎的神州。文天祥对着元朝的屠刀高唱出"人生自古谁无死，留取丹心照汗青"这千古名句。刘辰翁对着李清照《永遇乐》一词泪流不已，而更多的词人，望着神州陆沉，故乡渺邈成他乡，这种归思何止"难收"，而是绝收。已沦为元朝子民、大宋遗民的他们，渐渐地对"独上高楼，望尽天涯路"的行为，越来越有了鸵鸟心理。张玉田明确表态"有斜阳处，却怕登楼"，吴文英也是"有明月，怕登楼"，似乎都怕斜阳、明月照见羞愧的身影，只能在"莫开帘，怕见飞花，怕听啼鹃"的遗民生活中，用酒水和墨水掺兑出心头的那一点夙愿——"写不成书，只寄得相思一点。"是啊，在兵荒马乱中，高楼灯火，清角空城，哪里寻得见弹琵琶的小苹、低唱的小红，玉箫已碎，琵弦已断，红牙板已裂，有井水处，都是元人的铁蹄……纵然"万里江南吹箫恨"，也难以呜咽出一片亡国的泪水；纵然将词句构筑成七宝楼台，拆开也只是一堆光华夺目的碎片；纵然听着僧庐下点点滴滴的雨水，也没有"何妨吟啸且徐行"的勇气。总之他们的词风，越来越缺少铜琶铁板的慷慨之声，让人感觉，大部分词作都是"从姜白石的词里，有韵地，你走来"（余光中《等你，在雨中》），成为姜夔词的新版本，仍跳不出红牙板的音频。说到底，姜夔"不惟清空，且又骚雅，读之使人神现飞越"的词境，何止是张玉田个人向往的境界，几乎能算是宋末词坛的氛围。

"因笑王谢诸人，登高怀远，也学英雄涕"，此时的"英雄涕"，不但难学，连"自古英雄安在"也有人"问"了，因为生活的泪涕，已流到他们饥饿的嘴唇。

隐居江苏吴中的蒋捷，这位算是南宋最后一位进士出身的词人，双鬓如雪，为了生活，不得不枯荷包着冷饭，衣袋里装上那支春风词笔——曾写赢得樱桃进士的美名，出门去帮人家抄抄写写糊口谋生。他记不清爬过多少土山，问过多少老农，受过多少冷脸，经过多少风霜……现在，他向下一个山岗走去，"何日归家洗客袍？"他想挣点钱回去……

蒋捷《虞美人·听雨》道：

> 鬓已星星也，悲欢离合总无情，一任阶前，点滴到天明。

这样的雨水与南宋女词人李清照，守看窗儿独听的"梧桐更兼细雨，到黄昏点点滴滴"是一样的，都是点点滴滴，泣不成声。不同的是，李清照的雨点，落在南宋的黄昏；而蒋捷的雨点，已从南宋末的黄昏滴到元朝的黎明。李清照听梧桐雨时，南宋还算是新开户；而蒋捷听僧庐雨时，整个大宋已成废卡，双鬓如雪的他，生命的余额也所剩无几。对蒋捷来说，这点点滴滴的雨水，怎不听得愁容满面，彻夜无眠。作为词人，他已想好了放弃版权，将平生词作交给江澜云低的渔夫们，捕鱼时无偿吟唱：

> 只把平生，闲吟闲咏，谱作棹歌声。

——（《少年游》）

这与辛弃疾用"万字平戎策,换得东家种树书"一样,都是无奈之举……"彩扇红牙今都在,恨无人,解听开元曲",除了击棹的渔夫们,如今只有为数不多的人能理解这铜琵琶和红牙柏里的风光和情志。

"古今多少事,渔唱起三更。"(陈与义《临江仙》)回首三百年的宋词史啊,有手执铜琵铁板的关西大汉,有手执红牙板的妙龄少女,现在就几乎剩下一个兜装毛笔、帮人抄写的老头,他像一只寒鸦,正落寞地飞向黄昏的枝头。而元曲、杂剧,已经像元宵灯市一样,"东风夜放花千树,更吹落,星如雨,宝马雕车香满路"……

宋词,灯火阑珊。约在南宋亡国后的第26年,60岁的词人蒋捷辞世。浩渺的江河之上,棹歌声越来越稀。

"俱往矣,数风流人物,还看今朝。"那作为后人,应该怎样学习婉约和豪放合营的宋词呢? 一代词人毛泽东曾自信地要求道:

> 旧体诗词要发展要改革,一万年也打不倒。因为这种东西,最能反映中华民族和中国人民的特性和风尚。

而他本人"兴感苍凉神鬼泣,可无铁板换红牙"的诗词,耸立成豪放派千年后的一座雄峰。能令手挥铜琵琶的苏东坡,犹输气概;手打铁板的辛弃疾,只解牢骚;纳兰性德"艳想秾情着意雕"的红牙板之词,显得幼嫩可笑。但毛泽东曾从一个读者的角度,简练地谈了学习宋词的方法:

> 词有婉约、豪放两派,各有兴会,应当兼读。读婉约派久了,厌倦了,要改读豪放派。豪放派读久了,又厌倦了,应当改读婉约派。我的兴趣偏于豪放,不废婉约。

这就要求我们,不管对待婉约和豪放的宋词,还是灿烂精华的中西文化,都要以"偏于豪放,不废婉约"的学习精神,"转益多师是汝师"地兼容并蓄,"不薄今人爱古人"地博采众长,才能融会贯通地"自铸雄奇瑰丽词"，"万里江山笔下生"出自己的作品；同时"偏于豪放，不废婉约"，也能让我们在这"浮名浮利，虚苦劳神"的红尘中，"夜来一笑寒灯下"地脱胎换骨，涵养出"一览众山小"的视野、"会当凌绝顶"的胸襟，让心灵"素月分辉，明河共影，表里俱澄澈！"

总之，为更好地将宋词的瑰宝发扬光大，让我们彩练舞长空、红缨缚苍龙，一点浩然气，千里快哉风，做雄关漫道的砥砺前进者，做"手把红旗"的弄潮儿！继承开创宋词伟大新盛世！

从北固楼怀古到二十四桥吹箫
——履痕日记二则

2014年4月25日下午 阴雨 镇江北固山

江苏镇江市古名京口,最早知道这个名字还得感谢北宋王安石,他在《泊船瓜洲》有句诗道"京口瓜洲一水间"。镇江与瓜洲扼江而守、地势险要,自古同是兵家必争之地,也是豪杰感叹之所。所以要看历史兴亡,镇江的北固山无疑是必登之地。起码六十六岁,时任镇江知府的南宋辛弃疾,在《南乡子·登京口北固亭有怀》就认为道:

何处望神州？满眼风光北固楼。千古兴亡多少事？悠悠。不尽长江滚滚流。

在辛弃疾看来,满眼风光的北固楼简直是千古神州的瞭望哨,他看到:

年少万兜鍪,坐断东南战未休。天下英雄谁敌手？曹刘。生子当如孙仲谋。

这里,曹是曹操,刘是刘备,孙仲谋就是吴主孙权。巧极,北固楼旁边就是甘露寺,据《三国演义》第五十四回记载,是孙权之母吴国太"面试"刘备这个女婿的地方——"吴国太佛寺看新郎";原来甘露寺是一温室,给了刘备梅开二度的机会,结果"刘皇叔洞房续佳偶",抱得美人归,喜得孙尚香。对孙权来说,原想把胞妹打造成制敌的暗器,结果赔了夫人又折兵,做了桩赔本的交易。但争夺江山又岂是儿女情长,孙刘联姻也止不住"战未休"的刀光。在北固楼下有一个祭江亭，就是这段历史喋血的见证。——"谁将一女轻天下，换取刘郎鼎峙心。"后因替关羽、张飞报仇，起倾国之兵与江东决一死战的刘备，结果被东吴"火烧连营七百里"，大败而归。困居江东娘家的孙夫人，误听夫君刘备在这场战争中惨死，她满腔怨愤地登上北固山。面对滔滔江水，忆念与夫举案齐眉、相敬如宾之往事；空知追夫无望，企盼来世结缘。遂望西遥哭，投江而去，魂随夫归。"思亲泪落吴江冷，望帝魂归蜀道难。"对孙尚香来说，北固山既是幸福婚姻的起点，似也是生命的终点。一代佳人的情感裹卷着山下的江水一起滔滔向前……

辛弃疾不但是一位伟大的词人，更是位"壮岁旌旗拥万夫，锦襜突骑渡江初"的政治家和军事家。他看到的岂止是三国的战争，更有历史的风云。在孙尚香投江的九百多年后，辛弃疾登上她殉情之地，——又名北固亭的祭江亭，写下《永遇乐·京口北固亭怀古》，心胸吞吐千古的巨澜：

> 千古江山，英雄无觅，孙仲谋处。舞榭歌台，风流总被，雨打风吹去。斜阳草树，寻常巷陌，人道寄奴曾住。想当年，金戈铁马，气吞万里如虎。
>
> 元嘉草草，封狼居胥，赢得仓皇北顾。四十三年，望中犹记，烽火扬州路。可堪回首，佛狸祠下，一片神鸦社鼓！凭谁问：廉颇老矣，尚能饭否？

他看到的是金戈铁马的刘寄奴，看到的是封狼居胥的霍去病，看到的是一片神鸦社鼓的佛狸祠，看到的是尚能饭否的老廉颇……这些"谁敌手"的风流人物与成败教训，与词人所处的南宋风雨小朝有着紧密的联系。他一生想"了却君王天下事，赢得生前身后名，可怜白发生！"——白发生与廉颇老又有着怎样内在的联系。当我们登上北固山，也有"上危楼，赢得闲愁千斛"之感，甚至上楼也在测试英雄的脚力。辛弃疾就说"不知筋力衰多少，但觉新来懒上楼"，筋力衰、楼懒上，压抑更进一层，与他"欲说还休，欲说还休,却道天凉好个秋"如出一辙,都是"识尽愁滋味"。辛弃疾为解忧愁,还"唤取红巾翠袖,揾英雄泪!"我做不到,只是请同行的一位美女,为我照一张照片;我没有流泪,我不愿让我的泪水,将此行弄得潮湿湿的……

走下北固山,我还感到一种悲愤在山顶较量着岁月的雨打风吹……想到离此不远的芙蓉楼上,被贬为江宁县丞的王昌龄写下的饯行诗《芙蓉楼送辛渐》:"寒雨连江夜入吴,平明送客楚山孤。洛阳亲友如相问,一片冰心在玉壶。"将一颗被贬的玉壶冰心,从这里传唱古今。

我们带着暮色离开镇江,在寒雨连江中奔赴扬州。车经"天堑变通途"的润扬大桥,过瓜洲时,许是未到"潮落夜江斜月里"之夜和"寒耿稀星照碧霄"之晨,所以我既没看到张祜眼中的"两三星火",更没听到"一曲残声遍落潮"。车窗外仅见辛弃疾所说的"不尽长江滚滚流",曾卷走那位叫杜十娘的佳人……正想着,风驰电掣的轿车,早将一水间的京口瓜洲碾远……

今夜栖息扬州萃园宾馆。

2014年4月26日上午 阴雨 扬州瘦西湖

扬州古名广陵,知道它源于儿时熟读的李白《送孟浩然之广陵》:"烟花三月下扬州。"与孟浩然一样,下扬州都是烟花三月;不同的是,他坐的是船,我们乘的是车,从速度上能看出时代的脚步声。

说到扬州,不能不说瘦西湖上的二十四桥,打出这一千古名片的功推晚唐杜牧,他在《寄扬州韩绰判官》诗道:

> 青山隐隐水迢迢,秋尽江南草未凋。
> 二十四桥明月夜,玉人何处教吹箫。

青山绿水、玉人吹箫的扬州,像月夜般皎洁宁静。"天下三分明月夜,二分无赖是扬州",月夜的扬州美轮美奂,再有玉人吹箫岂不更风情万种。这里想说明一下，杜牧此诗"草未凋"有"草木凋"之异文。对我来说，总觉得"草未凋"更好；因为"未凋"之草，好像还在恋恋不舍包括扬州在内江南的美景；"草木凋"，一片肃杀，固然与秋之景象吻合，总觉得少了一点生意。

我们约是9点半走上二十四桥的。这是座弧形一孔桥，虽短而促；但秀卧清波之上，倒映出美而骄。遥想杜牧期箫声月下，盼佳人桥上，共享这心灵的音乐。可惜我们来的是白天，又逢旅游旺季，两三平方的桥中心，摩肩接踵太多的噪音，就算玉人吹箫，不但听不真切；我想连佳人玉颜，也难辨分明。可见美是奢侈的私有品，需静静品味，而不是奔腾汹涌的人群。仅能在川流的人海中，去想象玉人之美。玉人如何美？这点"落魄江南载酒行"的杜牧还真有发言权，他赞美扬州女子的身材是"楚腰纤细掌中轻"，离任时还《赠别》道：

> 娉娉袅袅十三余，豆蔻梢头二月初。
> 春风十里扬州路，卷上珠帘总不如。

同游的一位师长，曾感慨道，二十多年前，风华正茂的他，带着对扬州女子的仰慕，独游瘦西湖，想一瞻"豆蔻梢头二月初"的姿容……如今"绿叶成荫子满枝"的他，故地重游，仅能在二十四桥前留下知天命的身影。依旧亭台、如旧春天，楚腰的玉人以及箫声，只能绕梁于想象，缠绵于记忆。南宋姜夔《扬州慢》中"感慨今昔"道：

> 杜郎俊赏，算而今，重到须惊。纵豆蔻词工，青楼梦好，难赋深情。二十四桥仍在，波心荡，冷月无声。念桥边红药，年年知为谁生。

仍在的二十四桥啊，吹箫佳人何处？知为谁生的芍药，还固守桥边，浸泡过明月和花影的波心，荡漾着历史的皱纹……

扬州，自古就是神仙之乡，"夜市千灯照碧云，高楼红袖客纷纷"，吸引前赴后继的土豪，"腰缠十万贯，骑鹤下扬州"；更是诗人张祜所向往幸福指数最高的埋骨之地,"人生只合扬州死"。它盛产的梅花,竟让梁人何逊从洛阳赶来,赏梅不去,以致半生卖画扬州的清人汪士慎,晚年一目失明中仍然"独目著寒花"。甚至为赏雪白的琼花,还让一代帝王开凿一条运河而来,如此凋谢了王朝。同时这里也是文脉强劲之所。当年不但有小杜这批文士,还有骆宾王在此写下《为徐敬业讨武曌檄》这篇千古名文,让一代女皇发出"丞相安能失此人"的赞誉。还有张若虚、秦少游、冯小青、郑板桥、罗聘、王念孙、汪中、焦循、阮元、朱自清、任中敏、潘玉良等中国艺术星空的璀璨星斗! 许是这片沃土太过肥沃,就连千年后,口唱莲花落的丐帮弟子有时也唱起唐诗宋词。二十世纪二三十年代,《烟花三月下扬州》的叶灵凤先生,在游瘦西湖时就亲眼所见:

> 湖上有乞丐,在岸边追着船上的游客要钱,但他们并不口口声声的"老爷太太,少爷小姐",而是用一根长竹竿系着一个白布兜,仿佛生物学家捉蝴蝶所用的那样,从岸上一直伸到你的船边,口中随意朗诵着《千家诗》里的绝句:"两个黄鹂鸣翠柳,一行白鹭上青天"……除非你自命是一个俗物,否则对着这样风流的乞丐,你是无法不破钞的。
>
> 有一次,我同洪为法一起坐在瘦西湖边上那家有名的菜馆"香影廊"喝茶,有一个乞丐大约看出来我是一个从外地来的"翩翩少年",竟然念出了杜甫赠李龟年的绝句:"正是江南好风景,落花时节又逢君。"喜得洪为法拍手叫绝,连忙给了他两角小洋。

扬州当时已经破落,但因为有这些吟诗的乞丐,叶灵凤先生才果断地感到:"破落得毫不俗气。"——由如此文风作魂,造就了纵使破落的乌云也丝毫遮不住皓月般的气质,复现了"谁家唱水调,明月满扬州"的神韵。

因行程紧凑,我们也只能"解鞍稍驻初程",在二十四桥上悄立片刻;已无暇细悟扬州的英武之气。深知扬州不仅有"赢得青楼薄姓名"的风月,"春江潮水连海平"的风景,更有"朱自清一身重病,宁可饿死,也不领美国'救济粮'"的铮铮铁骨;鉴真大师毕生传法,六渡扶桑;史可法喋血梅花岭,"梅岭梅香梅含泪,可法可史可咏魂!"晚年扬州卖画的郑板桥,他的"衙斋卧听萧萧竹,疑是民间疾苦声。些小吾曹州县吏,一枝一叶总关情",更是千古绝唱。

对我来说,未能像田汉先生那样"梅花岭上访先生",拜祭明末抗清英雄史可法衣冠冢,重温清人全祖望《梅花岭记》所写:"予登岭上,与客述忠烈遗言,无不泪下如雨,想见当日围城光景,此即忠烈之面目,宛然可遇……"这些就留待下一次"文化苦旅"。人生短暂的旅程,不可能看遍所有的风景。当返程之车复经润扬大桥,过瓜洲,已近16点,我已有了"落月摇情满江树"之感和"明月何时照我还"之盼——是啊,不管此生,明月能否将我身影,重照北固亭的浩叹、二十四桥的箫声,心已随春风,从此绿透江南。

花

自飘零水自流：名著札记

遥想公瑾当年

三国东吴大元帅周瑜，字公瑾，永远端坐在苏东坡的壮词里，摇着羽扇。苏东坡羡慕道："遥想公瑾当年，小乔初嫁了，雄姿英发，羽扇纶巾，谈笑间，樯橹灰飞烟灭……"从历史看，火烧赤壁的周瑜年仅三十四岁，刚与老婆小乔走过十年的锡婚之旅，时年二十六岁的小乔也是三个孩子的辣妈。但大苏就神奇地将小乔扮萌成一位新嫁娘，在赤壁的硝烟里度着蜜月的时光。不但周瑜"羽扇纶巾"成了最洒脱的风景，就是"赤壁楼船一扫空"也在壮观搭建新婚的场面。那卷起千堆雪的惊涛，在堤岸拍响嘹亮的婚乐！那"张天照云海"的烈火，映照着一对幸福的笑靥，在"赤壁横岸瞰大江"中完成千古的婚礼传奇。"赤壁横岸瞰大江，周瑜于此破曹郎。"对一个男人来说，胜券在手，佳人在怀，事业家庭双丰收，引来后世多少眼神？起码被贬黄州、早生华发的大苏，就无奈地叹道："人生如梦，一樽还酹江月。"

这里想插播两点：一是当吴兵吹起冲锋的号角、敲起进攻的鼓点，手挥羽扇的周瑜，可忙中偷闲地回顾这激动的旋律。因为他不但是一位"赤壁功传万古名"的军事家，还是一位音乐家，时人就誉他"曲有误，周郎顾"。意思是说别人奏曲跑调，周瑜必能辨知。唐人李端《听筝》诗道："鸣筝金粟柱，素手玉房前。欲得周郎顾，时时误拂弦。"诗写的是一位弹筝的女子，明知故犯地弹错乐章，只为那心上的周郎风雅的回眸。"曲中特地误，要试周郎顾。"后世因此流传"周郎顾曲"这句成语。可见周瑜音乐才能卓越千古。二是苏东坡所写的"樯橹灰飞烟灭"间的"谈笑"。周瑜的部下，熟读经史的老将军程普，就由衷点赞道："与周郎交往畅谈，如饮醇酒，令人不觉自醉。"仅以周郎谈笑看，想一定也是语如醇酒，音如绕梁。"公瑾起江东，翩翩美年少。瞒兵百万来，风流剧谈笑。"从当时实际看，火光冲天的赤壁，也无意中做了周郎的谈资。

"大书石上莓苔封，千年不泯周郎功。"像跟大苏唱反调，被贬黄州的晚唐诗人杜牧，曾对周瑜的胜利持怀疑态度，他《赤壁》诗道："折戟沉沙铁未销，自将磨洗认前朝。东风不与周郎便，铜雀春深锁二乔。"杜牧认为若不是东风给力，周瑜的火烧赤壁，就不是以少胜多，而是鸡蛋碰石头；结果不仅输掉东吴，甚至还输掉老婆。杜牧忽略了东吴举国同心、同仇敌忾的决心和斗志；"南士无心迎魏武，东风有意便周郎。"忽略了周瑜的"文武筹略，万人之英"的雄才大略，忽略了曹操远途劳顿、不识水战的短板等实际因素。所以清人纪晓岚讥此诗为"僻论"。好在杜牧这诗与《三国演义》将周瑜塑造成"心胸狭隘"之人一样，都是文人语，不作信史看。

"千载周公瑾，如其在目前。英风挥羽扇，烈火破楼船。"可惜天妒英雄，年仅三十六岁的周瑜病逝于出征的旅途。吴主孙权闻此噩耗，亲迎灵柩于芜湖。"世间豪杰英雄士，江左风流美丈夫。"从此小乔为亡夫守墓十四载，一层墓土隔不开吴国最柔美的生命，无悔地慰藉着江南含悲的英灵，四十七岁时自己也如花凋谢。据史料看，他俩死后没合葬一起。周瑜葬在家乡安徽庐江县城东门外横街朝墓巷，小乔葬于城西的真武观西。后经无数战火，墓倒冢塌，明人王有年就亲眼所见："凄凄两冢依城廓，一为周郎一小乔。"面对"墓木如经劫火烧"，我想这是所有凭吊的人，都不愿看到的一幕。好在他俩不仅活在苏轼"大江东去"的词中，也永远成为"故垒西边"最耀眼的风景。甚至当年助力的东风，也在念叨着旧情："千载墓门松柏冷，东风犹自识将军。"如此足矣。

诸葛大名垂宇宙
—— 兼谈《三国演义》塑造的诸葛亮

一、谁识南阳一卧龙

《三国演义》载,说诸葛亮躬耕南阳时,常自比管仲、乐毅,拿出"天生我材必有用"的自信和派头,世人莫之许,而在外人眼里,简直在胡吹。就连熟读《春秋》的关羽听说后,也愤愤不平道:"某闻管仲、乐毅乃春秋、战国名人,功盖寰宇;诸葛亮自比此二人,毋乃太过?"连关羽都认为他"毋乃太过",言过其实。那么外人又怎不认为他是信口开河。而且诸葛亮还在朋友聚会中,指认四位满腹经纶的挚友,个人能力最多当个市长。——这哪是文人小聚,简直是组织会议,研究并任命各人的官职问题。好在这毕竟是朋友小圈子里的牛皮。会后,诸葛亮就继续过着"既耕亦已种,时还读我书"的农人生活。若是雨雪天气,就双手抱膝,吟着《梁父吟》,慰藉潮湿的思绪。

在中国古代社会,尤其是乱世,人才好像一把宝刀,但要有人运用才能锐不可当、削铁如泥,否则就只能挂在墙壁、锈在鞘中。哪怕你"夜夜龙泉壁上鸣",也是"徒劳恨费声",等同废铁的命运。所以在音讯落后的古代,推荐就是不可缺少的方式。不管是不避亲的内举,还是不避仇的外举,甚至做自荐的毛遂,都说出"荐"对人才盘活的重要意义。这就需要有举荐你的贵人,当然更需要求贤若渴的明君。

对诸葛亮来说,几位挚友真是他生命的贵人。最先是水镜先生,对逃难而来的刘备,仅仅提到诸葛亮的外号卧龙,吊起了刘备求才的胃口,就以睡意来袭,而停止了交流,仿佛刚弹奏一个引人入胜的前曲,就终止了弹奏。再就是徐庶走马推荐,才是真正强大的推手,引出刘备三顾茅庐这则典故。所谓"蜀王不自垂三顾,争得先生出旧庐。""若非先主垂三顾,谁识南阳一卧龙。"从此,"鱼水三顾合,风云四海生",风云际会,名闻史册。

诸葛亮后来在《出师表》中,对继位的刘备之子刘禅回忆道:"先帝不以臣卑鄙,猥自枉屈,三顾臣于草庐之中。"并终生都以兴复汉室之志,和六出祁山北伐中原的实际行动,来报答刘备的知遇之恩和托孤之重。鞠躬尽瘁,死而后已,直到累死在讨贼的征途。"生能决策扶刘氏",虽"南面未能成帝业",但已将天下三分之一的蛋糕,切入刘氏父子的盘中。

三顾频烦天下计,两朝开济老臣心,以至他的《出师表》,后世也推崇备至。陆游夜半挑灯,白居易览表垂泪。宋人赵与时更感叹道:"读《出师表》而不堕泪者,其人必不忠。"起码赵与时在堕泪阅读中,已对流到《出师表》中的那片"忠心"。

那片忠心,突显在《出师表》的哪里?

二、出师一表真名世

拙以为,这"忠心"一是突显在"以伤先帝之明"的忠君上。二是突显在"鞠躬尽瘁,死而后已"的忠于职守上。三是我要着重谈的,突显在"亲贤臣,远小人"的忠心劝谏上。

《出师表》云:"亲贤臣,远小人,此先汉所以兴隆也;亲小人,远贤臣,此后汉所以倾颓也。"就是说,近贤臣,远小人,是西汉发展的重要引擎;而近小人,远贤臣,又是东汉加速衰亡的主要绊脚石。诸葛亮还深情回忆了先主刘备,多次痛恨"汉桓帝、汉灵帝"的近小人、远贤臣的做法,并劝谏后主,在施政中要以史为鉴,近贤臣,远小人,开张圣听,积极作为,"则汉室之隆,计日而待"。

事实上,诸葛亮所说的"亲贤臣,远小人",核心意义都是孟子所告诫的:"近朱者赤,近墨者黑。"用我们乡间俚语说,就是跟好人学好人,跟狗学咬人。所谓"与善人居,如入芝兰之室,久而不闻其香,则与之化矣;与恶人居,如入鲍鱼之肆,久而不闻其臭。"客观影响主观,你不知不觉中,已完成与周边环境同化的过程。所以看看天天热衷你的是些什么人，就多少猜到主人的一些品行。——除非你是与狼共舞的地下工作者，众人皆醉我独醒，为完成一种神圣的使命。诸葛亮的循循善诱和孟子的谆谆教诲，都让我们清醒地认识到亲贤臣（近朱）、远小人（远墨）的积极意义和深远影响。

可惜诸葛亮的"亲贤臣，远小人"的教诲，对昏庸的后主刘禅来说，都像过耳东风。诸葛亮在世时，刘禅就听信宦官谗言，说正身处战场的诸葛亮有谋反之心，专横地将他召回，让诸葛亮在北定中原的关键时刻功亏一篑。诸葛亮去世后，刘禅更听信宦官黄皓谗言，欲夺取诸葛亮忠诚的继任者姜维的军权，造成奸佞当朝，君臣隔阂，群疑满腹，众难塞胸，最终成为西蜀灭亡的重要导火索，又一次重蹈了"亲小人，远贤臣，此后汉所以倾颓"的覆辙。

"徒令上将挥神笔，终见降王走传车。"当降王刘禅被囚魏国首都洛阳时，竟公然表白："此间乐，不思蜀。"你想，他连家国都抛之脑后，乐不思蜀，可思念诸葛亮当初"亲贤臣，远小人"的良苦用心。老臣心已成亡国泪。若诸葛亮转世，再"临表涕零"，真不知所云？因为对扶不起的刘禅，再多的《出师表》最终也是投降表，这"涕"是白"零"了。

三、于今史册播丹忠

"出师一表真名世，千载谁堪伯仲间。"其实诸葛亮的耿耿忠心，也同样突显在他的家训上。作为身系蜀国安危的重臣，他死后留给子女们的仅是成都的八百株桑树、十五顷薄田的物质遗产，但却留下一份珍贵千古的精神遗产——《诫子书》：

> 夫君子之行，静以修身，俭以养德，非淡泊无以明志，非宁静无以致远。夫学欲静也，才欲学也。非学无以广才，非静无以成学。淫慢不能研精，险躁则不能治性。年与时驰，意与日去，遂成枯落，多不接世，悲守穷庐，将复何及！

诸葛亮在《诫子书》中就告诫子女，要修身养德、淡泊宁静、一心向学，才能成为社会有用之人。记得当耄耋之年的周汝昌先生对此真情回忆道："我记得有'淡泊'两个字，又有'宁静'两个字，四个大字，这是诸葛亮教导人、做人的根本、指南针！"可见周汝昌先生在评说"《三国演义》的内涵"时，都由衷承认"淡泊宁静"四字，是诸葛亮教人、做人的根本思想和核心主题。后来他的儿子诸葛瞻、孙子诸葛尚，都卫国捐躯于绵竹保卫战中。他们没有"悲守穷庐"，而是用生命，践行了《诫子书》中的谆谆教诲。其满门忠烈，更是"千载谁堪伯仲间"。杜甫感叹诸葛亮："出师未捷身先死，长使英雄泪满襟。"遥想他满门忠烈，又何尝不让人，泪如雨。

但英雄不死！据载诸葛亮死后，做成木像，竟吓退十万追兵。这就是英灵的力量，让十万追兵望风而逃。杜甫由衷点赞：诸葛大名垂宇宙。我想，他与天地同寿的大名，不是他"多智而近妖"（鲁迅《中国小说史略》），而是他鞠躬尽瘁、精忠报国的人格，已成神！

"讨贼祁山声大义，于今史册播丹忠。"那在《三国演义》中，诸葛亮个人在"讨贼"的大义中，到底彰显了哪些神奇的能力呢？

四、应叹古今无

从诸葛亮的个人能力看，周瑜说他"有夺天地造化之法，鬼神不测之术"，有点言过其实；但确让老对手司马懿仰天叹服："吾不如也。"可见诸葛亮能力之奇！在我看来，一是口才好，善于舌战。诸葛亮过江到东吴，舌战群儒，用唇舌的钢刀，将东吴能说会道的谋士们，驳得张口结舌，斥得体无完肤，一个个杀成哑巴。甚至在两军阵前，诸葛亮更以唇舌当武器，活活骂死魏国大司徒王朗。二是会读心术，善于心理战。诸葛亮在大雾迷江中草船借箭，就算定了曹操只会放箭，不敢出寨迎敌。因为曹操疑心病太重，怕有伏兵。而空城计中，诸葛亮敞开城门，就吃定了司马懿不敢进城，因为他料定司马懿知道自己谨慎，从不冒险，所以他城头弹琴，反而是最好的伏兵，最终让司马懿的大军，望门而退。一句话，知己知彼，读懂敌人的心思，也是百战百胜的关键和保证。三是懂天文,善于气象战。诸葛亮深知天文,他能掐算出草船借箭的午夜,江心必有大雾。火烧赤壁那几天,必有东风。他还算出暗度陈仓时,那几天必有大雨……而他运筹帷幄,发出的一个个锦囊,包裹的都是杀敌的利器,退敌的良方。简直就是在营帐中发放胜利的红包,以至他发明的八张图,在长江边摆下的几块石头,竟掀起阵阵狂风,飞沙走石,让东吴的追兵蒙头转向,差点全军覆没……可见在神一般的人物面前,他身心都是利器,迸发出千军万马的威力,如此才能创造出彪炳千秋的辉煌和业绩!"如公全盛德,应叹古今无!"

可惜"渭滨星陨逾千载",英雄已逝。想到七十二岁的陆游还在殷殷期待:"一表何人继出师?"这是陆游从另一个角度在召唤后人,秉承诸葛智慧,弘扬诸葛精神。

五、红旗直上天山雪

"青山依旧在,几度夕阳红。"从后人看,不管是高卧草堂,还是身居庙堂。一任春风吹绿江南,岁月的飞箭插满草船。我们都矢志不渝:一是要将《出师表》《诫子书》作为思想的锦囊。做人不玩空城计、做事不想借东风,永葆初心,淡泊明志,鞠躬尽瘁,担当奉献。二是要将执法问责作为施政的"八阵图"。面对曾有参谋之功的爱徒马谡,犯下失街亭的严重错误,诸葛亮没有大事化小、将功补过,而是"辕门斩首严军法",挥泪斩马谡,同时自贬三级,以追究自己"暗于知人",用人失察之责。三是要将严谨务实作为工作的连弩箭。求真务实,科学谨慎,戒骄戒躁,踏实创新,严禁草率行事、纸上谈兵、肆意妄为。明代思想家李贽曾点赞诸葛亮:"一生唯谨慎"。谨慎何尝不是我们的一盏航灯。因为人生中的任何一次大意,都能失了荆州和街亭,甚至失了生命。

想到被贬为和州刺史的唐人刘禹锡,将他"苔痕上阶绿,草色入帘青"的陋室,自觉地向"南阳诸葛庐"致敬。他没有在宦海浮沉中自怨自艾,没有在"窗外日迟迟"中沉睡不醒,而是不断提升看齐意识和道德修炼,公正廉洁,勤政爱民,造福桑梓。最终便引诗情到碧霄,吹尽黄沙始到金。

横笛闻声不见人,红旗直上天山雪！让我们像木牛流马一样,身负时代和使命,在人生的蜀道,风雨兼程,开拓前进！

浅论《隆中对》战略制定与实施
——向《三国演义》学管理

《隆中对》作为《三国演义》的一个重要章节,见该书第38回,是说诸葛亮对三次前来高位聘请的刘备,针对从战火连天纷繁复杂的时局上,制定的一套未来蜀国集团发展的总体战略规划,顿让到处奔走、求医问药的刘备心生"拨云见日、豁然开朗"(赵玉平《向诸葛亮借智慧》)之感,随后对诸葛亮发出"如鱼得水"之誉。确如易中天先生所品的,刘备"到隆中来,要找的不是处理具体问题的技术性人才,而是能够为他制定政治路线和总体战略的人"(《品三国·隆中对策》)。但从找到的"制定政治路线和总体战略的人"看,当时年仅27岁的诸葛亮作为一个草根阶层、山野村夫,为什么能未出茅庐,便知天下三分,"大梦谁先觉,平生我自知"地制定出这么一套未来发展的宏伟蓝图呢?

一、《隆中对》与制定人的素质密切相关

制定《隆中对》这样高瞻远瞩的战略蓝图,需要制定人必须具备非常优秀的素质:

一要有远大的理想。《三国演义》第37回有则很好的证明,说诸葛亮与好友徐元直、崔州平、石广元、孟公威一起对未来作职业规划时,诸葛亮说四位好友只能做郡守、"市长";而四人反问诸葛亮时,诸葛亮笑而不答。这笑而不答中已泄露天机,他谋求的职位远在郡守、"市长"之上,而志在"总理""首相"。《三国演义》就写"诸葛亮自比管仲、乐毅",管仲、乐毅不就是齐国和燕国的总理吗? 只有志当凌云、胸怀天下,才能"会当凌绝顶,一览众山下",制定出鸟瞰全局的建国方针。

二要有渊博的知识。诸葛亮身居隆中,"晨兴理荒秽,戴月荷锄归"之余"既耕亦已种,时还读我书",手不辍卷,上至天文,下至地理,三教九流,诸子百家,无所不通;古今兴废,圣贤经传,无所不览。只有切实做到心藏万卷、学识渊博,才为制定宏伟方针战略打下坚实的基础,成为实施方略的智力本钱。《三国演义》描述诸葛亮草船借箭、借东风、夜观天象等超人本领,无不与他在隆中苦读、博览群书密切相关。

三要有行万里路的经历。诸葛亮高卧隆中,耕读之余,一有闲暇就成为背包客,广览山川,行走天下。他弟弟就对二顾茅庐的刘备介绍说:"或驾小舟游于江湖之中,或访僧道于山岭之上,或寻朋友于村落之间,或乐琴棋于洞府之内;往来莫测,不知去所。"——不要肤浅地认为这仅是探亲访友、游山玩水,而是深入实地随时在做市场调研,并将所游之地的山川地形画成地图,为实施未来建国方略做准备。他拿给刘备的那张"西川五十四州之图"就充分说明这点。

但再优秀的方略毕竟是死的,沙场瞬息万变,市场千变万化。俗语说,人算不如天算。那诸葛亮在实施"隆中"战略过程中,遇到哪些不利因素呢?

二、《隆中对》实施的成功与否与外部因素休戚相关

从后来实际发展看,诸葛亮未能全面实施《隆中对》的恢宏战略,即统一中原,光复汉室。这里有强烈不利的外部因素,需要结合《三国演义》作仔细分析:

一是时势的不利因素。诸葛亮在《隆中对》中明确强调,"外结孙权,此可用为援而不可图也"。但后因新建蜀国集团的两位高级主管关羽、张飞被杀,事涉东吴,让董事长刘备大发雷霆,誓与东吴孙权开战,不但让"外结孙权"的预期目标化为泡影;相反经过猇亭之战,被东吴火烧七百里,让新兴的蜀国集团元气大伤、岌岌可危,濒临破产的危险;同时白帝城托孤,新董事长年幼无知。当时蜀国的形势根本

没有实施"隆中"战略的必备基础和条件。这也是诸葛亮《出师表》所云的,"益州疲弊,此诚危急存亡之秋也"。

二是继任董事长的不利因素。继任董事长刘禅(小名阿斗)是个只知吃喝玩乐的官二代,根本就不是当总裁的料。这点连他老子刘备都心知肚明,所以在托孤时就明言诸葛亮:他行,你就辅佐;不行,你就当蜀国一把手。民间至今仍流传"扶不起的阿斗"这句俗语。对于这样的领导,"两朝开济老臣心"的诸葛亮,肩上重担可想而知。诸葛亮在《出师表》中,就直谏刘禅要"亲贤人,远小人"。可对《三国演义》中的阿斗来说是耳边风,在第100回,刘禅听信宦官谗言,说正身处战场的诸葛亮有谋反之心,专横地将他召回,让诸葛亮丧失一次统一北方的重要良机,在实施《隆中对》战略的关键环节功亏一篑。

三是天意的不利因素。俗语说:人算不如天算,人能能不过命运。在第103回,诸葛亮火烧葫芦谷,眼看苦心之计将大功告成——烈火烧死自己市场竞争的老对手司马懿父子,谁想老天突降一场大雨,将大火浇灭,司马懿父子死里逃生,又成为诸葛亮竞争的强硬敌手。面对此景连诸葛亮都万般无奈地由衷感叹:"谋事在人,成事在天,不可强也。"身体从此日渐孱弱,最终病逝五丈原。让人联想起项羽兵败的感叹:"是天亡我也,非战之罪。"

四是综合其他不利因素。实施《隆中对》战略方针要有必备的基础作为保证。一要有雄厚的物质基础。而蜀国国小民贫,综合实力远不及曹魏和孙吴。二要有充沛的人才基础。可惜以后诸葛亮帐下人才严重匮乏,已到"蜀中无大将,廖化作先锋"的地步,不得已将廖化这个副将,能力一般的普通基层干部,提拔到市场销售部部长的重要岗位。没有"五虎上将"这样的高端人才配合,诸葛亮疆场开拓能力锐减。三与诸葛亮的性格有关。虽然魏延曾为他出谋划策,要领一支队伍,兵出子午谷,十日内取下长安。公允地说,这与《隆中对》中的"则命一上将将荆州之兵以向宛、洛",有异曲同工之妙。但诸葛亮一生谨小慎微,否定了魏延的军事建议,调整当初"命一上将将荆州之兵以向宛、洛"这种单刀直入的军事方针,改为步步为营、稳打稳扎、以微利求生存的进攻路线,不敢为换来高成本大利润而冒险投资，"千里之遥而二分兵力"（毛泽东评），孤军奋战。当然从实际形势来看也能理解：他是老董事长托孤之臣，身系巴蜀安危的总经理。"先帝知臣谨慎，故临崩寄臣以大事也。"职责使他只能循序渐进。后人评"诸葛一生唯谨慎"似也着眼于此。

三、负重赶超，《隆中对》大略方针基本完成

虽然各种不利因素造成严重的瓶颈制约，使得《隆中对》战略未能有效地全面实施，让蜀国集团进一步做大做强。但诸葛亮还是负重赶超，强化执行力，将这个战略方针奋力推进。

一是基本实现未出茅庐、天下三分的战略方针。在诸葛亮的全力辅佐下，刘备率领将士通过多年奋战和苦心经营，"将军百战死，壮士十年归"，终于在221年建立蜀国政权，使三国鼎立的格局巍然成型。二是基本实现"外结孙权，此可用为援而不可图也"的战略方针。诸葛亮始终高度重视与东吴的联盟关系；特别在猇亭之战后，他就主动派使者与孙权修好，重结联盟，稳定近邻。三是坚定执行"可图中原"的战略方针。他一生六出祁山，北抗曹魏的战略贯穿一生。同时将这一战略理念贯穿继任者，他死后，继任者姜维也是三次北伐，毫不动摇地执行"可图中原，汉室可兴"的《隆中对》的蓝图。四是实现民族团结战略方针。他七释孟获，攻心为上、以和为贵，完成《隆中对》提出的"西和诸戎，南抚彝越"的方针，确保蜀国的和谐稳定。这已功莫大焉！

四、鞠躬尽瘁，《隆中对》彰显一种企业文化

从企业文化角度看《隆中对》这个战略，还充分说明一点——做企业就是做文化、做人！因为《隆中对》最感人的地方还是作者"春蚕到死丝方尽"的奉献精神。诸葛亮自担任蜀国集团总经理以后，"臣受命之日，寝不安席，食不甘味"，"夙夜忧叹，恐托付不效，以伤先帝之明"，一生鞠躬尽瘁、死而后已，最终病死于五丈原，年仅54岁，让后

人感动不已。唐人杜甫感叹："出师未捷身先死，长使英雄泪满襟"；南宋爱国诗人陆游说："出师一表通古今，夜半挑灯更细看"，感叹"出师一表真名世，千古谁堪伯仲间"。后人对这位蜀国贤相无限怀念，成都武侯祠香火日盛、游人如织，就是最好证明。这些对企业文化建设都有借鉴作用。

　　"青山依旧在，几度夕阳红。"重读《隆中对》，仅从企业大方针的制定和实施角度而言，我们都有很多智慧要学。

芜湖二坝镇与古今两夫人

张恨水写于二十世纪二三十年代的《湖山怀旧录·二十》道："芜湖对江，有矶石，中流遥望，其大如拳，明沙浅水处，寒芦瘦柳，秋意袭人。矶有上祠，祀昭烈帝孙夫人，即今日京剧中孙尚香投江处也。"张恨水曾于1918年在芜湖的报馆工作近两年时间，自然对隔江相望的今芜湖二坝镇的"孙尚香投江处"了解很深。

"滚滚长江东逝水，浪花淘尽英雄。是非成败转头空，青山依旧在，几度夕阳红……"笔者每每站在二坝镇的"明沙浅水处"，面对滚滚的长江，总情不自禁地想起两位古今第一夫人，像长青的"寒芦瘦柳"，摇曳历史的秋意。

蜀国第一夫人：孙尚香

据《三国演义》描述：东吴都督周瑜欲施美人计，假意将吴主孙权胞妹孙尚香许配给蜀主刘备，诱他到东吴成亲，然后将他软禁，以此达到孙权的某种政治企图。不想此计被刘备的军师诸葛亮识破，结果"吴国太佛寺看新郎，刘皇叔洞房续佳偶"，娶了孙尚香，携得美人归，平安地回到自己的领地。孙权"赔了夫人又折兵"，做了桩赔本的交易。孙权对此闷闷不乐，忌恨在心。

后来，孙权派亲信周善悄赴成都，密见孙尚香，诈说孙母病重，要孙尚香携带刘备独子阿斗，速回江东探母。结果被刘备手下大将赵云截下阿斗，孙尚香独回东吴，使孙权想以刘备之子作人质的图谋又次落空。

再后来，为替二弟关羽、三弟张飞报仇，起倾国之兵，与江东决一死战的刘备，结果被东吴青年都督陆逊"火烧连营七百里"，大败而归。困居江东娘家的孙夫人，误听夫君刘备在这场战争中被烧死，遂驱车从都城建邺（今南京）一路苦追到今芜湖二坝镇的蛟矶。面对滔滔江水，忆念与夫举案齐眉、相敬如宾之往事，空知追夫无望，企盼来世结缘，遂望西遥哭，投江而去，魂随夫归。

"谁将一女轻天下，换取刘郎鼎峙心。"在那金戈铁马的三国时代，男人们为江山争得头破血流，女人有时无疑成了制敌的一把暗器。所以，胞兄甘拿嫡妹作匕首，哪管骨肉亲情。丈夫只记结义桃园的手足，并曾亲口说：女人如衣服，哪念结发之盟、夫妻情分，让一个痴情似海的美人，在杀声震天的乱世中枉送了青春。

后人为纪念这位烈女，就在她殉情的江畔，修建一庙，名曰"蛟矶庙"。明末顾炎武在《日知录》中指出："芜湖县西南七里大江中有'蝶矶'，相传蜀汉昭烈（刘备）夫人自沉于此，有庙在。"清人吴嗣蕙在《代士民吁请褒封蝶矶灵泽夫人状》中说："（蝶）矶上建有灵泽宫，崇祀蜀汉孙夫人之神，始于（宋）政和之年，盛于（明）洪武之世。"如今此庙早成遗址，但其中有明人徐文长写的一副名联，至今仍脍炙人口：

思亲泪落吴江冷，望帝魂归蜀道难。

但就在孙尚香喋血之地，一千七百多年后，又迎来另一位虔诚祭拜的美丽身影。

她是——

近代第一夫人：郭德洁

说起郭德洁（1906—1966），现在人知之甚少，但她老公就是当时叱咤风云的桂系首领李宗仁。水涨船高，郭德洁自然成为第一夫人。那她与孙尚香有什么情缘呢？

据著名史学家、作家唐德刚记载：20世纪60年代初，客居美国纽约的郭德洁女士，曾对他亲口回忆与孙尚香的缘分：

一是在北伐途中，一般同志都把她奉作甘露寺里的孙尚香，所到之处,万人空巷,军民争睹女侠风采。二是在她路过安徽芜湖时,曾往孙尚香庙祭奠求签。签中寄语,这位不系明珠系宝刀的刘先主娘娘,竟要与我们将来的代总统夫人结为姐妹(唐德刚《撰写〈李宗仁回忆录〉的沧桑》)。从生平角度比较,郭德洁与孙尚香确有不少共同点。首先,身份一致,她们可称所处时代的"第一夫人"。其次,婚姻相似。一是年龄都系"君生我未生,我生君已老"的老少配。孙尚香与刘备年龄相差20多岁,而郭德洁与李宗仁年龄相差15岁。二都非原配。从序列看,孙尚香是刘备的第三位夫人(之前有甘夫人、糜夫人);郭德洁是李宗仁的二夫人(前有原配李秀文;郭逝后,李在1968年娶了胡友松为第三任夫人)。三是从感情看,都夫唱妇随、情深似海。"化蝶去寻花,夜夜栖芳草。"再次,心性近同,都不爱红妆爱武装。孙尚香是"极其刚勇,侍婢数百,居常带刀,房中军器摆列遍满,虽男子不及"(《三国演义》)。而郭德洁"虽是小家碧玉,然天生丽质,心性聪明,年未满二十,便着长靴,骑骏马,率领国民革命军第七军广西妇女工作队,随军北伐了",尤为称道的是,在"北伐期中的第七军,真是所向披靡、战功彪炳。那穿插于枪林弹雨之中的南国佳人、芙蓉小队,尤使三军平添颜色"(唐德刚《撰写〈李宗仁回忆录〉的沧桑》),自然让人想起三国时孙夫人的飒爽英姿。古今比照,相映生辉,谁信英雄是美人。

无为籍诗人、书法家张恺帆曾《归舟泊蛟矶》时,感吟道:

> 浪迹江南感岁迟,归舟一叶系蛟矶。
> 香魂缥缈无寻处,江水呜咽似有知。

虽香魂缥缈、江水呜咽……但孙夫人庙址和古今两夫人却永远情留二坝镇,为芜湖历史增添夺目的光晕。至今江畔遗碑在,那滚滚呜咽的江水,却是"犹著千秋烈女名"的永恒见证。

"一曲当时动帝王"的李师师

福王少小风流惯,清诗有句:不爱江山爱美人。我思忖:那些被至尊宠幸的绝色,如褒姒、西子、玉环、花蕊等,事实她们的命运也是非常惨痛的,抑或我要写的宋人李师师。

李师师,约生于1086年,北宋哲宗元祐三年。徽宗崇宁、大观年间,师师正值青春妙龄,盈盈十五出堂时,尤其她的嗓音比她的容貌还美,遂以唱小曲走红民间戏台,初绽艺术才华。政和年间她二十六七岁,就以色艺双全而红极一时。《水浒传》七十二回就誉她"少年声价冠青楼,玉貌花颜世罕俦"的花魁娘子,可见她已名副其实是京师"妙转歌喉劝客卮"的大腕了。

许是色艺之花,太美、太香之故吧,竟让一代皇帝宋徽宗如蜂蝶般飞来,闻香窃玉;其中,李师师的一次接客,还被一代词人周邦彦捅了出去。

那是一个秋霜初浓之夜,风流才子周邦彦来造访师师。在闺房大山侃得正带劲,丫环急急报师师,说皇上便衣来访,已到门前;周想开溜,已来不及,性急之中,遂钻及师师床下。其时皇帝已进门,从便服袖中掏出新橙一颗,对师师柔柔说:此是江南新进贡的蜜橙,寡人欲与汝同享,愿你像杨玉环喜欢荔枝那样喜欢。因为周邦彦在绣榻下,看不见,只能卧听。后将当夜所听写成词《少年游》:

> 并刀如水,吴盐胜雪,纤手破新橙。锦幄初温,兽烟不断,相对坐调笙。　低声问:向谁行宿,城上已三更。马滑霜浓,不如休去,直是少人行。

如说师师与周邦彦是文人交往,"君是帝旁星宿,侬惭江上琵琶",忽多忽少还"交集"着点"共同语言"的话,那么周旋于"归水泊"的"绿林好汉"之林的师师，就更显露出她风月情怀之擅了。《水浒传》云：梁山泊第一把金交椅、一心想招安的宋江，就曾密求师师做公关，想在宋徽宗的鸳鸯枕畔打通关节；用宋江的诗句说就是：来买凤城春色。《水浒传》八十一回：燕青"月夜遇道君"之前，对李师师说：

> 久闻娘子遭际今上，以此亲自特来告诉衷曲。指望将替天行道、保国安民之心，上达天听，早得招安，免致生灵受苦。若蒙如此，则娘子是梁山泊数万人之恩主也……

因复杂缘由：师师这公关勉强作成；但梁山英雄却落个"神聚蓼儿洼"的昏惨惨谢幕，暂不提。总之，在宋徽宗与李师师一起，被一床锦被焐成"温柔富贵乡"之时；"渔阳鼙鼓动地来"，金邦攒射北宋的密箭，像窜过他们头顶的一把呼啸的萤火，让宋徽宗夜半惊起，捂紧了耳朵。李师师也恐惧地拉着罗衾，想多遮点她哆嗦的横陈玉体……然而一床锦被又怎抵得住战争。1126年，靖康元年正月，李师师被没收万贯家财，之后流落江南，这突如其来的打击还未减小；1127年，南宋高宗建炎之年，约41岁的李师师，迫于生计，无奈万般之中，脱下昔日的金衣，换上布衣，手拿伴奏的木板，重操旧业，卖唱为生。这位昔日繁华的经历者，用被徽宗热吻的唇舌——那是北宋帝国的伤口——为过往行人，哼唱起《后庭花》那样不忍听的小调俚曲。

师师卖唱的区域很广。南宋理学家、诗人刘子翚就曾在河南汴京，目睹耳闻她卖唱之景之后，感慨万千、挥笔写下：

> 辇毂繁华事可伤，师师垂老过湖湘。
> 缕衣檀板无人识，一曲当时动帝王。

大约也是同时，大词人朱敦儒又在浙江临安，目击正个人独唱的李师师，于是也伤感填词《鹧鸪天》：

> 唱得梨园绝代声、前朝惟数李夫人。自从惊破霓裳后，楚

秦吴歌扇里新。　　秦嶂雁，越溪砧。西风北客两飘零，尊前忽听当时曲，侧帽停杯泪满巾。

耳听帝王动悦不已的歌声，眼见帝王曾"不自持"的绝色，歪着帽子吃不下酒的词人，是掩面涕流……哀"故国梦重归"——山河破碎；痛天涯沦落人——物是人非……词人啊，你敏感的衫袖揩干颊上的冷泪，可揩干山河的含悲。而此时，文采风流的周邦彦"化土苴"已六年，"归为臣虏"的宋徽宗已在北国坐井观天了八年，家山回首三千里，目断天南无雁飞，怎么可能再与师师诗酒唱和、琴瑟和鸣。

但她的故事已成为不老的传奇，一再被人记起。仅从明代看，诗人瞿佑就吟下《师师檀板》的七绝：

千金一曲擅歌场，曾把新腔动帝王。
老大可怜人事改，缕衣檀板过湖湘。

而明人赵友同看到一幅《宋徽宗画半开梅》，不禁题诗道：

上皇朝罢酒初酣，写出梅花蕊半含。
惆怅汴宫春去后，一枝流落到江南。

原本是汴宫的金枝玉叶，如今流落江南，真可谓是李师师下半生的传神写照。八百多年后某个乡村之夜，我挑灯鸟瞰垂幕的师师：自问"檀板红牙今落魄"又怎不与熄灭的北宋千丝万缕地网织着联系？似乎这样：不管是侠骨豪肠还是风尘弱女，只要向"一个王朝的背影"倾说出一句旧事，也永是历史倾听和浸润的课题。至于师师之殉，宋末无名氏说她被金兵俘虏，吞簪殉国。对此钱锺书先生表示异议。但若是真实的话，今朝汴宫桥头死，留得清风故国都，岂不让苟活在金人井下的宋徽宗父子，活活羞死。

关于《水浒传》的检测报告

安检十字坡酒店

《水浒传》第二十七回中,张青、孙二娘在孟州十字坡开的夫妻店,是一家典型的"黑店",连首次光临的武松都早有耳闻:"我从来走江湖上,多听得人说道:'大树十字坡,客人谁敢那里过?肥的切做馒头馅,瘦的却把去填河。'"似乎地球人都知道,此店以卖酒肉为外表,干的是杀人越货的勾当。可奇怪的是,孟州官府却不查抄黑店,任其发展。我想对"酷吏赃官都杀尽"的张青、孙二娘夫妻来说,肯定不会像蒋门神一样,使大把银子让官府充当保护伞,将十字坡变成快活林。这也从侧面说明朝廷的腐败,官府的不作为。而对蒋门神的快活林,官府又是乱作为,害民不浅。

当然对就餐的武松来说,此是黑店,还是听说,是口供,不是亲见。武松干过阳谷县的刑警队长(都头),似乎知道疑罪从无,定罪要以事实说话,所以注意证据的采集。他在私审王婆、潘金莲的谋杀兄长一案时,就令人做笔录,叫王婆、潘金莲认罪签字,四邻作证画押,成为以后呈堂审判的铁证。所以在十字坡酒店,武松就按下性子,搜寻证据。当武松掰开一个馒头,叫道:"我见这馒头馅肉有几根毛,一像人小便处的毛一般,以此疑忌。"就是说,是此店存在严重的食品卫生问题,成为物证,进一步验证了武松的怀疑。接下来,当同行的两个差人倒在孙二娘的蒙汗药酒之下……江湖传闻的口供、馒头的物证、加上差人被麻倒的现场人证,形成完整的证据链,别说孙二娘百般抵赖,就是零口供,武松也要出手擒凶。经过一番打斗,将孙二娘按压在地。

张青、孙二娘夫妻自是好汉,他俩承认以酒店为幌子,干的却是行侠仗义之事。就是说此店面黑心红。营业执照也像梁山的杏黄旗,上书"替天行道"四字。张青就说此店三不杀,盗亦有道,规矩挺在前面。

一是和尚道士不杀,他们是行善积德之人。二是青楼之人不杀,她们逢场作戏的卖身钱,得之有愧。三是犯罪流配的人不杀,因为其中有被政府陷害的好汉,切不可坏他。在张青看来,除此三种人,就都进入黑名单之列。我想说的是,此三种人之外,既有死有余辜的坏人,也有被杀的良民。例如张青就承认,差点就将好汉鲁智深当了食材。我不知武松听后,是否五味杂陈;想到自己在景阳冈下的酒店,那位酒保筛满三碗后,就一再拒绝添酒的要求。他不是不爱钱,但更爱顾客的生命,因为冈上真的有虎。从这点对比,那些馒头里无辜亡魂,怎能闭目。因为景阳冈上的老虎,人人喊打;而十字坡的老虎,有时却成英雄。

当张青、孙二娘齐上梁山后,仍从事老本行,经营西山酒店,成为梁山的情报站。我不知此店是否成为十字坡的翻版。但真想请武松能告诫这对夫妻,经营酒店就要学习他卖炊饼的大哥,诚信经营,货真价实,童叟无欺,才是王道。

体检浪子燕青

在120回的《水浒传》中,燕青是一个显著具有象征意义的人物。他61回出场,正好亮相在120回分水岭的位置。这似乎预示着他直接关系到梁山的转折和走向。而且他是梁山108天罡地煞星中,排名36位,处在36天罡、72地煞的衔接位置,说明着他身负通天(皇上)入地(梁山)衔接的重要使命。果然,在下半场书中,就被梁山首领宋江委以招安重任,直接关系到《水浒传》的命运。

从燕青这个人看,在豪杰云涌的梁山,却始终屏蔽不了他的光辉。这倒不仅是他武艺高强,直接将黑旋风摔得风平浪静,还打破摆擂高手两年未败的记录,而且还是高颜值,英俊潇洒,玉树临风。更是杰出的文艺青年,说学逗唱,吹箫弹筝,样样精通。这样文武双全的帅哥,在动不动就"吃洒家三百禅杖"的梁山,怎么不散发一枝独秀的光芒。果然,当宋江舍弃一帮老革命,就密派燕青当招安的引渡人。从书中看,燕青之所以能最终完成通天(皇上)入地(梁山)衔接的使命,——成功招安。发挥的绝不是他的摔跤和射箭神功,而恰恰是他的英俊外貌和才艺绝活。书中写他与皇上的老相好,精通音乐的一代名妓李师师相识,不但通过吹箫,博得李师师的由衷赞美:"哥哥原来恁地吹的好箫";加上"声清韵美,字正腔真"的K歌,更像春风,吹得这位青楼好女儿芳心乱颤,以至"三回五次,定要讨看"燕青遍体的文身。当面对燕青雪白的裸体、美丽的纹绣,以及一身钢铁似的腱子肉,——而且还是小她两岁的童子小鲜肉,简直就是米开朗琪罗的《大卫》人体雕塑。对风月多年的李师师来说,见惯了无数达官贵人的一身肥膘,哪见过这样一身令人垂涎的雄健肌肉,竟忍不住伸出尖尖玉手,忘情抚摸。

从皇帝情妇和代言人的李师师的行为看,这似乎是《水浒传》作者,在对燕青这批造反者指出明路,要想实现朝廷招安,一是主观上要主动缴械、裸身相见,要朝廷玉(御)手触摸,验明正身,以示"报答赵官家"的投诚忠心。二是方法上要以吹箫K歌的文化手段,而不是摔跤厮杀的武力手段。这就像空城计的诸葛亮,吓退十万曹军的恰恰不是对阵厮杀,而是悠扬的琴声。这似乎也是李逵撕诏书、拳打钦差,三败高俅等武力行为,都使招安功亏一篑的症结所在。这似乎也契合宋江"学成文武艺,货与帝王家",要兄弟们不再打打杀杀,博一个封妻荫子、青史留名的招安思路,同时也是《水浒传》作者忠君思想的曲折反映。

从燕青这个人看,孤儿的他,是被卢俊义收作义子抚养成人。但我想,他在寄人篱下的成长中,似乎更体味到安全的重要性。所以他在皇上恩准招安之际,就假公济私地,提前请赐到一纸免罪起诉书。

后来,当成功招安的梁山军被朝廷改编成灭火队,虽剿灭了方腊农民起义的火焰,但也被烧得面目全非。当损失惨重的梁山军,在凯旋的归途,已坚定退意的燕青,给大哥宋江留下一封书信,怀揣特赦令,不辞而别。从此隐居山林,在淡饭黄齑中,吹箫唱曲,颐养天年。

只是我想,当"洒脱风尘过此生"的他,惊闻养父卢俊义被水银活活坠死于淮河之上;器重自己的宋江,和被自己摔得鼻青脸肿的黑旋风李逵,同被毒死于蓼儿洼;还有自己的干姐姐,琴瑟和鸣的一代红颜,下落不明……我真的不知燕青此际的心境?只能想,他的箫声,该多几分幽怨……

质检人物绰号

梁山中的好汉,个个都有绰号,而且品种繁多,造型各异,什么托塔天王、八臂哪吒、混世魔王、玉麒麟、入云龙、豹子头等,似乎一个个都是神灵上身、神兽附体而四海威武、八面威风,而且绰号的大小似乎也影响英雄的排名。同是武艺平庸之辈,王英和李忠就号称"矮脚虎"和"打虎将"来狐假虎威,竟在72地煞中排名靠前。这就活该白胜和时迁这两个倒霉蛋垫底,因为"白日鼠"和"鼓上蚤",哪及他俩虎虎生风。在虎视眈眈的绰号下,"鼠"和"蚤"自然像偷鸡摸狗之辈。相比不是好汉之人,取绰号就得郑重其事,不然就暗含危险。

如第三回中那个杀猪的流氓郑屠,自号"镇关西",就被找上门讨还公道的英雄鲁达一顿臭骂:"你是个卖肉的操刀屠户,狗一般的人,也叫作镇关西!"诚然镇关西是个人渣,活该被鲁达揍死。但仅从他的绰号看,虽是漫天要价,但还不至于到严重危害社会的程度。退一步说,只要不侵犯别人的"商标",诚信做人,就是杀猪的,也有取绰号的自由。鲁达指责虽是为民除害的引线,但也颇有一点强词夺理之嫌;若按此论,以后鲁达上梁山,是否会对武艺平庸的王英和李忠,怒气冲天,就你俩这三脚猫功夫,也敢号称虎,称猫还差不多。

而且绰号,也能引起好胜之人的误会,成为社会不稳定的导火索。被鲁迅论为较有《水浒传》余韵的《三侠五义》,书中的南侠展昭,被皇上喜赐"御猫"的绰号,本是指他的超群武功而言。但听者有意,何况嘉奖"御猫"的是金口玉言,无意中就更得罪了江湖上号称五鼠的五位好汉。五鼠一致认为,猫鼠是天敌,封展昭为猫,这不明摆着是来"专吃"他们兄弟。由此就像李逵元夜闹东京一样,闹得皇帝都不得安宁。若早知是"御猫"惹的祸,当初就敕封他绰号"御犬",若"御犬"在针对五鼠的话,岂不是狗拿耗子——除非他们做了坏事。

甚至绰号还成为歹人的招牌。书中的那个李鬼,就将"神鬼也怕"的黑旋风李逵的绰号当旗号,行凶作恶,拦路抢劫,最终被正版的黑旋风判其死刑,可见盗号有风险。从被盗号的人来说,既要紧急修改防范的密码,确保绰号的健康运行,又要立即举起法制的利斧,来维护合法权益。

当然从绰号中,似乎也透露出评价的信息。当宋江的心肝即将成为燕顺等好汉的下酒菜,就因绝望中的一声叹息,引起了燕顺的高度警觉,"你莫不是山东及时雨⋯⋯"在燕顺看来,芸芸众生中,叫宋江的人多了去;但因扶危济困而赢得"及时雨",却是独家专利。所以燕顺只有用及时雨绰号,才能验明出心中的呼保义。

对《水浒》英雄的绰号,鲁迅曾从刻画人物角度批评道:"不过着眼多在形体,⋯⋯并不能提这人的全部。"是啊,不管英雄还是平民,如没有实至名归的内涵,和有益社会的义举,而徒有一个广告衫似的绰号,又有何用?

从这点说来,若人人都做"及时雨",遍洒爱的甘霖,人心就不会变成沙漠,社会才能绿草茵茵,芳菲满园。

杨志卖刀

如今沦落长安市

《水浒传》第十一回,写杨志潦倒在北宋的国都——东京繁华的街头,被迫无奈,将祖传的宝刀当街变卖,做无照经营的流动小摊贩。这杨志是英雄的后裔,他自爆的履历就是:"三代将门之后,五侯杨令公之孙。"虽然祖上为这个朝廷洒下鲜血和汗水,可惜到他这辈子,家道早已中落,他不但没机会躺在祖宗的功劳簿上吃利息,就连本金都吃不到。功劳簿沦为手抄本,只能私下里翻翻,激励失意的人生。所以他年纪小时,就曾考上武举,后做到殿司制使官这个公务员。可惜祖宗生前保疆卫民,死后却丝毫不保佑他的命运,意想不到的恶劣天气也在下着无形的陷阱。一是命运的水路遭遇狂风。给当今皇帝押送花石纲,这本是升官的好途径。不想在黄河里,遭风打翻了船,花石纲沉到黄河里,造成重大的经济损失。不讲仕途的生机打了水漂,更重要的是回京交不了花石纲,那只有交脑袋。求生的他,本能地抱着一颗完整的脑袋,做了重大交通事故的逃逸者。这也像鲁迅先生所说:"我不是高僧,没有涅槃的自由,却还有生之留恋,我于是就逃走。"二是命运的陆路遭遇高温。后因天下大赦返往东京,遭遇了杀牛二的生命危机,被充军大名府。幸运的是,他不但与大名府留守司梁中书是旧识,更因武艺超群被赏识,因祸得福地碰到机遇的春天。——这一次,他运的不是花石纲,而是生辰纲。吃一堑、长一智的他,就始终绷紧安全这根弦。可惜实施过程中,人性化管理却有点缺位。仅从他管理上说,如能在酷暑难耐中,能让手下随时带足饮用水等,做好防暑的保障工作,那么他们也无须再吃蒙汗药的外卖酒水。所以,我认为,他重安全、轻措施,未能做到两手都很硬,成为他崩盘黄泥冈的因素之一。

现在我们看看他卖刀的情节。这段情节安排在他遭遇命运狂风之后,遭遇命运高温之前。

不若山林聚义长

同写英雄落魄,《隋唐演义》中,描写秦琼卖马前是:"王小二开门,秦琼先出门外,马却不肯出门,径晓得主人要卖他的意思。马便如何晓得卖他呢? 此龙驹神马,乃是灵兽,晓得才交五更。若是回家,就是三更天也鞴鞍辔、捎行李了。牵栈马出门,除非是饮水龁青,没有五更天牵他饮水的理。马把两只前腿蹬定这门槛,两只后腿倒坐将下去。"余光中先生读此不禁叹道:"多情的看官们没有不掉泪的。"而《水浒传》中描写杨志卖刀时是:"当日将了宝刀,插了草标儿,上市去卖,走到马行街内,立了两个时辰,并无一个人问……"不管卖马还是卖刀,都将英雄落难之境,呈现得淋漓尽致。而从杨志"立了两个时辰,并无一个人问"看,真为宝刀惋惜,无人识宝刀,又岂人识英雄。

至于杨志卖的祖传宝刀,自然如干将莫邪一样,是稀世宝刀。杨志就着重介绍此刀的锋利:"第一件,砍铜剁铁,刀口不卷;第二件,吹毛得过;第三件,杀人刀上没血。"并通过砍铜钱、吹头毛的细节,进行现场质检。可以想见,杨志的曾祖杨令公,当年怎样用它"欲将轻骑逐,大雪满弓刀。""城头战鼓声欲震,匣里金刀血未干。"在欲震战鼓中,匣里金刀曾流淌多少胡人的鲜血,但雪亮的刀刃,没染一丝血迹,可惜英雄的传奇已成云烟。他的曾孙流露闹市,将这把威震边关的利器变卖成废铁。狡兔死,走狗烹;飞鸟尽,良弓藏。当帝王沉迷于花石纲的奢靡,保国守疆的利器,也就等同废铁。

尤其让人唏嘘的是,当东京街头的人渣泼皮牛二,竟想无理霸占此刀,最后被忍无可忍的杨志挥刀杀死。杨志的曾祖做梦都想不到的是,无坚不摧的宝刀不但成为地摊货,更成为曾孙身陷囹圄的导火索。从宝刀的用途讲，曾流淌多少外敌之血，——保家卫国；现在竟流淌一个泼皮无赖的宋人之血，——为民除害。我想杨令公，似该在冷泪中，觅到一丝温暖。只是杨志发配北京大名府充军，那口宝刀没官入库。宝刀不能赠英雄，而成为官府之物，说不定安饱某个人的私囊，也就像鲁迅所说的，"明珠投暗"了。若再成为害人的利器，那就是助纣为虐了。如离杨志卖刀的地方不远，也是一位武官，他就是东京八十万禁军教头的林冲，曾为买到一把宝刀而欣喜若狂，不知这是一场误入白虎堂的死局，让他含冤发配沧州，最后在大雪满弓刀之夜，他手刃仇人之后，顶风冒雪投奔梁山。在梁山泊，他被迫交纳投名状，才引得杨志出场亮相——与大赦后，挑担财礼，满怀憧憬地赶回东京买官的杨志，难分难解地缠斗了四十多回合。可谓棋逢对手，不打不相识。可惜林冲从此落草，而杨志还妄想到东京重寻生机；结果赔了礼金、街头卖刀不说，还落得发配大名府的厄运；最后失陷生辰纲，走投无路中，与鲁智深、武松占山为王，创建了二龙山的"民营公司"。"花石纲原没纪纲，奸邪到底困忠良。早知廊庙当权重，不若山林聚义长。"最终二龙山加盟梁山泊。

不堪秋气入金疮

从杨志上了梁山之后看，虽然梁山给他待遇也还不低。在天罡地煞璀璨的一百零八"星"中，他封天暗星，坐第十七把金交椅。职司是马军八虎骑兼先锋使。但随着小说推进、情节的发展，人物杨志的命运，就像他"天暗星"的封号一样，"星"光逐渐"暗"淡水泊的夜空，以致我们要用放大镜来查看他的行踪。有限的几次闪镜就是：他随征大名府，只是给马军做预备队。说水火二将，吴用派林冲、杨志监督；卢俊义攻打东昌府，杨志和张清交手两招，头盔挨了一石子后伏鞍归阵。可以说，戏份少得可怜，战绩也乏善可陈。从戏份讲，《水浒传》将他与鲁达武松等，先雪藏到二龙山，没有像林冲一样直接上梁山。我想作者的用意不外是，为加盟梁山的新人们，多提供一点发展的情节和舞台。这就像将开场英雄史进雪藏到少华山落草一样。至于宋江一心主导招安时，虽遭到鲁智深、武松等人反对的声浪，对此杨志却像没嘴的葫芦。从人物形象特征和思想逻辑看，他可不是藏着掖着之人，似可表明他默默认可招安的行径。对杨志来说，他可不像鲁智深、武松、李逵等人是三代贫农出身；他可是"三代将门之后，五侯杨令公之孙"，身淌英雄的血统，肩负家族的荣光。被迫落草为寇，已让忠门蒙羞；再要他像李逵所煽动的那样，"杀去东京，夺了鸟位"；公然造反，向朝廷下手，岂不更让忠烈的祖宗们死不瞑目。相反只有接受招安、浪子回头、报效朝廷，才能实现他第十一回立下的"博个封妻荫子，也与祖宗争口气"，重振家族雄风。

在宋江不懈的努力下，实现了招安之梦。一身本事的杨志也指望在疆场上，靠真刀真枪来建功立业，实现光宗耀祖的个人宏图。可惜在追随宋江征辽时，也没立下耀眼的战功，以致征方腊时，杨志刚刚过了长江就病倒在丹徒。当昔日二龙山合伙人武松生擒方腊的业绩，威震宋军；而杨志正在丹徒的病榻上呻吟。从英雄之死看，他虽没有像武松那样，断着左臂出家为僧，修一个善终的结局，却像他不打不相识的引荐人林冲一样，老病而死、魂断异乡。对他们来说，都已是不错的结局。他们能在浴血中苟全性命，谁又能确保没有一杯药酒在等待他们。我想对躺在丹徒病榻上的英雄来说，此时的现状真像唐人卢纶《逢病军人》所写："行多有病住无粮，万里还乡未到乡。蓬鬓哀吟长城下，不堪秋气入金疮。"身体遭受金疮的折磨，似在用疾病的方式，提醒着经历的每一场战争；似一只受伤的猛虎，在用呻吟的方式，重温昔日虎啸的山林。可惜生死的梁山兄弟，在征方腊的大战中，正血肉横飞，已无暇听见你的"哀吟"。最终你老死于病榻。宝刀上流淌多少鲜血已不重要，宝刀下落不明也不重要，但英雄的传奇却像宝刀一样，永在史书中，寒光闪闪，所向披靡。

乌纱头上是青天
——兼谈中国传统政治文化

从梁山排座次到宋江受招安

我们知道，官场的排座次容易解决，按官阶大小依次而排，相比草莽的山头就棘手一些。起码《水浒传》第七十一回中，为给"梁山泊英雄排座次"，就不得不煞费苦心地弄出一个"忠义堂石碣受天文"，假天之名以示公正，然后宋江才理直气壮地宣布："上苍分定位数，为大小二等。天罡、地煞星辰，都已分定次序，众头领各守其位，各休争执，不可逆了天言。"算妥善处理了这个问题。不然大小二等之争，天罡、地煞星辰次序之斗，都可能成为重演火并王伦的导火索。

事实在排座次之前，就已有了争权的暗流。《水浒传》没有明写，但还是让人看出里面的潜规则，起码政治家毛泽东就一针见血地指出："宋江架空晁盖。"要知道，架空晁盖时，梁山的座位等级虽还没形成制度，但"架空"之心已见端倪。对号称及时雨的宋江来说，"他时若遂凌云志，敢笑黄巢不丈夫。"当有机会实现凌云志，又岂能甘居比黄巢还差之人身后。所以，当后来卢俊义入伙，完成晁盖遗愿，打败曾头市，生擒射死晁盖的元凶史文恭，惜未执行晁天王"当着众兄弟"所立的遗嘱，"若那个捉得射死我的，便叫他做梁山泊主"，从而坐上梁山头把金交椅。因众英雄不服，不管民主测评，还是群众票选，卢俊义根本不是宋江的对手。对梁山这帮老革命来说，凭啥让一个新人摘取一把手的果实。这点李逵算说出心声："哥哥若让别人做山寨之主，我便杀将起来。"可见在梁山，英雄可以莫问出处，但当老大就要讲点按资排辈。中国自古使然，不管聚义厅还是金銮殿，招牌可以变，但规则没有变。当一山之主，不但讲能力，还要讲资历、人缘，甚至讲后台。特别是当"手握乾坤杀伐权"的一国之主，火急时刻，还要讲政变。陈桥上站着兵不血刃黄袍加身的赵匡胤，玄武门走出刀尖滴着兄弟热血的李世民……从政变历史看，血流成河多，和平演变少。

这种官本位的思想也潜在地雾霾着梁山的很多人。黑旋风李逵也正像鲁迅所说的，"不问青红皂白，抡板斧，排头砍去"的主，宋江就曾亲口说出他的价值："兄弟，若是上风放火，下风杀人，打家劫舍，冲州撞府，合用着你。"从他个人愿望讲，捧官印也远没有倾酒坛、抡板斧舒服。可奇怪的是，一遇到事，他的方案总与官位紧密相连。在梁山诸义士，云涌闹江州之后的第四十一回，李逵就跳起来煽动："晁盖哥哥便做大宋皇帝；宋江哥哥便做小宋皇帝；吴先生做个丞相；公孙道士便做个国师；我们都做将军……"第六十六回他又在忠义堂庄严发布，宋江"哥哥便做了皇帝，卢员外做丞相，我们都做大官……"甚至第七十五回，他扯诏骂钦差道："你的皇帝姓宋，我的哥哥也姓宋，你做得皇帝，偏我哥哥做不得皇帝？"——我不知他几番任命，是梁山高层决定，还是领导私下授权；但有点肯定，他真不是当官的料，第七十四回"李逵寿张乔坐衙"就差点造成一桩冤案，但也略见他倾向之一斑。

至于宋江，虽有鸿鹄之志的小算盘，但他一心想让梁山这微小民企被国家收购，将自收自支升级为财政供给，黑户般的员工变成朝廷在编，除暴安良的头领们变成"同心报国"的忠臣和为民造福的青天，让人人最终落个"青史留名"的归宿，"博个封妻荫子，也与祖宗争口气。"（青面兽杨志语，见第十二回）出发点倒也无可厚非。于是秘赴首都，通过"中介"想完成跑官的旅程。官像鸦片一样，让人欲罢不能。皇上最终出于维稳的考虑，将梁山纳入体制，也算人人捧上金饭碗；但奸佞把持朝纲，梁山军被改编成灭火队，南征北战中，虽先后扑灭田虎、方腊等起义的烽火，自己也被烧得面目全非、死伤惨重。毛泽东斥责宋江此举为"投降派"，明人金圣叹以笔作刀，腰斩《水浒传》。他们都不忍看见一支生龙活虎的义军有个"神聚蓼儿洼"的落幕。

事实对宋江来说，当他以兄弟们的生命作为投名状，换来了武德大夫，楚州安抚使这顶乌纱。这就是他遂的凌云志吗？后在楚洲任上，当他喝过已被奸臣暗下慢性毒药的御酒，他已不在笑黄巢不丈夫了。自知去日无多，他又默默将梁山放在心头。他对应邀从镇江赶来的李逵道："此处楚州南门外，有个蓼儿洼，风景尽与梁山泊无异……我死之后，尸首定葬于此处，我已看定了也！"言讫，坠泪如雨。

"打鱼一世蓼儿洼，不种青苗不种麻。酷吏赃官都杀尽，忠心报答赵官家。"在那个腐朽专制下，从"普天之下，莫非王土"的赵官家看来，你"打鱼一世蓼儿洼"就是本分；还妄想占山为王、杀尽朝廷命官，简直就是谋反……只能落过魂聚廖儿洼的命运。这似可看作一个江湖草莽求官报国的悲剧。的确是悲剧，宋江毒死不久，北宋亡国。

从孙悟空受封弼马温到自封齐天大圣

《西游记》中的孙悟空，从东海学艺归来，占花果山为王，天天过着"春采百花为饮食，夏寻诸果作生涯。秋收芋栗延时节，冬觅黄精度岁华"的幸福时光。但因听了太白金星的鼓吹，请他到天庭当弼马温，相当于天庭一个养马站站长。他就屁颠屁颠地赴任了，当然这既有他好奇的成分，也不排斥对官的向往。当他得知弼马温是天庭官场的芝麻粒，冲冠一怒为当官，怒气冲冲地回到花果山，扯起齐天大圣的锦旗，自封一个与玉帝平级的官衔。随后打败了围剿的天兵天将，积攒了太白金星又一次招安的本钱，之后玉帝勉强授予他齐天大圣这个虚衔，实职就是园林管理处处长——负责王母娘娘心爱的蟠桃园。结果他监守自盗，把桃园当成嘴边的果篮。不知是天庭失监督之缺，还是他深知有权不用之理。当天庭的"纪委"还没追查此事，孙悟空却得知所谓的"大圣"，别说吃蟠桃国宴，就是吃桃核都无资格，才大闹蟠桃会，回到花果山。这次已不是举旗自封，而是旗帜鲜明地提出政治主张，"皇帝轮流做，明年到我家，只教玉帝搬出去，将天宫让与我……"从政体改革上说，他不但废除尧舜禅让制、玉帝终身制、帝王世袭制，还自行建立皇帝轮流制。但孙悟空政改的动机却未必健康,他是未能参加公款吃喝、矮了面子、折了身份、受了刺激,才是点燃大闹天宫的导火索。你看,如不树立正确的人生观、权利观,官位、面子、待遇等问题,都是引爆杀机的火药。

从《西游记》全书看,孙悟空当天庭基层领导也短如昙花,但却梦魇了他的一生。当五百年后,他随唐僧走在西天取经的路上,无数次面对妖魔鬼怪,他总豪气冲天地自我介绍道:俺老孙就是五百前大闹天宫的齐天大圣孙悟空。他没有说,我还是五百年前的弼马温。在他看来,宁当大闹天宫的恐怖分子,也不说是一个"马头"——官太小了,不但说不出口,还降了自己的威风。神仙如此,凡人亦然。虽然孙悟空在简历上做了一点屏蔽,但知道他根底的妖怪就毫不客气地揭他老底,"你不就是那个弼马温吗?"这等于掌掴他的猴脸。但我想说的是,一个人非要当高中级领导,难道做基层干部,甚至终生办事员,就真那么"名不正"似的丢脸? 有此心魔,只让官场更增能上不能下的妖雾。且心魔越大,妖雾越重。

当孙悟空保护唐僧,历经磨难,九死一生,最终修得正果,被如来佛祖封为斗战胜佛。要知道这是官封的,不像齐天大圣,先还是自封的。从封号看,由圣到佛,斗战胜佛比齐天大圣又升华一级。但几百年来,民间都称呼他为齐天大圣,就因他"金猴奋起千钧棒,玉宇澄清万里埃",等同正义的化身。是啊,官大官小无所谓,怎么称呼也无所谓。只有为官一任,造福一方,为民除害,澄清玉宇,才是老百姓念叨的真经。毛泽东说:"今日呼唤孙大圣,只缘妖雾又重来",——这"妖雾"尤其残存在皇权至上的古代社会。

从数字出官钓鱼执法到一枝一叶总关情

事实这"妖雾"就活在民主法制缺失的地方。单田芳的评书《隋唐演义》有这么一段,说程咬金被瓦岗寨众弟兄拥戴为混世魔王后,大封文武。当封傻英雄罗世信为一品大将军。罗士信一听就不满道,你太小气了,封了老半天就封个一品的,那太少了,我不干。后来程咬金一急眼说,好吧,那我就封你为二百五十品混蛋大将军。罗士信一听，唉嘿，这个大啊，真好。——对傻英雄罗世信来说，他认为数字与官级成正比，数字越大，官就越大。如此说来，他还是"数字出官"的发明老祖。罗世信虽属智障者，但毕竟是勇敢杀敌的英雄，程咬金封他为混蛋将军，当然有戏谑的成分；但与多年前极少数不俯身干实事，一心靠数字升官、行贿买官的高智商官员相比，那是混蛋？老百姓最有发言权，看他们怎么评价？

晚唐诗人杜荀鹤《再经胡城县》后，用诗道：

> 去岁曾经此县城，县民无口不冤声。
> 今来县宰加朱绂，便是生灵血染成。

在全县怨声载道中，这位县太爷还加官晋爵。还有清末刘鹗《老残游记》云，那位因害民而升官的山东巡抚，也是"血染顶珠红"。不管前者黎民之血染红官服之艳，还是后者染红顶戴华翎，他们都聪明绝顶得让后世齿冷。齐白石《不倒翁》的题画诗，可谓道出百姓心声：

> 乌纱白扇俨然官，不倒原来泥半团。
> 将汝忽然来打破，通身何处有心肝。

在极其病态的封建专制下，官场的酱油也不是好打的，不但要像变色龙一样，去适应官场多变的丛林。赵高引蛇出洞法，指鹿为马。晏子借刀杀人法，二桃杀三士。来俊臣钓鱼执法，请君入瓮。李林甫翻脸比翻书还快，当面喊哥哥，背后抢家伙的两面派法。还有秦桧的莫须有以及贾雨村的葫芦里装着徇私枉法……甚至为获领导欢心，还要模拟狗的叫声。如南宋权臣韩侂胄，看到人工布置的竹篱茅舍，对工部侍郎赵师择说："好一派田园景象，唯缺鸡鸣狗吠之声耳。"过了一会，就听草木丛中传来"汪汪"的狗吠，仔细一看，原来是赵师择蹲在那学狗叫，逗得韩侂胄哈哈大笑。赵师择不久扔掉"狗叫郎中"的诨号，荣升工部尚书。仅从干部任用看，一切唯上，领导说你行，你不行也行；说你不行，你行也不行。老百姓"无口不冤声"又有何用？不但让"猛志逸四海"之士有志难伸，还逼得一些清官请辞。例如"久在樊笼中"的晋代诗人陶渊明，认识到当时官场脏如染缸，决然辞去县领导的职务回乡务农。"开荒南野际，守拙归园田。"日子虽清苦无比，但"固穷夙所归"的他，"官初罢后归来夜，天欲明前睡觉时"，从此再不受腐朽官场的那口鸟气，可以在南山下一觉睡到自然醒。

"良骏败于拙御，智士踬于暗世。"若官场是如此逆淘汰的机制，又怎能葱茏出政治的绿洲。"自古圣贤皆贫贱，何况我辈孤且直。"所以对官场一再碰壁的耿直之士来说，都心寒地希望儿子将来成为庸官。起码经过乌台诗案的苏东坡，就对还没满月的儿子祝愿道："人皆养子望聪明，我被聪明误一生。惟愿孩儿愚且鲁，无灾无难到公卿。"而对蒙冤的百姓们来说，如不学"满城尽带黄金甲"的黄巢，只能坐盼一个拨云见日的青天。如清代同治年间，身受不白之冤的杨乃武，在狱中写的上诉书，中有一句"江南无日月，神州无青天"。当上诉书转到他的老师白眉先生手中。白眉先生沉吟半晌，只改了一个字，变成"江南无日月，神州有青天"。从"无"到"有"，从绝望到希望，就因他们坚信邪不压正，人间毕竟有正义和良知，在十面"霾"伏的官场，必有自强不吸、"霾"头苦干之人。这既是民主法制严重缺氧的古代，弱势群体的希望，也是社会进步的力量。

明人杨继盛为官清正，因揭发奸相严嵩被陷入狱，他写《自说》以明志：

> 饮酒读书四十年，乌纱头上是青天。
> 男儿欲上凌烟阁，第一功名不爱钱！

而清代诗人郑板桥，在任山东潍县县令时，始终心装百姓，他在《题竹石图》诗道：

> 衙斋卧听萧萧竹，疑是民间疾苦声。
> 些小吾曹州县吏，一枝一叶总关情。

并且时刻自省。他在《喝道》诗中道：

> 喝道排衙懒不禁，芒鞋问俗入林深。
> 一杯白水荒涂进，惭愧村愚百姓心。

芒鞋问俗、惭愧百姓，一杯白水像他清澈的官品。他不仅志写诗中，更落实在行动中，他做了十二年县太爷，从不摆官威，夜间出巡，总以小吏提盏写着"板桥"的灯笼导航，以致被那些打着"回避""肃静"之牌，鸣锣开道的同僚讥为另类。当他离潍县东归扬州时，老百姓夹道欢送，依依不舍。郑板桥遂题竹诗道：

> 乌纱掷去不为官，囊橐萧萧两袖寒。
> 写取一枝清瘦竹，秋风江山作渔竿。

"宦海归来两袖空"的他，只能靠卖画为生。当二女儿出嫁，他竟无钱置办嫁妆，仅作一幅兰竹图陪嫁：

> 官罢囊空两袖寒，聊凭卖画佐朝餐。
> 最惭吴隐奁钱薄，赠尔春风几笔兰。

那几笔兰花不就象征他馨香的人品！对从政的官员来说，不但要做到孔子所要求的"尊五美，屏四恶"，还要做到"吏不畏我严，而畏我廉；民不求我能，而求我公"。先不讲追求所谓的政绩，我倒想讲这就是官场必备的素质和良心，并最终为国为民。比干不惧挖心，痛责商纣；包拯呈情，唾溅帝面；海瑞为民请愿，抬棺进殿；还有被投降派陷害的虎门销烟的民族英雄林则徐，五十六岁时被道光皇帝以"办理不善"之罪发配。他告别西安的家人时，仍豪迈地"口占"出："苟利国家生死以，岂因福祸避趋之。"展现了"道之所在，虽千万人吾往矣"的生命追求。还有"我为人民鼓与呼"的彭德怀，最后蒙冤惨死……都是民族的脊梁！记得南岳大庙中有一副深刻的戏联："凡事莫当真，看戏不如听戏乐；为人须顾后，上台终有下台时。"这就要求为官之人，在政治的舞台上，是否真心出演老百姓认可的角色。毕竟在历史的戏台上，当官是一时，而做人是一世。前者是角色，后者是本色。

"卑鄙是卑鄙者的通行证，高尚是高尚者的墓志铭。"喜欢古典文学的笔者，既不学曾国藩——内儒外圣，也不学胡雪岩——长袖善舞；唯想像《再经胡城县》的杜荀鹤一样："宁为宇宙闲吟客，怕作乾坤窃禄人。""闲来写画营生活，不使人间造孽钱"，做"但愿老死花酒间，不愿鞠躬车马前"的唐伯虎，"对一张琴，一壶酒，一溪云"，终生弹奏心灵的琴声！但我不忘初心，永远将明代贤臣于谦的《石灰吟》当作人生的驱动力：

> 千锤万凿出深山，烈火焚烧若等闲。
>
> 粉身碎骨全不怕，要留清白在人间。

透视猪八戒

面丑好色的吃货

猪八戒似是《西游记》里最有看点的人物。他最大的错误，我以为，不但是醉后性骚扰嫦娥这美貌的寡妇，更导致罪后错贬了猪胎。虽有三十六种变化，也只能暂时变回帅哥，时间一长就露出猪头的尊容。事实他对原形很有自知之明，不然他到高老庄做上门女婿，就变成一个壮汉的模样应聘。更让人可惜的是，当师徒四人途经女儿国，猪八戒主动对提亲的女官，要求招赘为婿。女官道："你虽是个男身，但只面容丑陋，不中我王之意。"你看八戒虽是人种的稀有物种，就因为丑陋的形容，就葬送了献身女儿国的机会。可见在古代，爹妈给的一张脸真与前途命运有着密切的关联。你看杨贵妃，以及她淡扫蛾眉朝至尊的二姐，就因为天生丽质难自弃，差点让唐玄宗丢了江山。可惜猪八戒是到西天取经，若去东天，途径韩国，以他心性，顺便整个容也未可知；若能整成女粉丝尖叫不已的明星脸，那就更整得义不容辞。

猪八戒自然是个丑八怪，他便便的大腹，若是他当天庭海军司令那会，整天挺着一个将军肚，自然加重元帅的分量和派头。但我不解的是，他大腹便便地行走在西天的路上，饭都吃不饱那会儿，也丝毫不见掉膘的迹象。我想原因不外有：一是不挑食。按照他原是天蓬元帅的身价，吃的是蟠桃，喝的是琼浆，赴的是国宴。而被贬凡间，尤其在西天的路上，饭都难吃周全，只能像叫花子一样逮嘛吃嘛。当他面对美食，就急不可耐地亮出老底："斯文斯文，肚子空空。"对他来说，繁文缛节的面子永远不能填充肚子，有吃的才是硬道理。他求的是数量,不在乎吃的质量。当一口吞下珍贵的人参果,反问是啥滋味。可见在他眼里,什么天地精华、稀世补品,都不过是果腹之物,人参果等同胡萝卜。可能他的理念就是:留得青山在,不怕没柴烧。只要肚子饱,俺就不掉膘。让人纳闷的是,他应当是饿死鬼投胎,怎么会是天蓬元帅转世。好在佛祖知道他就是称职的吃货,在取经成功时,知人善任地赏他一个净坛使者的肥缺。因为八戒能对"坛"实施光盘行动,不但颗粒不浪费,而且还节约水资源,"坛"吃净得不用水洗。二是睡眠足。在漫长的西天路上,每天都在枯燥而劳累地行走。可猪八戒总能见缝插针地补充睡眠。例如他在黑松林没化到斋,想到的不是继续前进或者是原路返回,而是就地卧倒,"且往这草窠里睡睡"。在香甜的美梦中,师父还正在饥渴中等待他的身影。甚至在巡山探险途中,遇到草丛也"一头钻得进去,使钉耙扑个地铺,毂辘的睡下"。可以说猪八戒是睡不择时、睡不择地。只要头一挨到大地,就迅速发出如雷的鼾声。真让我纳闷,在遍地艰险的取经路上,妖怪随时张开獠牙,孤身野外的他怎么也能发出快乐的鼾声。看来真是要睡不要命。

当然在取经的路上,八戒还念念不忘留守高老庄的老婆。每当师兄不在、师傅遇险,他就失去了星火燎原的信心,有了分行李散伙的决定。当孙悟空身陷狮驼岭,生死不明,绝望的八戒就向沙僧道:"你拿将行李来,我两个分了罢。我往高老庄,看看我老婆。"事实行李都是换洗的衣物,值钱的也就是菩萨赐给师傅的禅杖和钵盂,都是金子制的。他不像其他三位,一人吃饱,全家不饿;他可是有家室的人,所以分一点师傅的"遗产",回家置点产业,换一个衣锦还乡,也是为人夫应有的担当行为。虽然他对女性垂涎欲滴,但对老婆倒也一往情深。屋外彩旗飘飘,倒也做到屋内红旗不倒。

而且,他还喜欢贪小便宜,如——

攒私房钱

《西游记》第七十六回就有猪八戒藏私房钱的描述:假冒阎罗小

鬼的孙悟空,要被妖怪捉去的猪八戒交出赎金,不然就撕票。吓得猪八戒如实招供:"有些善信的人家斋僧,见我食肠大,衬钱比他们略多些儿,我拿了攒在这里,零零碎碎有五钱银子;因不好收拾,前者到城中,央了个银匠煎在一处,他又没天理,偷了我几分,只得四钱六分一块儿。你拿了去吧。"

从猪八戒这私房钱来说,是一些善信的人家可怜他饭量大,多给的一点小费,用他自己话说是舍不得吃、舍不得穿,从牙齿上刮下来的,长年累月地攒的。这猪八戒也真不容易,要不是醉后作风不检点,哪会贬入凡间遭罪,还从帅哥沦为猪头;后当高老庄的上门女婿,虽天天累得像牛,但饭饱得像猪,日子倒也无忧无虑;可跟唐僧西天取经,基本生活就难以保障;虽靠师兄弟一起降妖捉怪,挣几餐饱饭;但绝大部分时间,还是在荒山野岭,像乞丐一样,靠托钵化斋度日。因常年跋涉不毛之地,化不到斋也是常有的事,喝西北风自是难免。对他这种饭量需求旺盛的人,更是苦不待言。所以千辛万苦地偷攒几个小钱,解下不时之需,打下牙祭,也合常情。让人纠心的是,当一把五钱碎银,还被铸银的银匠偷去了几分,简直是叫花子碗里抓饭,这不是明抢吗?确是"没天理"。所以怎样安置这点血汗钱,既要保证安全,又要使用方便,藏好是关键。从藏钱的地方看,许是受孙悟空樟树叶似的耳朵,藏的是降妖利器的启发,猪八戒芭蕉叶似的耳朵,藏的是自己的资产。以此说来,不敢讲他的猪耳朵是中国古代银行的分支机构,起码具有储蓄罐的功能。

事实猪八戒这四钱六分的家产,购买力也非常有限。若到卓文君开的大排档,也就够几碟菜和一壶酒;若到《水浒传》中的十字坡,也就够买几斤牛肉和几笼包子(还不算小费)。但猪八戒若真去消费,我想,当他看见收银的卓文君风姿绰约,端包子的孙二娘性感迷人,我想他不用张嘴,口水已流湿地面……那也是他喜欢的美味。可餐的秀色,不但诱人味蕾,对猪八戒来说,还能诱发荷尔蒙。

以他们师徒的使命来说,金钱肯定不是首选。综观西游全书,唐僧悟空沙师弟一心向佛;尤其是唐僧,连女儿国的国君都不要,还在乎这点散钱。就连凡心未改的猪八戒,多少次差点成为妖怪的下酒菜，命都保不住那会儿，对万贯家财也不会上心，而纠结上火的似乎对唐僧的责备，师傅身上的一点零碎都是让人妖疯抢的灵丹，自己却是一个从仙体转为不人不妖的转基因食品，怎么也劳驾众妖为自己烧油锅、洗蒸笼……难道他们吃转基因吃得上瘾……

当然这个常被骂为"呆子"的人，也有他闪光的一面。

不容抹杀的闪光点

猪八戒的确是好色贪便宜的吃货和懒货，但有时干事也拼命。如他在高老庄时，虽然饭量大一些，但能吃倒也能干。他对变化成老婆的孙悟空就坦白交代道："我得到了你家，虽是吃了些茶饭，却也不曾白吃你的。我也曾替你家扫地通沟，搬砖运瓦，筑土打墙，耕田耙地，种麦插秧，创家立业。"所以"如今你身上穿的锦，戴的金，四时有花果享用，八节有蔬菜烹煎"，这些都流淌着我的汗水……

尤其在取经的路上，八戒有时也勇于担当，主动作为。如师徒四人过七绝山，猪八戒就冒着熏天的恶臭，变成一只大猪，拱开稀柿疼口，将千年垃圾山变成阳光路，不但方便师徒西行，更让老百姓从此走出坦途。又如他们师徒受阻荆棘岭，八戒就捻诀念咒，变成二十丈高的巨人，挥舞变成三十丈长短的钉耙，像开荒一样，硬将八百里荆棘岭搂开。当他们看到路边石碣上刻有"荆棘蓬攀八百里，古来有路少人行"这两行小字时，八戒还笑着添上两句："自今八戒能开破，直透西方路尽平！"这说明八戒不但毫无怨言，而且还干得很有成就感。我想，如果猪八戒不到西天取经，而是在高老庄承包广袤的土地，以他"耕田耙地，种麦插秧"的辛苦耕耘，定是种粮大户无疑。加上"扫地通沟，搬砖运瓦，筑土打墙"，也一定能将高老庄建设成新农村示范点。

对贪小便宜的猪八戒来说，在对待金钱的原则性上，还是显示毫不动摇的坚定性。如《西游记》第九十八回，他们师徒历经磨难来到佛祖尊前求取真经。当阿傩、迦叶两人索贿被拒后，唐僧师徒发现求取到手的竟是几箱白纸，猪八戒就积极要求到如来面前，控告他俩以权谋私,存在经济犯罪。而且这个常被骂为"呆子"的人,也有心细如发的一面。第四十八回,他们过通天河时,猪八戒就先用钉耙砸几下冰面,试试冰的厚度;又用草片把马蹄包上,防止打滑。人在冰上行走,要手持横担等。他更有面对妖魔,挥舞钉耙,奋勇杀妖的一面。他不但是孙悟空的重要帮手,也是西行保驾护航的主力队员。甚至他的一些不好行为,成为大家取笑的对象,也是小团队的开心果。没有猪八戒,都做前行的闷头驴,起码抓耳挠腮的孙悟空,我想未到西天,不崩溃得住精神病院,也会抓破了猴耳猴腮。

这就从"猪"身上闪现人性的光辉。仅从这点说,贪吃贪色贪便宜的猪八戒还是难能可贵,所以几百年来,猪八戒之所以被津津乐道,就因为他本质上还是一"头"好"猪",就是善性人与惰性猪的复合体。

没有猪八戒,西天怎么行。

满

目山河空念远：文化札记

见与不见,你都"隐"在那里
——漫谈隐士文化

寂寞柴门人不到,空林独与白云期。

——王维《早秋山中作》

寻隐:闲眠尽日无人到,自有春风为扫门

今人似都有这样的体会,一路颠簸,寻到友人之家,看见铁将军把门,只能自认磨破的鞋底,虚了此行。

古人辛苦就更大一些。那时没有手机,无法预约。所以三顾茅庐的刘备,就空跑了二趟来回。尤其第一次,刘备向在茅庐门前的书童,自我介绍道:"汉左将军宜城亭侯领豫州牧皇叔刘备,特来拜见先生。"惹得小童子反感道:"我记不得许多名字。"当小童告诉他:主人踪迹不定,不知何处。而且归期不定,或三五日,或十数日。令刘备无法继续等待,只能惆怅返程。——好在他是"市级领导",这点骑马的旅费还是有的,所以省了脚力,但废财力和心力。那就当是农家乐,乡村一日游吧。

我想起唐代"诗囚"贾岛。贾岛一生潦倒,早年还因贫穷被撵到寺庙剃了头发。好在将姓名贾岛改为法名无本,却让原本餐餐辘辘的饥肠换来日日的清汤寡水。从生活的贫民窟到寺庙的收容所,对此时的他来说,也算到了福地。然而贫穷之鬼仍悄悄封锁寺庙的大门,所以他三年后还俗,就被囚入"泪落故山远,病来春草长"的红尘,从此似再没挣脱出贫穷的掌心。写出之诗自是愁声不绝,"开口吐愁声,还却入耳来"。连他自己一吟都泪流满面。他去访友,短程就不说了,大不了低碳出行,辛苦一双老腿;要是长途,我都担心他的路

费。许是我龌龊吧,对贾岛来说,跟"别来千余日,日日忆不歇"的友谊相比,钱算啥东西。"浮华岂我事",穷就给他穷下去,"寂寥思隐者",就又勇敢踏上访友的旅途。他写下《寻隐者不遇》一诗,自道访友历程:

> 松下问童子,言师采药去。
>
> 只在此山中,云深不知处。

原来贾岛终到友人家门,在门前高大的松树下,问到友人年少的学生。我们知道贾岛一生没做什么大官,直到五十八岁才当了一个长江主簿,相当于一个小科长,就算自我介绍,也没有刘备那些光闪闪的头衔。所以就可开门见山地问,你的老师在家吗?学生告诉他,老师采药去,并手指巍峨的大山,就在这座山中,定位无法精准,云深不知处。

那时没有手机,就算有,我想高耸入云的山峰,或者身藏茂盛的丛林,也无多少接听的信号;尤其当师傅采药于悬崖绝壁,命悬一线之际,似更无接听的可能。对贾岛来说,似更无上山找人的可能,以他"由来多抱疾""梳头落白毛"的孱弱身体,别说找人,就是爬山,都不排除晕倒的可能。我想眼望云山的贾岛,是目光惆怅,并伴有低低的哀叹,"白日又欲午,高人犹未归"。这趟路费是白出了。

但跟《访戴天山道士不遇》的李白相比,贾岛还是幸运的。这位戴道士是"无人知所去",惹得空跑一趟白路的李白,倚在两三棵松树上发愁。而贾岛惆怅的目光后,倒闪烁几分惊喜——来自小童子的信息。那就是这位朋友不但爬山,尚能采药。从所采之药讲,不管是悬壶的草药,还是养生的补药,都说明朋友身体像山一样健壮,像松一样常青。而且隐居在此,采药为生、课徒为业,不为名利所绊,像白云一样,自由地活在人世的天空,"只可自怡悦,不堪持赠君"。该让多少名利客们低下羞愧的头。据说贾岛"所交悉尘外之士"(《唐才子传》),自然,这位隐者似鹤发童颜、仙风道骨的世外高人。

事实对此次无功而返,我想贾岛是有心理准备的。他在另首《题

隐者居》就道出原委:

> 虽有柴门常不关,片云孤木伴身闲。
> 犹嫌住久人知处,见拟移家更上山。

对于一位住久犹嫌人知的高士来说,已不愿滚滚红尘来打扰他的心灵。但从贾岛来说:朋友的身体是最多的挂念,朋友的健康是最好的福音。如此也就够了,对寻访这样的高人,要有一颗平常心。起码《晚出寻人不遇》的白居易就悟道:"篮舆不乘乘晚凉,相寻不遇亦无妨。轻衣稳马槐阴下,自要闲行一两坊。"所以贾岛似乘兴而行的晋人王子猷,该兴尽而返。何必非要见面,"不曾离隐处,那得世人逢"。那就留下祝福的白云,永绕你的山林,陪伴你的身心。因为:

> 你见,或者不见我
> 我就在那里
> 不悲不喜
> ············

> ——仓央嘉措《见与不见》

思隐:渔樵旧路不堪入,何处空山犹有人

贾岛访隐士该是一个云卷云舒的晴天,也算是"秋草独寻人去后,寒林空见日斜时"。尚且不遇,那风雨大作之日呢?按常理,雨天隐士在家的概率自然大些。但高人就是高人,怎么会被风雨捆着翅膀。所以你雨天访他,可能也枉了此行。起码"寒雨霏微时数点"的陆游,就"独携拄杖行造之",独拄拐杖,慕名而访,结果"枳篱数曲柴门掩",只能拄着拐杖蹒跚返回,连隐士是啥样都没见到。我理解陆游此时的惆怅,更替他担心,若雨突然大些,以他拄着拐杖蹒跚的身影,真不能排除摔倒的危险。相比陆游霏微的雨点,李商隐就大一

些,他《访隐者不遇》后,"日暮归来雨满衣",满衣雨水诉说着访隐士
的艰辛。因为隐士是"玄蝉去尽叶黄落,一树冬青人未归",真让我感
叹,隐士家像少数衙门里的人一样,是门难进、人难见。难怪庾信在
《赠周处士诗》中叹道:"仙人翻可见,隐士更难寻。"

所以就有人在雨天对远方寄托思念。中唐诗人韦应物《寄全椒
山中道士》道:

> 今朝郡斋冷,忽念山中客。
> 涧底束荆薪,归来煮白石。
> 欲持一瓢酒,远慰风雨夕。
> 落叶满空山,何处寻行迹。

在寒冷侵袭斋舍之时,诗人忽念起深山的一位道士友人。也许正在
涧底打柴,回家"白石通宵煮,寒泉尽日春"。——作为修炼成仙
之粮。我该穿越风雨,携壶佳酿,顺着风雨中松软的山土,寻找你
从山涧负柴回家烙下的脚印,然后与你共饮这杯黄昏。哪怕"我醉
欲眠卿且去, 明朝有意抱琴来"。可惜风雨大作,摧残得枝折满
山、叶落满地,密不透风地覆盖了你"日暮归来雨满衣"的足迹,
我到哪去寻找执意修仙的你。除非将大山清扫一遍,甚至千遍,终
能找到抵达友情的脚印。如此说来,首句"今朝郡斋冷"之冷,不
仅是身冷,风雨催寒;更是心冷——期待温暖的友情。"雨中山果
落,灯下草虫吟。"在思念的风雨中,漂白了头发。好在你在求
仙,我在写诗,都在坚持修炼人生,所以"落叶满空山"有什么要
紧,你的"行迹"永远在我心里。

事实寻访隐士,何止是雨天,还有雪天。按常理,大雪天,该是
"绿蚁新醅酒,红泥小火炉",围炉饮酒之时。可高人还是高人,风雪
同样捆不住他们闲云野鹤般的身影。也是这位诗人韦应物,就曾感
同身受了一回。他《休日访人不遇》道:

> 九日驱驰一日闲,寻君不遇又空还。
> 怪来诗思清人骨,门对寒流雪满山。

诗人难得有一天闲暇，可寻"高隐的诗人"不遇，望着满山白雪，身处寒流，对着空跑一趟的诗人来说，若对他"诗思"有所帮助，也算是意外的收获。

还有唐人岑参，他《草堂村寻罗生不遇》中道：

> 门前雪满无人迹，应是先生出未归。

积雪完好在先生门前，没有你回家的脚印，你到底在哪里？与岑参的"无人知所去"相比，也是大唐诗僧的皎然就幸运多了。他《寻陆鸿渐不遇》，就去问隐士的西邻，邻居告诉他，说你要找的人每天都上山，回来时已是夕阳西下。"报道山中去，归时每日斜。"

但我还想给到处云游的隐士，一个到的地点，如《三国演义》中高隐隆中的诸葛亮的弟弟，对身披飞雪、二顾茅庐的刘备，介绍哥哥巡游之地：

> 或驾小舟游于江湖之中，或访僧道于山岭之上，或寻朋友于村落之间，或乐琴棋于洞府之内。往来莫测，不知去所……

"往来莫测，不知去所"是符合高人的秉性，只在大地上，云深不知处。你就用想象去寻找他的身影。就算在隐士门前的芭蕉叶上留下字条，告诉他自己曾来过。"欲题名字知相访，又恐芭蕉不奈秋。"（曾巩《寻道者所隐不遇》）可主人居无定所地云游，归期难定，等芭蕉都老死深秋，想你也看不到我的字条。当然刘备还是留书一封，不是写在芭蕉叶上，而是当面交到诸葛亮三弟手中。

"江村日暮寻遗老，江水东流横浩浩。竹里闲窗不见人，门前旧路生青草。"（顾况《江村乱后》）不管能否找到？从门前积雪到旧路生满荒草、从骑马来访到拐杖来寻，友情都到你的柴扉；甚至在梦里，《访隐者不遇》的李商隐，就"梦中来数觉来稀"。因为：

> 你念，或者不念我
> 情就在那里

不来不去

…………

——仓央嘉措《见与不见》

隐地:竹树绕吾庐,清深趣有余

访隐士不遇当然遗憾无比,但隐士的居住地,倒真适合人居。刘备初顾茅庐,看到的是:

> 襄阳城西二十里,一带高冈枕流水。
> 高冈屈曲压云根,流水潺潺飞石髓。
> 势若困龙石上蟠,形如单凤松阴里。
> 柴门半掩闭茅庐,中有高人卧不起。
> 修竹交加列翠屏,四时篱落野花馨。
> …………

山冈、流水、修竹、野花等,对久经战乱的刘备来说,内心是怎样惊喜。就在这田园诗般的卧龙冈,迎来他期待的马蹄。"寻得桃源访隐沦,渐来深处渐无尘。初行竹里惟通马,直到花间始见人。"(朱湾《寻隐者韦九》)如此优雅之地,就有人想搬此居住,做"犹掩向岩扉"的隐士。赵师秀《刘隐君山居》云:

> 嫌在城中住,全家入翠微。
> 开松通月过,接竹引泉归。
> 虑淡头无白,诗清貌不肥。
> 必无车马至,犹掩向岩扉。

而《访戴天山道士不遇》的李白,看到戴道士的居住地也是:

> 犬吠水声中,桃花带露浓。
> 树深时见鹿,溪午不闻钟。

野竹分青霭，飞泉挂碧峰。

无人知所去，愁倚两三松。

我有时想，李白何必倚靠两三棵松树发愁，"一生好入名山游"的他，面对这么好的风景区，该好好欣赏才对。像他《山中问答》所感叹的："问余何意栖碧山，笑而不答心自闲。桃花流水杳然去，别有天地非人间。"

明代谢宾王《访隐士》也是：

萧萧茅屋对清溪，绿竹丛中一径齐。

半院松风吹过处，隔花时有水禽啼。

虽是青山溪水、野禽幽径，但修竹茅庐中，也是陈设简陋。丘为《寻西山隐者不遇》诗道：

绝顶一茅茨，直下三十里。

扣关无僮仆，窥室唯案几。

但都烘托出高洁的隐士，难怪结庐深山而居。是啊，某些放浪多情的诗人认为，风景如画又灯红酒绿才是游人合老、人生合死之地；而无数淡泊的隐士，总会把明月松间照的深山当作终老之地，让石上潺潺的清泉倒映出淡泊的身影。所以唐人刘长卿就劝要归隐的朋友，"莫买沃洲山，时人已知处。"真正归隐就去人迹罕至的深山老林，与孤云野鹤相伴，才能潜心静修出生命的诗句。所以，梅妻鹤子的宋代隐士林和靖，他在《小隐自题》中道："竹树绕吾庐，清深趣有余。鹤闲临水久，蜂懒得花疏。"并写下"疏影横斜水清浅，暗香浮动月黄昏"这千古名句。

当然隐士偶尔也做宅男，主要在酒熟之季。宋人郭祥正《访隐者》也看见：

一径沿崖踏苍壁，半坞寒云抱泉石。

山翁酒熟不出门，残花满地无人迹。

有时我在想,见到隐士又怎样?阮籍见到山中隐士孙登,不也相互不言,当阮籍下到半山腰,孙登才呼啸作别,阮籍也回啸作答。内行人当然知道,他俩的啸声含着生命的哲学,而外行人却以为阮籍千辛万苦爬到山去,竟是与隐士比赛口技。李白见到山中隐士,却是比赛喝酒。他《山中与幽人对酌》道:

> 两人对酌山花开,一杯一杯复一杯。
> 我醉欲眠卿且去,明朝有意抱琴来。

那位幽人隐士酒喝高了,对李白下逐客令,我醉后睡一觉,你如愿意,明天抱着琴来,不会是进行弹琴比赛吧。

《访隐者不遇》的陆游,"雅闻其下有隐士",冒着秋天的小雨,拄杖拜访,他的想法也是喝酒,可惜隐士门掩人不在,他连喝酒的机会都没有。"山空松子落,幽人应未眠。"当然偶尔也有幸运者,受到"应未眠"的热情接见。晚年隐居茅山的中唐诗人顾况,《山中赠客》诗道:

> 山中好处无人别,涧梅伪作山中雪。
> 野客相逢夜不眠,山中童子烧松节。

涧梅裹雪,童子烧松煮茶,相逢夜深的山中。这样的良缘实在不多,因为高人隐士是不愿俗人打扰他闲云野鹤般的生活。太上隐者《答人》诗道:"偶来松树下,高枕石头眠。山中无历日,寒尽不知年。"因为:

> 你跟,或者不跟我
> 我的手就在你手里
> 不舍不弃
> ············

——仓央嘉措《见与不见》

忘形到尔汝　痛饮真吾师
——漫谈中国酒文化

> 出声高叫惊邻里，卖酒人家快出来。
>
> ——伦文叙《沽酒》

在中国酒文化的重峦叠嶂之中，有一条难行的蜀道，即从赊酒到现金支付的坎坷过程，曲折反映中国饮酒人的崎岖人生。——好像杜甫就曾独立在颠簸的生命路口，扔杯叹道：此身饮罢无归处，独立苍茫自咏诗。

赊酒：少时犹不忧生计　老后谁能惜酒钱

翻看浩瀚典籍中，看那无数从酒家出出进进的脚印，"卖酒家临烟水滨，酒旗挂出树头春"。发现有人的确一贫如洗，只能赊酒为饮。如"到处潜悲辛"的杜甫，就在窘迫中自认：酒债寻常行处有。又如嗜酒如命但又贫病交加的曹雪芹，好不容易靠卖画挣点小钱，转眼又还了酒店——"卖画钱来付酒家"。可见，在"举家食粥酒常赊"的寒士眼里，能穿长衫，坐着喝碗水酒已是奢侈之举，哪还有"主人何谓言少钱"的自信和"径须沽取对君酌"的霸气。但在赢利的商家看来，常时赊酒，小店又难以为继。所以少数诗人就在"街头酒价常苦贵"中，以物当酒。就诗论诗，我们看到：

有用马换酒的，《高阳乐人歌》写道：

> 可怜白鼻䯄，相将入酒家。
>
> 无钱但共饮，画地作交赊。

有人以马换酒还怕少酒钱，外加衣裳的。盛唐时"归家酒债多"的李白，"呼儿将出换美酒"时用的就是五花马，外加千金裘。仅以衣当酒而言，李白之前已有先例，如晋人阮孚，就曾将身披的貂裘大衣换酒豪饮——"有卸金貂作鲸吸"。李白之后的有杜子美，落魄途中不得不"朝回日日典春衣，每日江头尽醉归"。《晚归沽酒》的白居易："卖我所乘马，典我旧朝衣。尽将沽酒饮，酩酊步行归。"李贺则更爽快："旗亭下马解秋衣，请贳宜阳一壶酒。"晚唐方干有道"送我尊前酒，典君身上衣"，秋瑾"貂裘换酒也堪豪"，而余光中先生则以《五陵少年》自喻，他写道：

> 千金裘在拍卖行的橱窗里挂着
> 当掉五花马只剩下关节炎
> ············
> 来一瓶高粱哪，店小二

当然有人因无坐骑可典，又无多余之衣可当，就利索地摘下随身的佩物当酒，如"金龟换酒"（唐朝的贺知章）、"佩刀质酒"（清朝的敦诚）。更有甚者，有人因无钱买酒而动用老婆的金饰，如中唐的元稹就藤缠着他老婆：

> 泥他沽酒拔金钗。
>
> ——《遣悲怀》

而作为才子妇的清代女诗人林佩环就主动作为：

> 爱君笔底有烟霞，自拔金钗付酒家。
>
> ——《赠外》

由此可见，能"长安市中酒家眠"，要有怎样的物质基础。当我们看到古人"拟把疏狂图一醉"，"高吟大醉三千首"，说不定啊——里面还含有老婆的贡献呢。

酒资:落花踏尽游何处　笑入胡姬酒肆中

但从另一个角度讲,不管是酒常赊,还是物当酒,也反映了店家大体的开明。相比而言,有个别店主就像酒里掺水般虚情假意。他们说一套,做一套,表面向顾客承诺赊酒,一旦客户赊账,立马变了一副面孔——初唐诗人王绩在《过酒家》中,就为这样的店主感到羞愧:

> 有钱须教饮,无钱可别沽。
> 来时常道赊,惭愧酒家胡。

所以就有人以戏谑之法,想以酒家门前的榆树荚子充作钱币买酒。起码中唐诗人岑参就这么想的,他《戏问花门酒家翁》道:

> 老人七十仍沽酒,千壶百瓮花门口。
> 道傍榆荚仍似钱,摘来沽酒君肯否?

甚至异想天开,清人顾大申就想登天摘取星辰充作“假币”:

> 何不高步穷紫烟,摘取列星当酒钱。
>
> ——《饮太白酒楼醉后走笔成篇》

以上作为戏问、异想,幽默搞笑于现实;若是真为,就要“碰壁”于生活。“丈夫贫贱应未足,今日相逢无酒钱”,于是有人自食其力,在酒店墙壁卖艺集资。

相传汉代书法家师宜官经常窘于酒资,他的生财之道就是在酒店的墙壁上龙飞凤舞地写字,招来围观之众,纷纷投钱于地。——他就又可“得钱即相觅”,捡张桌子,痛痛快快地“沽酒不复疑”了。

上述文人的人格魅力虽然没有达到像三国周瑜的标准:“如饮醇酒,让人不觉自醉。”但据《汉书》载:刘邦在老家当亭长那会儿,经常到王媪和武负两家酒店赊吃赊喝,到了年终却无钱还账。此两家酒店只好弃账不要,自认倒霉——跟刘邦的无赖行为相比,以上的文人算"诚信"多了。

劝酒:彩袖殷勤捧玉钟　胡姬压酒劝客尝

李白在"风吹柳花满店香"的金陵酒肆看见:"胡姬压酒劝客尝"。事实劝客尝又何尝容易,甚至还有生命危险。

你看晋人石崇,有一次在自家的金谷园会所大摆筵席,邀请到镇南大将军杜预等达官贵人,就特意安排了一批美女侍酒。"金壶行酒双美人,小履轻裙不动尘。"可惜劝酒到杜预大将军面前,任凭美女们千般解术,万种风情,这杜预完全就是石雕的泥菩萨。气得石崇当场连杀了三位劝酒无力的佳人。"兰陵美酒郁金香,玉碗盛来琥珀光",好在杜预的第十六代孙,晚唐杜牧不但没有他曾祖的铁石心肠,反而更加寸断于柔肠。杜牧曾主动参加一位退休军干的豪华私人酒会,在宾客如云中,他为了吸引众多陪酒女的关注,故意语惊四座,就想唤起你的回眸。他后来写诗《遣怀》道:

> 落魄江湖载酒行,楚腰纤细掌中轻。
> 十年一觉扬州梦,赢得青楼薄幸名。

诗人既为"醉卧佳人锦瑟旁"的沉迷反省,同时也在回忆那些深情捧的酒杯。当然劝酒也饱含无限友情。王维《渭城曲》道:

> 渭城朝雨浥轻尘,客舍青青柳色新。
> 劝君更尽一杯酒,西出阳关无故人。

清代诗人费锡璜也写道:

> 吴姬十五发鬌鬌,玉碗蒲桃劝客酣。
> 但过黄河风色冷,更无春酒似江南。

不管西出边塞,还是独过黄河,老友啊,"为君持酒劝斜阳",让我们把明月喝上天空。纵然"明日隔山岳",彼此还纵饮离别的高歌:

江海相逢客恨多,秋风叶下洞庭波。

酒酣夜别淮阴市,月照高楼一曲歌。

——温庭筠《赠少年》

醉酒:我醉欲眠君且去　每日江头尽醉归

但话说回来,酒喝高了,也不是什么好事。俗话讲:"喝一生酒,丢一生丑。"从语意看,主要是指人醉后的行为而言。因为有少数人酩酊后,轻则胡言乱语,重则寻死上吊,的确丢的是"丑"。

你看——魏晋名士刘伶每次醉后,就躲在屋内脱光衣服,扬言屋子就是衣裳,谁进屋内,谁就钻进他的内衣里。

刘伶这种醉后"闲人止步"的做法,的确散发着魏晋人的风度。应当说还是醉者中的文雅者。《三国演义》描写醉后的张飞,就常用马鞭暴打士卒。这种醉后的野蛮行为,是让人齿冷的。

但一滴酒品百样人。跟醉后出丑作恶者恰恰相反,有人醉后扬的是善,藏的是谋略。

你再看魏晋名士阮籍,连醉六十天。想以浇愁的小酒壶作护体金刚罩,以此逃避司马氏联姻的打击。"醉乡路稳宜频到,此外不堪行。"

而"羽扇纶巾"的周瑜沉醉,是为骗老同学蒋干中套,而刻意装的。

而潇洒的李白,醉后在金殿上,挥毫泼墨,一气写出吓蛮书。更代表千古文人出尽了风头,而成文苑佳话。

但宋时武松醉后,拳打蒋门神——更显英雄打黑除恶的侠义精神。

总的来看,一般人醉后,因酒精麻痹了中枢神经而想倒头大睡。苏东坡不就说"酒困路长惟欲睡"。杨万里更身体力行,"酒力欺人正作眠",但他们醉卧的睡姿又各不相同而异彩纷呈。

你看嵇康:"其醉也,傀俄若玉山之将崩。"嵇康不愧为魏晋的杰出代表，连他醉卧的身躯也如山欲崩一样，充满了阳刚之气。

而少女史湘云，醉后，睡在大观园的石凳上，淋了一夜花雨——作为金陵十二钗之一的史湘云，连睡姿也像淋在身上的花样，散发着阴柔的香气。

当然再美的睡姿，也有醒的时候，"都门帐饮无绪"的柳永就承认："今宵酒醒何处？杨柳岸晓风残月。"但一觉醒来夜归而家门不开，趁着渐消的酒劲，忽多忽少地能遐想到一点人生的真趣。——起码苏东坡是这样做的，请看他自诉心曲《临江仙》：

> 夜饮东坡醒复醉，归来仿佛三更。家童鼻息已雷鸣。敲门都不应，倚杖听江声。
>
> 长恨此身非我有，何时忘却营营？夜阑风静縠纹平。小舟从此逝，江海寄余生。

"醉里乾坤大，壶中日月长。"从醉后睡的时间看，事实东坡睡的时间并不长，不过几个时辰。阮籍醉后睡的时间要长些，六十天。《西游记》中那些参加蟠桃宴的仙人，醉几天相当于人间几年。还有更爽的，相比唐伯虎是"半醒半醉日复日"，李太白干脆是"但愿长醉不复醒"，而宋人王偶更是"从他一醉千百年"。

当然有人"开轩面场圃，把酒话桑麻"，是为了对丰收的庆祝。唐人王驾在《社日》中写道：

> 鹅湖山下稻粱肥，豚栅鸡栖对掩扉。
> 桑柘影斜春社散，家家扶得醉人归。

纵使烂醉如泥，家家扶着踉跄的脚步，也在大地上书写着风调雨顺的生活！但这不妨碍，醉酒也是中国酒文化的一个组成部分。

酒喝高了的李白说："我醉欲眠君且去"，那我们先离开一会，不打搅他"天子呼来不上船"的神圣睡眠。

诗仙：痛饮狂歌空度日　飞扬跋扈为谁雄

以上枝枝蔓蔓写了一通，似可见酒从店家的缸里赊到诗人的肚里，再到现金付账，擦掉粉牌上"十九文大钱"……是怎样荆棘丛生的辛酸里程！但不管怎么说，中国是个历史悠久的酿酒大国，饮酒已经成为中国人的禀赋之一。所以"一日须倾三百杯""喝尽杜康万壶酒"的李太白，就自豪地拍胸：

> 古来圣贤皆寂寞，惟有饮者留其名。

> ——《将进酒》

惹得醉后的清朝诗人张问陶，欣赏地上前：

> 大呼前辈李青莲。

> ——《醉后口占》

"敏捷诗千首，飘零酒一杯"，那就让我们在余光中先生《寻李白》的诗中，心随这位"自言臣是酒中仙"者一起飞入神往的仙境：

> 樽中月影，或许那才是你故乡
> 常得你一生痴痴地仰望？
> 而无论出门向西笑，向西哭
> 长安都早已陷落
> 这二十四万里的归程
> 也不须惊动大鹏了，也无须招鹤
> 只消把酒杯向半空一扔
> 便旋成一只霍霍的飞碟
> 诡绿的闪光愈转愈快
> 接你回传说里去

"桃李春风一杯酒,江湖夜雨十年灯",我们是诗仙的传人!

余声:美酒饮教微醉后 好花看到半开时

我若久不端杯,肯定像"嘴里淡出个鸟来"的鲁智深,不是缺盐,而是缺酒。可惜酒量有限,对李太白斗酒诗百篇,武二郎十八碗后打死猛虎……只有仰慕的份。若意效仿,肯定是"满坞桃花一醉人"。

虽量有限,但我乐与知交欢饮。俗话说:酒越喝越义气,钱越赌越生烦。的确,无论结义桃园的兄弟,还是聚义梁山的好汉,他们碰响的酒碗,飘溢着生死与共的酒香。

我等小民当然比不了此等名扬说部的人物——头欲白的我们,"开轩面场圃,把酒话桑麻",谈着庄稼的种植、庭院的年景,抑或芝麻开花般的富裕生活;举杯的我们仿佛提前享受着"桑柘影斜春社散,家家扶得醉人归"的丰收喜悦……当然也念念不忘共同的爱好,谈文论艺,樽酒在手,细与论文,李白苏轼曹雪芹、唐诗晋字汉文章……这里没有孔乙己眼中长衫与短衣之别,没有"彩袖殷勤捧玉钟"的风情,更没有宋太祖释兵权的权谋,有的仅是"一壶浊酒喜相逢"的开怀畅饮,谈到尽兴处,让人顿生"一生大笑能几回,斗酒相逢须醉倒"的快意豪情。

若讲知音对饮是人生快事,那么自斟独酌就属心灵的境界。爱酒的我,平常每日两顿,一餐二两,就着茴香豆般的几盘蔬菜;微闭着眼,小口、小口地啜饮,那悠悠的香辣之味,从口注胃,在心头蒸发着岁月的陈香。仁者乐山,智者乐水,仙者乐酒。《菜根谭》云:"花看半开,酒饮微醺",达到此等之境,也就进入了飘飘欲仙、返老还童的妙境了。像苏东坡那样:

> 寂寂东坡一病翁,白须萧散满霜风。
> 小儿误喜朱颜在,一笑哪知是酒红。

　　其实我喝酒有个如山不移的宗旨，酒随量饮，不会像李白"一日须倾三百杯"的海饮，更不会像刘伶，抱着酒坛子出门，还要雇个人扛把铁铲随行……说到底，"美酒饮教微醉后"，才是饮酒的妙境之一。

　　相逢意气为君饮，系马高楼垂柳边，我们做酒文化的传人！

等你，我备下薄薄的雪

晚来天欲雪

白居易的名诗《问刘十九》：绿蚁新醅酒，红泥小火炉。晚来天欲雪，能饮一杯无？诗中的刘十九，据说是一位嵩阳的大隐士，白居易与他建立了很深的友谊。只要和刘十九在一起喝酒下棋，神马破贼之功，黄纸之名都是浮云。他在《刘十九同宿》诗说得分明：红旗破贼非吾事，黄纸除书无我名。唯共嵩阳刘处士，围棋赌酒到天明。白居易请这位刘处士，虽然不需要三顾茅庐，但还是严格执行东道主的礼数，邀请是必须的。他在《蔷薇正开，春酒初熟，因招刘十九张大夫崔二十四同饮》就写道："试将诗句相招去，倘有风情或可来？明日早花应更好，心期同醉卯时杯。"意思是说，我用诗相请，您若有兴致就来同饮赏花。——这还是晚春的事，转眼邀请刘十九共赏的蔷薇，将飘成眼前冬暮的银雪。

作为铁哥们，白居易自然清楚刘十九的生活状况。从古代历史看，隐士大多是"不受尘埃半点浸"的寒士，就算贪杯，也是"一瓢长醉任家贫"的主，生活缀满补丁。尤其在这"岁弊寒凶，雪虐风饕"的冬天，说不定个别人已像东汉的袁安一样，卧雪茅庐，正饱受"忍寒犹可忍饥难"之苦。不像自己中隐在官场，不但"终岁无公事，随月有俸钱"，而且工资从不拖欠；"俸钱七八万，给受无虚月"，所以才能"黄醅绿醅迎冬熟，绛帐红炉逐夜开"，一次次为友情买单！由此而言，许是白居易有意借着"晚来天欲雪"的契机，一方面请"竹篱茅舍自甘心"的刘十九围炉叙情，另一方面也想用"绿蚁新醅酒"打下他的牙祭。刘永济先生读此诗后，深刻感到白居易"有酒则呼友同饮"的"好客"

之情(《唐人绝句精华》)。是啊，好客、关心朋友是白居易做人的原则之一。"醉怜今夜月"的他，还在"欢忆去年人"，以致醉酒之际都还计算着故人远去的行程，"花时同醉破春愁，醉折花枝当酒筹。忽忆故人天际去，计程今日到凉州"(《同李十一醉忆元九》)，所以将刘十九记挂心头，自在情理之中。

绿蚁新醅酒，红泥小火炉。俞陛云先生对此诗阐释道："即以字面论，当天寒欲雪之时，家酿新熟，炉火生温，招素心人清谈小饮，此境正复佳绝。末句之'无'字，妙作问语，千载下如闻声口也。"(《诗境浅说》)但问题是刘十九是否应邀晚来，这还是一个谜？余恕诚先生曾想象道："刘十九在接到白居易的诗之后，一定会立刻命驾前来。"(《唐诗鉴赏辞典》)余先生似乎忽略了刘十九曾有爽约的"前科"。白居易在《雨中赴刘十九二林之期，及到寺，刘(十九)已先去，因以四韵寄之》一诗中，已说得分明："云中台殿泥中路，既阻同游懒却还。将谓独愁犹对雨，不知多兴已寻山。才应行到千峰里，只校来迟半日闲。最惜杜鹃花烂熳，春风吹尽不同攀。"意思是说，我冒雨赴刘十九等好友之约，可惜他已离开，不能与他共赏春风中"烂熳"的杜鹃花。遗憾之情从诗的题目就已看出。所以白居易"能饮一杯无诗"之"问"，对刘十九这位"仙人翻可见，隐士更难寻"的高人而言，能否天欲雪晚来，心中也没有肯定的答案。何况他已有"酒熟无客来，因成独酌谣"的失望经历。但不管刘处士是命驾前来，还是又一次爽约，都给此诗留下无穷想象的诗美空间，"那时如果已有电话，一个电话刘十九就来了，结果我们也就读不到这样的佳句"(余光中《催魂铃》)。但从白居易来说，还是按照惯例，准备好酒后的围棋，希望迎接又一个"到天明"的冬夜。

共君一醉一陶然，那来了吗？

寒夜客来茶当酒

想起晋人王子猷雪夜访友，一宿乘船赶到好友门前就又原路返航，他的解释是：乘兴而来，兴尽而返。这固然是良好的说法，同时也说明他没收到邀请函，就不请自到，怕有损名士的派头。白居易《戏招诸客》诗道："黄醅绿醑迎冬熟，绛帐红炉逐夜开。谁道洛中多逸客，不将书唤不曾来。"诗中的逸客，自然包括王子道这类高人，哪位不是自尊心极强的主，"不将书唤"，你要他无事跑来蹭顿酒饭，岂不太跌份。所以我常想，在"日暮苍山远，天寒白屋贫"的冬天，能"风雪夜来客"，主人的惊喜是一定的。

对此，晚年隐居茅山，自号华阳真隐的唐人顾况，就亲切无比地写道："山中好处无人别，洞梅伪作山中雪。野客相逢夜不眠，山中童子烧松节。"（《山中赠客》）。宋人杜耒是"寒夜客来茶当酒，竹炉汤沸火初红。寻常一样窗前月，才有梅花便不同"（《寒夜》）。同是宋人的白玉蟾写道："仙掌峰前仙子家，客来活水煮新茶。主人遥指青烟里，瀑布悬崖剪雪花。"（《九曲棹歌·七》）。或许受条件和时间所限，对客无法"烹羊宰牛且为乐"，那就"客来一勺寒江水"，因陋就简，无比热情地召开精神的茶话会，以茶当酒，长谈为乐……山中好处无人别啊，起码平原是看不见"瀑布悬崖剪雪花"的美景。以茶当酒有啥要紧，窗月寻常又有什么。炉火已温暖彼此的友情，茶香袅袅着淡泊的人生。而窗外的梅花，像人格一样，馨香着旷古的冬天。

唐人岑参《草堂村寻罗生不遇》诗道：门前雪满无人迹，应是先生出未归。我替白跑一趟的诗人可惜，若主人在家多好，起码能在"茶当酒"中，度过"山中好处无人别"之夜。

当然隐士都是世外高人，哪怕天寒地冻也难捆住他们如鹤般自由的脚印。所以，别说与之"一醉一陶然"，就是见一面，也是缘分。

门对寒流雪满山

想起《三国演义》第三十七回，当"一天风雪访贤良"的刘备，第二次沮丧地从诸葛亮的茅庐走出，"不遇空回意感伤"时，却意外地看见救星——事实是诸葛亮的岳父黄承彦：

见小桥之西，一人暖帽遮头，狐裘蔽体，骑着一驴，后随一青衣小童，携一葫芦酒，踏雪而来；转过小桥，口吟诗一首。诗曰："一夜北风寒，万里彤云厚。长空雪乱飘，改尽江山旧。仰面观火虚，疑是玉龙斗。纷纷鳞甲飞，顷刻遍宇宙。骑驴过小桥，独叹梅花瘦！"

此段堪称一幅充满诗意的雪中隐士图。黄承彦也是深山的老隐士，披雪骑驴，童携美酒，驴踏雪桥，翁自吟诗，独叹梅瘦……特别是"青衣小童，携一葫芦酒"，里面装满多少幽情和诗句。"松醪常与野人期，忘形共说清闲话。"可惜刘备并不是他对饮清话之人，只能想象这位老隐士，在酒葫芦里，自斟自饮着这寂寞的乱世……然后在这深山雪夜，独自睡去、孤独醒来。"小醉初醒过竹村，数家残雪拥篱根。风前有恨梅千点，溪上无人月一痕。"（吴可《小醉》）

"乱山残雪夜，孤独异乡人。"唐人韦应物《休日访人不遇》诗道："九日驱驰一日闲，寻君不遇又空还。怪来诗思清人骨，门对寒流雪满山。"对冒着寒流访友的韦应物来说，别说与之对饮，就连面都没见着。面对雪满山的韦应物，心情的寒流与二顾茅庐的刘备别无二致。

"绿蚁新醅酒，红泥小火炉。晚来天欲雪，能饮一杯无。"我想说，不管刘十九，还是其他老友，来吧，不管在深山、在平原，只要有等待的一只酒杯！雪，都洁白了一年、又一年……

冬夜,谁在暖一壶烫手的思念

　　自白:在似乎最不该结束的时候,我想谢幕;不想再让心灵用笔作杖,伏在灯下,去跋涉那疲惫的旅途。但命运中一切都无法更改,何况冥冥之际,有一袭灵音在召唤我的脚步! 我还能说什么呢? 最初的选择是最终的错误,我只能以热泪当酒,在坚冰筑起的篱笆墙边,痛饮狂歌。

　　现在两市交界的河流边,写作读书。"读书之乐何处寻,数点梅花天地心。"

冬夜访友

　　想起晋人王子猷的故事。说住山阴(今浙江绍兴)的王子猷,在雪夜,喝酒、念左思的《招隐诗》,后突驾一叶扁舟,探访剡溪(今浙江嵊州)的哥们。次日清晨,舟停挚友的门口,看一眼熟悉的庭院依旧的树木后立即返程。外人问为什么不登门拜访,王子猷道:"乘兴而行,兴尽而返。"

　　王子猷所说的"兴"就是兴致,是什么激发他冒雪夜访的雅兴。我以为:一是酒,二是诗。酒壮了他不畏严寒的胆气,《招隐诗》壮了他渴望友情的激情。对渴望真情的魏晋人来说,跟知己相比,小小风雪真算不了什么。从里程上说,山阴到剡溪,连绵水道少算也近百里。我不知他带了僮仆没有? 就算一帆风顺,也应带个船家,加速友情的进程。不然就算有友情的支撑、自驾游的轻便,一夜摇橹的体力活,对孱弱的文人也是不小的考验。那就不管他了,左思的《招隐诗》不是说吗:"杖策招隐士,荒途横古今。"意为拄着拐杖,在那古今无人通行的道路上去寻隐士。为了心中的隐士,为了渴望的友情,古今无人行的道路,尚可拄杖独行,这点风雪算得了什么,一夜水路更不算什么。因为孤寂的寒夜,确需友情的碰撞、心灵的火焰。白居易在晚来天欲雪之际,还邀友小酌。刘长卿天寒中,暮投芙蓉山,夜听柴门外声声犬吠,知道夜归人,伴己共度漫漫风雪……如此说来,王子猷的行动,在擅长手机问候的今人眼里,无疑诡异;尤其是经过一夜颠簸,直到友人的门前,却过其门而不入。在讲究实际的今人看来,更是神经质的呈现。但从实际情况和讲究风度的魏晋人来说,自有其合理的逻辑。你想,经过一夜风雪,此时王子猷酒也醒了,诗情也淡化了,无须像俗人一般,进友人家吃物质的早餐,而是掉头而返,完成一个精神的闭环。友情不是享受什么结果和回赠,而是一个温暖的过程。所以季延陵挂剑坟头,俞伯牙摔琴灵前,就是这种精神的具体呈现。陆游说:"君诗妙处吾能识,正在山程水驿中。"对王子猷不也一样吗?不过诗要改为友情而已,当然不改也可吧,因为友情不也是诗的精妙表现吗?

王子猷掉头而返,已足够了。有些朋友在默默关心我们,他们不说,我们不知,就像船过水无痕……左思《招隐诗》说:"非必丝与竹,山水有清音。"无须再看雪地上的脚印!

冬夜投宿

如说春是播种,夏是耕耘,秋是收获,那么冬就是休养的季节。尤其是乡村,忙碌一年的农人,此季都在家里喝茶听着老戏,北方的说法是"猫冬"。这个"猫"字用得好,只有猫足了身体,来春才能生龙活虎。

冬季,对我来说,如无急事,也宅在家里,读点古诗,想象千百年的旅人,在天寒地冻中跋涉的身影。印象最深的是唐人刘长卿的《逢雪宿芙蓉山主人》:"日暮苍山远,天寒白屋贫。柴门闻犬吠,风雪夜归人。"想到诗人一生奔于宦海、求于生计。"只为乏生计,尔来成远游。一身不家食,万事从人求。"(刘长卿《睢阳赠李司仓》)颠簸于生命的长途,行囊里该必备着雨具吧。古代没有天气预报,没有寒流预警,至于像诸葛亮一样夜观星象,能掐会算的神人,那只有到《三国演义》中去借东风。而普通人远游,都晴带雨伞,饱带干粮,以防不测之需。

在严寒的芙蓉山,诗人投宿的这家房屋,肯定不是带花园泳池的别墅,想不算是蚁居,也该入简易房之列。白屋贫三字已将房源暴露无遗。雪花纷飞,寒气刺骨,又是一个难熬冬夜……

据唐诗研究家研考,白屋的主人是猎户。冬天是打猎的旺季,万物肃杀的寒冬,动物们都出来寻找食物,自然给了猎人更多挣钱的机会。以今天的标准看,肯定遭到环保主义者的一致抗议——动物也进入受保护的行列,武松若活在当下,也落入无虎可打的境地。但在古代,却是靠山吃山者们生活的主要来源。但也异常艰苦,"柴门闻犬吠,风雪夜归人",常年蹲守荒山野岭,声声犬吠,是多么生动的乐曲。起码对诗人来说,倍感温暖和安心。说不定诗人还一直担心会遭到野兽的夜袭,而忐忑不安、夜不能寐……这对"万里辞家"的诗人来说,又增添远游的插曲。

诗人曾说:"万里辞家事鼓鼙,金陵驿路楚云西。江春不肯留行人,草色青青送马蹄。"遥想芙蓉山主人尚有义犬相陪,而自己孤独天涯,无禽可伴……马蹄刚送走青青野草,脚印又踏上皑皑大地,就为理想和抱负,一次次走出风雨,柴门能闻到犬吠吗?但风雪夜归人却是不变的自己……风雪淹没了喃喃自语……今夜,诗人在芙蓉山。

"经史仍满腹,心镜万象生。"曾将己诗自诩"长城"的古代优秀诗人之一的刘长卿,今夜滞留荒山,谁来暖他心扉,伴他风雪兼程;他闭起眼睛,静想无尽的生命旅程……像余光中写哈雷彗星的诗句所说:

> 你永远奔驰在轮回的悲剧
> 一路扬着朝圣的长旗……

是的,在朝圣的旅程上,没有花香,没有鸟语,只有漫天风雪,伴他来来去去。

冬夜独饮

独饮的妙境,我认为最好是冬夜。面对屋外没有人迹的厚厚白雪,你会感到世界将你遗忘。在"绿蚁新醅酒,红泥小火炉"的屋内,炉火纯青的火苗,一闪闪地将屋内舔得温暖如春。炉上微沸飘香的米酒,喝在嘴,热在身,暖在心口。这时,你会感觉酒是你最贴心的知己,静默地伴你穿过那夜寒刺骨的人生之路。"醉后乾坤大、壶中日月长",酒壶给了你一个自足自给的空间,让你精神永不孤独。

我曾在一个叫贾桥的偏远小站渡过十二个皑皑冬季——那儿稀有人烟,加之天寒地冻,孤守的我感觉自己封闭如一个"不知秦汉,无论魏晋"的隐者,我戏谑自己是一只"雪山飞狐"。想到欠债的清代诗人魏允迪,因为大雪压断溪桥,债主无法登门而高兴不已——前村报道溪桥段,可喜难来索债人。我那时真想负债在身,天寒地冻中,起码总有债主盈门。严冬的傍晚,我还是裹紧围巾,踏着吱吱作响的冰雪,去站外小菜地摘几棵白菜叶,回来在电炉里和着盐水煮,多搁几勺大椒沫;就着烈酒,刘十九不来,索债人不来,我就一口一口地,慢慢将一个又一个漫长冬夜啜暖在心头。

酒,是冬夜的克星,孤独中最可信赖的朋友。《水浒传》中,那草料场的老军,给冬天前来接班的林冲办清交接之后,特意手指壁上挂的大葫芦说:"你若买酒吃时,只出草场,投东大路去三二里,便有市井。"可以想见:一个偌大草料场守更一辈子的老人,在多少不眠的冬夜,是大葫芦一口口地斟给他温暖,稀释了他的孤愁。所以他才将酒葫芦的重要性传递给林冲。同样,当林冲顶风冒雪,向东到挑着草帚的篱边酒店,酒家一眼就认出这是老军孤独的酒壶。

可见天越冷,愁越重,酒也就越温暖。当我偎在炉火旁,一边把卷《水浒传》,一边看守贾桥这个草料场之时,心里少有地透彻这"心有灵犀"般的默契——特别读到林冲"怀内揣了牛肉,花枪挑着酒葫芦,看那雪,到晚越下得紧了",我感觉,封山的大雪都敌不住一个酒壶。

　　"几年无事傍江湖，醉倒黄公旧酒垆。觉后不知明月上，满身花影倩人扶。"如今远离贾桥多年的我，身居在"芳香袭人是酒香"的华屋，举起娇妻浅斟"夜光杯"的"葡萄美酒"，我总不自觉地回想起贾桥，那十二个少有人烟的冬天、想起蹚过风雪独自摘菜的吱吱脚印——那是我吗？在围炉对饮的静夜，妻总心不在焉地听我诉说。

　　看来，风雪的贾桥仅在我记忆中活着。

素描孔方兄

> 囊有钱，仓有米，腹有诗书，便是山中宰相。
>
> ——李鸿章

从司马光问钱说起

身为北宋重臣、学界泰斗的司马光，喜欢对文友们询问，"你家里有没有钱?"之类的问题。被问者困惑不解，说司马光这样的名臣泰斗，怎么比"夜半虚前席"的汉文帝还可怜，不问苍生问金钱。后来大家才明白，对谋生乏术的文人们来说，"钱"是司马光衡量其的一把标尺。例如比司马光稍晚一些的诗人潘大临，就因为无钱交租，使得他连写首整诗的时间都没有，只能将一句"满城风雨近重阳"题上墙壁，就从后门溜之大吉，因为前门已经站满收租的"黄世仁"。所以"囊橐萧萧两袖寒"的文人们，纸高六尺价三千，著书都为稻粱谋，说到底也是"闲来写画营生活"的本能之举。齐白石不就承认："刻画论钱为惜生"，总不能在"窥灶不见烟"(陶渊明《咏贫士》)中喝西北风吧。就不说"老了文章不值钱"(刘伯温)，"出名要趁早"(张爱玲)之类了。嬉笑怒骂、快意恩仇的李敖先生曾语重心长地要求大家，"要有点钱来保护自己的独来独往，保护你随时可以跟老板说再见，随时不为五斗米折腰。你要有一点点钱，把这钱藏起来，保护你的自由"。就因为李敖本人经济雄厚、腰缠万贯，才能"乱云飞渡仍从容"地成思想斗士、文化险峰。

"肯嫌斗粟囊钱少，也济先生一日穷"，可对平头百姓来说，好多仍在遭受钱的折磨。

闲话借钱

俗话说：手中无铜，走路发怂；兜中无钞，走路发飘。无钱，走路都困难，出门就更困难。"大道如青天，我独不得出"似可看作李白无钱时"行路难"的一种表现。穷居长安的杜甫，"朝扣富儿门"也是迫不得已。都是有手有脚的人，若不是被生活逼到墙角，到处潜悲辛，谁愿张那个口。

想起《水浒传》中，当豪侠鲁达为筹措金老汉父女的路费，立即从口袋捐出五两银子，认为不够，又以借的方式向史进募得十两银子，当鲁达以同样的方式向李忠张口，却只募捐到二两银子。惹得鲁达批他"是个不爽利的人"，并拒收这二两银子。

鲁达虽是小军官，但待遇好；又是光棍，花费低。史进是富二代，不差钱。不像草根李进，全靠打把式卖膏药讨生活，赚的都是辛苦钱。但卖艺人的规矩是，有钱捧个钱场，无钱捧个人场。不讲自己从牙缝里捐出二两银子，就是一文，也是一片心意；可在出手阔绰的人眼里，不但看不上自己的血汗，还落个抠门的骂名。你说他憋不憋屈。

当然还有更牛的主。说汉末，周瑜任"巢湖市长"，听说鲁肃家有两大圆形粮仓，每仓装三千斛米，想向他打白条。当周瑜刚说出借粮之意，鲁肃毫不犹豫地手指其中一仓，不是借，是免费赠送。如此大手笔，比当今的红十字会还慷慨，该让多少葛朗台汗颜。从"借"的态度上，的确能折射一个人的品行。例如晋人阮光禄曾有一辆好的私家车，不管谁来借，都一概应允。有一个人要埋葬母亲，想找阮借车，考虑再三，没有开口，原因就是不忍将阮的豪车当灵车。后来阮光禄得知，长叹一声道："有好车有什么用呢？别人急用却不敢来借。"于是，就把那辆车子烧了。——按俗人标准，借是人情，不借是本分。但阮光禄看重的是，解人危难的借，是崇高的道德标准，与之相比，再好的车子都是身外之物。

记得余光中有《借钱的境界》一文，余先生从被借的角度来谈借钱的体会。作为弱势群体的笔者，哪有援外的资本，倒有开口的记忆。十多年前，我身陷生活的沙漠。想到"到处潜悲辛"的杜甫，还留一点钱充下门面，我连充门面的钱都没有，只有"千金散尽还复来"的梦呓。在"囊中惟剩诗"的无奈中，也想学跑当铺的少年鲁迅，遗憾小镇没有当铺，我恨不得将收破烂的当成亲人……当我向一位朋友嗫嚅张口，他秉承金圣叹的古道热肠，"问所需多少，急趋入内"，将刚领的薪水倾囊而出，虽他老婆面有微色，却帮我度过危机，温暖至今。对"茫茫沙漠广"的人来说，都需鲁达、阮光禄、金圣叹这样的好人，虽是一滴水，胜过一涌泉！

金钱四型

平心而论，钱的确是一个好东西。不管你是饱学的鸿儒，还是草莽的江湖，一旦失去钱，甚至转眼就得落魄街头。所以秦琼潞州卖马、杨志东京卖刀、伍子胥吴门吹箫、曹雪芹举家食粥……共同印证着一句俗语：一文钱难倒英雄汉。

但对待金钱的态度，却因人不同而结果迥异。所以《增广贤文》说的"君子爱财，取之有道"的这个"道"字——首先就是一个立场问题。简而析之，可分四型。

一是口是心非型。某市市委书记胡某，在一次廉政会议上大言不惭地宣称："繁体字的'錢'，意是左边一个'金'库，右边有两个操'戈'的把门，谁进金库，必然被捉。"——然而他自己就是一只官仓鼠，贪敛不义之财达千万之多，结果被两个操法律之"戈"押解。可谓"伸手必被捉"。

二是淡泊如水型。一代国学大师钱锺书先生，一生淡泊名利。晚年多次拒绝央视的有"酬"采访。他曾给一位至交的信中谈及"阿堵物"后，幽默地自嘲："我姓'钱'，今生还缺没钱花。"——他就这样在诙谐中宁静淡泊而死，真可谓"腹内诗书藏万卷，床头银钱无半文"。

三是无私奉献型。同为文化巨人的茅盾先生，在1981年临终前，将他毕生的积蓄和稿费共23万元,全部无偿捐献给国家,设立茅盾文学奖。——为文学新人的前进又做着铺路石的工作。

四是勤劳节俭型。大部分芸芸众生都属此型。他们像辛勤拉车的骆驼祥子一样,风里来雨里去,在人生的征途上用如雨的汗水去换取一点报酬。节衣缩食,又像买稻种的梁生宝,一个铜板恨不得掰成两块用,目的就是像鸟儿储备过冬的食物那样,为家庭储备着往后的幸福。——喜爱涂鸦的笔者当然也属此类,像陶渊明一样,在南山锄禾种豆,养活身体;在东篱采菊写诗,养活心灵。

"闲来写幅青山卖,不使人间造孽钱",我常用这两句诗警示自己,然后一如既往地埋头流汗劳作,抬手祝福远方。

摇曳古典的风情

我已长发及腰

想起风流才子杜牧的事,说他漫游湖州时,喜欢一位聪慧的女童,才十来岁。杜牧就向她的母亲预购,十年后,等女孩长发及腰,再正式向"民政部门"登记结婚。人生总有讲不清的变故,以致十四年后,杜牧才重到湖州,寻到那位小情人。其母早故,她也嫁人三载,生娃二个。等我长发及腰,你没有来。此时杜牧是"默默无语两眼泪",只能送给女子一首诗。

一个十来岁的女童,相当于现在的小学生,身背小书包、口唱流行曲,其母就答应一个剩男提出的娃娃亲。若她知道这个与自己年纪相仿的准女婿,不但好写诗,还好夜店这一口,不知这桩婚事还靠不靠谱?但靠谱的是年龄真不是代沟。

不说古代老少配司空见惯。"我生君未生,君生我已老。化蝶去寻花,夜夜栖芳草。""十八新娘八十郎,苍苍白发对红妆。鸳鸯被里成双夜,一树梨花压海棠。"就是离杜牧千年后的今天也习以为常。例如著名意大利歌唱家帕瓦罗蒂68岁时娶了比他小将近一半的曼托娃妮等。他们之中,不乏宝刀未老之将,还超计划生育。真让人想起,年过花甲还纳美妾的清人顾炎武所自诩的:"苍龙日暮还行雨,老树春深更著花。"

与之比较:"小荷才露尖尖角,早有蜻蜓立上头"的杜牧,不过是小儿科,年龄真不是问题,只要杜大才子彻底戒掉花心的臭毛病,彼此真心,他与那个女童说不定还是绯红的一对。

事情到此还未完,杜牧赠下的是首叫《叹花》的七绝:

> 自恨寻芳到已迟,往年曾见未开时。
>
> 如今风摆花狼藉,绿叶成荫子满枝。

我曾想,当十四年后寻芳的诗人,已处在人生的秋天,如今风摆花狼藉,等来的却是一个拖儿带女的妇人,不但长发及腰,想是操劳家庭的重担,及腰的长发过早地泄露几根白发……往年曾见未开时,自然与保质心头的"豆蔻梢头二月初"的清纯背道而驰着越来越远的距离。唉,狂风落尽深红色,一生又有几个十四年?对他俩来说,只能是朽了红颜老了歌者……我想:说不定诗人像《红楼梦》中的宝哥哥一样,默到心慕的女子即嫁,不久将绿叶成荫子满枝,风华急逝,青春苦短,眼泪禁不住流了下来。

回想当初对一个梳羊角辫的女孩,就贸然诺下婚约,十四年后已为人妇为人母。诗人也许为不能亲手兑现"把你的长发盘起"的诺言,而难得地流露出懊悔的深情。

我的爱对你说

又想起中国四大美人之一的杨贵妃来,后人誉她"羞花"的艺名,意思说她的美艳令百花毁容的心都有。杨贵妃的美自然无可置疑,但她肥胖的身材,按今天的标准,还真无优势可言。(不知是否与她爱吃荔枝有关?)但她荣幸地活在以肥为美的盛唐,当时的女人们,尤其贵族名媛,都低胸大袖、华丽丝绸,杨贵妃根本无须减肥,更无须像今天的部分女星一样挤胸露点,而是在透视装似的绸衣下,若即若离地开放着迷人的事业线,高贵性感,博尽眼球。而且她舞蹈也很棒,《霓裳羽衣舞》更是拿手菜。"风吹仙袂飘飘举",以她身材,演绎肚皮舞更是得天独厚。可惜其时唐玄奘从印度取来的是真经,没取来肚皮舞,不然在杨贵妃的推动下,定在华夏生生不休。

若要用一种花来形容她的话,我认为倒是海棠合适。据说一次杨美人喝高了,醉睡在百花丛中,被到此的唐玄宗看见,赞道:"岂是妃子醉耶,是海棠睡未足耳。"不管这与她艺名的来历有无关系,肯定的是她醉后的睡姿,该是百媚千娇。美人的美多是从娘胎里带来的,别人难以复制,就像西施心痛时皱的眉,也是风情万种。

唐玄宗的赞语,其时正给他当文秘的大诗人李白在场否?他给杨贵妃写的《清平调》有两句:"名花倾国两相欢,长得君王带笑看。"倒与此场景大体吻合,搞得像当事人似的。

从年龄看,唐玄宗比杨贵妃大三十四岁,也是"一树梨花压海棠"。虽然史学大师陈寅恪多此一举,考证出杨贵妃入宫是否处女。哎,只要唐玄宗老爷子愿意,两情相悦,年龄不是问题,处女也不是问题。但问题是君王带笑看可以,芙蓉帐暖度春宵,大不了豁出去龙体(其实就是一把老骨头);但毫无节制地,甚至发展到班也不上、工作也不干,从此君王不早朝,将祖宗留下的百年老店放在脑后……杨贵妃跳舞泡高档温泉,已是奢靡;而吃荔枝这特供零食,"一骑红尘妃子笑,无人知是荔枝来",更是劳民伤财;尤其当她"霓裳一曲千峰上,舞破中原始下来",这就玩得太大了,怎能不潜藏风险的激流。所以当那个叫安禄山的干儿子,不但私吞资产,挖墙脚,另注公司……这百年老企已面临决堤的危机。

对唐玄宗来说,年龄、处女不是问题,但面对兵变,杨贵妃的生死倒成为棘手的问题?天宝十五年(756)的六月十四日,在途经陕西马嵬驿,当哗变的禁军像追债的货主、索薪的员工,一边是高举的刀枪,闪着愤怒的寒光,一边是心爱的佳人,哆嗦地泪流满面,最终三尺白绫,看着美艳千古的宠妃,香消玉殒在昏花的眼前……

面对杨贵妃之死,也是女性的清代诗人陈葆贞论到:红颜若向升平老,未必君王不负盟。意思说等到杨贵妃人老珠黄之时,就是重蹈咫尺重门闭阿娇之日。严格意义上讲,唐玄宗对杨贵妃的感情还很专一。当经过硝烟与漂泊,他重回到与杨贵妃山盟海誓的长生殿,七月七日长生殿,只能用自言自语的方式消磨一个个孤寂长夜,"夜半无人私语时"。这私语也包括无数遍念着杨贵妃留下仅有的一首诗,《题张云容舞》:

> 罗袖动香香不已,红蕖裊裊秋烟里。

轻云岭上乍摇风,嫩柳池边初拂水。

细腻的诗句,不但熨帖着唐玄宗的漫漫长夜,也是对美人三十八载人世游最好的怀念。而他俩的爱情信条真该值得重视,在天愿作比翼鸟,在地愿为连理枝。在当今这个一夜情滋生的时刻,用行动保证着永不劈腿、永不出轨,纯属不易。

青楼绝恋

下面谈谈《卖油郎独占花魁》的故事。故事中的那个卖油的穷汉子——秦小官,为了取得京华名妓王美娘的一夜之欢,不惜动用十两银子——那可是一年走街串巷、担油叫卖的血汗钱啊,来换取美人的一夜情。可惜,当夜那美人酒醉不醒、烂醉如泥,别说与之鱼水之欢,就是美人的衣服也未脱。这秦小官倒也是个诚实君子,帮着为之端茶倒水,服侍这个美人。次日清晨,走出朝思暮想的妓院大门。花辛苦一年的积蓄,只饱了顿眼福,就打了水漂。我不知他再沿街卖油之时,回想到自己做了一回柳下惠,后悔不?

事实,这王美人早有从良之心。但从本意看,傍的绝不是这卖油的穷汉,倒该是《三言》中杜十娘从良的李甲公子之类。李甲不但长相风流俊俏,而且又是饱学的儒生,更不可忽略的重要外因是:他老子是江南布政使。总之,李公子是正宗的官二代,长得又酷,加之才华和风情,该是多少"天上人间"中的小姐梦中的首选。

然而天妒红颜,李公子有意纳妓为妻,而李甲之父老李甲——名门正派的布政使,却绝不容许妓女入门。除非她仅作妓女,参加三陪之类,而绝不容许其他身份。身处两难的李甲,像进风箱的老鼠,两头受气。一边是风华绝代令人垂涎的名妓,一边是道貌岸然家法如山的严父。这李甲不愧豪门出身又久经风月,不像市井的秦小官,死心眼。妓女有的是,没有杜十娘,还有杜十一、十二娘;而有钱有权的老子就一个,没有了老头子,什么娘都不娘。所以,他最终含泪将杜十娘,以一千两纹银的优惠价,倒卖给做盐生意的孙福孙大老板,做二奶。

然而，与杜十娘的悲剧相比，王美娘是幸运的。这位整日在王孙公子、打情骂俏丛中，讨生活的名妓，切身体会："每遇不如意之处，或是子弟们任情使性，吃醋挑槽，或自己病中醉后，半夜三更，没人疼热，就想起秦小官人的好处来。"——即是那些花花公子们，"任情使性""吃醋挑槽"等恶行，成全了秦小官与美娘。所以，王美娘觉得闲适的"村庄妇人，也胜我十二份"。已厌倦卖笑生涯的她，最终决定，从良给卖油郎。傻人有傻福，卖油郎独占花魁，携得美人归。从此，秦小官上街卖油，王美娘在家做全职太太，灯红酒绿的"天上人间"生活封入记忆深处，待到山花插满头，莫问奴归处？过平凡的恩爱生活，让后世读者，衷心地祝福他俩吧。

而杜十娘呢？原以为一嫁李甲，从此脱离苦海；哪知另售孙福，又落火坑。事实以色侍人多年的杜十娘，原本对换一个"主顾"，本不会在心。只是李甲的做法，让她做一个满头山花的妻子的愿望，彻底破碎，一种对民间真爱的极度渴望变成绝望。这是拿刀在捅她的心啊！所以，心灰至极的她，先怒斥孙福："我死而有知，必当诉之神明，尚妄想枕席之欢乎！"后斥李甲："妾不负郎君，郎君自负妾耳！"说完抱起私藏多年的价值连城的百宝箱，勇跳江心。她是用价值连城的宝物，到水中去买"执子之手，偕子以老"那人世绝版的爱情！

在古典的桑园，采撷爱情

陌上桑

在这阳光和煦的春日，城南隅的桑树，水般葱茏。我爱的秦家女子，"青丝为笼系，桂枝为笼钩"，从汉朝民歌中动听地走过——一路青嫩的桑叶遮不住她悦耳的心事。她像一曲春歌，碧绿着整片原野，引得乡土上"好逑"的后生迷向桑园深处。

于是原野上：耕者忘犁、锄者忘锄——自愿定身法于你的美丽；行者捋须、少年脱帽——被你采桑的勤劳身影打动。于是整版原野整幅春天，你成为芬芳的主题。

> 头上倭堕髻，耳中明月珠。
>
> 缃绮为下裙，紫绮为上襦。

暗恋你的我，身躲一朵油菜花的背后，像风般招手！桑女，你可望见——我仍在这个偏僻的村庄之上：锄禾日当午！低头锄地、抬眼望你，连禾下的土地都深知，我劳作的汗珠滴着你火热的名字。

采桑女子，我自愧达不到你的标准——"为人洁白皙，四十专城居"。但我也决不做那个淫笑的使君，来骗猎你的青春……我呢？只求蛰伏成你掌心的一只春蚕，在你夜喂桑叶、昼喂歌声之中，我会满足地睡去——你的玉掌是我春夜的婚床，我为我心爱的人啊，日夜吐丝、日夜吐丝……

而一个声音永响心灵的天宇：

> 秦氏有好女，自名为罗敷。

> 罗敷善蚕桑,采桑城南隅。

秋水伊人

伊人居住的那条河流,蜿蜒曲折在《诗经》里头。我爱的人,在清澈如玉的河畔,晨起擢发,暮起浣纱。周边的蒹葭青青着一片呼唤,十五国风吹开她的裙裾。

> 蒹葭苍苍,白露为霜。
> 有位佳人,在水一方。

多少次我梦想到她身旁,为她烘烤雁翅遗落下的忧伤,可我没有桥与渡船,空有似火的真情。

多少次想与她依偎蒹葭丛中,面对岁月之河,共赏青春的倒影,可我没有彩翼,而空有灵犀……花落花开又花开花落,像一只雎鸠鸟,日夜倔犟地为你"关关"着古老的歌谣。

> 参差荇菜,左右流之。
> 窈窕淑女,寤寐求之。
> 求之不得,寤寐思服。
> 优哉游哉,辗转反侧。

我不惧沧海苍天,何畏山高路远;只愿在这小洲旁,将我俩的故事昼夜传唱。在蒹葭无数次白头之后,成为爱情新的血液。

渡　口

又冒雨站在这个日渐荒芜的渡口。好多年前的那个早春,我曾在此送你,望你一步一步登上渡船。起锚、挥桨,"孤帆远影碧空尽,唯见长江天际流",一叶孤帆就这样从我目光的河流淡过天边。

遗下比孤独还沉的暮霭坠我于此岸,春雨飘泼中,如雕般伫望你去的万里烟波……你没有雨衣,我没有纸伞;若时光倒流、倒流——我会勇敢地踏上那最后一班渡船,以我瘦削的身体作为桅杆,脱下我单薄的衣衫作为风帆,在大雨倾盆中,将我赤诚的双手划成桨橹,劈波斩浪,载你驶向幸福的彼岸。

如今,大雨折磨这条河流。你说好,叫我冒雨接你的下一班渡船。我为你挟来红伞、带来雨衣,还有满腔如火的真情……可空望多少夜色阑珊的河面,风急浪险。尤其在这晚来急的带雨春潮之夜,一条孤独的小船无助地栖身于凄凉之岸——已等不到你归来的风帆。

只剩下掌心这张旧船票,依然完好着当初的旅程。

漂泊之恋——读蒋捷《一剪梅》

漂泊多少生活。我打个无奈的酒嗝——背后又是骨瘦的春天。

到处都是你的幻象,虽然春天像帽檐般,将一些景象压得很低,但——舟子摇起波涛,你在江心;酒帘吹起号角,你在楼上……秋娘渡与泰娘桥,多少思你的征途穿过目光的航道,春风也是你,春雨也是你。

何时回到诺言的小木屋,你纤手将我误落风尘的客袍,含泪浣洗。一炉清香袅袅着春夜的悠远,一支古笙吹出内心的禅意——在常春藤即将爬上夏天的小院,"流光容易把人抛",让我将颗红樱桃塞进你多情的小嘴,背依芭蕉。若说把人抛的永是年华如水,那抛不掉的永是嫣红的真恋!

槐荫树:爱情的媒婆——感影片《天仙配》

看罢电影——脑海就立体着那棵和蔼如父的槐荫树,枝繁叶茂、满面皱纹,笑呵呵地义务为仙与人牵线,宛若用周身喷香的槐花酿一树爱情。看罢电影:心就联想到槐荫树枝头,栖满的鸟儿,都自愿成双结对,叽喳地用黄梅曲调哼着旋律。

永记私下人间的仙女，那天上最美的云霞，和善良勤劳的董永，土地般朴实的人儿。就不忘槐荫树领着笑容满面的群山，齐看他俩回家——回到自由淳朴的民间，升起温暖的炊烟……我不要什么荣华、什么富贵，我只要一个担水、一个浇园。在老槐荫树捻须微笑中，他俩将大地耕织成春天。

然而，董郎，当你手摘的鲜花，还没戴紧我的发鬓……银幕陡响狰狞的闪电……

这就是影片《天仙配》——盛开观者心头的神话。起首春光明媚，末尾荡气回肠。让我们不禁魂攀老槐树之上，一想再想、一望再望——千秋万世的爱情啊！可分两种：一种是在天上，一种是在屏幕中。那就让我站成一棵树吧，为有情人重逢，等待天老、等待地荒，而甘愿滞留在人间的土地上……

爱情的特异功能

爱情是一种"特异功能"，不信请听：

爱情让生前无法聚首的一对情人，死后变成两只蝴蝶——一只叫梁山伯、一只叫祝英台，在千古的花海中，翩翩着人世的深情。

爱情又是原子弹般的泪水，泉涌在送寒衣的孟姜女的眼帘。声声泣唤丈夫范喜良，从日升到月落，竟哭得天动容、地动色，哭倒了万里长城。

美丽的爱情也吸引着人世的精灵。你看七夕之夜，是牛郎织女的吉日。人间的喜鹊，都自愿地含石衔木——义务地搭一座横跨银河的长桥，让有情人相会在桥上，互吐衷曲。

但为永获爱情，有时真爱的少女甘愿二世为人。元代杂剧家郑光祖笔下的那位张倩女，为了意中人王文举，"倩女"宁可"离魂"；明代剧作家汤显祖笔下的那位杜丽娘，为了心上人柳梦梅，死后三年都能复生——这就迸射出爱情的力量，它逾越阴阳、降伏死神，让不可能成为可能！

所以，为爱，连蛇都放弃了仙的深造，而羽化成人。白娘子为了木讷的丈夫许仙，大战昆仑童子，力盗仙草，水漫金山，苦斗法海。她是在用生命卫护着"十年修得同船渡，百年修得共枕眠"这人世的姻缘。

这就是爱的"特异功能"，听了，该信！

梅的暗恋

梅花开了，我想起了沁人心脾的初恋。

那是在多年前的一株梅花下，漫天雪舞中，你的红颜也像一朵红梅，燃烧了我整个冬天。

就为这次偶然的回眸，就为这次暗香浮动的亲昵，在一支沁人心脾的梅香中，我俩踏雪而来，又渐渐地踏雪无痕。

这是早年的回忆了。今晨，"墙角数枝梅，凌寒独自开"，我知道那不是雪的欺骗，是一缕馨香从"古"飘到今……那位少女啊，我一肩诗书一身布衣，凭两根你折的梅枝；你可看见，我怎样倔犟地挨过飞雪连天的难年。

"折梅逢驿使，寄与陇头人。江南无所有，聊赠一枝春。"我曾穿透多少唐诗酒肆、宋词驿站，独栖过万里雪飘的北国边陲，在千年冰封中执着地为你踏雪而歌，为你滴泪成冰。而今晨，在江南，我折一枝梅给你，折一枝多年未曾盛开的企盼。

我将如何接受或者拒绝你的诺言？面对梅花，我已无法想象尘世的轮回。大漠雄风、江南流水，我无法想象当初的梅树下，一个雪人，怎样动情地流泪。

——动情流泪的还有一株梅，为一个人，生命著满无望的花蕾……

雨　巷

又是梅雨击打小巷、小巷的青石板上……

谁的心，仍倔犟地绽成一朵丁香，在雨中，开得凄迷又疯狂。——等待那个撑伞的诗人,践约而来,脚踩苍茫。

> 我希望逢着
> 一个丁香般一样地
> 结着愁怨的姑娘

如今,为你,那朵丁香仍执着地待字闺中,青翠欲滴;面对各种电闪雷鸣的人生风雨,也冲不淡她的颜色、她的记忆、她的芬芳……一如既往地踮足向巷口眺望、眺望……

你说,你的爱如伞,拓开一切风雨,在我往后的人生里撑一方晴朗的生活。然而命运之雨泥泞了我一个又一个花季,使我的青春进入洪多涝频的雨季……

就为雨中的回眸,就为巷深的相逢——油纸伞成为命中的信物;使我的爱像青石板,在岁月的冲刷下,仍闪烁当初的吟哦。

我就是丁香的精魂,千百年、千万年地在雨巷悠悠。爱人!不管是花开之晨、花落之夜,我都心记那错误的爱,以及雨的哀曲中,青春未曾脱落的瓣瓣色彩。

烟雨江南

雨如烟地下着。这是江南,蒙蒙着春天的眼帘。桃花在篱边寂寞地红着,绿油漠漠的水田上,一行白鹭带着秘密飞行……这时,一个戴笠穿蓑的人,就从水田中直腰抬望:不但那婉转的鸣声有了湿意,更主要的是,天蒙蒙地蒙蒙,人世的这片烟雨……想到多少湿红桃花守望篱边、多少渴盼如鹭般飞远、多少人物被雨打风吹、多少故事滴翠着江南的扉页……无言的是手握的这把春秧,默默在如镜的田中抒写回忆。

那个人,可还能走回这"碧于天"的水田?而一任岁月从田塍上赤脚掠过,遗下如弓的一个身影,在水田插着二十四节气——留下一片烟雨,给笠和蓑温习着江南万古的轮回。

你深沉地弯下腰肢——雨水注满这动容的天空，你端详这碧绿的田野凝重一笑。烟雨蒙蒙、烟雨蒙蒙，蒙蒙在琼瑶的书中……

为爱情泡杯热茶

给爱情泡杯热茶，你来的夜晚，天气寒冷，窗外飘着雪花。

我给你泡杯热茶，你虽然夜夜出没于歌厅舞榭的霓虹，也喝遍咖啡饮料……可你始终对家乡的粗茶情有独钟。你说：子夜独回你疲惫的租屋，你最爱泡一杯热茶，来温暖一下你随手关门的孤独。然后，在灯光的指引下，一人静看茶叶在沸水中跳舞。你说：茶叶那会最美，静静地、自由地在水中解开周身的疲惫……如闲云野鹤般，由里到外地坦开身心和性灵。那份自由那份惬意，在浮躁的都市，尤其在灯火怒放的喧闹之后，你又陷入寂寞的包围。你仅能对一杯茶水倾吐心事……你觉得你需要一个茶杯，抱住自己，在无人的黑夜，像茶叶般享受着真情之水的沐浴。

给爱情泡杯热茶，多年之后，我才想起：你碧绿的茶汁，都是我今生苦涩之泪……而我仅能用这杯热茶温暖温暖一下记忆，因为我今夜的彻悟已经太迟太迟……

不渝的筷子

握着司空见惯的筷子，像一对夫妻，忠贞不渝！

难忘的是颗粒无收的凶年，一对筷子依偎在揭不开锅的灶边，餐风饮露、吃糠咽菜，在生命缀满补丁的年代，瘦得快被风吹倒的他俩，咬牙互励着……尝遍人间辛酸。

如今在杯筹交错的餐桌旁，静静坐着仍是他俩瘦削而又淡泊的身影。举案齐眉、相敬如宾，出则一对、入则一双。筷子丝毫没有因口含美味，而心下互生怨嫌。

我想起著名建筑学家梁思成先生，生前用筷子进餐时，总嫌喝汤需另用勺，就构思了一种空心筷子。这样每逢喝汤时，就可以用筷子当管吮吸了。

梁先生的构思无疑新颖,却起码背叛了中国饮食文化的伦理性。假若满桌嘉宾个个伸头探颈,用筷子"二龙出水"——那么传统的相敬如宾的情感还有几多"风景"可言?所以,将无数王朝挟碎的筷子,拒绝空心。

看着筷子,想到几千载都这样成双结对地被静握在国人的手中,从不劳燕分飞。他俩是用生命啊,实践着"执子之手,与子偕老"这一伟大格言!

临窗的秋

推开这面多病的窗子,又是怎样一个愁云惨淡的天空。回望你自燃的一次次美丽——想我该在雁脚上系紧缤纷沉重的思念,放它人字形匆匆南归;该让那千载悠悠的朵朵白云流成你纤手中洁白的方手帕,按住你等待的嘴角口红憔悴的抽泣;我该用满身的真情酿造金色的火焰,冬天为你取暖……空留下这么多无法兑现的承诺,使我锦被似的日记羞愧难眠,眼睁睁望着万木的黄叶,正叹一声息一声地追逐到树下,抚摸早已荡然无存的动词,而大失所望地驾着风,一叶叶地远我而去。想象冬季即日而至,真是天昏也是我,地暗也是我。

在这种秋深的氛围,我只有用逐日渐厚的棉衣,裹紧我曾英发的雄姿,无法向你展开我的花期;我只有用苍白失血的口罩,一次次将我如花的脸围得水泄不通,无法向你绽开我永不褪色的话语。在这萧瑟无比的秋夜,平凡的茅屋内,只剩下我和诗两个,默默对视,还有心跳满腔、激动满纸,我不再说,我不再语,甘于谪守、谪守清贫……

只求漫步在华灯青睐马路上的你,抑或被霓虹灯七彩环罩的你,能偷隙瞅瞅天空,那最后几颗寒星,都是我风华正茂的脸颊上,再也无法风干擦净的泪珠!

而我紧攥你早春的红豆,琴妹,吾庐独破受冻死——终不悔是一种永恒的幸福!

开窗放入大江来

——漫谈古典诗歌艺术之美

一、痴语之美

　　诗人们真是痴人,痴话不断。你看北宋晏殊在问:"夕阳西下几时回?"欧阳修又在问:"泪眼问花花不语?"晏殊怎会不知,西下的夕阳明早就会升起成东方的朝阳;纵然今夜开始淫雨霏霏、连月不开,他不知道"花落知多少",但他知道,太阳一定会"日出东南隅",只不过早迟而已;人类怎么会永远生活在没有阳光的黑暗和风雨里。而"泪眼问花花不语"的欧阳修又岂会不知,就是泪眼问出血,花也不会语。似乎对他这种痴问,落花都懒得搭理,"乱红飞过秋千去"。

　　对于诗人产生痴话的现象和原因,我们可以从自然科学角度来探讨,认为"古人看见月缺花残,黯然泪下,是可恕的,那时自然科学还不发达,当然不明白这是自然现象。"(鲁迅《给颜黎民的信》)自然也可以从诗人的本性角度来探讨。欧阳修说:"人生自是有情痴,此恨不关风与月。"这是诗人的秉性和禀赋所在,"自笑自悲还自语","自颠自醉只成痴",与风花雪月无关。诗人"无故寻愁觅恨,有时似傻若狂"的行为,真像《红楼梦》中的小情痴贾宝玉一样,"看见燕子就和燕子说话,看见鱼就和鱼说话,看见星星就和星星咕咕哝哝",所谓"情之所钟,正在我辈"。这个"情之所钟"者,又怎能剥夺诗人写作时忘我的投入权。

　　所以杜牧才不管"千里莺啼,谁人听得?千里绿映红,谁人见得?"的批评,像长出千里眼和顺风耳,写出《江南春》中的名句"千里莺啼绿映红"。苏东坡也不管鹅知不知道、抗不抗议,只顾写下"春江水暖鸭先知"的名句。杜甫也不管"四十围乃是径七尺,无乃太细长"

的批评，和如今"古柏不过十丈高"的指责，仍然写下了"霜皮溜雨四十围，黛色参天二千尺"的名句。而孟郊更不管"长安花，一日岂能看尽"，依然在长安急驰着得意的马蹄。李白的"白发三千丈"，韩愈的"无以冰炭置我肠"……诗人们"天地入胸臆，吁嗟生风雷。文章得其微，物象由我裁"，就这么任性。

当然诗人有时也会略微照顾一下科学的颜面，按套路出牌。李白说："燕山雪花大如席。"鲁迅给出解释："燕山究竟有雪花，就含着一点诚实在里面，使我们立刻知道燕山原来有这么冷。如果说'广州雪花大如席'，那就变成笑话了。"（《漫谈"漫画"》）看来"吾本楚狂人""天生我材必有用"的诗仙，偶尔也知道收敛一点。

"都云作者痴，谁解其中味。"如说小说家煮的是饭，那么诗人酿的是酒，长年累月地酿造着"香引洞中仙"的佳酿，不知不觉中也醺醉了自己。醉后的李白不但是：

> 酒入豪肠，七分酿成了月光
> 余下的三分啸成剑气
> 绣口一吐，就半个盛唐
>
> ——余光中《寻李白》

更是"天子呼来不上船"，甚至公然下逐客令，"我醉欲眠卿且去"，有事明天再说，明朝有意抱琴来。与之相比，其他诗人自怨自艾，说些醉言痴语，又有什么离奇。"感时花溅泪，恨别鸟惊心。"可惜在岁月和俗世的层层磨洗下，"人间亦有痴于我"的人越来越少，最后就剩下几个诗人，还在俗人们讥笑声中，对着飘去的落花含泪，西下的夕阳含悲，然后一饮而尽这空空的酒杯。

"它生莫作有情痴，天地无处着相思。"想到晏殊的第七子晏几道，写的名句："梦魂惯得无拘检，又踏杨花过谢桥。"被道学家程颐"赞"为"鬼语！"对每一个诗人来说，愿这种诗的鬼语、情的痴话，越多越好，只是俗人们不解其中味而已。

二、模糊之美

我们知道,中国传统艺术为了追求弦外之音、画外之像、味外之旨,常采用一种模糊的艺术表现手法,极具启发性地营造出一种"言有尽而意无穷"的艺术之美。所谓"桃花嫣然出篱笑,似开未开最有情"(汪藻《春日》)。"雪似梅花,梅花似雪,似和不似都奇绝。"(吕本中《踏莎行》)让读者通过这极具启发性的"似开未开"的模糊的艺术手法,去咀嚼、回味那"似和不似"的无可名状的情的无限、美的奇绝。

以身高例谈。宋玉在《登徒子好色赋》中,说他那位东邻美女,是"增之一分则太长,减之一分则太短"。但美人"增之一分则太长,减之一分则太短"的身高,到底是多少?则是一片模糊的数据,虽然谁也说不清楚具体,却极具启发性,启发读者透过这"增之一分则太长,减之一分则太短"的模糊语言,去感悟到美人的身高,是"秾纤得衷,修短合度",不高不矮,匀称得天衣无缝,美得恰到好处。对待此美,北宋欧阳修就承认:"增之太长,减之太短,出群风格。"(《盐角儿》)起码欧阳修,就在"增之一分则太长,减之一分则太短"中,已经感受到"出群风格"之美。难怪东邻美女的"嫣然一笑",都能迸发出"惑阳城,迷下蔡"的美的杀伤力,真是美得威力无比。

以地点例谈。宋人王观的《卜算子·送鲍浩然之浙东》上阕云:"水是眼波横,山是眉峰聚。欲问行人去那边?眉眼盈盈处。"读到这里,我们真要问一问这位去向"眉眼盈盈处"的行人,到底去哪里?因为他去的"眉眼盈盈处",我想这就连当今先进的导航仪,也导航不出这个地点。这就是对目的地模糊的表达之美,虽然没有也无须像张旭的"洞在青溪何处边"和苏东坡的"家在江南黄叶村"那么位置具体,但你却能通过"水是眼波横,山是眉峰聚",去想象这是一处浙东的山清水秀、风情万种之地。

以中国饮食文化例谈。传统烹饪菜肴时,要求搁盐,并不要求精确到盐搁几克、几钱,而是模糊地要求搁盐少许。至于这搁"少许"的盐,到底搁多少,完全是一个模糊的概念。这就要求掌勺者,根据食材的多少、食客口味的咸淡等客观因素,而自行掌握。

以文章做法例谈。《菜根谭》云:"文章做到极处,无有他奇,只有恰好。"在《菜根谭》看来,文章做成极品,没有什么妙法,只是写得恰到好处。从创作者来说,写作时既要"常行于所当行,常止于不可不止"(苏轼《文说》),文思在应当继续的时候前行,在不能不停的地方刹车。同时也要繁简得当,在创作中"有时用简:惜墨如金,力求数字乃至一字传神。有时使繁:用墨如泼,汩汩滔滔,虽十、百、千字亦在所不惜。"(周先慎《简笔与繁笔》)"长者不为有余,短者不为不足"(《庄子·外篇》),目的就是从主题、情节到语言等全面系统地做到"意少一字则义阙,句长一言则辞妨"(刘勰《文心雕龙·书记》),紧密围绕主题,多一字则成赘肉、少一字则减其意的"肌理细腻骨肉匀"的"恰好"的风韵。就像高超的厨神,拿出治大国如烹小鲜的气度,多搁一粒盐则咸,少搁一粒盐则淡,不咸不淡,才能恰到好处,才能将文章"烹饪"到极美。这又像画师和诗人,在"太似则媚俗,不似则欺世"之间,用心"恰好"地画出似开未开之间的情、似与不似之间的"绝"和"妙"。"言归文字外,意出有无间。"这就如铁匠打铁,他们以钳为笔、以火为墨,边打边审视,感觉不好的地方,再反复审视锻打,直至完善到"恰好"的程度,淬火出称心的铁器。

"水是眼波横,山是眉峰聚。欲问行人去那边?眉眼盈盈处。"似乎可以总结,中国传统的艺术美,追求的是"镜中月、水中花,不著一字,尽得分流"的境界;其本身就表现出一定的模糊性,而这模糊性中又潜藏回味无穷之美。水至清则无鱼,人至察则无徒。"赋诗必此诗",追求一览无余的表达,不但让你失去做诗人的资格,同时也不符合中国传统艺术追求的标准。总之,"曲终人不见,江上数峰清",此中妙处难与君说,需要你"悠然心会",自行理解和把握此中"妙处"和"真意"。

三、春归之美

一到冬天,就想起英国诗人雪莱的名句:"春天还会远吗?"我仿佛听见，飘飘降临的春神悦耳的环佩声。那欢迎她的是谁呢？

清人张维屏认为是《新雷》：

> 造物无言却有情，每于寒尽觉春生。
> 千红万紫安排着，只待新雷第一声。

寒尽春生，万物整装，只待新雷自燃成礼炮，响彻碧空，万马奔腾般，万紫千红绽满大地！——那大地呢？晚清人郑正鹄又认为是青蛙，他《咏蛙》诗道：

> 独坐池塘如虎踞，绿荫树下养精神。
> 春来我不先开口，哪个虫儿敢作声。

养精绿杨，蓄锐池塘，终于虎踞中爆一声长啸——指示那些小虫子怎行——擂响大地振奋的鼓点，迎驾春天！

春神啊！我仿佛听见飘临大地的她，启动梅蕊似的香唇，唱出黄鹂般的歌声！起码在雪消菜生中赶路《到京师》的元代诗人杨载，耳听柳梢上黄鹂的动听之歌，喜认那就是春神莅临之曲。"柳梢听得黄鹂语，此是春来第一声。"顺便说一下，黄山谷认为黄鹂还负责春神的来去。他说："春天踪迹谁知？除非问取黄鹂。"如此，黄鹂还是春神的贴心丫环和私人经纪人。

于是春来了，万物都在感知。首先鸟鸣青空，——"春向鸟声新"。大地也轻描淡写地绿着，韩愈就切身感受到"近却无"、可"遥"却能看到的那抹草色。树也绿着，贺知章《咏柳》道："万条垂下绿丝绦"；也许"碧玉"妆得不够好吧？你看，二月风正手握剪刀，小心地裁着细叶呢！虽然此际的柳树还像个病美人，"柳无气力枝先动"，但它令人心动的腰身已泄露春天的柔情，正如李清照所说："柳眼梅腮，已觉春心动。"（《蝶恋花》）

渐渐地，天也变暖，而且风也从铁剪蜕变成绕指柔，甚至到了雨不湿衣、风不寒面的程度。僧志南吟道："沾衣欲湿杏花雨，吹面不寒杨柳风。"那粘衣的杏花雨，湿着春景，润着春意，难怪独钓春江的张志和,是"斜风细雨不须归"。紧接着,水也把空气流皱并流暖,苏东坡说:"春江水暖鸭先知。"毛奇龄更是抬杠,认为知水暖何止独鸭,还有鹅!但倒从另面认定,春江的确暖了。还有小虫子,像听了天气预报似的:"今夜偏知春气暖,虫声新透绿窗纱。"绿窗下的小虫,正在为"大地微微暖气吹"而轻歌曼舞。甚至蝼蚁,明人宸濠翠妃的《梅花》诗道:

> 锈针刺破纸糊窗,引透寒梅一线香。
> 蝼蚁也知春色好,倒拖花片上东墙。

针刺纸窗,引线梅香,蝼蚁赶拖花片,我想,它是在东墙,请春神签名吧,签在它花片做成的日记本上。

于是"天上风筝渐渐多了,地上孩子也多了。城里乡下,家家户户,老老小小,也赶趟儿似的,一个个都出来了。舒活舒活筋骨,抖擞抖擞精神,各做各的一份儿事去。"(朱自清《春》)一年之计在于春,那我们该为春天做什么呢?

以"燕"自比,伟大的无产阶级革命家瞿秋白同志,这样自勉道:

> 万郊怒绿斗寒潮,检点新泥筑旧巢。
> 我是江南第一燕,为衔春色上云梢。

绿斗寒潮,检泥筑巢,像燕子般勤劳的诗人,在冬霾重重的季节,为欢呼春天广驻人间,而衔春上天般任劳任怨,无声奉献!如今,"千里莺啼绿映红,水村山郭酒旗风",春满人间。36岁就辞春而去的秋白同志呢?众里寻他千百度?他在丛中笑!永成花海一分子,永为春天一部分。

——原来春天在这里。

南宋一尼姑禅悟道:

> 尽日寻春不见春,芒鞋踏遍陇头云。
> 归来笑拈梅花嗅,春在枝头已十分。

诗家清景在新春，怎不引无数诗人萌动春心，用柳笛吹响春天的豪情，更要让家家户户打开大门，迎接春天。几家门户重重闭，春色如何入得来？而纸上寻"春"不见春的笔者，仰望云空，我想到为这无边春色而"夜半犹啼血"的无数先烈，不禁肋生双翅，冲天而歌：燕子，等我，共上云梢去……

四、穿越之美

从四季的规律来说，古人早就承认："草不谢荣春风，木不怨落于秋天。""冰炭不同器而久，寒暑不兼时而至。"意思是说草荣于春，叶落于秋，寒暑不兼，各安时序。所谓"冬去冰须泮，春来草自生"，"枯荣自有时"，"万物兴歇皆自然"。对此，凡人的态度呢？苏东坡是"休问荣枯事"。庄子更宣布，"四时有明法而不议"，对此评头论足，是做无用功。因为这是大自然清规戒律的本质所决定的，一切都是天道，"请君观此理，道道甚分明"，非人的意志所能转移。人们要顺天而为，自觉地遵时守位，纵然你有"漫天飞舞占清明"之恨，"寒梅似与春相避"之叹，也无济于事；你拗不过上天的安排，也说明你不了解上天的旨意；这也是曾国藩劝诫的，"勿与天地斗巧"。但问题是，有人就要玩穿越，与天地斗巧，挑战造物主的底线，想长绳系日，鞭驱四运，夏虫语冰，菊桃同放，以实现环球同此凉热，年年月月俱如春的理想时节。——那穿越得怎么样呢？请看：

其一，爱情的穿越。李商隐《代魏宫私赠》诗中写宓妃道："来时西馆阻佳期，去后漳河隔梦思。知有宓妃无限意，春兰秋菊可同时。"此诗写的是三国时的魏王曹植与据说是"梦中情人"宓妃之事。可惜对曹植来说，纵然宓妃愁坐芝田馆，纵知宓妃无限意，宓妃留枕魏王才，然而命运的佳期已阻，现实的漳河梦隔，爱情的春兰秋菊也无法穿越到一起盛开。但对执子之手、永结同心的情人来说，纵然时光无法倒流，也要在想象中穿越天长地久。不管对上天赌咒：冬雷震震，夏雨雪；还是枕前发誓：且待三更见日头……都霸气地说明，除非造物主头脑发烧，造成寒冬雷声滚滚，炎炎夏日白雪纷飞，半夜三更出太阳……才能迫使我们分手、拜拜！乃敢与君绝！这种无法实现的时空颠倒、四季错乱，却撼天动地地表达"春兰秋菊可同时"爱的远景、海枯石烂情的忠贞。"西园何限相思树，辛苦梅花候海棠。"至于平头老百姓，放着小日子不过，冲着衙门玩穿越，发誓要六月飞雪，以死相谏，那么似乎证明，你该比窦娥还冤。

其二，政治的穿越。传说女皇武则天，一次踏雪长安御花园赏花，看到萧瑟满园，百花们正在放寒期——那是上天核准的"花开花落自有时"的法定假；却让女皇恼羞成怒，勒令明天早晨，百花齐放，全体上班，以壮天朝气象。在休"法定假"的百花，迫于淫威，——想到武则天还在感业寺为尼姑，就已挑战"慈悲为本"的佛家戒律，公然要求对不听话的烈马（动物），动用铁鞭、榔头等真家伙。现在贵为皇帝，又岂能对不听话的植物花卉，而大发慈悲。只得连夜登场，以万紫千红的姿势，觐见女皇。在百花紧急"加班"，强颜欢笑中，唯有牡丹花王，始终沉默不屈，以"宁可枝头抱香死"的精神，也绝不在"百花迹已绝"的冬季，劳民伤身地向威权者的乱作为捧场献媚。随后被暴跳如雷的女皇，从陕西长安发配到河南洛阳。唯有牡丹真国色，后人也在用行动对它的傲骨进行赞美，花开时节动京城。

再看后来也成为皇帝的晚唐农民起义领袖黄巢，早年也曾在《题菊花》诗中穿越了一把。飒飒西风满院栽，蕊寒香冷蝶难来。他年我若为青帝，报与桃花一处开。意思是，等到我黄巢成为主宰百花命运的青帝（春神）的哪一天，就让霜菊紧挽桃花的膊膀，不是"蕊寒香冷蝶难来"，而是时时流连戏蝶，共闹春光。甚至他借菊运，来践己意。冲天香阵透长安，满城尽带黄金甲。果然，黄巢起义后，黄花开后百花杀，一路所向披靡。等到他"冲天香阵透长安"，自建齐国，可惜"报与桃花一处开"的穿越还未实现，就"花落人亡两不知"，兵败自杀。另据说他兵败后隐匿为僧，经常身穿僧衣，偷立在天津桥之上，看落霞的晚景，等待黑夜的来临。不知又一个秋来九月八，他是否还有"报与桃花一处开"的雄心？

其三，丹青的穿越。"宿世谬词客，前身应画师"的初唐大艺术家王维，曾在纸上，用丹青穿越了一回。张彦远《画评》中说王维，"画物多不问四时，如画花，往往以桃、杏、芙蓉、莲花同画一景。"意思是王维画花卉时，竟然将春天的桃花、杏花，夏天的芙蓉花、莲花，拉郎配似的同画一纸。不知他是毫无时间观念，"老夫游戏淋漓墨，花草都将杂四时"，笔墨游戏、乱画一气，还是运用温室效应，成功地培植出反季节花卉，将夏天的荷花提速到春天，将春天的桃杏延迟到与夏天的莲花们一起争奇斗艳。甚至，王维还变本加厉地穿越出一幅《雪里芭蕉图》，将春夏旺盛、冬天枯萎的芭蕉，移植到冬雪中盛开。虽然此画在艺术手法上："将不同时间中出现的物象融在一起，表现独特的意韵。"（朱良志《曲院风荷·冷月》）但也的确如清代书画家金农所评，是"画苑奇构"，一朵艺术奇葩。"雪中蕉正绿，火中莲亦长。"王维被后世尊为"诗佛"，难道就拥有无边法力，视四季为无物，肆无忌惮地在时间中玩穿越。难道"中岁颇好道"的王维，也想把自己整得跟黄巢似的，要当"报与桃花一处开"的花中皇帝。

还算宋人沈括在《梦溪笔谈》里，精准把脉出艺理，说出艺术匠心："雪中芭蕉，此乃得心应手，意到便成，故造理入神，迥得天意。此难可与俗人论也。""书画之妙，当以神会，难可以形器求也。"也即说王维的芭蕉立雪图，穿越入神，得的是天意；就像鸭知春江冷暖、人闻千里莺啼、白发能长三千丈、燕山雪花大如席等诗句一样，是造理入神的艺术表现手法，此中难与君说的"妙处"，当以神会，才能"始知丹青笔，能夺造化功。"跟"用常识的标准来看，马上觉得时令的矛盾"（朱自清《论逼真与如画》）的俗人或常人，是难以掰扯清楚的。宋人杨万里就认为："雪里芭蕉笑杀侬。"那么让他笑去。但想不到杨万里又对《芭蕉》吟道："檐牙窗额两三株，只欠王维画雪图。"如此说来，王维，再穿越一幅。

其四，诗词的穿越。南宋词人刘过，在答复辛弃疾邀约的《沁园春》词中，穿越道：

> 斗酒彘肩，风雨渡江，岂不快哉！被香山居士，约林和靖，与坡仙老，驾勒吾回。坡谓西湖，正如西子，浓抹淡妆临镜台。二公者，皆掉头不顾，只管衔杯。

白云天竺去来,图画里、峥嵘楼观开。爱东西双涧,纵横水绕;两峰南北,高下云堆。逗日不然,暗香浮动,争似孤山先探梅。须晴去,访稼轩未晚,且此徘徊。

此词之意就是刘过对辛弃疾解释失约的原因。我正顶风冒雨地渡过钱塘江,走在赴约您(辛弃疾)的路上,我都闻到您备好的美酒和猪腿的清香。不巧,半道中被唐人白居易、北宋的林逋和苏东坡,三人"截和"。苏东坡提议,大家一起逛西湖,看看西湖美如对镜陶梳妆的西施。而白居易提议到天竺山一日游,到寺庙里吃点素斋,然后看看潺潺交错的东西二溪,高低错落的南北二峰。而林逋认为,都不如先到孤山上赏梅,我可把它当老婆,顺便看看我家那个长翅膀的儿子——白鹤。目前我还徘徊在西湖边,等到雨过天晴再访稼轩老兄您。

你看,作为南宋人的刘过,自谓"大宋神仙刘秀才",却与唐人白居易、北宋人苏东坡,以及"梅妻鹤子"的林逋,掺和在一起,并就旅游路线,商量不已。毫无时代鸿沟,而其乐融融。真是充满了穿越的奇情妙趣,才气四溢,灵气四射,给人带来审美的愉悦,忘了今夕何夕。相比宋末词人蒋捷在《沁园春》词中,他说"也学那陶潜,篱栽些菊;依他杜甫,园种些蔬。"蒋捷仅仅是学习陶潜栽菊,杜甫种蔬,而没有让陶潜和杜甫穿越而来,一起现场劳动,所以就缺少了穿越的奇情妙趣,显得灵性不够。——想到辛弃疾曾说:"不恨古人吾不见,恨古人不见吾狂耳。"你看,这不见到了吗?刘过的这首词,还是诙谐型。

对喜欢在文字中玩穿越的笔者来说,既没有"恨古人不见吾狂耳"的企图心,也永远没有武则天、黄巢们,政治穿越的雄心,更没有王维、刘过们,艺术穿越的灵心,也不敢有"春兰秋菊可同时"情感穿越的贼心,因为老婆比武则天还生猛。甚至连比利时诗人伊达·那慕尔所说的:"我将穿越,但我永远不会抵达"的念头,也没有。好在春有百花秋有月,夏有凉风冬有雪,开着生命的小火车,在岁月的轨道上有序地前行,放弃幻想和穿越,清白做人,干净写字,闲看春、夏、秋、冬四个小站变换的风景,"丹青不知老将至,贫贱于我如浮云",年年岁岁，以一颗素心，在人间淡泊地循环前进！

五、丹青难写是精神

《增广贤文》有云：画龙画虎难画骨。意思是龙和虎的外在形态好画，但是龙和虎骨骼里的内在神态就很难画出。唐人崔道融《梅花》诗道："数萼初含雪，孤标画本难。"意思是那花萼中还含着白雪的梅花啊，美丽孤傲，即使丹青高手，都很难画出它的"香中别有韵，清极不知寒"的品德。所以杜甫《丹青引》中，就批评以画马著称的画家韩干，虽然"亦能画马穷殊相"，也能精彩画出马的一些形象，但美中不足的是，"（韩）干惟画肉不画骨，忍使骅骝气凋丧"，意思是韩干只画出马的外在特征（肉），而画不出内在精神（骨），从而使马的神气丧失。也就是说韩干"亦能穷殊相"的仅是马的形态，而不是马的精神气态。其实，对一个画家来说，不管是动物（龙、虎、马），还是植物（梅花），都难以画好它们的内在精神，同样对人的精气神，又岂容易画好，以至《读史》的王安石就公开说"丹青难写是精神"。

基于此，王安石还在《明妃曲》中，公然为汉代后宫中，替王昭君画像的大画家毛延寿翻案，认为"意态由来画不成，当时冤杀毛延寿。"意思是说，纵然是毛延寿对没有行贿的王昭君，公报私仇，将王仙女画成丑女，也不能让他担负全责。因为"意态由来画不成"，那美人与天俱来的容颜、独一无二的神态、超凡脱俗的气质等，又岂是人为的一幅丹青，所能穷其"精神"。也就是说，毛延寿再好的丹青，"画图省识春风面"，面前也是一幅难以完成的答卷。对此，宗白华先生就支持王安石的观点，认为"他的话是有道理的。美人的意态确是难画出的，东施以活人来效颦西施尚且失败，何况是画家的调脂弄粉"（《美学散步》）。如此说来，从画理上分析，王安石抗诉，也有合理的成分。毛延寿因画而被判死刑，确有量刑过重之冤。

其实这种想法的非王安石一人，唐人高蟾在《金陵晚望》诗中也认为："曾伴浮云归晚翠，犹陪落日泛秋声。世间无限丹青手，一片伤心画不成。"诗人站在金陵城头，秋晚远望。金陵曾为多少帝王故都，追古抚今,浮云落日映照古城,一种无以名状的历史沧桑,感上心头,顿有了"一片伤心"的情绪。但这"一片伤心",诗人认为人世间多少画师高手,"画师应道画难工",都难以画出我此刻抽象的心情。对此,同时期的另一位诗人韦庄,就表示反对。他的《金陵图》诗云:"谁谓伤心画不成,画人心逐世人情。君看六幅南朝事,老木寒云满故城。"他认为"一片伤心画不成"的主要原因,就是画家们迎合世态,用画笔庸俗地粉饰太平。你看这六幅画南朝的画,老木寒云满故城。应当说,"老木寒云"在一定程度上呈现出故城的今昔,并暗示出人的悲情。因此韦庄认为是画出了那"一片伤心"。

那么,金陵怀古的那一片伤心,到底画成,还是画不成?我们看看也站在金陵城头的王安石怎么说,他《桂枝香·金陵怀古》词道:

> 登临送目,正故国晚秋,天气初肃。千里澄江似练,翠峰如簇。征帆去棹残阳里,背西风、酒旗斜矗。彩舟云淡,星河鹭起,画图难足。
>
> 念往昔,繁华竞逐。叹门外楼头,悲恨相续。千古凭高对此,漫嗟荣辱。六朝旧事随流水,但寒烟衰草凝绿。至今商女,时时犹唱,《后庭》遗曲。

王安石面对金陵晚秋之景(上阕),和下阕"念往昔,繁华竞逐"的怀古之情,编织出一片抽象复杂的情绪,是认为"画图难足",难以画成。这似可看成在支持唐人高蟾的"一片伤心画不成"的观点,也与他的"丹青难写是精神"的观点一脉相承。想到唐人朱绛的《春女怨》诗句:"欲知无限伤春意,尽在停针不语时。"对绣女来说,无限伤春,让飞针走线变成停针不语;对丹青高手来说,一片伤心,让笔墨迟疑,画成的难度系数,可想而知。

当然,艺无止境,凡事不可一概而论。清朝大画家郑燮就自信地说:"画到神情飘没处,更无真相有真魂。"画到神情飘没处,这是在综合地严格考验一个丹青高手的才情、智慧和功夫,是需要持之以恒、多年一日,"日间挥毫夜间思"的精神打磨、"墨点无多泪点多"地苦练画功、"冗繁削尽留清瘦"的持续探索和"画到生时是熟时"的不断进步，然后才能"逸笔纵横意到成""信手拈来自有神"，逐渐进入"更无真相"，也能接近"真魂"的境界。

六、美不自美，因人而彰

柳宗元《邕州马退山茅亭记》云：

> 夫美不自美，因人而彰。兰亭也，不遭右军，则清湍修竹，芜没于空山。

意思是再好的山水，必须要经过人的激活，才能彰显它的美姿。就像兰亭清湍修竹之美，如没有被雅集的王羲之唤醒，那就不是如今的旅游胜地，而是沉睡不醒的处女地。可见客体的美，再美，还需要主体的人，来激活和唤醒，就像画龙还需点睛。

"天地有大美而不言"，的确需要人来"点睛"，才能让美神采飞扬，破壁飞去。从人对美的感觉上说，人的感官功能，的确是感觉"美"的重要途径。例如眼睛。明代的王阳明就通过一朵花，说出人眼与美的关系。他说："你未看此花时，此花与汝同归于寂；你既来看此花，则此花颜色一时明白起来，便知此花不在你心外。"他的意思是，人眼就像黑夜的电灯，没开时，人与花一同陷入沉沉黑夜，彼此两不知。当你打开眼睛的电灯，顿时照见彼此——人看见花，花也看见人。如此苏东坡才"只恐夜深花睡去，故烧高烛照红妆。"若没有亮如白昼的烛光，不但花睡去，就连人也像盲人一样，陷在漆黑的夜里。所以，王维《辛夷坞》所写的发红萼的山中辛夷花，就因为"涧户寂无人"，无人对花打开眼睛的灯光，只能"纷纷开且落"，纵使白昼，也等同无尽的黑夜。美成为一种浪费。以鼻子论。王安石《梅花》诗，写的是在墙角旮旯的梅花，凌寒独自开，却让墙角旮旯遮住梅之"美"。多亏诗人的鼻子闻到遥遥传来的香味，而确认不是雪，而是梅。也就是说，是诗人的嗅觉，拆除了墙角的遮挡，唤出梅的美来。若诗人此际患有鼻塞、鼻炎等症状,那墙角的梅花就算与诗人擦肩而过,也是两不知了。唐人张谓不就因为"不知近水花先发",而有了"疑是经冬雪未销",——"疑"梅为雪的先例吗?

以上似乎都可以归纳于柏拉图所说:"美是诉于感觉。"但问题却远没有这么简单,美——不仅仅取决于一个人感官审美功能的主观因素,还取决于一个人生活环境的客观因素。

从生活环境的客观因素讲,就决定了"美不自美,因人而彰"的这个"人":一是要有丰沛的物质基础,才是彰显美重要的前提条件。记得齐白石曾想以自己的一幅《白菜图》,去换取菜农筐中的白菜。遭到一口拒绝,菜农认为《白菜图》既不能当菜吃,也不能当衣穿。"美不自美,因人而彰",这就不是齐白石《白菜图》的质量问题,也不仅是菜农对"美"的认知问题,重点是生活严峻的温饱问题。在衣食无着的人看来,整天是"时挑野菜和根煮,旋斫生柴带叶烧",你就是美若天仙的艺术品,价值连城,也接近是"带叶烧"的那把柴火。可见,人若被生存的磨盘压得喘不过气,纵有一颗追美之心,也被磨得面目全非。"琴棋书画诗酒花,当年件件不离它。而今七事都改变,柴米油盐酱醋茶。"所以,"闻道名园盛牡丹,豪家欢赏到春残"的明代大艺术家徐文长就叹道:自怜亦具看花眼,种菜浇畦不得看。意思是我也具备一双看花赏美的眼睛,可种菜浇水,哪有时间看!不像衣食无忧的富豪们,有的是时间。白居易更是说,"食饱心自若",当肚子吃饱了,心灵才轻松快活,若饭都没得吃,"湖上水田人不要,谁人买我画中山",不饿死已是命大,还有多少吟风弄月的闲情逸致。

二是要有时间或时代所形成的欣赏条件。如元稹《菊花》诗中就承认,他并不是偏爱菊花,可时处寒秋,他偏爱的花,除菊一人当班在岗,其他的都已放假回家。"不是花中偏爱菊,此花开尽更无花。"元稹也只能以聊胜于无的心态,像陶渊明一样,绕舍欣赏菊花的美来,顺便也把东篱下开得最大的一朵,采下来泡酒或泡茶,也算享受舌尖上的美来。还有南宋时,曾一度卖画为生的山水大画家李唐。可惜其时花卉画大行其道,他无奈地道:"雪里烟村雨里滩,看之容易作之难。早知不入时人眼,多买胭脂画牡丹。"李唐虽然坚信自己"看似寻常最奇崛"的山水绘画,是国优产品,岂是寻常画师可为。但美不自美,人们趋之若鹜花卉画,而无人问津他的山水画,这是很无奈的事。因为"看客的取舍,是没法强制的,他若不要看,连拖也无益"(鲁迅《偶成》)。所以,李唐的山水画,美则美矣,却在别人眼睛里彰显不起来,只能自美。这就像他答对了谜底,而时代已换了谜题。如此现实,让后悔的李唐,想转型与现实接轨,自此不画毫无销量的青山绿水,专画供不应求的鸟语花香。

三是要有健康的身体条件。如"年年衰病"的白居易就面对《南湖早春》叹息道:不道江南春不好,年年衰病减心情。对白居易来说,不是"日出江花红胜火,春来江水绿如蓝"的江南,春不好、景不美;而是作为老病号,已造成"眼昏须白头风眩"似的精神萎靡,直接导致对美兴致的与日俱减,可谓是"未尝辜景物,多病不能寻";我想再迷人眼的乱花,也难撩起他多病的眼睑。可见人若身心不佳,情绪欠好,再好的无边光景,也会失分。晚唐的李商隐也是。某个黄昏,因为"意不适",心情不好,就驱车到长安城外的乐游原上散散心。当他看到一轮夕阳,却郁郁寡欢地道:只是近黄昏。在"一生襟抱未曾开"的李商隐忧伤的眼里,再几度夕阳红,也被看成无光的色彩,是很难有"落日心尤壮""满目青山夕照明"积极乐观的情怀。而对于"往事只堪哀,对景难排"的李后主来说,再美的风景,也泄洪不了江水东流似的愁绪,已在心中汪成泪海,是难以感受风景的美来。虽然宋人赵师侠在《江南好》词中说得好:"景若佳时心自快,心还乐处景应妍"。问题就在于心情若始终笼罩着不详的雾霾,再佳的景色也容易蒙上灰蒙蒙的色彩,妍不起来。

"美不自美,因人而彰。"法国雕塑大师罗丹曾言:"生活中从不缺少美,而是缺少发现美的眼睛。"我认为,在有一双发现美的眼睛之外,还要有一颗与美和谐相处的淡泊之心。"管却自家身与心,胸中日月常新美。"一肚子不合时宜的苏东坡说得好:"江山风月,本无常主,闲者便是主人。"如此,就让我们卸载心头的闲事,以一颗素心,去发现并拥抱生活的美吧。——不管是做北窗下"清风飒至"的陶渊明,将透风的小屋,住成快乐的世界,还是做冬夜推窗,看"雪大如手,已积三四寸"的金圣叹,顿生快乐的感觉,还是让城楼的小雨洗着一双流放脚丫子的黄山谷,享受着平生最大的快活,抑或在除夕震耳欲聋的鞭炮声中,做溜达到"竹堂寺里看梅花"的唐伯虎,清风朗月不用一钱买,和满寺的梅花过大年。总之,境由心生,当我们心淡泊了,眼睛就亮了,山也活了,花也醒了,春水碧于天,画船听雨眠。要看银山拍天浪,开窗放入大江来……烦躁的红尘,也就安静了。

笔锋犹傍墨花行
——漫谈书法艺术之美

"窗竹影摇书案上，野泉声入砚池中。"从中国艺术史看，书法源远流长又自成体系，并与其他传统艺术又有嫡亲的血缘关系。笔者现就其中几个话题老生常谈：一是书如其人的问题。二是取法乎上的问题。三是局部与整体的问题。四是艺术的自然与生命问题。虽是摸象之论、蛇足之谈，但"千般月色砚边过，无限风光笔下生"的境界，身不能至而心向往之。故自不量力，"笔锋犹傍墨花行"地分而谈之。

一、书如其人：人格与作品的统一问题

书如其人与文如其人一样，是一个常谈常新的话题。苏东坡说："古之论书者，兼论其平生；苟非其人，虽工而不贵也。"柳公权说："用笔在心，心正则笔正，乃可法也。"朱熹的父亲教育幼时的朱熹："心正则字正，心不正则字不正。"龚自珍说："诗与人合一。"刘熙载说："诗品出于人品。"这些都道出中国艺术与人格的统一关系。

自言"书法由来见性真"的陈独秀，在杭州对初次相逢后来成为大书法家的沈尹默道："前几天看到你的一首诗，诗很好，但字俗入骨。"严格意义上说，书法与诗歌是两种独立的艺术形式。书法家不一定是诗人，诗人也不一定是书法家。但起码陈独秀要合二为一、联成完璧。从此角度言，书法包括其他艺术，与书写者的人品，又怎能割裂为二。

身为赵宋王朝亲裔的赵孟頫，他的楷书与颜真卿、欧阳询、蔡襄并列为楷书四大家。但他投降元朝，患了人格的软骨病。所以明末清初的诗书画大家傅青主，就怒斥他的作品道："薄其人，遂恶其书。"

我看不起他的人品,而鄙视他的书法。是的,对艺术作品的评论,人品具有一票否决权。作品再好,人品恶劣,也是徒劳。南宋奸臣秦桧,也是大书法家,据说宋体字就是他的发明,可惜他祸国殃民,并以莫须有之罪害死抗金英雄岳飞,留下千古骂名。连他的后人在拜祭岳飞坟墓时,都忏悔道:"人到宋后少名桧,我到坟前愧姓秦。"你想,一个人到了"骨朽人间骂未销"的地步,还妄想让人发扬他的书法?所以他发明的宋体字,也剥夺了发明权,没叫秦体字;而改随国姓,叫宋体字。这种以人论书的评价标准体系牢固至今。傅斯年先生,一生耿直不阿。他评论晚清要人书法,更以人论字。如他在题跋自藏的碑帖,对晚清如董康、罗振玉等人,径以"贼""奴"称之,尤其对端方斥为"满奴""禽兽",甚至对康有为的书法,也贬为"用笔如秋凉将死之蚯蚓,结体如大水冲过之茅屋"。原因就是这些书人,都程度不同地沦为腐败清廷的鹰犬走狗和保皇余孽。

这都涉及一个核心问题,那就是中国传统艺术审美,为什么一再深化提升论艺的道德准则和作品主题?

这着重与中国传统文化的"技"与"道"价值取向紧密相关。古人写诗作文、写字作画,"游于艺"是"技"。从志向层面讲就是达则兼济天下、穷则独善其身。虽然"游于艺"而兼济天下的毕竟是少数人,绝大多数"游于艺"的人还是独善其身,通俗说就是修身养性,让生活赋予乐趣、人格臻于完善。但不管是兼济天下、还是独善其身,"游于艺"的终极指标还是"道"。所以书法又有书道之誉。例如习书者下了秃笔成冢、池水尽黑的苦功;写诗人是"吟安一个字,捻断数茎须""二句三年得,一吟双泪流"……通过艺事的"技","十年辛苦不寻常",结果丝毫没释放出正能量的"道",反而变质为十恶之人,像人人喊打的过街老鼠……那么,他"十年磨一剑"的艺术作品,对社会和群体,又有什么价值和意义?"著书岂为求名利,提笔总为益世人";就像孔子教诲的:"不学诗,无以言。"意是说不学《诗经》的人,说话就没有文采。所以黄山谷才有"三日不读书,便觉言语无味"的切身体会。但相反如学习《诗经》的人,练就巧舌如簧、肚内男盗女娼,沦为口蜜腹剑的李林甫之流,那学"诗"又有什么用?其不将"诗"玷污成纣虐的帮凶？古人说:"言为心声,书为心画。""心正则笔正。"心都歪了,何艺可讲、何道可言？所以诗以言志、文以载道是中国传统文化常青的命题。从作品层面讲就是立意。拿诗例说,《红楼梦》中林黛玉对前来学诗的香菱道:"词句究竟还是末事,第一立意要紧。若意趣真了,连词句不用修饰,自是好的。"黛玉是把立意(道)奉为第一,词句(技)奉为末事。即是杜牧《答庄充书》所说的:"凡为文以意为主,气为辅,以辞彩章句为之兵卫。"清人王夫之也说出同样道理:"无论诗歌与长行文字,俱以意为主。意犹帅也,无帅之兵,谓之乌合。"拿画例说,唐人张彦远在《历代名画记》讲:"夫应物必在象形,象形需传其骨气,骨气、象形皆本于立意,而归乎用笔。"书画家范增先生在《回归古典之美》中,对此阐释道:"中国画家光象形不行,'做画似形似,见与儿童邻。'对不对？那么要有骨气,骨气是什么呢？象外之气,要在你的画面表现出来,骨气象形皆本于立意,立意非常重要,一个画家有没有一种意味,最后要落实到用笔上。"都异曲同工地强调"立意"的重要性,因为"意"是一篇艺术作品的灵魂,作品丧失"意"的灵魂,那么一切"笔墨都等于零"(著名画家吴冠中语)。这是中国文化弘扬传承的底线。从评论角度看,如果无视创作者人格的"道"和艺术作品中的"意",而一味贪图笔墨行为的"技",一旦狭隘地造成这种误判,就极易蜕变出一些令人伤痛的结果。

也是书法家和词人的南唐后主李煜,对颜真卿"宏伟雄深,劲节直气"的楷书评价是:"有指法而无佳处,正如叉手并脚田舍汉。"认为"无平淡天成之趣……为后世丑怪恶扎之祖。"如仅从艺理而言,李煜也算一家之言,明人项穆《书法雅言》也认为颜书"沉重不清畅"。但作为"手握乾坤杀伐权"的南唐后主,李煜却无视颜真卿书法迸射出的人格赤焰。颜真卿在唐玄宗时期曾任监察御史等职。因直言敢谏,被奸臣杨国忠排挤出京城,后到河北平原郡率领周围十七郡的官兵奋起平叛,为李唐王朝立了大功。后回京城,官至吏部尚书等职,并封鲁郡开国公,世称颜鲁公。德宗时(784)蔡州叛乱,宰相卢杞衔私愤借刀杀人,令颜真卿前往劝喻,为叛军扣押。颜忠贞不屈,终在785年被杀,时年77岁。从道德层面讲,颜真卿确是忠臣的楷模。所以看不起赵孟頫的傅青主，却用诗赞誉颜真卿的书法："平原气在胸，毛颖足吞虏。"意是说颜真卿的书法，也充满平叛杀敌之气。欧阳修也赞道："颜鲁公书如忠臣烈士道德君子，其端严尊重，人初见而畏之，然愈久而愈可爱也。"他还说："斯人忠义出于天性，故其字画刚劲独立，不袭前迹，挺然奇伟，有似其为人。"以至"午窗弄笔临唐贴"的陆游都认为，学颜真卿书法能养浩然正气，共同看出彰显字外的人格魅力！

余秋雨从李煜说颜字像"叉手并脚田舍汉"这个人格化的比喻中，发现"比喻两端连着两种对峙的人格系统，往返观看煞是有趣"。我想说的是，如果李后主能继承发扬颜真卿报国之心、以国为任，不在"好声色，不恤国政"；用他飘逸的书法和绝世的才华，用心写的不是"奴为出来难，教君恣意怜"这样荒淫之作，而是像岳飞书诸葛亮《出师表》那样墨射斗牛之文："受命以来，夙夜忧叹，恐托付不效，以伤先帝之明。"卧薪尝胆、励精图治、拼搏进取、奋发有为！我想他也不会过早地"垂泪对宫娥"，沦为亡国之君。"南唐天子多无福，不作词臣作帝王。""作为才人真绝代，可怜薄命做帝王。"从他评颜真卿的书法就看出，他重"技"而轻"道"，与他重艺而轻国如出一辙，这不是一个有为的君主应有的为君之法、治国之道。所以宋太祖赵匡胤才批评他："李煜若以作词功夫治国家，岂为吾所俘也？"北宋大书法家、文学家苏东坡又从道德层面，批评"垂泪对宫娥"的他："当恸哭于九庙，谢其民而后行，顾乃挥泪对宫娥，听教坊离曲哉。"意是亡国的李煜，此时该愧对祖宗与黎民百姓，而不是对着宫女抹眼泪。

这一切都证明：看一件艺术品，也是在看这个人。宋人赵与时在读诸葛亮《出师表》后，由衷感言："读《出师表》而不堕泪者，其人必不忠。"感动赵与时的不仅仅是因为《出师表》文辞优美（技），更在于全文彰显"两朝开济老臣心"的诸葛亮，一片鞠躬尽瘁、死而后已的奉献情怀（道）。

元代书画家王冕在《墨梅》中题诗自勉道："我家洗砚池头树，朵朵花开淡墨痕。不要人夸颜色好，只留清气满乾坤。"颜色好不过是"技"的标准，而乾坤清气才是人格永恒的追求。这也是大师们告诫和要求。当代书法泰斗欧阳中石先生就对后学循循善诱道："文化传承，我们一直提倡要'立德、立学、立言'。'学'的繁体字为'學'，意思是一个年幼的孩子紧紧地把'文'抱在怀里，这就是学。'德'则是文化学习和传承的主干。'直''心'为'德'，就是提倡一个人、一个国家正直向上、心无旁骛，正所谓'人无德不立，国无德不兴'。"所以学艺先做人，人正、心才正、笔才正，只有技与道的完美统一，艺术与人品的交映生辉，才是一件作品长流于世的前提和保证。不然你人劣而艺再精，也是枉费心机；大不了获得"薄其人，恶其书"之骂名。君不见秦桧、严嵩等权倾一世，也仅欺世盗名一时，终无所遁形于历史的火眼金睛。

二、取法乎上：入门提升的阶梯和动力问题

北大教授钱玄同先生看到前清翰林出身的校长蔡元培的书法，认为和他的思想一样兼容并包、雍容大度，但却背离常格，就直言不讳地道："蔡先生，前清考翰林，都要字写得很好的才能考中，先生的字写得这样蹩脚，怎样能够考得翰林？"蔡宽容地笑答："我也不知道，大概那时正风行黄山谷字体的缘故吧！"从书法论，在钱玄同看来，蔡元培先生的字取法不高，所以他对蔡先生能中翰林都提出质疑。这里涉及师承和取法乎上的问题。因为中国艺术极讲究流派的传承和发扬。连伟人都概不例外，20世纪50年代，毛泽东遇到大书法家、诗人谢无量，就问他："写诗学哪一家、写字学的是谁？"因为从传统的学艺之路看，只有在师承与取法上高标准、严要求，并结合才性、在墨池尽黑的基础上，融会百家，才能自创新貌，否则就极易视作野狐禅。连孔子对他的学生也做出要求："取乎其上，得乎其中；取乎其中，得乎其下；取乎其下，则无所得矣。"因为师承取法的高低，关系着一个学艺者脚力的深厚和艺术路的长远。拿诗来说，《红楼梦》第48回中，林黛玉对香菱赞誉陆游"重帘不卷留香久，古砚微凹聚墨多"的诗句"说的真有趣"时，批评道："断不可学这样的诗。你们因不知诗，所以见了这浅近的就爱，一入了这个格局，再学不出来的。"并指出学诗门

径："我这里有《王摩诘全集》你且把他的五言律读一百首，细心揣摩透熟了，然后再读一二百首老杜的七言律，次再李青莲的七言绝句读一二百首。肚子里先有了这三个人作了底子……你又是一个极聪敏伶俐的人，不用一年的工夫，不愁不是诗翁了！"仅从诗的技艺角度言，起码林黛玉就看出陆游的诗，与王维、杜甫、李白三家作比，平白酣畅之际，露含蓄不足之病；取法还不是最上，自然不利于学诗者的健康成长。甚至诗歌立意的高低也对学诗者的人生观无形地产生影响。著名学者和书法家顾随先生，针对当时少数中国人缺少担当精神，而多是逃避、躲避的不良现象，就要求他的学生，不要学"偶过竹院逢僧话，又得浮生半日闲"之类诗，这就对"道"提出取法乎上的重要性，因为"人生没有闲，闲是临阵脱逃。"拿人来说。现代书画泰斗齐白石先生，一生傲骨铮铮，虽自信自己的作品，但对徐青藤、八大山人朱耷、吴昌硕三位艺术大师，却尊敬得五体投地，他用诗敬佩道：

> 青藤雪个远凡胎，缶老衰年别有才。
>
> 我欲九泉为走狗，三家门下转轮来。

取法乎上，对白石老人来说，能拜在大师门下，就做狗也荣幸之至。君不见，杨露禅陈家湾化身为奴，程颐门外雪有尺厚，尚立人呼？再以书法说。例如陈独秀批评时年25岁的沈尹默，字其俗入骨后，沈尹默痛定思痛，承认自己的字"功底很差，受南京仇涞之老先生的影响，用长锋羊毫，但至今不能提腕，所以字写不好，有习气。"从此毅然投入书圣王羲之王献之父子门墙，佐以汉碑为师，取法乎上，几十年遨游砚池，翻陈出新，使他的字，既像清代书法家翁方纲那样，每一笔都是古人的，又像同代书法家刘墉那样，每一笔都是自己的。并将此完美地熔铸笔下，释放出全新的风光，才能取得浓墨宰相、淡墨探花的书法艺术成就，成为鸟瞰百年的一代书家。

"绿肥红瘦有新词，画扇文窗遣兴时。象管鼠须书草帖，就中几字胜羲之。"（元淮《读李易安文》）所以取法乎上也是一个方向标似的问题。我们要抬高标杆，勇于艺投名师，斧弄班门，刀舞关公前！虽知在书坛前辈眼里，拙文还有斧刀之利吗？——无异于棉花柴而已。

三、活龙与死蛇：艺术局部与整体的和谐问题

想起清代著名书法家"淡墨探花"王文治的故事。说云南临安府东门城楼上有块"雄镇东南"的巨匾，是书法家涂晫的手笔，写得苍劲有力，因天长日久，日晒雨淋，其中的"镇"脱落得只剩下个"金"字偏旁。当地人就求到一个临摹涂晫笔法足以乱真之人，请他写了一个等大的"真"字补了上去，满城叫绝。当王文治到任，他一眼瞧见这块巨匾，立刻对身边人说："第二个'镇'字在四个字中如同三条活龙夹着一条死蛇。"知情的人无不对王文治高超的鉴赏力佩服万分。为什么王文治能从"活龙"中一眼鉴别出"死蛇"。这就涉及艺术作品的局部和整体的关系。对此关系，刘勰《文心雕龙·附会》中说："锐精细巧、必疏体统。"鲁迅说："论作品最好是顾及全篇"。刘勰说的是创作，鲁迅谈的是鉴赏。这里笔者就从创作和鉴赏两个角度斗胆来谈。

一是创作角度。一件艺术作品的成败，与这件艺术作品贡献的整体效果多少，是密不可分的。整体效果好，这作品则优；反之，则劣。从创作角度谈：如果创作者一味地"锐精细巧"——在诗文局部大下功夫，不难设想后果往往是"必疏体统"——整体美被局部美抢去镜头，而使作品因内讧而自褪色。所以，为使作品整体美聚光、凸现，不发生藩镇割据那样，局部突出而对整体的美喧宾夺主，法国雕塑大师罗丹曾做过一次千古范例：

那是他刚塑完大文豪巴尔扎克的全身塑像，请人评审。那人失声惊呼："这是多么美丽的一双手啊！"罗丹听罢这句赞誉，挥刀砍下双手。那人顿惑，罗丹解释："双手塑好，格外吸引人的注意力，而巴尔扎克重要传导思想的部位，因双手的完美而被目光冷落，所以我砍去双手。"这则轶事虽讲是雕塑艺术，对照文学创作真有异曲同工之妙。——那就是局部利益（美）应无条件地服从整体利益（美），必要时，还要牺牲局部，捍卫整体，即常谓的丢车保帅。

拿我国的宋词来例说吧。晏几道的这首《临江仙》：

> 梦后楼台高锁，酒醒帘幕低垂。去年春恨却来时，落花人
> 独立，微雨燕双飞。
>
> 记得小苹初见，两重心字罗衣。琵琶弦上说相思，当时明
> 月在，曾照彩云归。

被陈廷焯誉为"既娴雅，又沉着，当时更无敌手"，陈永正先生接着话头，进一步赞为："恐百世之后亦难乎为继。"（《唐宋词鉴赏辞典》）可见它在中国古代词史中的崇高地位。其中"落花人独立，微雨燕双飞"更是被《复堂词话》誉为"千古不能有二"的"名句"，却是从别人那借来的，说得直率一点，就是盗版来的。五代翁宏《春残》云：

> 又是春残也，如何出翠帷？
> 落花人独立，微雨燕双飞。
> 寓目魂将断，经年梦亦非。
> 那堪向秋夕，萧飒暮蝉辉。

这首诗就是这两句词的出生地。我们放下"侵权"问题不谈，单就艺术性说：在翁宏诗里，这么好的句子，由于全篇不和谐融贯，所以有句无篇，它们也随之埋没和冬眠。而由于晏词的挪用，它们就发出了原有的光辉，才广泛流传，被人称道。诚如沈祖棻先生的比喻样，好像临邛的卓文君，只有再嫁司马相如，才能扬名于后世。继而总结道："由此可见，我们如果对某一句诗进行评价，除了它本身所达到的艺术高度之外，还必须看其与全篇的有机联系如何。"一句话："优劣当以全篇论，不可单凭摘句。"（俞平伯《唐宋词选释》）

　　再拿一位唐代大诗人孟浩然来例证吧。闻一多先生在《唐诗杂论·孟浩然》里就很赞赏他诗的整体艺术效果，誉他将诗"冲淡了，平均地分散在全篇中"，给人以"淡到看不见诗"的整体恬淡朴素的美

感,让读者自然沉醉在那种"淡尔弥旨"的诗意境界之中,杜甫才誉其"清诗句句尽堪传"。反之,孟浩然吝啬地"将诗紧紧地筑在一联或一句里","争价一句之奇",而忘了除此之外广阔的诗的整体,无疑犯下王夫之所定的"但求好句,已落下乘"之罪。若真那样:王士源在《孟浩然集序》所写的"五言诗天下……尽美",就成了一句肉麻的阿谀词。"孟夫子"已不值得"吾爱"了,究其量不过是不捡整体这个大西瓜,而专在细微处大拾芝麻的一个诗匠而已。

二是鉴赏角度。鲁迅说:"论作品最好顾及全篇……这才较为确凿,要不然很容易近乎说梦的。"这就从鉴赏角度要求鉴赏者,要从艺术作品的全篇这一整体宏观角度把握,再细细玩味、比较、鉴别出作品的艺术优劣,甚至不齐的良莠、混杂的龙蛇。

举宋代著名女词人李清照为例,说她在重阳这天因思念老公赵明诚,就写了这首《醉花阴》寄给他。全词为:

> 薄雾浓云愁永昼,瑞脑销金兽。佳节又重阳,玉枕纱厨,半夜凉初透。
>
> 东篱把酒黄昏后,有暗香盈袖。莫道不销魂,帘卷西风,人比黄花瘦。

赵明诚看过词后,闭门三日,苦思冥想出五十首词,将妻子的词句杂糅其间,然后请好友陆德夫当评委;陆德夫反复玩味、沉吟再三,最后裁决道:"只三句佳。就是'莫道不销魂,帘卷西风,人比黄花瘦'。"赵明诚无奈地垂下羞愧的头,正是李清照的名句。——陆德夫真有一双火眼金睛,就是从五十首鱼目似的词里(整体),层层筛选、千淘万滤出珍珠样的三句词(局部),余者尽数淘汰。赵明城词之不传,不是没有道理的。

书学方面也有异途同归之例。晋代王献之写好一幅字后,自认很好,请父亲王羲之指点。书圣拿起笔,只在儿子的字上加了一点。后被王夫人看到,说你这幅字就这一点写得好。还有喜欢学习唐代大书法家虞世南书法的唐太宗李世民,但李世民总是写不好笔画中的"戈"字旁。有一次,他练习"戬"字,因怕写不好"戈"有失体面,便故意将"戈"字空着不写,私下请虞世南补上。然后,他请名臣魏征指点,魏征如实点评道,"戬"字中只有"戈"写得高妙绝伦。王夫人和魏征真是慧眼,他俩都从整体字中,"吹尽黄沙始见金"地选拔出优于整幅字的那"一点"和整个字的那一个偏旁;即说这局部的"一点"和偏旁也是从整体笔墨中提炼而来。

对于王夫人和魏征的眼力,当代书画大师范曾先生在《回归古典之美——范曾谈中国传统文化艺术》中就坚信不疑,认为"这不是胡吹嘘",并结合自身的创作体会,现身说法:

> 如果我已经画完画,别人在我的画面上随便加一点我就会知道,你别看我画面上点的点很多。可是它们都各得其所,恰到好处,别人加一点立刻就跳出来,什么叫坏的笔墨,坏的笔墨就是从画面上跳出来的笔墨,因为它不在一个大的秩序之中,不在你所构想的气韵之中,这个看来讲得有点悬,其实真是这样。

可见范曾大师,也是从整体"一个大的秩序"和"构想的气韵之中",来把握衡量局部"跳出来的笔墨",并以此甄别笔墨质量的好与坏。清代扬州八怪之一的汪士慎,晚年双目失明,乃作狂草。他的八分书,力追汉代碑刻,厉鹗说他"腕悬仍似蚕头篆,笔磔稍存隼尾波,只余瘦硬乏姿媚,每受俗眼相讥诃",并认为他这样的字,不适合于挂在富贵之家,只适合挂在像他那样的竹物中间,厉鹗也是从整体角度把握,但也说明他的书法,有一种清高孤傲的姿态。

——当然艺术的局部与整体关系是一个难度系数很高的学术命题,笔者不过"胡吹嘘"一点浅薄之见。虽绝不敢像范曾大师一样自信:"这个看来讲得有点悬,其实真是这样。"但却有非常好的警示意义,那就是创作中要讲究局部和整体的和谐和统一,千万不能凸出局部、忽略整体,从而有"活龙夹着死蛇"的现象出现。

四、字蒸氤氲:自然与生命的释放问题

综观包括书法在内的中国传统艺术的磁盘上,似都存在着一种神秘的生死磁场。这当然不是虚无主义,而是一种艺术的神秘力量。所谓"玄之又玄,众妙之门。"(老子《道德经》)以书法例说,明末清初的傅青主某日回家,看见桌上放着儿子写的一幅字,与自己一贯雄气挺拔的书风大相径庭,而是字体枯槁如风烛,误为己写,以为大限将至,不禁对字恸哭。果然不久,写此字的儿子病死。为何如此?——从古代社会看,主要是受落后的科技水平影响,古人对自然和生命认识极为有限,作为社会精英阶层的艺术家们,就想通过包括书法在内的传统艺术,来映照吞吐自然和生命的奥妙。汉代书法家、音乐家蔡邕就说:"凡欲结构字体,皆须像其一物,若鸟之形,若虫食禾,若山若树,纵横有托,运用合度,方可谓书。"反过来从接受角度看,时人也热衷于从这些精英们的艺术作品,来附会求解自然观念和生命哲学等。如唐代文学家韩愈就对张旭"有动于心,必于草书焉发之"的作品评价道:"观于物,见山水崖谷,鸟兽虫鱼,草木之花实,日月列星,风雨水火,雷霆霹雳,歌舞战斗,天地事物之变,可喜可愕,一寓于书,故旭之书,变动犹鬼神,不可端倪。""禀阴阳而动静,体万物而成形。"用现代美学大师宗白华的话总结:"中国的书法,是节奏化了的自然,表达着深一层的对生命形象的构思,成为反映生命的艺术。"所以傅青主就将书法字的枯槁与生命的风烛紧密联系在一起,推绎出死亡的结论;而儿子随后的病亡,就有机地完成了字与生命、人与自然这一系列推演变化的证据链。如此说来,书如其人不但包括道德层面,还应涵盖生死的自然层面。

拿音乐例说。蔡邕一次到友人家赴宴,远远听到主人在家弹琴,走到门口,蔡邕惊得收住进步,原来他听见琴声隐含杀气,难道主人摆的是鸿门宴,乱世人人自危,吓得他掉头就走。当主人追出来解释道:我等客人时,闲来无事就弹琴,眼看窗外之树,一只螳螂在捕蝉,蝉振翅欲飞,又停下,螳螂随之一进一退。我边看边弹,心被牵绊,唯

恐螳螂抓不住那只蝉,不觉琴声中就带出杀气。你看,蔡邕能从琴声判出生死。还有高士从自弹的琴声中,能辨出听者的身份。《三国演义》第三十五回,写刘备到水镜先生"庄前下马,入至中门,忽闻琴声甚美。玄德教童子且休通报,侧耳听之。琴声忽住而不弹。一人笑而出曰:"琴韵清幽,音中忽起高抗之调。必有英雄窃听。"清幽琴韵对应水镜先生的隐士身份,而"高抗之调"就象征刘备的英雄身份;而两者之间的"忽起",就将刘备这位不速之客的造访搭建在琴声中,自然而然地推导出"必有英雄窃听"的结论。几根琴弦就将中国艺术的神秘力量演绎无遗。你能对此表示怀疑?

拿诗例说。唐代女诗人薛涛八岁那年,父亲看着庭中的一棵茂盛的梧桐树,吟诗两句:"庭除一古桐,耸干入云中。"年幼的薛涛张口接答:"枝迎南北鸟,叶送往来风。"薛父顿觉这是不祥之兆,预示女儿今后是个迎来送往之人。果然,在薛涛十四岁之时,父亲溘然长逝,家道飘零的她,不得不用稚嫩的双肩挑起生活的重担。最终沦为欢乐场上侍酒赋诗、迎来送往的诗妓。薛涛年幼的诗句象征她以后的崎岖人生,如此神秘力量也在诗中折射,所以现代红学大师周汝昌先生,根据林黛玉中秋联句中的"冷月葬花魂",考证出林黛玉是中秋投寒塘而夭折,也是此种一语成谶神秘力量的远代传承,甚至艺术还能医人疾病、救人生死。生病的陆游在看了林和靖"高胜绝人"的书法后,病竟然"不药自愈"。而《古今诗话》载杜甫用自己的诗句"夜阑更秉烛,相对如梦寝"和"子章髑髅血模糊,手提掷还崔大夫",作为两个疗程,治好了友人的疟疾。宋人高斯得曾说"杜诗能止虐"。如宋人杨万里就把白居易诗歌当案头良药。偶然一读香山集,不但无愁病亦无。"许是疗效甚佳吧,他把心仪的新书都叫儿子当良药收藏,"体不佳时看一回。"身体不好时就把书当药品尝。"文人走笔胜良医,扁鹊应收为妙药。"可见艺术不但是精神的药方,也在生活中闪现神秘的光芒。

拿茶例说。说已到暮年、体内淤痰的王安石,请求被贬黄州的苏东坡,有机会经过三峡时,携一瓮瞿塘中峡水带给他,煎烹阳羡(今江苏宜兴)的茶,方能消除痰火、延年益寿。几年后,苏东坡回京,特意到三峡取水，因只顾贪看两岸美景，船过中峡，才想起取水的事，于是只能取下峡水回京复命。当王安石喝了用苏东坡的水泡的茶后，皱起眉道：你这水不是中峡水，是下峡水。把苏东坡吓了一跳。王安石款款道："因为上峡水性太急，下峡太缓，惟中峡水缓急相半。用此水烹阳羡茶，上峡味浓，下峡味淡，中峡浓淡适中。今见茶色半晌才出现，故知是下峡水。"苏东坡如醍醐灌顶后赶忙谢罪。你看，一盏清茶不但要喝出它的"前世今生"（《于丹趣品人生》），更要品出它蕴含传统文化的神秘之味。从地理位置上说，如中峡之水对烹阳羡茶有积极意义的话，那文章何尝不如此。苏辙《上枢密韩太蔚书》云："太史公行天下，周览四海名山大川，与燕、赵间豪俊交游，故其文疏荡，颇有奇气。"你看，太史公"其文疏荡，颇有奇气。"与他周览四海名山大川，关系深焉。

董仲舒曾要求后学道："取天地之美以养其身。"蔡邕《九势》云："书肇于自然。自然既立，阴阳生焉；阴阳既生，形势出矣。"那怎样合理地将这种天地之美、自然之光，神秘地转化成创作者的腕底阳阳、笔下风光呢？

从学习角度言，怀素向夏天变化的白云学习草书笔法，文同见两蛇争斗悟草书妙理，黄庭坚观船夫荡桨拨棹而悟用笔、雷简夫卧听江水暴涨之声，浮想其波涛翻卷之状，因悟及书势等。李阳冰更道出学书心得："吾于天地山川，得方圆流峙之常；于日月星辰，得经纬昭回之度；于云霞草木，得沾布滋蔓之容；于衣冠文物，得揖让周旋之体；于耳目口鼻，得喜怒惨舒之态；于虫鱼鸟兽，得屈伸飞动之理。"这些大师们都自觉地以天地为师，向自然学习书艺，既做到孟子所说的"万物皆备于我"，更做到万物为我所用，成为铸造中国书法传奇的重要根基。

从创造角度言，就具体涉及创作者才性与艺术体裁的问题。拿性情说：性格平稳者更适宜练楷隶，性格活泼者适宜写行书，狂放不羁者适宜写草书。你想草圣张旭酒后激情万丈，性入癫狂状，"每大醉。呼叫狂走乃下笔，或以头濡墨而书。"激情所致已到笔不待墨的焦渴程度，急得他以头发为笔，蘸墨狂书。而另一位草书大家怀素，书写狂草时也是"对壁狂叫三两声",此时他俩激情滔天,你强制他俩一笔一划去写蝇头小楷,等于粗暴地拧紧他俩激情的阀门,岂不是叫他俩激情的血管爆裂,天长日久,还易患起激情勃起障碍。所以精密结合自身才性,对照挑选艺术题材和书写样式,量体裁衣,扬长避短,对症下药,才能疗效显著,取得事半功倍的巨大艺术功效。现代词学大师夏承焘先生,就反复自审才性,最后锁定词学为终生奋斗的目标。从欣赏角度言,性格也是一个成因。《北江诗话》就云:"静者心多妙。体物之工,亦惟静者能之。如柳柳州'回风一萧瑟,林影久残差'。李嘉祐'细雨湿衣看不见,闲花落地听无声'。鲁莽人能体会及次否?"对一些美到细微的诗句,性格静怡的人就比性格鲁莽的人体会细致。这也就肯定性格与审美的对应关系。所以深入分析主体和客体因素,"知己知彼",方能取得"百战不殆"的效果。拿军事言:例如京剧《空城计》。司马懿听见诸葛亮城头弹琴,对要求"杀进(城)去"的儿子司马昭劝道:"这铮铮之音,如惊涛拍岸,风卷残云,指端似有雄兵百万!""似山间小溪,清澈见底,非心旷神怡者不能为之,诸葛亮定然是胸有成竹。""心乱则音噪,心静则音纯;心慌则音误,心泰则音清。听诸葛亮弹琴,如观其肺腑也!"让司马懿从琴声中,听出诸葛亮胸有成竹,城有伏兵,从而引兵退去。当诸葛亮"拊掌而笑"地对骇然的众官解密道:"司马懿料吾生平谨慎,必不弄险;见如此模样,疑有伏兵,所以退去。"这个成功战例告诫我们,一定要结合自身才性,选中一个相应吻合的艺术体裁,吃透其本性,知己知彼,然后融会百家,才能自成一体,写出自己的艺术天地。

岳飞《小重山》有句:"欲把心事付瑶琴,知音少,弦断有谁听?"叹知音少,无人知高山流水的心事。而香港著名作家董桥却看出台静农的书法,字里行间流露出满腹的心事。——但到底是什么心事?抚琴的岳飞、谈字的董桥都没说。老子说:"天地有大美而不言。"艺术讲究弦外之音、味外之旨。所以天机还是不言的好,一切靠你用心体悟。所以中国传统艺术中的神秘力量,以及由此推演出的模糊美学等,笔者也只能"开个头便煞了尾",不然就像推背图,后背必遭高人击掌。

林散之大师论书绝句云:

> 独能画我胸中竹,岂肯随人脚后尘。
> 既学古人又变古,天机流露出精神。

意思是既要学习古人的方法，又要自觉地闯出新路。——就以此诗结尾吧，这也是"聊借画图怡倦眼，此中甘苦两相知"的笔者唯一能泄露的天机。

独立书斋啸晚风

"便无足观"的文人

唐人诗句："坑灰未冷山东乱,刘项元来不读书。"当刘邦项羽们将暴秦推入历史的坑底,他俩不但继续不读书,还看不起读书人,刘邦手揪儒生的帽子当夜壶,就已暴露出他对文人蔑视的苗头。刘邦说出原因,"吾居马上得天下,安用诗书乎?"我是骑着马,真刀真枪打出天下的,不是你们这些书呆子,用笔一字一字写出来的;当他"威加海内兮归故乡",要求的人才还是"安得猛士兮守四方",要的是横刀立马的,不是要笔杆子的。汉高祖的这番金科玉律,似在给普天下的书生们下了一道圣旨,引得后世无数文士们都要变身为武士,争先恐后地把边塞奔赴当作一条终南捷径。东汉的班超就将毛笔投到地上,加入戍边的队伍。初唐诗人杨炯的理想就是"宁为百夫"的小连长,这不仅能将手中笔化为掌中枪,也的确比寻章摘句的书生们八面威风,让他豪迈地《从军行》。就连身体羸弱在寒夜呕诗的李贺也承认,在寒窗下皓首穷经地写出一沓沓文稿,在沙场厮杀的秋风中,想哭都找不到地。"不见年年辽海上,文章何处哭秋风",惹得他也要手挥吴钩,去"收取关山五十州"。一句话,"功名只向马上取,真是英雄一丈夫。"面对如此现实,白居易也无奈地说:"世间富贵应无分,身后文章合有名。"就算一生的心血彰显成死后的声名,也摆脱不了生前贫困的命运。《送灶》的罗隐就祈求灶君上天后禀告玉皇大帝,"为道文章不值钱",在这"世间万物俱增价"中,似乎该给文人们增加稿费。唐末诗人薛昭纬就后悔当初没有当银匠:"早知文字多辛苦,悔不当初学冶银。"言外之意当银匠肯定比文人挣的多得多。哎,悔之晚矣！柳永倒还实用，将浮名换酒喝，用文稿换青楼的红唇，虽然死后还是这些风尘女子们捐资了丧葬费，但好在他的文稿仍鲜活到如今。如此比较，"文学是倒霉晦气的事业，出息最少，邻近着饥寒，附带了疾病。我们只听说有文丐；像理丐，工丐，法丐，商巧等名目是从来没有的。"（钱锺书《论文人》）在这种氛围下，文人们不惜废纸三千地一再证明，"他不愿意做文人，不满意做文人"，弦外之音，还念念不忘当武人抑或当银匠。尽管他们"只恨自己是个文人"，但争起文场上蜗角虚名的狠劲，也不亚于官场上的争权夺利。

"久压公等"与"耻居王后"

例如初唐诗人杜审言，就自诩自己："文章当得屈宋作衙官，吾笔当得王羲之北面。"我老杜的文章，能让屈原、宋玉打杂；我老杜的书法，能让书圣王羲之纳首称臣。而他的曾孙杜甫也举双手赞成："吾祖诗冠古"，我曾祖的诗歌举世无双。当这位牛人临终时，对病榻前的宋之问等几位诗人说道："吾在，久压公等，今且死，固大慰，但恨不见替人。"我活着时，你们诗文休有出头之日。今我死了，山中无老虎，你们这些小猴子们可以称大王了，因为文场中再无我这只猛虎了。你看杜审言是多么看重自己冠军似的文名，临死都惦记这个事。其实重排名的何止他，同期被称为初唐四杰（王勃、杨炯、卢照邻、骆宾王）中排名老二的杨炯也是，他愤愤不平地扬言"耻居王后"，羞耻自己排名在王勃之后。这杨炯曾向往弃笔从戎，在"雪暗凋旗画，风多杂鼓声"中，当一个"宁为百夫长"的连级干部。话虽这么说，在没当上"百夫长"这个连级干部之前，这四杰的排名还是让他如鲠在喉，他说"耻居王后"，语气真有《天龙八部》中萧峰怒斥慕容复的霸气。但他若想到这雕虫小技，壮夫不为，"真是英雄一丈夫"的都不屑于此，连他自己都想"铁骑绕龙城"地从军行，还争什么呢？杨炯、王勃与骆宾王都是神童出身，长大后都是有脾气的人，死得都很惨。王勃命溺南海，卢照邻久病缠身，据说当时他的邻居"药王"孙思邈都对他回天乏力，怎不让他彻底绝望，身投颍水。而七岁时就写出《咏鹅》

诗的骆宾王，四十四岁时起草了那篇讨武则天的檄文，令女皇赞叹，"宰相安能失此人"；结果他宰相没看见，人却玩失踪，一说他兵败被杀，二说他投水自尽，三说他当了和尚，还在杭州灵隐寺，为曾被杜审言病榻前嘲讽过的宋之问续写了"楼观沧海日，门对浙江潮"两句诗。而在美国汉学家宇文所安看来，骆宾王不但"更多的怀思诗及自述诗，远远超出在他之前的任何唐代诗人"，而且"骆宾王是一位有思想的诗人，在这方面他超出了韩愈之前的任何诗人"（《初唐诗》），潜意识中已将四杰中的骆宾王，推向带头大哥的宝座。

还是杜审言的曾孙杜甫对"四杰"说得好："王杨卢骆当时体，轻薄为文哂未休。尔曹身与名俱灭，不废江河万古流。"——那还争什么呢？让时间去证明，历史会写好你的排名。

"昔时人已没，今日水犹寒。"但王勃蒙被苦吟、宋之问灵隐寺觅句、杨炯"耻居王后"的进取精神，与那个欣欣向荣的时代密切相关，因为那个时代不时地为诗人们搭建着交流发展的平台。

"力竭"与"健举"

在武则天三子唐中宗主持的一次宫廷新春赛诗会上，最后剩下宋之问、沈佺期两位选手终极PK。请著名女诗人上官婉儿作评委，对强强对决的两诗，宣布终裁：沈佺期诗句"微臣雕朽质，羞睹豫章才"，以词气力竭；宋之问诗"不愁明月尽，自有夜珠来"，犹陟健举。听此评语，沈佺期心悦诚服地认输。

那怎样理解上官评委的终裁？竟让沈佺期输得心悦诚服。先从这两位选手看，宋之问这人，据说有口臭的毛病，难怪"还乡"的他，胆怯的"不敢问来人"，生怕一张口就污染了家乡的空气环境。这倒事小，令人不齿的是他手还黑，据说为侵占"年年岁岁花相似，岁岁年年人不同"这两妙句，竟然杀死了亲外甥。而沈佺期和宋之问一样，也都谄附权臣，宋之问还为张易之、张昌宗兄弟捧过尿壶。但不可否认，他俩同是著名的宫体诗人。如沈佺期的"可怜闺里月，长在汉家营""人疑天上坐，鱼似镜中悬"与宋之问的"近乡情更怯，不敢问来人""风来花自舞,春入鸟能言",可称千古名句。我们薄其为人,也要肯定他俩在唐诗中的地位。

回到赛场,再比较对决的诗句。一是从思想上比较。宋之问的"不愁明月尽,自有夜珠来",对逝去的明月,宋之问没有情绪低迷,心生愁怨,而是劣势上扬。"自有夜珠来",仿佛从熊市又逆转到牛市。意境上颇有宋太祖吟月的气度,"未离海底千山黑,才到天中万国明",自信明亮、充满"照尽山河万朵"的希望。用上官婉儿的终裁话说,是"犹陟健举"。而沈佺期的诗句"微臣雕朽质,羞睹豫章才",只是一味地叹老嗟卑,说自己像不可雕的朽木,见识到豫章之才让我羞赧,缺少锐意进取和昂扬的斗志。用上官婉儿的终裁话说,是"词气力竭"。二是从诗艺上比较。对此正如朱自清先生所评:"沈说尽,宋不说尽,却留下一个新境界给人想,所以为胜。"(《再论"曲终人不见,江上数峰青"》)三是从场合上比较。这是发生在"山花缇绮绕,堤柳幔城开"的昆明池诗歌酒会上,叹老嗟卑的"微臣雕朽质,羞睹豫章才",也的确不如昂扬进取的"不愁明月尽,自有夜珠来"更合现场的氛围。

综上所述,不管从思想上、艺术上,还是赛场氛围上,沈诗都"词气已竭",真如雕朽质;而宋诗"犹陟健举",宛如夜珠来。上官婉儿宣布宋之问得冠军,是实至名归,而听完裁决的沈佺期也输得心悦诚服,也许他已深刻认识到此点。而从上官婉儿"论定诗人两首诗"的精彩裁决看,引得清代大诗人袁枚的由衷折服,敬她为"大宗师"。因为她的确公正、精准地做到"量天下士",怎么不让后人"不服丈夫胜妇人"地永竖拇指。

"独怆然而涕下"的陈子昂

金人元好问《论诗绝句》道:"沈宋横驰翰墨场,风流初不废齐梁。论功若准平吴例,合著黄金铸子昂。"元好问肯定了沈佺期、宋之问他俩"横驰翰墨"地对初唐诗歌发展所做出的"裁辞变律"的重要贡献,但元好问更认为,该用黄金为陈子昂铸像,以表其开唐诗一代新风的丰功伟绩。如此就不得不说陈子昂的千古绝唱《登幽州台歌》了：

> 前不见古人
> 后不见来者
> 念天地之悠悠
> 独怆然而涕下

从这首诗的写作背景看：此时唐军正征讨契丹，但统帅是个棒槌，把随军的陈子昂提出的众多良策当成耳边风，结果契丹军势如破竹。如此战局，让陈子昂欲哭无泪，他疲倦地独登今北京大兴的幽州台，遥想建筑此台的战国燕昭王，招贤纳士，而自己竟献策无门，"奈何青云士，弃我如尘埃"，让他对台伤己、比照古今，不禁感慨万千。

从诗的时空看：诗人以幽州台为坐标，以心灵为端点，以思绪为射线，面对历史和未来，发散无穷和未知；以"心事浩荡连广宇"之大，深感宇宙浩瀚；以怆然涕下之小，抒人生短暂之微。一把泪水独叩时空，悠悠天地，命运置向何方？朝晖夕阴，幽州台无语苍茫。此意境，与年长他十二岁的王勃《滕王阁序》中的名句："天高地迥，觉宇宙之无穷；兴尽悲来，识盈虚之有数"，似有异曲同工之妙。从诗的寓意看，《登幽州台歌》也潜在地抒发了《滕王阁序》中的某些悲愤的命运："冯唐易老，李广难封；屈贾谊于长沙，非无圣主；窜梁鸿于海曲，岂乏明时……孟尝高洁，空怀报国之心；阮籍猖狂，岂效穷途之哭……三尺微命，一介书生，无路请缨……"虽然幽州台（北京大兴）与滕王阁（江西南昌），地分南北，但悲愤的命运，似不分东西。对此时的陈子昂来说，自有一股深入骨髓的莫可名状的悲哀，因为"前不遇古人，后无继来者，既没有可托生死的爱侣，更没有一掷头颅可与之冲杀拼搏的仇敌，只余隔代的荒诞，而感觉自己是漏网之鱼似的苟活者"（昌耀《深巷·轩车宝马·伤逝》）。

"戎马关山北，凭轩涕泗流。"无搵英雄泪，直流后人裳。

日暮诗成天又雪

从诗人来说,似乎天生与寒冬有缘,那片片雪花就像飞入怀中的请柬,"有雪无诗俗了人",期待他们写下冬天。虽然李白曾在冬天就"冻笔新诗懒写",只能躺在小酒壶里,想象着"雪满前村"之景。但还是有无数诗人在冒雪寻诗,这其中最典型的当非孟浩然莫属。据说孟浩然经常在寒冬顶风冒雪骑驴寻诗,他的创作秘诀就是:"吾诗思在风雪中的驴背上",意思是漫天风雪,就是灵感的催化剂,让他的毛驴驮满诗句、满载而归,引来宋人的声声惊叹。苏东坡一再记起:"不见雪中骑驴孟浩然,皱眉吟诗肩耸山。""襄阳孟浩然,长安道上骑驴吟雪诗。"陆游也反复念叨:"灞桥风雪吟虽苦,觅句灞桥风雪天。"看来风雪还真对写诗有一定的促进意义。

但飞雪也飘扬着诗人的命运,南宋女词人李清照在建康时,每逢漫天飞雪,就头戴斗笠,身披蓑衣,顶风冒雪,绕城寻诗。她原以为"人老建康城",能把建康城住成终老之地,平安地踏下半生的雪,吟下半生的诗。可惜建康城很快就陷入金人的铁蹄。她带着"至今思项羽,不肯过江东"的遗恨,飘零到临安,像一个流泪的雪人,"物是人非事事休,欲语泪先流",纵然"踏雪没心情",但仍执着地用诗句,温暖着这滴水成冰的山河和破碎成半壁的回忆。

但飞雪永远都在召唤着每一颗诗心,就让雪窗下的小诗人们,去皱眉片片寒冷,"愁人正在书窗下,一片飞来一片寒"。而更多进取的诗人,正挺进雪野,纵马冰天,因为漫天飞雪,不但磨炼出满腔幽燕的壮气,更能驰骋出铮铮的诗骨、澡雪出诗的精神。"自嫌诗少幽燕气,故作冰天跃马行!"——那才是诗的真魂! 如"忍冻从来有诗骨"的明人沈周,就认为只要身有"诗骨",纵然忍冻受饿,也能"开门一笑万山明",——自然万山也对他回馈笑脸。而不辞山路远,踏雪赶到诗友门前的韦应物,看到"门对寒流雪满山",才顿悟"怪来诗思清人骨",原来是门前的满山白雪,像洁净剂一样,冰清了友人的"诗思",玉洁了他的诗骨,才能在冰天雪地中写出耀眼的诗章。如此,也就不难理解南宋诗人赵师秀,主动地要"饱吃梅花数斗";明代那位道人,赤脚站在雪野里嚼梅咽雪。他们都是想通过把梅花和雪花当饭吃的行为,自觉地将乾坤清气咽入胸中,"胸次玲珑,自能作诗",笔墨才能挥洒出梅的清香、雪的精神! 而在昨夜,唐末的两位诗人,又在为"前村深雪里"的梅花,是"一枝开"还是"数枝开",热烈地切磋诗艺。"吟成白雪心如素,醉到梅花香也清",那才算进入写诗的真境界。

还是唐人郑綮总结得好:诗思在灞桥风雪中。在他看来,只有置身生活的风雪,才算走入诗的主产区。因为头顶的是雪花,脚踩的是地气,心灵才能绽开出傲雪的朵朵诗花。而对窗发愁、闭门觅句、觥筹交错的诗人们,最终都会像无才思的杨花榆荚,是难以写出经得起霜冻的作品。说到底,诗人不是"惟解漫天作雪飞"的杨花榆荚,而应是傲立风雪的梅花,雪越大,思越洁,诗越香,"偶向梅花村里度,芒鞋到处雪痕香"。纵使笔尖冻成冰凌,也要呵冻出万点梅花,墨疙瘩也要研磨出乾坤清气!"日暮诗成天又雪,与梅并作十分春",那都是一个真诗人应有的境界!

"愿借天风吹得远,家家门巷尽成春。"但贫寒文人的居住又是一个严峻的现实问题。

草色入帘青

我想,对如今所有人来说,面对高昂的楼市,想靠鬻文置房,无疑是说梦的痴人。吟诗作赋北窗里的李白,就曾无奈地感叹:万言不值一杯水。虽说得有点过,但也道出实情。就目前这低廉的稿酬,千字也仅够喝一杯咖啡。虽然笔者"而今听雨僧庐下",还没沦落到"屋上无片瓦"的地步。

也想有白居易的好彩头,靠诗文就在灯红酒绿的大唐首都安身立命,野火烧不尽,春风吹又生。房子有了,面包有了,真让哆嗦在寒屋内的千古小文人们,羡慕嫉妒恨啊。处在文学日渐边缘化的时代,这种概率和机遇,就更像中大奖一样稀少。所以老雕虫们,只能继续寻章摘句于朽木的星窗。杜子美贵为诗圣,但却换不来阿堵物,以致茅屋被秋风刮破也没辙。

记得《三国演义》中，诸葛亮安居平五路，稳坐家中，就摆平五路围军。我们像门神一样，手举钢鞭铁锏，也阻挡不了破门而入的贫穷。钱不是万能的，但没钱是万万不能的。所以房子的好次，真与金钱成正比。但看开了，有一个遮风避雨之处就一生凑合也大有人在。深居陋巷的颜回，瓢饮箪食，人因为忧，他却不改其乐，就是一个淡泊的范例。而那些身处蚁居、心怀天下者就格外令人肃然起敬了——辛弃疾不忧屋漏，却思万里河山；陆放翁僵卧孤村，夜梦铁马冰河；杜子美茅屋中，祈愿寒士俱欢颜；唐伯虎立锥莫笑贫无地，但万里江山笔下生。郑板桥衙斋卧听萧萧竹，心察民间疾苦……可见再漏的房子，也滴不湿一颗伟大的胸襟。真该用上孔子的反问：何陋之有？

有了房子之后，卫生又是一个问题。例如东汉时，有一自命不凡的少年，一心想干大事业，其居脏乱差。遭到他老子的斥责，儿子理直气壮地回答："大丈夫当扫天下，安事一屋？"老子厉言："你一屋不扫，何以扫天下？"从现实看，老子的棒喝是对的。当前就业、创业就像拦路虎一样，挡在你人生的路口。你空有扫天下的志向，而没有从扫一屋起始练就扫天下的本事，也是纸上谈兵的赵括而已。只有踏实地从小事做起，逐步练就超群的本领，成为驱虎豹的英雄，驱除发展道路上困难的虎豹，有望挣来天文数的年薪，才能购置豪宅，请来菲佣……真到那时，不说扫天下了，起码屋里屋外是不需你扫了。

而我梦想有一个家，记得海子有诗句道："我有一所房子，面朝大海，春暖花开。"这样昂贵无比的海景房，我岂敢奢望。只要"结庐在人境"，哪怕"草色入帘青"也成。因为家，是脚力疲惫的港湾，浪子回眸的夙愿；起码羁旅天涯的余光中先生，就向往地《呼唤》：

> 五千年深的古屋
> 就亮起一盏灯
> 就传来一声呼叫
> 比小时候更安慰，动人
> 远远，唤我回家去

夜来一笑寒灯下

无可否认，我们身处的当今社会，已不是诗词盛行的唐宋，大家都像一辆辆跑车，夜以继日地飞驰在"物质"的高速路上。"万言不值一杯水"的诗，已成为贫穷落伍的代名词，虽然明里，还不敢学刘邦，公然拿文人的帽子当夜壶，但潜意识里已把文人视为无可救药的分子。就连赌博者输了钱，无处撒气，都拿书籍当出气筒，将赌输的原因定性为"孔夫子背书箱——尽是书（输）"，真是欲加之罪，何患无辞，而且还词汇丰富无比。"十有九人堪白眼，百无一用是书生"，连两千年前的孔圣人都不能幸免。面对如此现实，你也只能像元代人张可久一样，是"读书人一声长叹"。问题是你不但"欲辩已忘言"，而且你"辨"一次，在金钱至上者的眼里，你就多一次折损的机会。如此别说出关的青牛、话道的白鹿、论道的鹅湖、悟道的龙场，就是菩萨显灵、关公显圣，天公重抖擞，也难以改变目前的格局。因为教育养老医疗，还要当房奴等，逼着他们不得不供起孔方兄和财神爷的牌位！

南宋著名诗人陆游曾《夜吟》他六十多年的写诗经验：六十余年妄学诗，工夫深处独心知。夜来一笑寒灯下，始是金丹换骨时。以我个人为例，学诗已到陆游一半的诗龄，但"独心知"的倒还不只是诗中的甘苦，更是现实的冰霜。我也只能关门闭户，像见不得光的猫头鹰，独自在灯下"新诗改罢自长吟"，做长夜呕诗的李贺；至于呕吟出的诗歌，是金丹换骨抑或遗蜕成真，对这物质时代来说，早已闭起了耳朵。寒灯一笑三十年的我，已坐化成面壁的达摩。

我写文章，多发表在报刊这些纸质媒体，虽然有一些网络媒体约稿，我却懒于出手；我哪是囤积居奇，更无大牌可耍？而是老婆的批评起了作用：人家天天都往家里挣钱，你天天往家里挣纸，尽搞虚的。所以我发表在纸质媒体上，尚能有一些样报抚摸，若发表在网络媒体上，我连纸屑都摸不着，岂不更加虚拟无比。想到自己的文章，质量不讲，就从构思、腹稿，再到分娩于笔下，一般都要几年，比哪吒的孕期都长。难怪哪吒的父亲视哪吒为妖孽，的确是妖孽。想到宋人陈师道作诗时,被子蒙头,听不得一点哪怕是猫叫的声音,甚至还要把老婆孩子送到娘家里,在今人看来,更是作孽。

又想到谢灵运曾将天下文章比作十斗米,他分米方案是,曹植一人分八斗,他自己截留一斗,剩下一斗,让后世的文人们抢破头。在谢灵运的分米方案中,连"六十年来诗万首"的陆游也要加入这争抢斗米之列,而我这点比生人还难的质量和产量,也好意思向那一斗米伸手?眼前富贵应无份,你能不被饿死,已是天大的造化。还想加塞到抢米的行列,羞也把你羞死,真所谓"修已知道你,你却不知修(羞)"。

一蓑烟雨任平生

对笔者来说,哪敢妄想寻章摘句的背影成为后世的风景,只求像艾略特所言:哪有什么胜利可言,挺住便是一切。那"苔花如米小"的笔者,是怎样挺住,并坚持绽放一小片春光呢?

"倚诗为活计,从古多无肥。"从我来说,许是常年的瓢饮箪食养活了我,竟殃及自己的诗歌,也和芦苇一样,头重脚轻地摇曳在岁月的墙头。也想学李太白同志,就着茴香豆,喝干三百杯老酒——我是站着喝酒而唯一穿长衫之人,就飞上青天揽起如镜的明月,照照为诗而生的白发,是否三千丈?可惜每次醉后,只化学反应如坠云雾的头昏脑涨,却飞流不出三千丈,一吐就是半个盛唐……只能像袁安卧雪,修炼生命的冬天。

回望诗歌的滑雪场,同行的赛手都跑上另一轨道——跨栏追逐物质和金钱。原先鼎沸的精神滑雪场,已越来越没有看客。在这物欲横流的当下,注定拥有的就是飞舞的雪花、空空的跑道。没有号令枪没有终止线,更没有疯狂的啦啦队。滑雪场空虚得令你目眩,寒冷得令你窒息。你猛虎下山的雄姿,滑给谁看?"新诗改罢自长吟",又吟给谁听?高举铜琶的关西大汉,不屑一顾;手执红牙板的女郎也不暗送秋波,旗亭的歌姬更不唱我的诗……在这死寂的氛围,任何一位赛手都开始对自己的追求,提出怀疑——这场滑雪拉力赛还有没有意义？难道多年的汗水和泪水，换来的看客，一个叫贫穷，一个叫孤独，日夜寒冷你的左右……

清人龚自珍《咏史》道："著书都为稻粱谋。"这句话泄密了古今多少文人心中的梦影。他们头悬梁锥刺股，手挥五彩笔，眉批万卷书，愿景就为盘中东坡肉、壶中兰陵酒、坛中五斗米和囊中孔方兄，以及书籍的屏风后的款款红颜，而不辞辛苦，雪花覆盖多少白头……不管在自觉和不自觉中，日渐有人弯腰飞入帝王的彀中、名利的鸟笼，原本"百啭千声随意移"的歌声逐渐嘶哑，取而代之的是宴席的笑语、笔下的颂歌，像学舌的鹦鹉，沦为风雅的附庸。两相比照，我更敬佩"怕作乾坤窃禄人"的书生，他们"宁为宇宙闲吟客"，也要面对"山花红紫树高低"的大自然，放歌出原生态的心声。

想到李白"仰天大笑出门去"——豪情满怀地进入了大唐宫苑。可惜他壮志的云帆还没张开政治的水道，就搁浅于宫廷的暗滩。不过是用生花妙笔整天为杨贵妃涂脂抹粉，云想衣裳花想容，春风拂槛露华浓……十足的一个御用美容师。"为君淡笑静胡沙"的凌云壮志，蜷缩成"长安市上酒家眠"的身影。千年后，我仿佛还看见"花间一壶酒，对饮成三人"的凄冷身影，三人，我认为至少三十、三百甚至三千人，才能饮尽他的悲情。

有段时间，我也觉得"丈夫三十未富贵，安能终日守笔砚"，遂以投笔从戎的豪情投身商海。商海期间，还在坚守的诗友对我说，你虽染铜臭，但保持书香，所以友情还在保鲜，不然连朋友都没得做。好在数年下来，我又将书桌当成雪原，把投到地的笔拄成雪杖，继续在稿纸上滑行着诗歌的跑道。"唯有诗魔降未得，每逢风月一闲吟。"而降服住我生命的诗魔，使我诗心再不会临阵脱逃，而是整装待命——虽然此生等不到发令枪吹起冲锋号，看台上的口哨吹得地动山摇，小彩旗挥成拍天的巨浪……这又有什么要紧，这是一个人的球赛，灯下自己为自己开球，用一篇篇文字默默投篮，并勇敢地去抢苦难的篮板球——像鲁迅先生所说："笑骂由他笑骂，恶文我自作之"，继续在线书的纸屑上，写一些少男少女所不屑的文字。虽然命定打不入世界杯的赛场，那就算自我热身，鞋已系好，在沸腾的血液中，让北风喝彩，让风雪助威，在偌大的雪原，留下滑雪的弧线，俯身冲刺新的高度，刷新精神的记录，做追逐太阳的夸父！纵浪大化中，不忧也不惧。因为那一粒粒文字，就是我们能融化太阳的汗珠！！！

泰戈尔有诗道："天空中没有翅膀的痕迹，但鸟已飞过。"当"众鸟高飞尽"，我们有些人才仰起头去寻找翅膀，不是吗？"字字写来皆是泪"的曹雪芹一病无医、贫病而死，人们才想起他是万世文星。——还是"世间富贵应无分"的白居易说得好，"天意君须会，人间要好诗"。对我而言，不管瘦如刀削、福如纸薄，抑或"从前作诗苦"，以后"笔底明珠无处卖"，我都"挑得诗囊，抛了衣囊"，在贫寒的长夜，高举火炬，"天寒路滑马蹄僵"中前进不息、呕诗不止！"十年饮冰，难凉热血"，坚信"人间要好诗！"这是人间所求，也是天意！——"幸有艰难能炼骨，依然白发老书生"啊，"今朝又被诗寻着，满眼溪山独去时"，在诗歌广袤的沃野上，做"汗滴禾下土"的耕夫！

檐流未滴梅花冻：读书札记

中年读书身满月

清人张潮《幽梦影》云："少年读书，如隙中窥月；中年读书，如庭中望月；老年读书，如台上嬉月。"从月说，《月下独酌》的李白曾感叹："月既不解饮，影徒随我身。"月既然不解饮酒，又岂能解人读书，这不过是《幽梦影》借月喻示人读书而已。从笔者来看，生命已进入"雨中黄叶树"的秋天，在"开荒南野际"之余，"时还读我书"，——沉迷于子曰诗云的境界。可惜读书的方法，笔者根本没做到"庭中望月"，而是"不求甚解"，囫囵吞枣而已。所以一盏书灯，漂泊头发，也仅仅慰藉一下"荷锄戴月归"的背影。所以我倒真佩服四十一岁回乡创业的陶渊明，"既耕亦已种，时还读我书"，做到精神与物质，两手都很硬。而且他读书入迷，入迷到抗饥饿的程度。"每有会意，便废而忘食"，只有到入迷的程度，才能到会意的境界，也才能有眼中书代替腹中食的效果，以至《红楼梦》中的贾政，在游玩潇湘馆时，也由衷地向往道："若能月夜坐此窗下读书，不枉虚生一世。"对身在官场的贾政来说，能月下读书，就此生无遗。原因或许就是窗前明月不会变成"风刀霜剑"，桌上书籍不会钩心斗角吧。看来这位"假正经"，倒也流落出真性情。

"读书不觉已春深，一寸光阴一寸金。"但不管是少年读书，还是中年读书，潜意识地都是让书香照亮你的一生；纵然你"手倦抛书午梦长"，也拥有一个蕴含书香的梦境。南唐张泌诗句道："多情只有春庭月，犹为离人照落花。"毋庸讳言，身处这物欲横流的红尘，春月又能照见几个读书的身影，空将落花照满你的庭院。

好在古人有云："得好友来如对月，有奇书读胜看花。"我想在一轮明月下，案有奇书，客有可人，对每一个书生来说，那境界何止是看花赏景，而是心花怒放了；"观书到老眼如月，得句惊人胸有珠"，"吹灭读书灯，一身都是月。"

书生的灯塔

　　古人夜读的照明之物,一般指富人家的红烛,穷人家的菜油灯。记得《增广贤文》有句"劝君莫将油炒菜,留与儿孙夜读书",似是指穷人家而言。当然也有更穷的,连"炒菜"的"油"都"留"不起。

　　例如好学不倦的匡衡,家贫无灯,急中生智的他,就将灯火通明的邻家墙壁凿个洞,这样夜夜就可借着邻居的灯光,免费读书了。但问题是,倘若匡衡的邻居是无光可借的难民,那该怎么办呢?求学如渴的古人,就对一些小动物动起脑筋。

　　如车胤每到夏夜,就将大量萤火虫装到一个透明的布袋里,照书夜读——但每年萤火只能照亮一个夏天,过期就作废。这些爱读的书生都快赶上发明家了,如孙康就打起冬雪的主意——孙康每到雪夜,捧书借用月亮照雪的反光当灯夜读。

　　事实上,以当今发达的科学视角看,囊萤映雪其实都是古人充饥画的饼,借光夜读是不可能的。但古人这种"昨日邻家乞新火,晓窗分与读书灯",乞得新火、首点书灯的好学精神,是该让"等闲,白了少年头"的人对照反省。我想起唐人颜真卿的《劝学诗》:

> 三更灯火五更鸡,正是男儿读书时。
> 黑发不知勤学早,白首方悔读书迟。

那就让我们做知道"勤学早"的"黑发",夜夜苦读,终身学习;像福楼拜一样,让渔民将我们不息的灯窗,误当作航海的灯塔。

　　是的,灯塔!展书作舟,载着我们的民族到学海中,像宗悫一样,乘长风破万里浪,争分夺秒、扬帆远航……

偏食四本书

对待中国传统经典的喜爱,辛弃疾是"案上数编书,非庄即老",显然他喜食《庄子》《道德经》之类。而我口味与他有别,我是将这四本书,常年当成案头山水、口中酒饭,常品常新,百食不厌。

一是《论语》。《论语》是圣人孔子的学生们做的笔记,记录着孔子的教学和生活点滴。北宋宰相赵普,曾把它尊为治国的纲领,说"半部《论语》治天下"。虽是溢美之词,但《论语》以仁为核,以礼为范,以中庸为美德,却是它的中心理念,对社会的和谐规范,有着积极意义,因而成为生活的导师。现代国学家罗庸先生就在《我与〈我与论语〉》中坦诚,当"生活上有了问题,便在《论语》中求解答,得益之多,不可言喻。"今人于丹教授更结合当今潮流,道出《心得》:"《论语》就是教给我们如何在现代生活中获取心灵快乐,适应日常秩序,找到个人坐标。"所以,我爱此书,重在德。《论语》说:"德不孤,必有邻。"只有德高,才能在秩序和坐标的生活中,找到心灵的天地。

二是《孙子兵法》。它是春秋名将孙武的心血之作,约五千九百多字,计十三篇。此书不但是古今兵家的案头必备,如曹操就折服道:"吾观兵书战策多矣,孙武所著深矣。"同时也是中外商家的枕边首选。作为普通读者的我,爱读此书,在当今纷繁的商业社会,倒也能起到启智增谋之效,触类旁通之功。例如书中的"知己知彼,百战不殆","攻心为上,攻城为下","穷寇勿追"和"攻其不备,出其不意"等战略战术,就是放在生活的沙盘中,"熟读深思子自知",也有人生的推演意义。

但人毕竟是感情动物,所以我偏食的第三本书,就是《唐诗三百首》,重在情。此书是清人蘅塘退士,从两千多位诗人所作的约五万首诗中,根据通俗易记的原则,层层筛选出七十七位诗人所写的三百一十首诗作，可以说首首佳作，字字珠玑。"莫愁前路无知己，天下谁人不识君""洛阳亲友如相问，一片冰心在玉壶"等，更是流颂千古。所以，"熟读唐诗三百首"，不但"不会吟诗也会吟"，更主要的是丰富人的性灵，抚慰人的感情。西方哲人培根说："读诗使人灵秀"，似是这个道理。推而广之，宋人赵文是"秋雨沉沉酒醒迟，小窗灯火对唐诗"，近人齐白石"灯盏无油何害事，自烧松火读唐诗"，都充分说明唐诗无可抗拒的艺术魅力！

我偏食的第四本书，是清代伟大小说《红楼梦》。伟人毛泽东曾说："不读《红楼梦》，你不知什么是封建主义"，并要求读五遍。可见重视之高。拙认为，常读《红楼梦》，确能形象地盘活古代历史，了解灿烂文化，而且书文笔优美，诗意盎然，像酒样，常读常新，历久弥香。一句话，我爱《红楼梦》，重在史。培根又说："读史使人明志"，也是这个道理。

以上仅以个人阅读偏好，晒下书单。我既没有庄子老子的圣典，更不敢有国学大师黄侃的"八部书外皆狗屁"的豪言，仅愿"奇文共欣赏，疑义相与析"而已。

《红楼梦》情缘

我喜爱《红楼梦》，但初读，却是源于20世纪的"文革"年代。一日，偶蹲队里的茅坑，无意间见到旮旯处，塞着一本没有封面的厚书，——这书就是《红楼梦》。在其时"雄赳赳，气昂昂"的"文革"时代，这书可是宣扬帝王将相、才子佳人的大毒草，所以，出现在茅房，也可谓是适得其所。村人本来识字不多，只能把它当手纸利用，这既方便了自身，也是对毒草的惩罚。——顺便说一下，将优秀作品扔茅厕古已有之，如清人桂馥《投溷中》就描写李贺死后，其诗作被仇家黄居难投入茅坑。如此也算是传统的延续了。

当时"惜字纸"的我，正因长久无书，而倍感饥肠辘辘。像黄山谷所说："三日不读书，便觉面目可憎、言语无味"，精神脏乱不已。记得辛弃疾想用"万字平戎策，换得东家种桃树。"他没学林黛玉，焚稿断痴情，而是换书而读，也算一乐。所以我遇此书，真像饥饿人扑到面包上一样，自将它紧藏于怀，拐带回家，草屋藏"娇"，夜夜享用。

油灯下，我轻展宝书，慢看宝玉黛玉薛宝钗们，这一个个鲜活中国文学史的人物，真大快朵颐，春宵苦短。记得杨万里是把"半山绝句当早餐"，而我呢，是把毒草当灵芝，食疗着我的身心，那滋味真像冬夜闭门读禁书的金圣叹一样，不亦快哉，妙不可言，从而健康地度过了那个"云水怒、风雷激"的难忘年代。——为此还误了几个工分。

如今，我阅读之舌，几乎尝遍整个古典的盛宴，虽是囫囵吞枣，像吃人生果的猪八戒，但却对《红楼梦》这根"毒草"，我仍情有独钟，百食不厌。光是文本的阅读，著名学者吴组缃，要求至少看三遍；一代伟人毛泽东，要求至少看五遍。这个下限数字，我自诩早超额完成"作业"，而且我还搜求了许多红学研究专著。如周汝昌的《红楼梦新证》《曹雪芹小传》、冯其庸的《漱石集》、余英时的《红楼梦的两个世界》等近百部,拥挤在我书柜里,整整排了八层。有了这些红学名家作导游,我想我对"红楼"深层次的自驾游,该不像初进大观园的刘姥姥——如坠云雾。

《红楼梦》是部享誉中外的大百科全书式的经典,自然引起众多讨论。记得和县的《陋室文学》,于2006年冬,曾举办了长达一年多的"红楼梦大讨论"。笔者也抱着学习的心态,躬逢其盛,连续发表了两篇计达一万四千字的拙文:《云板鸣钟叩红楼》和《花落红楼泪满园》(后转载于上海《红楼梦研究辑刊》)。诚是献丑,"嘤其鸣矣,求其友声",倒也引来不少赞许的"友声",获得好的赏音,赢得他们"玉"之馈,而我更惭"砖"之浅。

最后引周汝昌先生在其大著《红楼梦与中华文化》的扉页上,为宝书作者曹雪芹,歌的一曲《鹧鸪天》作结吧:

> 晋代风规启令名,邺中才调领芳馨。惊鸿赋罢微波远,叹凤歌成至圣轻。　　人解味,玉通灵。一编红绪几多情。诗心史笔都参遍,认取中华文曲星。

是啊,曹雪芹这位文曲大星,不但认取、参遍,更要诚谢;是因他,才使我们永世拥有精神的灵芝——《红楼梦》!

望书止渴

平生喜欢购书，但书价持续高烧，令我不得不在书店门口，沉吟起来。

好多年前，朋友支招："正版买不起，就买盗版，内容差不多，价格却天地之差。"我虽称不上文人，但却深知写书者的辛苦。若买盗版书，意谓向不法者捐钱，沦为执仗者手中的明火，公然掠夺笔耕者的成果。再说，印刷低劣的盗版在手，读着连篇错字，就像饭里嚼到沙子，只能让人反胃，哪还有"食欲"可言。所以，我兜里的人民币宁可牺牲，也绝不向盗版书举手。如此执着正版，自然经常"银根紧缩"，唉，那人满为患的书架之内，是多少节衣缩食的内功铸成。怎不让我想起唐人许浑的叹息，家为买书贫。

我有一位在官场的文友，曾对我说："他成堆的哲学书看不掉。"我对他说："我书已不够看了，只好将以前买的书找出来，温故而知新。"——人家以博览见长，我只能以精研取胜。事实有无造诣，主要不在于这些客观条件。就像古代，富人练书法，笔蘸徽墨、在软玉的宣纸上挥毫，但穷和尚怀素，则只能秃笔蘸水，在芭蕉叶上练字，但毫不影响他成为一代草圣。足见成为千古书家，不在于是宣纸还是芭蕉叶，而在于练者能否下了池水尽墨的苦功。有了这种理论自慰，在典籍里，我就心安理得地"三更灯火五更鸡"了。

有时路过书店，即使"囊空恐羞涩，留得一钱看"——生活缀满补丁，我也情不自禁地停下脚步，目光向店内"偷情"一番。记得一累先生在上海内山书店，幸遇鲁迅先生，不但1元钱买到定价5元的精装书籍，还得到鲁迅先生免费馈赠的两本书……如此"卖一赠二"的高人，我是难遇此福了。但能站在书店外，饱下眼福，闻下扑鼻的书香，缓解一下"独有书癖不可医"带来的病痛，也就不枉此"站"了。像曹植所说:"过屠门而大嚼,虽不得肉,贵且快意。"从肉铺经过,就磨牙一番,哪怕吃不到肉,也过了一番嘴瘾。在这里,曹植动用了他老子曹孟德的传家之计,"望梅止渴"。只不过对观望的我来说,这"梅"字应改为"书"字而已。

古人说:大丈夫坐拥书城,何异南面之王。对我,纯属梦语。陆游说:裹盐迎来小狸奴,尽护山房万卷书。"狸奴"是猫的雅称,能日夜厮守万卷诗书,陆游家的那只猫,真让人羡慕。

无食我书

一天早晨，我突然发现书柜里散落一些纸屑，我知道，家里来了潜伏的客人——老鼠。

我家虽不富有，但食品倒也流量充足，常买不断。可奇了怪啊？这只老鼠不对食品暗生情愫，却对书籍情有独钟，而且是鼠低调，白天羞于见人，夜晚勤奋工作。尤为称道的是，在当今人均年阅读量不足两本的形势下，这老鼠却在几日内，用糯米小牙博览了几十本之多。看来它不但比今人还爱阅读，更认真地写下"读后感"——拉下一摊老鼠屎。

事实读书人都对书籍爱如珠宝。辛弃疾爱书吧，曾用万字平戎策，去换种桃之类的休闲读物。但他家也经常闹鼠患，绕床饥鼠，蝙蝠翻灯舞。可他胸怀远大，平生塞北江南，眼前万里江山，哪跟鼠辈一般计较。可我不同，看着节衣缩食之物，化成鼠辈的夜宵，只能怪自己不能像古人一样，将万卷诗书全消化到肚里，然后在太阳下晒肚皮。这样不但防鼠防蛀，还能防霉。

令我沮丧的还是家养的宠物猫，吃的是专供，捧的是铁饭碗，只会把主人的怀抱撒娇成战场。可惜原先令鼠丧胆的猫啸，已退化成温柔的喵喵声。想想它饱食终日的肚子，已无须再捞什么鼠的外快，何况还有猫命的危险？这么说来还有体制上的弊端。

不得已，我买来一堆老鼠夹，埋伏在书柜的四周，想对老鼠们一举歼灭。然而几天下来，老鼠夹上只有零碎的纸屑，无声地告诉我，老鼠们已将雷区当成休闲区。让我惊叹知识不但改变命运，还能改变鼠命，因为用知识武装头脑的老鼠，逃生的能力已大幅提升……真是老鼠我不怕，就怕老鼠有文化。

于是我又像巫师一样，掐诀念起《诗经》中的咒语："硕鼠硕鼠，无食我黍！……逝将去女,适彼乐土。"威吓这帮硕鼠,若再吃我精神之黍,我就离家出走,惹不起还躲不起。但我没说住不起,怕又要当房奴。

宋人晁冲之道:"孤村到晓犹灯火,知有人家夜读书。"他不知我这个"既耕亦已种,时还读我书"之人,现在多么渴望自家的猫能像陆游家的那只猫,"尽护山房万卷书",成为书房的忠诚卫士,让"夜阑卧听风吹雨"的我,梦中不但有铁马冰河,还有猫的犀利。

衣与书的交响

　　家里那点余财，不外二用，妻买衣，我买书。虽各取所需，但并不相安无事。每当面对妻子成百上千的大手笔，我就大声抗议，妻总不屑地道："我买衣服还能御寒，你买那些书，能当饭吃，还是能当衣穿。"进而讥讽道："可惜啊，家里没有大锅灶，你那些宝贝想当柴烧，都没机会。"呛得我只能学古人，翻起白眼，无声抗议。

　　想想也对，她重物质，我重精神。她重外表，我重内心。各得其所。但问题是，在当今，她光鲜的外表，招摇过市，能引来回头率。而我却不敢显摆"子曰诗云"，怕招来不合时宜的眼神。在这个看脸的时代，相比外表还真比满腹诗书，更招人青睐。

　　想不到的是，妻子买衣对我也有额外帮助。每次她买回新衣，都会扯下商标给我当书签。让我每每翻书，都能读到她的恩惠。今天还读到一个妙趣横生的现象。夹在李白诗集中的竟是一张英文衣标，不知认识"蛮书"的李大诗仙，可认识这老外的语言，还是想让他"充充电"；抑或是在无声地提醒我，分析古典诗歌，也可以融合西方的理论。让我难以理喻的是，孔圣人的《论语》，千百年来，被奉为经典。但夹的竟是一张胸罩的衣标，——上面清晰地耸立一个丰胸的女性，真是有辱斯文。但平心静想，她许是在向孔老夫子挺"胸"抗议，谁叫你发表"唯女子难养"这歧视之论，现在我们早就堂堂正正地挺"胸"做人。

　　妻子之衣年年渐长，我的书籍也与日俱增。衣橱与书橱，已成为家庭的靓丽风景。而衣标的书签，也成为我悦读时的一道温馨甜点，似乎都喻示着，衣服与书籍同在，精神与物质齐飞，淡妆浓抹总相宜。

年年岁岁一床书

唐人卢照邻感叹汉代扬雄是："年年岁岁一床书。"对此诗句,我总咸吃萝卜淡操心,此时扬雄该是单着吧,不然诗书长年累月地盘踞卧榻,让他老婆睡哪？难怪卢照邻要加一句,寂寂寥寥扬子居;说他家像僧舍一样缺少情趣。当然我是无事瞎琢磨,在三从四德的古代,女人一个个都像是《孝女经》里走出的人物。有几个敢有"卧榻之侧,岂容他人酣睡"的霸气。从这点说,扬雄老婆就能长期容忍他拥书而眠,夜夜让枕边书代替枕边人,也未可知。当然这是在汉代,属于老古话。若放在物欲横流的当今,用现在话,我们的扬老夫子若不在大学教授古典的话,我敢打赌,他该一生单着。整天不削尖脑袋挣钱,只在四书五经里当蛀虫,你不饿死已算命大。就算有老婆,恐怕也像朱买臣的老婆一样,迟早要狠狠踹你一脚,你就跟一床书睡去吧。落个泼水难收的命运。

当然我是瞎掰,对扬雄这样的圣贤,说不定他认为"书中自有千钟粟、书中自有黄金屋、书中自有颜如玉","男儿若遂平生志,六经勤向窗前读",只要志向层面上占有了书籍,就占有了一切;等到功成名就的那一天,四书五经变成了小别墅和水灵灵的美人,还在乎以前的黄脸婆。

想起莎士比亚的话："生活中没有书籍,就好像没有阳光。"自然书籍也像阳光一样,给家庭沐浴温暖的光芒。李清照就曾深情追忆,她与丈夫赵明诚,每饭后,对坐堂中,一边烹茶,一边指着成堆的书籍,意趣盎然地出题互考。问出一个史事,要详答出自某书的某章某页,赢了就笑品香茗。"赌书消得泼茶香",已让他俩的整体散发书的清香、茶的芬芳。

至于明末才子冒辟疆躲在水绘园中汇编诗书,一代红颜董小宛帮查资料、誊录书稿,"永日终使,相对忘言"。而红楼中的宝哥哥和林妹妹,共读《西厢》,眼看着张生崔莺莺滋长的爱情,心中的爱芽也呼呼地长。甚至书籍也见证乱世的爱情。当兵荒马乱的杜甫,初听到官军收复失地的捷报,都不敢相信自己的耳朵。"却看妻子愁何在,漫卷诗书喜欲狂。"是啊,长期在烽火硝烟中颠沛流离,家人和诗书尚能苟全,确让人破涕为笑,愁容尽扫,又五味杂陈。

李清照吟道:"枕上诗书闲处好,门前风景雨来佳。"对我来说:在"老妻画纸为棋局,稚子敲针作钓钩"的生活中,还能"年年岁岁一床书"中,拥书听雨,一任时光默默老去。我想"红袖添香夜读书"的幸福,也不过如此。

书卷多情似故人

明人于谦把书籍当成知心老友,一卷在握,忧乐相亲,终日不倦。他的感受是:眼前直下三千字。"直下"两字真准确传神出他观书的兴致。因为古籍是竖排,所以那文字就像一道道飞流,顺势从双眼直泻心中,把心灵冲洗得光洁如玉。于谦是清白在人间的千古忠臣,我想,能配被他尊为知己的,又岂是颠倒黑白、无心无肺地读物。只有同气相求、心心相印,打开的书卷,才能春风扑面,纵然"万卷纵横眼欲枯",也能看见书房里的春天,——未信我庐别有春。对某些目的就是追求书中的黄金屋、颜如玉的腐儒们来说,的确很难相信——漫步字里行间的阡陌之中,沐浴着精神的杏花春雨,滋润着心灵的春天,不但能将佶屈聱牙的文字,读出如沐春风的感觉,还能将僵直的文字读成挺直的脊梁。如此读书佳境,自然能让人在"万卷古今消永日"中,忘了岁月和流年。不是吗?"读书不觉已春深"的唐人王贞白不就诗云:"不是道人来引笑,周情孔思正追寻。"要不是这个道士过来逗趣一下,诗人仍然在周公孔子的思想精义中,如痴如醉。再迷人的春景,都不及他书中的风景迷人。

"读书不觉已春深"的王贞白,专心致志的是周孔的儒家经典,而近人张恨水先生则认为春天适合读《红楼梦》,他说:"蔷薇架下,蜂蝶乱飞,正是青春,谁能不醉,宜细读《红楼梦》。"张恨水当然不是把《红楼梦》当成春天的唯一标配,其他都是禁书,而是说春天花开,蜂蝶乱飞,充满了勃勃的活力,吻合着《红楼梦》里的人物青春、儿女情怀。当手中《红楼梦》与眼前春的气息融为一体,才能"眼前直下三千字",更好地追寻书中妙理。

"池塘四五尺深水,篱落两三般样花。"对我来说,眼前春还真能唤醒心头句。前几天我休假后上班,走在去单位的村路上,看到两边原本光秃麻木的柳树,已变是一个个身穿绿裙的少女,摇曳风姿。人们常说,女大十八变,想不到才十几天,柳树也变成美女。我虽"眼前有景道不得",但内心却激活起苏东坡的诗句:"十日春寒不出门,不知江柳已摇村。"感觉一个"摇"字真写出江柳的风情,仿佛村庄都要拜倒在她绿色的裙边。而单位绮窗下盛开的一树树寒梅,我可以告诉王维,白梅著的是雪、红梅吐的是火;尤其在夕阳下,它们都像羞涩的新娘,惹得同事们纷纷掏出手机,与"新人"合影。我知道他们不仅"且向花间留晚照",还要发送朋友圈,分享着"与梅并作十分春"的喜悦,让我也情不自禁地凑身上前,像宋代那位女尼,"归来笑拈梅花嗅",感受着春在枝头、春在心间。

晚上在单位值班,绮窗梅影,宛若横幅。展书窗下的我,想到宋人杨万里在"看书作睡正昏昏"之际,"无端却被梅花恼,特地吹香破梦魂",有梅花这位严师监督,你想偷懒打瞌睡都难,那就继续看书吧,反正"春色恼人眠不得",想入眠也难,何况"好书不压百回读",在手的好书就像在侧的知己,浅尝即止或失之交臂,岂不有愧于这良辰美景。如此就安心地"焚香对坐浑无事,自与诗书结静缘"吧,"读书之乐何处寻?数点梅花天地心",在春夜,在年年。

盛夏读书滋味长

炎炎夏日,酷暑难耐,仅看古代手不释卷的书生们,怎样饱受难"炎"之苦。你看杨万里是"偶欲看书又懒开",读书破万卷的杜甫就更热得抓狂,恨不得双脚踏着冰块,若他俩知道后世还有电扇空调等降温电器,想必"发狂欲大叫",我要电扇和空调。

在此热浪冲天中,还是晋人陶渊明读书环境好,"绕屋树扶疏","榆柳荫后檐",他就在绿荫笼罩的北窗下,泛览《周王传》,流观《山海图》;纵然是随便翻翻、不求甚解,也是避暑山庄的感觉。难怪好读书的他不但忘记吃饭,还"每有会意",不时读出新意;倦了,就在北窗下美美地睡一觉。"小窗高卧,风展残书",读书纳凉两不误,他自语像羲皇上人,俯仰终宇宙,想不乐都不行。起码引来宋人蔡确的效仿,"卧展柴桑处士诗";纵然睡意来袭,"手倦抛书午梦长",也是一个清凉的梦境;醒来再"读尽床头几卷书"。陶诗等书籍已成为他炎夏的一枕清风。

但更多的书生还困在炎热的蒸笼中,无处可逃,"夜热依然午热同"。虽然晋人车胤利用萤火虫发电,用纱囊作灯泡,发明了一盏荧光灯。可惜萤火虫,只能解决照明问题,却无法解决降温问题。所以,在蚊虫叮咬中挥汗如雨的执着身影,真能让纱囊渗下萤火虫感动的泪水。甚至为了把书籍消化到肚里,无需蚊虫的肆虐,有时还自虐,你看深夜苦读的战国人苏秦,每当瞌睡虫袭上脑门,他就用锥子扎自己的大腿。对夏夜苦读的苏秦来说,不但流一身汗,还要流一腿血,真是蛮拼的。而车胤的萤火、苏秦的尖锥,永是后世书生们,苦心的明灯和励志的锐器!

想到求学金陵的程千帆先生,曾亲睹老师国学大家胡翔冬先生,在炎炎夏日,就危坐在自家的一个方凳上,旁边有好好的躺椅,就是不躺。打着赤膊，像佛印和尚一样袒胸露乳，专心致志地苦读。"虽汗流浃背，每日必工作四小时方始休息。"老师苦学，也成为程千帆终生的动力。而到台湾的林语堂先生，在高温夏日，就关门光膊赤脚，挥汗读书，林先生也把它当成平生快事之一。

是啊，对每一个求学若渴的书生来说，纵然挥汗如雨，打开的书卷，就是阵阵凉风；纵是蚊虫疯咬，也阻挡不了挺进精神世界的脚步。"昼长吟罢蝉鸣树，夜深烬落萤入帷"，热并快乐着！

拥书听雨

李清照曾云："枕上诗书闲处好，门前风雨景色佳。"李清照自是名媛，不事耕稼。但这两句词倒也透露出古代寒士们，自觉秉承的一种传统——晴耕雨读。记得唐代诗人赵嘏就要求他弟弟，远避干扰，在乡野，"日耕夜读"。对躬耕的寒士们来说，晴天扛锄下地，开荒南野际，用汗水养活身体；但当锄头挂上墙，诗书就抓手心。尤其在雨天，展卷而读，屋外再大的风雨也化作琅琅的书声。在这种阴晴变换的天气中，在体力劳动与脑力劳动交替的岁月中，默默耕耘着精神与物质的双丰收。甚至在追求忧道不忧贫的寒士心中，唯有读书高，书籍比锄头重要，以至他们宁愿丢猪，也不丢书，甚至"卖却屋边三亩地，添成窗下一床书"，甘愿让身体骨瘦如柴，也不让心灵面黄肌瘦。

想到三国时的著名隐士管宁和老同学华歆，某日同在菜园锄地，当管宁锄头刨出一小块金子，他视若无睹，继续"锄禾日当午"；而华歆却赶紧捡起金子，恋恋不舍了半天。对管宁来说，"不义而富且贵，于我如浮云"，他怎能让这飞来的横财，击碎自己如玉的品行。当他俩回屋席地坐读，不远处又在敲锣打鼓，惹得华歆起身出门去看热闹。让忍无可忍的管宁当场用刀割席，怒而绝交。他无法忍受一位损友，破坏自己品德的纯洁和求学的志向。所以好的同学，就像门前洗净风景的雨声，能润绿你的心田，而结交一位损友，就像摧毁你心田的泥石流。

所以一个好的学习氛围非常重要。想到20世纪70年代末，"文革"刚刚结束，旅居海外的国学大师叶嘉莹女士回国省亲，偶在火车上看见一些青年正在读《唐诗三百首》，让叶先生无比兴奋，文采风流今尚存，人们都在用读书的方式，拥抱着科学的春天。时过境迁，如今你再"万卷古今消永日"，引来的少有兴奋的目光，而多是迷惑不解的眼神。无可讳言，身处在这金钱至上的时代，人人都恨不得一锄头挖一块金砖，还有几人把难以变现的古代经典捧作宝贝。曾国藩所追求的"黄金非宝书为宝"的信条，已变成越来越模糊的哲言。如此真该为锄地的管宁可惜，白白地浪费了一次暴富机会。

"枕上诗书闲处好，门前风雨景色佳。"对我而言，命定是物质的落伍者，精神的苦行僧。拥书听雨，"空山新雨后，天气晚来秋"，没有少年听雨、红烛昏罗帐的风情，没有中年听雨、断雁叫西风的凄婉，只有独守僧庐似的寒室，听着檐雨点点滴滴着每一个秋天。好在墙上有锄，手中有书，渴了瓢饮，饥了箪食，感觉心境就像雨洗过的风景一样，青翠欲滴。如此，雨来佳的何止是门前的风景，更有枕上如山的诗书，已将内心滋养成松间明月、石上流泉。

诗成灯影雨声中

　　明代的大艺术家文徵明，曾有"夜雨孤灯乱翻书"的经历，不知是否就是屋外雨声惹的祸，在孤灯下有点茫然无助；一个"乱翻书"的动作，已泄露出六神无主。相比，我觉得他没有陆游雨夜读书时的专心致志，"一灯如萤雨潺潺，老夫读书蓬户间。但与古人对生面，那恨镜里凋朱颜。"雨夜萤灯，蓬房苦读，纵然读得白雪满头，沟壑满脸，也能在书中古人晤谈中，"寒生点滴三更雨，喜动纵横万卷书。"还是他诗的源泉，他《怀旧》诗道，诗成灯影雨声中。在他眼里，夜雨孤灯何尝不是一种诗的境界。只不过"乱翻书"者，是难以体会了。

　　想到艰苦卓绝的抗战期间，"急雨声酣战丛竹"，山河上燃烧着侵略的烽火和狼烟，可"孤灯焰短伴残书"的士子们，仍顽强地听出诗意。据朱光潜先生武大的学生回忆，说某天去朱老师家喝茶，看到他家小院里积了厚厚的落叶，有同学就要拿起扫帚打扫。朱老师立刻谢绝好意道："我等了好久才存了这么多层落叶，晚上在书房看书，可以听见雨落下来，风卷起的声音。这个记忆，比读许多秋天境界的诗更为生动、深刻。"（齐邦媛《巨河流》）对朱先生来说，书窗披卷，引人入胜地听着夜雨敲打枯叶的声音，那是书卷描绘不出的雨的境界、诗的声音。李商隐是"留得枯荷听雨声"，朱先生是"厚积落叶听雨声"，在这些有心人的眼睛中，枯荷不就是枯槁的经卷，黄叶不就是发黄的稿本，都是大自然写下的宝典，让雨水叮叮咚咚念出岁月的深情——那声音真动人。对这些命如浮萍的文人们来说，烽火中能"闲窗听雨摊书卷"，倾听风雨的天籁之音，何尝不是心灵的从容和美的慰藉。

　　无独有偶，也在同时，流落云南的西南联大，每当多雨时节，端坐在铁皮屋教室内的莘莘学子，就像蒙在鼓里，听着啪啪嗒嗒的雨点，不停地敲响铁皮屋的鼓面……那密集的鼓声，屏蔽了老师们的讲课声。据说是陈岱孙教授,就默默地拿起粉笔,在黑板上写下"静坐听雨"四个字。然后师生一起合书静坐,用听惯了刺耳的警报和炸弹声的耳朵,倾听边陲的雨水。中国传统的士子们来说,多有一种将风雨书声家事国事,融入心胸的天性。"客子光阴诗卷里,杏花消息雨声中",他们有坚定的信念,坚信再大的风雨中,有多少杏花,就有多少春天绽放的消息。他们中很多人,后来都永远合上了书本,在漫天风雨中,从大后方的书案后,一跃到抗日的最前线,将手中笔换成掌上枪,在比雨点更激烈的枪林弹雨中,伏着战壕射击!依然用伏案振笔的姿势,蘸着热血为墨,在铁马冰河上,写下惊风雨,泣鬼神的弦歌!

"夜雨孤灯乱翻书,茶烟一榻拥书眠。"这样的雨夜,我总是无法拥书而眠,而是拥书听雨,倾听着枯荷、落叶、铁皮屋顶的雨声;而遥望风雨来处,有多少落花,就有多少灯影雨声中的诗句,更有多少热血冰河的传奇!

雪夜闲门读禁书

据说明人金圣叹喜欢"雪夜闭门读禁书"。金圣叹终生将《离骚》《庄子》《史记》《杜工部诗集》《水浒传》《西厢记》奉为六才子书。从当时看，《水浒传》《西厢记》是被视为"诲盗诲淫"之书，的确不宜明目张胆地阅读。为遮人耳目，夜深人静关门闭户自是理想时段和绝佳场所，更甭说漫天飞舞"闭门即是深山"的雪夜了。"十载寒窗积雪余，读得人间万卷书。"

张恨水先生曾指出"大雪漫天"的冬天适宜读《水浒传》这部禁书，并指出具体章节："宜读林冲走雪一篇。"（《读书百宜录》）是啊，鸟绝千山，踪灭万径，当漫天雪舞飘落在《水浒传》林冲落魄的章节，正是走投无路的英雄顶风冒雪投奔人生新的场所，再大的风雪也遮不住他勇往直前的脚印。同样，再大的风雪也遮不住一个闭门苦读的身影。当金圣叹面对林冲走雪的文字，"正是严冬天气，彤云密布，朔风渐起，却早纷纷扬扬卷下一天大雪来。那雪早下得密了。""看那雪，到晚越下得紧了。"忍不住一评再评："写雪绝妙。"……可以想见，雪夜上梁山的林冲又是怎样在雪夜读禁书的书生心头，走出荡气回肠的行程，激发他的才情像雪花一样漫天飞舞，让他肆无忌惮地点评英雄的传奇。兴奋处，推窗看雪，"雪大如手，已积三四寸矣"，仿佛英雄正从书中踏着积雪走来。"坐对韦编灯动壁，高歌夜半雪压庐"，怎不让他"不亦快哉"。

在我看来，雪夜读包括金圣叹手中的禁书，不但有《菜根谭》所说的，"使人神清"，还能炼人意志，催人骨振。想到家贫好学的晋人孙康，雪夜捧书，把月亮照雪的反光当灯夜读，让他沉醉书香的温暖，忘了刺骨的寒风。而年少苦学的明代人宋濂，严冬借书回家，冻僵的手指仍在振笔抄书。当他顶风冒雪，负箧问学，就像落魄走雪的英雄，双脚冻裂都不知道。就因为有一盏求知的灯火，始终驱赶严寒，温暖内心，让他们向座座梁山似的书山，风雪兼程，奋勇攀登。"白首自怜心未死，夜窗风雪一灯青。"如此，再回首《水浒传》，"看那雪，到晚越下得紧了"，金圣叹赞为"绝妙"，怎么不充满神韵。

"窗有老梅朝作伴，山留残雪夜看书。"可惜今人，每到冬夜，就将寒冷拒之门外，在空调制造的温暖中，肆无忌惮地围炉对饮、手机刷屏，或是K歌、码着方城……又有几人真正发扬着古人的好学精神，"寒夜读书忘却眠，锦衾香尽炉无烟"。甚至下班归来，还没掸身披的雪花，灯火就已点燃茅斋的书声。对此，唐人翁承赞《书斋谩兴》(其二)诗道：

> 官事归来衣雪埋，儿童灯火小茅斋。
> 人家不必论贫富，惟有读书声最佳。

对于诗人翁承赞来说，贫富并不是首选，风雪淹不没的书声，才是人生最美的音乐。所以他才自豪地说："过客不须频问姓，读书声里是吾家。"这样的诗书传家，纵然生活寒冷刺骨，也能书声琅琅地穿过一个个冬天。

一篇读罢头飞雪，寒灯披卷的书生，不也是开疆拓土的英雄！

后　记

原本无意于写这篇后记，原因有，一是身处当今社会，写作的辛酸正像"如鱼饮水，冷暖自知"，说出来没多大意义；二是小书得以面世，我已经是"漫卷诗书喜欲狂"，喜极而泣了，还说什么呢；三是书中某些篇章已经流露出我的辛酸泪，也就没有再啰唆的必要了。但想到还有三点必须要说，那就没有不写的理由。

一是感恩。回首这些年走过的这条崎岖的文学路，感谢帮扶我的人，诸如倪劲松（无为）、孔志达（扬州）、孤城（北京）、袁牧（合肥）、徐斌（和县）等师友。遗憾我敬爱的彭隐纤老师，已永远看不见这本小书了；其他师友也天各一方，多年难谋一面。但我要说，是你们一直无私的鼓励和帮助，才是我一路走到今天的强大的精神动力！

还要感谢家人，是你们的默默奉献，纵容了我肆意地买书、访学，以及这本书的诞生。

还要感谢与我同庚的张公善博士的赐序和责编房国贵老师的精心编辑，让小书添彩生辉。我要说，你们是这本小书的见证人，你们是我文学道路上最美的风景！

二是回应。我想借我喜欢的胡适先生的两句诗以回敬某些人，"你不能做我的诗／正如我不能做你的梦！"（《梦与诗》）虽然李敖先生早就提醒："有时解释是不必要的，敌人不信你的解释，朋友无须你的解释。"若真如此，那我就继续写我的诗，你继续做你的富贵梦，赶路要紧，岂不两全。

三是说明。笔者十足是一个古典文学的盲流和散户,限于主客观等严峻的现实因素,小书写法完全是"土法炼钢",谬误之处在所难免,恳请方家指正。而本书书名,出自南唐冯延巳《菩萨蛮》中的名句:"月影下重帘,轻风花满檐。"这是我喜欢的纯净境界,真希望以后能夜夜与轻风明月作伴,吹我"临窗笛",唱我"大风歌"。

蒋 华

2018 年 8 月 30 日写于裕溪河畔